U0755689

世界科幻大师丛书
主编：姚海军

岁月之泉

南希·克雷斯佳作选

[美] 南希·克雷斯 著　罗布 等 译

四川科学技术出版社

Fountains of Age: A Selection of Nancy Kress, by Nancy Kress
Individual stories:
The Flowers of Aulit Prison © Nancy Kress 1966, First appeared in ASIMOV'S SCIENCE FICTION, Oct/Nov 1966
Fountain of Age © Nancy Kress 2007, first appeared in ASIMOV'S SCIENCE FICTION, July 2007
The Erdmann Nexus © Nancy Kress 2008, first appeared in ASIMOV'S SCIENCE FICTION, Oct/Nov 2008
Yesterday's Kin © Nancy Kress 2014, Tachyon Publications, 2014
Dancing On Air © Nancy Kress 1993, First appeared in ASIMOV'S SCIENCE FICTION, July 1993
This edition arranged with The Lotts Agency Ltd.
through Andrew Nurnberg Associates International Limited
2023 Sichuan Science Fiction World Co.,Ltd.

图书在版编目(CIP)数据

岁月之泉：南希·克雷斯佳作选 / [美]南希·克雷斯 著；罗 布 等译.
--成都：四川科学技术出版社，2023.5
（世界科幻大师丛书 / 姚海军 主编）
ISBN 978-7-5727-0895-4

Ⅰ. ①岁… Ⅱ. ①南… ②罗… Ⅲ. ①幻想小说－美国－现代
Ⅳ. ①I712.45

中国国家版本馆CIP数据核字(2023)第042402号
图进字号:21-2021-60

世界科幻大师丛书
岁月之泉：南希·克雷斯佳作选
SHIJIE KEHUAN DASHI CONGSHU
SUIYUE ZHI QUAN:NANXI · KELEISI JIAZUO XUAN

丛书主编 姚海军
著　　者 [美] 南希·克雷斯
译　　者 罗 布 等

出 品 人 程佳月
责任编辑 张 姗 姚海军
特约编辑 兰 搏
封面绘画 李凌蕊
封面设计 施 洋
版面设计 施 洋
责任出版 欧晓春
出　　版 四川科学技术出版社
成都市锦江区三色路238号 邮政编码 610023
官方微博:http://weibo.com/sckjcbs
官方微信公众号:sckjcbs
传真:028-86361756
成品尺寸 140mm×203mm　印　张 16
字　　数 300千　插　页 3
印　　刷 四川新财印务有限公司
版　　次 2023年5月成都第一版
印　　次 2023年5月成都第一次印刷
定　　价 58.00元

ISBN 978-7-5727-0895-4

邮 购:成都市锦江区三色路238号新华之星A座25层　邮政编码:610023
电 话:028-86361770

目 录

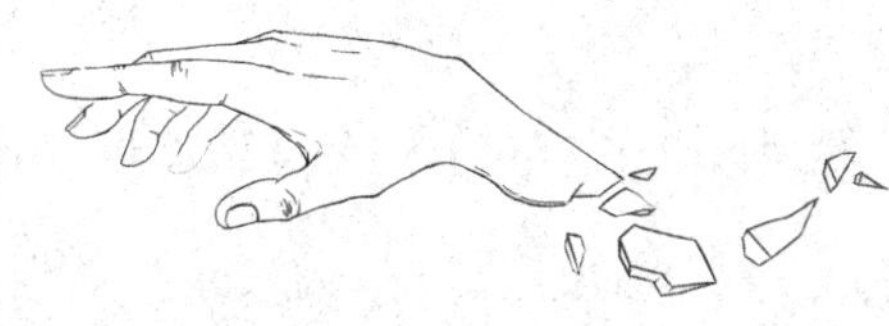

岁月之泉

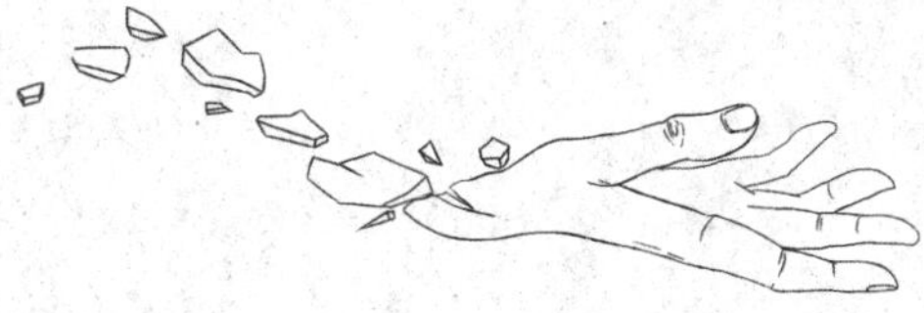

我将她放在一枚戒指里。在那个年代,你还可以随身携带对一个人的纪念,不似如今。

一缕秀发,一滴鲜血,纸上的一个唇印——都真真切切。你可以把它们挂在项链上、放在口袋里,或者固定在戒指里,随身携带,随时把玩,不像什么全息图像,有谁会珍惜一片激光影像呢?所谓的"纳米再造"就更糟糕了。当初世界屡遭损毁,宇宙之主再造过它么?没有。他如同一个有感情的人,仍然沿用着初始的那个世界。

所以,我将她放在戒指里,四十二年以来一直戴着它,直到它被现代世界吞噬——是真正意义上的"吞噬"——你说,这世上还有天理吗?

何况,她曾经何等美丽!她不像时下那些基因改造过的畸形女子——腰太细,臀太肥,胸脯大得令人憎恶;她自然真实,如同女神;她有如波涛般汹涌的黑发、橄榄色的肌肤和绿色的眼睛——我还记得那种绿色,不似碧草,不似翡翠,更不似青苔,唯她独有。我还记得。我……

“爷爷?”

……在塞浦路斯休假期间遇见了她。那时,某次中东战争刚刚结束(谁还分得清那无数次的战争?),我在一间酒馆里遇见她,然后与她共度了一周时光,没人会明白那一周有多么美好。她是个好女孩,尽管她也是个……再没人比我更了解,人都是为生计所迫。达丽雅……

“爷爷!”

……送给我一缕秀发和一个印在纸上的吻。那时我只买得起一个廉价的塑料盒来存放它们,不过后来我就把那缕头发与那一小卷纸嵌到戒指里。再后来,我有钱了,米利安也去世了,而且……

“爸!”

一切又如此周而复始,我的儿子,我的孙子们。生命从来不在恰当的时候停止。

“爸爸,孩子们跟你说话了,说了两遍。”

“所以我就有义务回答?”

我儿子杰弗瑞叹了口气。两个男孩消失在走道里——他们一个八岁,一个六岁。五十五岁的男人本不该有这样小的孩子,不过歌莉娅是他的续弦。他们倏忽而来,倏忽而去。这个周日的下午,我们坐在银星老人院中我的房间里,这里很幽雅,对得起我付的价钱。杰弗瑞每个礼拜天过来,跟我坐在一起,大眼瞪小眼,歌莉娅和孩子们则偶尔造访。这事儿真累人。

孩子们又从门口冲了进来,这次身后还跟着什么东西。

"鲁文,那是什么屎玩意儿?"

杰弗瑞恼怒地说:"别当着孩子说粗话！另外……"

"'屎'什么时候也成粗话了?"

"……另外他叫波比,不叫鲁文。"

"他们应该叫我'Zaydeh'①,而不是'Grampops'②。我还可以让你看看到底什么才是粗话。把那玩意儿弄走!"

"是不是很厉害?"鲁文说,"我刚拿到的!"

那玩意儿正试图爬到我腿上。他们以前的宠物是只能跳到天花板上的粉红色的猫(因为它有袋鼠的基因)。真是无聊透顶。这玩意儿可不一样,它根本不是活物,只是个机器,就像七十年前风靡日本的旧款金属狗。不过这一只看起来只有一点点像狗,圆润的银色轮廓时常隐没不见。

"它有隐形涂料!"埃瑞克大喊,"你看不见的!"

我能看见它,不过只有在光线、角度恰好的瞬间才能见到。它跳到我的腿上,我挥臂拍打,试图把它推下去,可它又不在了——可能不在了。

鲁文吆喝着不算解释的解释:"它有微处理器!"

杰弗瑞一如既往硬邦邦地说:"这机器不断地照取身后的全息图像,然后传到身前播放,所以在一定的距离外……"

① 意第绪语,爷爷。

② 牙买加语,爷爷。

“你们就把我的钱花在这种玩意儿上?”

杰弗瑞的语气硬邦邦的:“现在是我的钱。至少一部分是。”

“不是你挣来的,小崽子。”

杰弗瑞抿紧了薄唇。我每次提醒他钱是谁挣来的,他都很生气。不过,他忘记钱是我挣来的时候,我也很生气。

“爸,你为什么非得这么说话——把自己装得很粗俗的样子?在我小时候,你从来不这么说话,你本来也不是那种下等人出身,对不对?为什么啊?”

对杰弗瑞来说,这问题已经很大胆了。我可以告诉他原因,但他肯定不爱听,也不会理解我怎么开始用这么“俗”的语言的,为什么要这样用,或者这对我有什么用。他也不会理解为什么一个习惯即使不再有用,也会一直延续。你紧紧抓住这习惯不放,只是为了保住自我,即使那点自我也没什么了不起。杰弗瑞怎么会明白?他才不过五十五岁。

突然,埃瑞克大叫起来:“雷克跑了!”两个孩子冲出了房门。我看到佩翠罗太太正扶着她的自动助行器在走道里挪动,孩子们冲过身边时她惊叫起来,好在孩子们并没有撞倒她。

“追上他们,杰弗瑞,不然他们会伤到人的!”

“他们不会伤到任何人的,雷克也不会。”

“你怎么知道?这楼里都是老人,个个踉踉跄跄,好像仙鹤踩高跷,你以为……”

“别激动，爸，雷克内置有闪避系统，而且……”

“你跟我谈论软件？跟**我**谈论？小崽子！”

这下他真气坏了。我看出来了，他沉默了，身体僵直，比方才更上一层楼，整个一根碳纤维棒。

“你可没开发过任何软件，爸，你都是偷来的。是我把公司合法化，何况……”

就在这时，我发现戒指不见了。

达丽雅是波斯人，不是希腊人、土耳其人，也不是阿拉伯人。不过，你要是因此以为找到她比较容易，那你就有问题了。我在最后一次任务结束后便立即回去找她，那一通好找啊！塞浦路斯没有一个人认识或是见过她，没有一个人肯承认她曾经存在，也没有记录——所有档案都“毁于战争”。

最后一个早晨，我们去了一个满是岩石的小沙滩。我们在认识的第二天就离开了尼科西亚[①]，来到这个尚未被战争摧毁的海边小镇。我们在海滩上做爱，圆润的鹅卵石满布她的身下，接着是我身下。达丽雅剪下一缕秀发，又在纸上印下一吻。禾草丛中有粉色的小花盛开，我们一起流下了眼泪。我发誓我会回去的。

我回去了，却找不到她。她不过是塞浦路斯岛上的妓女之一，谁会记录这些人的踪迹？我只得放弃。我回到布鲁克林，将那秀发

① 塞浦路斯首都。

与唇印——那唇印是鲜红的,不是如今流行的残灯一样的金色——放在塑料盒里。后来我把那塑料盒和军装藏在一起,免得米利安发现。可怜的米利安,在她自己的世界里,她是个好妻子和好母亲。她并非达丽雅,可那不是她的错。没人能取代达丽雅。

当然,那是过去。现在已经有几百人是她,或者部分是她。几百人? 也许是几千人。只要出得起钱就行。

"我的戒指! 我的戒指不见了!"

"你的戒指?"

"我的戒指!"就连杰弗瑞也应该注意到我四十二年来日夜都戴着这戒指吧?

他注意到了,"肯定是你对雷克挥胳膊的时候掉下去了。"

有道理。我现在瘦了,胳膊细得像衣架,戒指也变得很松。我在椅子上四处摸索,什么也没找到。我慢慢地蹲到地上。

"小心,爸!"杰弗瑞的声音里有问题。我抬眼看看他,立刻明白了。我总能明白。

"是那个鬼魂附体的'机器'!"

他说:"它会吸走小东西。别担心,这些东西都存放在它内部的储藏舱里……爸,那戒指到底是什么? 为什么那么重要?"

他的话里充满了怀疑。他过了四十二年才开始怀疑这个,难怪不能胜任我的生意。不过,他七岁时我就知道了。现在我还有什么好在乎的？我够老了，可以为所欲为。

我说："扶我起来……不，不是这样的，你想让我受伤吗？那戒指是我的，就这样。我要拿回它。现在就要，杰弗瑞。"

他把我安置在椅子上，摇着头出去了。他很久都没回来，我看着托尼·迪帕拉坐着自动轮椅经过。我朝等候孩子来访的珍妮弗·塔琳挥手，她的孩子们每个月能拨冗见她二十分钟。我研究了护士凯特像南瓜一样浑圆紧致的屁股。杰弗瑞带着埃瑞克和鲁文回来了，我只看了他一眼，就明白了。

"孩子们看到了焚尸炉的烟囱，"因为愧疚，杰弗瑞听起来有些愤愤地，"他们觉得把雷克储藏的废物倒进去一定很好玩……埃瑞克！波比！向爷爷道歉！"

孩子们嗫嚅着。至于我，我只觉得万劫不复。突然，我又开心起来。

"没事，"我像英国的莫尼卡王后一样挥着手对孩子们说，"别担心！"

他们显然糊涂了。杰弗瑞突然显得疲惫不堪。至于我，我只感觉自己的心快乐得要裂开来，因为我知道该怎么做了。我要再去找达丽雅，让她给我一缕头发，一个唇印。因为现在我知道她在哪里，全世界都知道。

"下来，雷克！"埃瑞克大喊，不过我没看到那个愚蠢的机器。我也没兴趣。我的眼中只有过去和未来，几十年来第一次，它们在刹那间通过一条明亮的纽带紧紧相连。

银星老人院里都是已经厌倦人生的人。还想活下去的人会去恢复中心,或者是锡坤。但要是你活得实在太久,你所在乎的一切人和事都已逝去,以至于人生变得了无生趣,或是你没钱去恢复中心,你就到银星来等死吧。

我到银星是因为觉得差不多是时候了,我活够了,世上只剩下杰弗瑞一个亲人,我本来也不怎么喜欢他。不过我很富有,富得流油,以至于第二天我刚跨出银星的门,就被联邦特工阴魂不散地盯上了。这状况跟以前真是一模一样,很让我怀旧。

“马克·费德。”一个特工叫住了我。他身上颇有些辅助装置,这我还能看出来。这些东西对我这样的老人能派上什么用场?“我是约瑟夫·阿克则特工,这位是莎娜·布莱尔特工。”她本来是个美人,可惜被基因改造得像只黄蜂,还把刺长在了眼睛里。

我在布鲁克林穹顶下呼吸着人工甜化的夏日空气,基因改造过的鲜花在整齐的花床中静静地盛开。花儿们循规蹈矩,让我想起杰弗瑞。我坐在轮椅上说:“我能为您效劳吗,阿克则特工?”那个有些傻乎乎的护士凯特困惑地在我和联邦特工身上看来看去。

“你可以解释一下为什么最近有大笔资金从费德集团转入你的私人账户吗?”

“我为啥要解释?”

“只是满足下我的好奇心罢了。”阿克则说的算是真话，因为我四十来岁时不幸犯下的事儿，他们有权永久监控我的财政状况。我当时被判六到十年监禁，在瑟米斯国家司法中心服了将近五年刑。根据我犯事之前，也就是大变革刚结束时实施的《经济安全法案》，他们获得了监控权。我则有权告诉他们去死吧。

我几乎能体会到过去那种猫鼠游戏的刺激，不过并没在意。我已经太老了，何况我心里还装着别的事。而且，阿克则其实也没指望我回答，他不过是想让我明白他们在看着我。

“跟我的律师谈吧，你肯定知道该去哪儿找他。”说完，我便快速进入了等候我的汽车。

我被载到布鲁克林穹顶边缘的布鲁克林恢复中心，住进一个套间。接下来的一个月，医生会通过基因改造术改造我的几个器官，调高几种激素水平，提升特定神经突触的活性。我知道这疗法的效果不会特别明显，持续时间也很短，毕竟我岁数太大，他们也没办法。不过这样就够了。

医生像个拉比[①]一样小心翼翼地问我，你难道不想接受D疗法吗？我告诉她我不想，真的不想。她如释重负地笑了。如果想要接受D疗法，我就不会来这里，而是去锡坤了，这样的话，这家恢复中心可就少了一大笔进账。

那医生看起来大概三十五岁，而且也有可能真的是三十五岁。

① 犹太教中精通经典的精神领袖、宗教导师。

她说我会昏迷整整一个月,连梦都不会做。但她错了,我梦到了达丽雅。我仿佛回到了年轻时代,在一间敝陋的酒馆里,她鲜红、温热的嘴唇印在我的唇上。尼科西亚原本臭烘烘的街道现在飘着鲜花和香料的味道,那种春天的气息让人为求而不得的一切心痛。接下来的画面里,我们在那个满是岩石的小沙滩上。那是我们的最后一个早晨。我只愿自己永远不要醒来。

但我还是醒了,杰弗瑞正坐在我的床头。

“爸,你在干吗?”

“接受恢复治疗。你在干吗?”

“你为什么赶在我们合并上海风力公司那天,从费德集团的账上转走了三亿五千万?你知道那样会有什么后果吗?”

“不知道。”我说。其实我知道,只是不在乎。我小心地把右臂举过头顶,发现这动作做起来既快又容易,不禁大笑起来。我不再觉得憋尿。我能感觉到血管中的血液在奔流。

“你的行为使得我们集团资金不足,有欺诈嫌疑,这让上海风力压后了整个——你为什么要转走钱?为什么非得现在转走?这次合并全让你毁了!”

“你还有的是机会,小崽子。别来吵我了。”我坐起身来,把腿放到床边。动作快了点,我有点头晕。“我有事要做。”

“爸……”我看见他眼里的恐惧,心生怜悯。

“没事的,杰弗瑞。这次绝对合法,我不会再像以前那样做事。”

“那为什么我收到三个不同联邦机构的六个电话?”

“他们这是在做热身训练而已。”我说着又躺了下来。他看到我这样也许会离开。

“爸……”

我闭上眼,琢磨了一下要不要打鼾,不过那样好像过分了点。装得过头了也不好。等了五分钟之后,杰弗瑞离开了。

孩子总是让你离不开现实,可是有时你所需要的只是过去。

战后,我在塞浦路斯无论如何也寻不到达丽雅,只得回家。我游荡了一阵子,那正是大变革时期,全国一半人都在游荡,没有工作,整天闹事,习惯于领取失业救济的生活。没人需要我们。各地都在建造穹顶,机器人似乎在一夜之间遍布各地,它们能做的工作越来越多,只有一些知识丰富的工人还有用处。如此种种。我东敲敲、西打打,最后遇见了米利安,与她的婚姻终于让我选定了一个工作。我找到一个监控安全系统的职位,因为那会儿我的历史一清二白。宇宙之主一定很爱开玩笑。

我们住在离布鲁克林穹顶很远的一个贫民窟里,紧挨着她母亲的房子。我和米利安一开始就总是吵架。她非常想要孩子,却讨厌性生活。她不喜欢我的朋友,我也不喜欢她妈。她还讨厌我打鼾。我们琐屑沉闷的生活一直在走下坡路。我感到有种危险的东西在我体内不断生长,似乎要使我爆裂开来,让我痛苦的内脏喷溅在我们的破公寓里。我每晚出去散步,路过那些越来越危险的区域,有时凌晨三点还站在码头上(多么疯狂),呆望着大海,直到机器守卫把我赶走。

然后,我遍寻不得的达丽雅却被载入了史册。

那天是星期二,8月24日——你觉得我会忘记这个日子吗?绝不可能。那天早晨乌云密布,温度33摄氏度,降水概率60%,空气质量不佳。我上班路上经过我们社区里的一个宣传亭。就在外墙屏幕上,有二十秒钟的时间,我看到了她的脸。

我不记得自己是怎样走进宣传亭并塞进信用芯片的,但不知为何,我还记得那选项上的绿色文字,每项都用六种语言书写:色情电影、图书查询、无线通信、财经信息、新闻报道。我颤抖着用手指按下最后一个键,选择了标准传输模式。

“今天,曼哈顿穹顶里的健康医院外流言四起:上个星期,英国亿万富豪、金融家彼得·莫顿·克列的妻子达丽雅·克列接受了脑瘤移除手术。手术十分成功,随之而来的是健康医院股票的疯狂交易,关于克列太太怪异病情的传闻甚嚣尘上,并且有明显人为泄露的痕迹。克列机构对此拒绝评论,但昨天有一次史无前例的会议在克列企业的曼哈顿分部举行,与会者除了几家英美跨国公司的总裁之外,还包括政府高级官员,如公共卫生部部长玛丽·格雷斯·罗杰和食品药物管理局局长哈雷得·范德宏。”

“克列夫妇的背景都很复杂。彼得·莫顿·克列是传奇人物‘挑战者'查沃·克列的儿子，以怪僻的性格和激进的商业风格著称。克列太太是他的第三任妻子，六年前他们在塞浦路斯相遇并结婚，一直以来都传闻她曾是吧女或妓女……”

达丽雅。脑瘤。嫁给了英国大人物。如今在曼哈顿。我竟然一无所知。

手术显然很成功……

我一遍遍付钱重看这条新闻。那些字句都连成一片，在我耳朵里变成毫无意义的嗡嗡声。我只是注视着达丽雅的面容，她仍然同我在酒馆初次见到时一样，倚肘而立，毫无衰老痕迹。

我看了一遍又一遍，然后同醉鬼、乞丐、吸毒者一样，坐在肮脏的路旁，放声大哭。

那时候，曼哈顿穹顶还没完工，进去还算容易，不过混进健康医院就难了，完全没有合法的机会——那里太多富豪病人，禁不得一点破坏。我花了六个星期才贿赂了一个人，这次贿赂花去了我和米利安一半的存款。我的视网膜和声音信息都被存档，身份是机器清洁工管理员。要是有全系统背景调查，我肯定就没戏了，不过，谁会调查一个下层人物里最下层的清洁工管理员呢？

可是我发现上当了。我可以进入医院，却还是不能进入达丽雅所在的楼层。

这里到处都是监视器，电梯也要声音和指纹控制。我根本不能离开自己的楼层,完全无法接近她。我行贿得来的机会只有两天,也只请到两天的假。

第二天快结束的时候,我已经绝望了。我不管耳机里传来的指示——“派一个F-3机器去678房间进行消毒”——只是徘徊在电梯旁边。十分钟后,一个女人进了电梯。这个老女人穿着矫饰,显然经过多次恢复治疗。她穿着一身挺括的白衣服,鞋跟上还镶着珠宝。她把拇指放在控制板上,命令道:“手术楼层。”

“是,夫人。”电梯回答。我在门合上的那一瞬间冲进了电梯。

“电梯里有一个擅入者,”电梯的声音有些急迫,“霍马森太太,请立即离开。擅入者,不许动,否则你将被击毙。”

我没有动,而是注视着霍马森太太说:“求您了。我很早以前就在塞浦路斯认识了达丽雅,我只想再见她一面,太太,请帮忙,我不会伤害任何人,求您了。”

她听到“伤害”这个词语时,脸色起了变化,嘴角露出一个残忍的微笑。她不怕我,我可以拿自己的眼睛打赌,她一辈子没怕过什么。她在钱堆里长大,也从不需要怕什么。

“电梯里有一个擅入者,”电梯重复道,“霍马森太太,请立即离开。擅入者,不许动,否则……”

“这人是我的客人。”霍马森太太清楚地说,“密码1693,电梯,请到手术楼层。”

一个短暂的停顿,整个宇宙似乎都凝固了。

“系统里没有这个客人的前台记录。”电梯说，“请回到前台，或说出完整密码，以便……”

霍马森太太脸上仍然带着那个微笑，问我道：“你认识达丽雅的时候，她是塞浦路斯的妓女吗？”

这就是她让我坐电梯的代价。不过反正记者们早把达丽雅的背景翻了个底朝天。

“对，”我说，“我认识她时是那样。”

“电梯，密码1693，阿比盖·路易斯。手术楼层。”电梯门合上，开始上升。

“她功夫是不是很好？”霍马森太太问。

我很想朝她虚伪的脸来上一拳，把她打倒在地。这个骄纵讨厌、酸不溜丢的贱人。我紧紧地盯住她说：“对，达丽雅功夫很好。”

“嗯，她功夫不好也不会有今天，对不对？”她甜甜地说。电梯门开了，霍马森太太神情安详地走进楼道。

这里的门上都没有名字，不过门都打开着。我的时间不多，那个贱人的密码可以让我进到这一层，却不能保证我可以待多长时间。彼得·莫顿·克列——或者至少是他的自负——不小心帮了我的忙。第三个门外面的机器守卫身上有亮闪闪的标志：“克列企业”。我冲了进去，被守卫紧紧地钳住。

但是躺在房间里的白色床上的达丽雅已经醒了，她看见了我。

恢复中心让我多住了一个星期院。我抗议了一下,不过没有坚持。我这么老了,出院太早倒在街上没什么好处。没错,我可以租用一个机器保镖——不过不能从费德集团租用,我可不想被杰弗瑞跟踪到。我还得对付阿克则特工和那个眼光凌厉的美女,可她的名字我已经忘了。我的记性大不如前了,恢复疗法毕竟功能有限。

毕竟不如D疗法。

但我不想要机器保镖,所以老老实实地在医院多待了一周。我没接杰弗瑞的电话。我照医生吩咐做物理治疗。我总想着瘦骨嶙峋的手指上没有了戒指、空荡荡的那个地方。我不看新闻。我这把年纪,还能看到什么新鲜事?所罗门王说得好,太阳底下无新事。就算太阳本身也没什么意思,至少对于一个十年也没离开过布鲁克林穹顶的人来说没啥意思。

在恢复中心的最后一天,信使终于来了。我说:"早该来了,怎么拖了这么久?"他没有回答,我很不快地说:"Katar aves? Stevan?(你从斯蒂凡那里来么?)"

他皱起眉头,递给我一个包裹便走了。

这可不是个好兆头。

不过,包裹里倒真是我想要的东西:一个无线通信仪,装有军用量子加密软件,盗用卫星信息通道进行捎带确认传送,卫星本身完全无法察觉,卫星所有国也不可能发现,就连联邦监察系统也监察不到——别相信从宣传亭里听来的民权之类的鬼话,联邦特工们会监视一切。我拿着通信仪到花园里赶虫子,还夹住了俩,顺便打了几个电话。

第二天我出院了。我朝扮成护士的便衣联邦特工挥手致意,坐上门口开来的汽车离开了。

“马克。”数十年前,达丽雅在病床上叫我,声音里充满惊异。她用波斯语朝那个机器保镖说了句话,保镖放开我,退到门口。

“达丽雅。”我慢慢地走近病床,双腿几乎不听使唤。她右半边的头发都被剃掉了,黑发仍从左边汹涌而下,裸露的头皮上有触目惊心的红色伤口,眼睛下面都是黑斑,脖子上贴着一块瘀青般的紫色膏药。看着她干裂的嘴唇,我越来越难以抵挡自己的欲望。

“你……你是怎么……”十年来,她的英文进步了不少,但口音没变,声音里仍然带着那种可爱的腔调。对我来说,这就是女性的调子,达丽雅的调子。再没有一个女人会有这种调子。泪水涌上了她的绿眼睛。

“达丽雅,你还好吗?”这真是世界上最愚蠢的问题,她躺在病房里,脑子里有个肿瘤,看起来像撞了鬼。那个鬼是我,还是她自己?我记得达丽雅那么多不同的样子,大笑的、肉欲的、哭泣的,甚至有一次朝我头上砸花瓶的样子,但我从没见过她这样无能为力、绿色眼眸里都是痛苦的样子。“达丽雅,我去找过你,我……”

她摆了摆手,这突然的动作又掀起了一波记忆的风暴。再没有人的手像她的手那样会说话。我立即明白了她的意思:这房间有监控——当然会有。

我靠近她的耳边。她身上有淡淡的酸味,是药物和消毒剂的味道,可是仍然有达丽雅自己的味道。“我会带你走。你一好起来,我就……”

她推开我,不可置信地望着我的脸。世界在刹那间颠倒过来,我看到了达丽雅眼中的景象:一个她八年都没有见过,甚至没有消息,没刮胡子、衣衫褴褛的白痴,左手上还戴着结婚戒指。

我放开她,退后几步。

她却重新伸出手来,一只纤长的手,蕾丝睡衣的袖子从她纤细的手腕上滑下。那个我熟悉的达丽雅又回来了,我的达丽雅,我假期结束的那个早晨在一个岩石海滩上哭泣的达丽雅。“哦,马克,别走!”她曾经哭着说,而我的回答是:“我不回部队会成为逃兵,不行的!”

“不行的。”此刻的她低声说,“不可能,马克……”她突然睁大了眼睛,望向我身后。

他看起来比全息图像里更老,个子也更高。他穿着高级西装,上面有耀眼的深红色饰带,衣服剪裁合身,因为他这种人不需要随身携带电子芯片、证件或是信用芯片。他长着棕色的头发和胡子,眼睛却是近于白色的浅灰,如同亘古冰川。

“你这位客人是谁,达丽雅?”克列冷冷地问。英国人最擅长这样说话，我曾经在很多英国人手下当过兵，不过他们都不如他，我从没见过像他这样的人。

她怕他。我感觉得到。不过她的声音仍然十分坚定："一个老朋友。"

"我猜到了。我想现在你朋友该离开了。"我相信一个小时之内，他就能查出我所有的背景。

"好的，彼得。再给我们两分钟单独相处的时间，谢谢。"

他们彼此对视。她一向很勇敢，但那一次她的目光令我浑身发冷。过了好多年，我才在费德集团参与的某次不友好协商中再次见到那种眼光："我答应和你交换，但是我会为此怀恨在心。成交么?"那样的对视持续了一分钟，九十秒……我几乎无法呼吸。

终于，他说："没问题，亲爱的。"然后走了出去。

"成交么？成交!"

在塞浦路斯沙滩上的那个早晨之后，达丽雅变成了什么样的人?

她把我拉近身旁："今晚九点，阿姆斯特丹路的林氏录像店旁。小心点儿，别被跟踪。"她的话语温柔地吹进我的耳朵里，满是肉欲的记忆淹没了我，随之而来的却是痛苦。

她不是我的达丽雅。她偷走了我的达丽雅，我的达丽雅出卖的是身体，不是灵魂。我的达丽雅已经不见了，占据她身体的是这个精打细算、谎言连篇的贱人，她属于彼得·莫顿·克列，她和他住在一起,跟他做爱……

我多么希望自己从未感受过那样的愤怒。那不是属于人的愤怒。

我打了她,没有使劲,也没有打她的头。我扇了她一个大嘴巴,说:"弄清楚了,达丽雅,你一直就是个妓女。"然后我走了。

愿宇宙之主宽恕我。

我一直不记得从离开健康医院到去阿姆斯特丹大道之间,我到底做了什么?我肯定做了什么,人的躯体总要在一个地方。我肯定四处躲藏,使用了电影里用来摆脱追踪的各种愚蠢手段。我肯定扔掉了我的电话,这些东西很容易被追踪。我吃饭了没?我是不是躲在垃圾桶后面?我全不记得了。

我的记忆从站在林氏连锁店后面的小巷里开始,每个细节都如此清晰。我看到朦胧的人影从我面前走进后门,也许是来找色情的、激动人心的,或如同我的故事一样伤感的影片。一个男孩,穿着时下年轻人中流行的带斗篷和小镜片的毛衣。一个女人,穿着黑色长外套,手插在兜里。一个老人,有一双我见过的最蓝的眼睛。这些场景都已经烙在我的脑海里,时至今日,我还能描绘出这些人的模样。那条小路上垃圾与尿液的臭气扑鼻而来——达丽雅怎么会找到这样一个地方?

我又在等什么呢?等待她拖着病弱的身体,在那昏暗的灯光下向我蹒跚而来？还是等彼得·克列带着打手和枪支前来？或者等待我的生命在这里完结，在曼哈顿穹顶尚未完工的支架所投下的阴影中，在这条臭气熏天的巷子里？

我似乎在期待所有的一切发生，又似乎什么也没有期待。我疯了，从前不曾如此，以后也不再会如此。不会如此。不会如此。

九点整，一个男孩掠过我身边，进入了店面。他低着头，好像是个羞于进入林氏的少年，所以我对他的脸只得匆匆一瞥。他可能是希腊人，也可能是波斯人、土耳其人、阿拉伯人，甚至可能是犹太人。他放进我口袋里的包裹轻得让人感觉不到，我只感觉到他的手如微风一样掠过。

他放进来的是一张信用芯片，用一张小纸片包着，让我想起那张有达丽雅唇印的纸。就在我读的时候，墨迹已经开始变淡隐去，那些孩子气的大写字母拼出一句："终生公司。今晚一定要买！"

那张芯片里有五十万。

我不知道她识字。

带我离开布鲁克林恢复中心的车当然会被跟踪。跟踪者有联邦特工，可能还有杰弗瑞，不过我觉得他没那么聪明。但谁知道呢？低估别人总是不妥，就连一只鸡也可能把人啄死。

车开进了地下街道。地面上都是公园、小路、小店，等等，好让穹顶里的居民们假想自己的世界并不那么绝望、愤怒、贫瘠或炎热。我朝前靠近司机。

“你是亚当斯的家人吗?”这个问题很重要。

他从后视镜里看了我一眼;这车不是自动驾驶的,很好,自动驾驶的车可以被追踪到。不过没什么好担心的,斯蒂凡一向很小心。

司机笑起来,“尼克罗斯·亚当斯,gajo[①]。斯蒂凡的养孙。”

我一下松弛下来。直到那一刻,我才认识到自己刚恢复的躯体方才是如此紧张。我紧张是有原因的:我已经十年没有见过斯蒂凡,一切都可能会变,可能会变。不过他轻快地说出了“异类”——罗姆语里对不洁外人的称谓,而且养孙在罗姆人[②]中地位很高,可见斯蒂凡同我没有生分,他派来了自己的养孙。我们还是wortacha[③]。

尼克罗斯一直在地下行驶,离开了布鲁克林,没有上曼哈顿主路。他把车开进了一个灯光昏暗的维护区。我们迅速地,几乎是跑着——我已经忘记了跑是这么美好的一件事——到了另一层,进入另一辆车。这辆车开进了曼哈顿,又在另一个维护区换了车。我对这方式毫无怀疑,我不需要怀疑。斯蒂凡是我的“商业伙伴”。我们曾经教给对方自己所知的一切。几乎是一切。

当汽车再次驶上地面的时候,我们已经身处郊外,向猫杀山驶去。自从进入银星老人院,十年来,我只在书上看到过眼前的这个

① 为方便阅读,后文会以“异族”这一形式出现。

② 罗姆人,即吉卜赛人。“吉卜赛”这个称谓在罗姆人眼中有歧视的含义。

③ 罗姆语,意为商业伙伴。后文中为方便阅读将以“商业伙伴”形式出现。

世界。这里有由电子篱笆或基因改造狗看守着的农场,它以昂贵的水源灌溉维持。农场之外是已经死去的,或是正在生死边缘挣扎的破落市镇。这片地会一直干旱下去,直到微气候再次变化,也许是十年之后吧。而在别处,草木稀疏的田地已经长满茂密丛林,已经热得无法居住的城市中挤满了无望的人。一个孤单的孩子,面有菜色,面无笑容地向我们的车招手。我转开了头,不是因为羞愧——这惨状并非我的错,也不是厌恶,我不知道是为什么。

尼克罗斯说:"这车有隐形装甲,是新款,你肯定没见过这样的车。"

"我见过。"我说。我想起鲁文的机器狗,如同一道几乎不可见的光,我想起自己怎样打开那个蠢玩意儿,想起那只嵌着达丽雅头发和唇印的戒指。离开布鲁克林的兴奋感消失了,我觉得自己很傻。我仍是个手指上空无一物、心中怀着伤痛的老人。我在做蠢事,也很可能是我生命中的最后一件蠢事。

尼克罗斯从后视镜里观察我,"振作点,'异族'。So ci del o bers,del o caso."

我懂的罗姆语不多,不过我听过这个谚语,斯蒂凡经常用。"一年得不到的,也许一个小时内会得到。"

愿你的话语传到上帝耳中。

从林氏背后的小路,我直接去了一个公共信息亭。我那时什么都不懂——我没有打掩护,没有皮包公司,没有境外账户。我也没有时间。我把五十万存进了我和米利安的账户,我们的存款增加到了五十万零十六块。幸运的是,达丽雅比我懂得多,这笔存款后来竟然无法被追踪。她是如何在这么短时间内学会这么多的?她为此付出了什么代价?

但那时,我没有这样心怀同情。我什么也没有想,一切全凭感觉。那都是血汗钱,是我失去达丽雅——我的达丽雅,那个爱我并永不会嫁给彼得·莫顿·克利的达丽雅——所应得的补偿。我在信息亭里朝着屏幕尖叫,我捶打键盘的狂暴足以让我被逮捕。存款刚到账,我就上了一个交易网站,伴着脑中精神错乱的红色迷雾,读了说明,买了五十万终生公司的股票。我根本没有意识到那是市场上最低等、最便宜的股票之一。我反正也不会在乎,只是照达丽雅的指示去做,变态地觉得这样就是对她的反击——去搅浑她的世界,就像丢掉她一样丢掉这些假钱。我在折腾她给予我的这一片属于她的龌龊世界。我已经疯了。

接下来我便离开,买醉去了。

那是我人生中唯一一次真的喝醉。我不记得发生了什么,我去了哪里,做了什么。我在一个门廊里醒来,我的靴子和还剩十六块的信用芯片被偷了,有人在我衣服上吐了口水。幸好不是冬天,否则我早就被冻死了。我在路边呕吐完,摇摇晃晃地回到家。

米利安在大哭大喊。我的头很痛,手也在抖,但我有了一周来第一个清醒的念头:我们不能这样下去了。

“米利安……”

“闭嘴！你给我闭嘴！你说你去哪儿了？你不回家,让我怎么想？你从不回家,就是回来也是人在心不在！这日子还能过吗？你背着我藏东西……”

“我没有……”

“没有？你旧军装里那个塑料盒是什么？谁的头发？谁的唇印？我没法再相信你,你这个狡猾冷酷……”

“你翻了我的军装？我的东西？”

“我恨你！你是个婊子养的烂人,连我妈都这么说,她早知道了。她叫我别嫁你,她说去找个真正的好人,你这人不是好人。你觉得我真爱过你吗？你这个恶心的性爱狂！但是……”她停住了。

米利安不蠢,她看见我的脸色,明白我要离开她,明白她刚才说的话让我有了离开她的理由。她继续说了下去,连口气都没换,声调也没变,却突然有了种变态的得意,让我们今后几十年的生活更加悲惨——如果还可能“更加”悲惨的话。不过这个“更加”永远存在。那一天晚上我明白了这点,没有最惨,只有更惨。她说……

……我几乎窒息……

“……但是我怀孕了。”

罗姆人是科技发展的受益者。

他们以前做铜匠,编篮子,或是干汽车美容、算命这一类不需要太多工具、可以随时搬家的工作。当然也做贼,不过只偷“异族”的东西。偷其他罗姆人的东西,甚至替其他罗姆人工作都是可耻的,因为这让人分了等级;还是结成“商业伙伴关系”、做同进退的商业伙伴、去偷“异族”的东西比较不丢人——毕竟八个世纪以来,“异族”们奴役、折磨、嘲弄、鞭笞、异化、贬低着罗姆人。科技的进步使盗窃变得更加安全,也更有效率。

尼克罗斯在山路上飞驰,我的心都提到了嗓子眼。他说:“你要是实在害怕,就把窗户调成不透明好了。”我照做了,却还是害怕。车终于停下来的时候,我长长出了口气。

斯蒂凡猛然拉开车门,“马克!”

“斯蒂凡!”我们拥抱对方,孩子们好奇地看着我们,斯蒂凡的妻子罗西等在一旁。我转向她,鞠了一躬,知道自己最好别碰到她。罗西看起来结实且精力旺盛,罗姆人的妻子就理应如此。没有人敢骗她,甚至没人敢骗斯蒂凡。他是他那个 kumpania[①] 里的 rom baro[②],但从传统上来说,罗姆女人才是丈夫背后的支柱,还担负着最重要的保持精神纯净的任务。如果一个男人变得 marime[③],他的妻子所受的耻辱比他还多。有脑子的人都不会去惹罗西。我有脑子,所以我朝她鞠躬。

① 罗姆语,意为部族。为方便阅读后文以“部族”形式出现。

② 罗姆语,意为领头人。

③ 罗姆语,意为不洁。为方便阅读后文以“不洁”形式出现。

她如同女王一样优雅地点点头。罗西和斯蒂凡一样老去了——罗姆人绝对不做任何“不洁”的基因改造。她掉了一颗左边的牙，头发已经灰白，双颊深陷，可脸颊上洋溢着活力，黑眼睛依然清澈，庞大的身躯行动起来像小女孩一样轻快。她戴着许多黄金珠宝，穿着长而大的裙子，戴着已婚女人的传统头巾。新世纪对罗姆人的影响越大，他们越是复古怀旧，唯一接受的新东西是新的盗窃方法。

“进来，进来。”斯蒂凡说。

他把我领进屋。这里一片斑驳的绿地旁围着一圈木屋，旁边就是山林。亚当斯家的内部跟我见过的所有罗姆房屋一样，内墙都被拆掉，成为一间大屋。罗西在里面铺设了豪华厚重的东方地毯，挂上了深红色的厚窗帘，弄来了阔大柔软的沙发，将这里装饰成了一个华美的“子宫”。

孩子们四处乱坐，咯咯地笑着。厨房里传来酿白菜的香味，还有罗西的媳妇与未出嫁的孙女们拌嘴的声音。无足轻重的小卧室都在房子的背面，只有这里才是罗姆人真正生活的地方。他们的生活富裕、热闹而自由。

“坐那边，马克。”斯蒂凡指给我那张特地为“异族”客人准备的椅子。罗姆人绝不会坐那张椅子，也不会用我碰过的盘子吃饭。斯蒂凡与我是“商业伙伴”，可是我非常清楚，自己在他眼中是“不洁”的。

他在我眼中又是怎样的?

不可或缺,尤其是现在。

“这里不行,斯蒂凡。”我说,“我们有正事要谈。”

“谨遵吩咐。”他又把我领到门外,把我介绍给这个“部族”里的男人们。年轻人都对我很警惕,但并无敌意。上了年纪的当然都还记得我,斯蒂凡跟我干了三十年,直到我退休、让杰弗瑞接手费德集团的时候。斯蒂凡也老了,不过还是比我小十岁。他是我见过最聪明的人,我们曾经联手致富。

而且越来越富。

最后,他带我到一个单独的建筑里,我凭经验认出这是一间经过特别加固、装有法拉第屏蔽系统的办公室。只要这里不发送电信号,没人能探测到里面的情况;而且我可以拿那个我不想要的农场打赌,这里发送的电信号都会通过一条地下电缆,在经过高度加密后才送去斯蒂凡和他的儿子们想送到的地方,也许还会经过我用来与他通话的那些懵懂无知的卫星。

这里也有一张椅子是“不洁”的。我照斯蒂凡的指示坐下来。

“我需要帮助,斯蒂凡。坦白说,这会花费我很多钱,也不会帮你赚钱。我知道你不会要我的报酬,所以我以历史和我们的‘商业伙伴’的名义、以一个朋友的身份,来请求你的帮助。”

他打量着我。虽然他曾经是族内最帅的罗姆人,但那双深邃的眼睛现在已经凹陷下去。那些无聊小说把吉卜赛情人写得那样传奇确实是有道理的。他还没开口，我举起手："我知道我是个'异族'，你不用提醒我。我要先说明，我请你做的事，你不会喜欢，也不会同意。这关系到一个女人，一个我从来没有告诉过你，而且臭名昭著的女人。但我仍然要以一个朋友的身份、以历史的名义，来请求你的帮助。"

斯蒂凡继续打量着我。我说了两遍"以历史的名义"，却不是"以我们的过去"。斯蒂凡明白我的意思，罗姆人和犹太人一直同病相怜——被"异族"和异教徒驱逐、流放、加罪、鞭笞，甚至猎杀取乐。我们一起在罗马尼亚被奴役，被驱赶出西班牙，被德国人关押和杀害，那不过是一百五十年前的事。斯蒂凡的曾曾曾祖父与另外一百万罗姆人一起死于奥斯维辛，死前胳膊还被烙上了"Z"字，代表Zigeuner——纳粹对吉卜赛人的称呼。我的曾曾祖父也死在那里，胳膊上有一个蓝色的数字。一百五十年对于罗姆人和犹太人来说不过是弹指一挥间，我们绝不会遗忘。

显然斯蒂凡不了解我的目的就不愿帮忙，但罗姆人虽不与"异族"结亲，却是忠诚的朋友。他们只求荣誉，不计代价。他终于说："说吧。"

我买了终生公司股票之后两天，新闻出来了：达丽雅·克列除了脑子里的肿瘤之外，脊椎上还有一个，而医生们都从未见过这样的肿瘤。

我不是科学家,现在我对遗传学懂得也不多,那时就更少得可怜。不过在信息亭、网络上、街巷里,甚至在白宫,四处都有那些消息。人人都在谈论这些消息,观点则大相径庭。有人说达丽雅·克列是下一步进化方向,有人说她是耶稣的对立面,有人说她是非人的怪物,也有人说她是女神下凡。只有一件事大家都同意——她会带来无尽财富。

因为某种基因变异,她的两个肿瘤都会产生一些前所未见的蛋白质。就我的理解,这些蛋白质可以造出一个备用干细胞库,可以不断更新成人体内的器官、血液、皮肤等所有东西。我看到的达丽雅仍然是十八岁的模样,因为她的身体确实还是十八岁,也许永远都会保持这个年龄。青春源泉、凤凰涅槃、得道成仙……各种说法都在泛滥。她的肿瘤或许能在实验室里培养成功,并移植到其他人身上,被移植者或许便能永葆青春。

只不过,事情当然不会是这样。

但那时候没有人会预知未来。彼得·克列暗中收购了一个经营不佳的生物技术公司——终生。该公司的股票扶摇直上,难以想象。我的五十万变成了一百万、三百万、一亿。在大变革和气候变化之后本已举步维艰的世界经济又一次遭受冲击,如醉汉跌倒,接着又爬了起来,继续蹒跚向前,但已经有了好转的迹象。

改变最大的还是我的生活。全因她而起。

要说新买的股票暴涨让我耿耿于怀,肯定是假的。谁会讨厌发财？要说那财富是福祉，是宇宙之主的馈赠，会令我幸福，那也是假的。

“我不明白，”米利安说，手中握着我刚递给她的电子钥匙，“你买了栋房子？在布鲁克林穹顶里面？我们怎会买得起房子？”

不是“我们”，我想，“我们”已经不存在了，或许从来就没存在过。不过她没必要知道这个，她是我的妻子，怀着我的孩子，我厌倦了彼此之间的残酷，我受够了，再说，我们不会再与她母亲比邻而居。

“我有股票的内线消息，你别管哪儿来的。我买了……”

“股票的内线消息！哦！我们什么时候可以去看房？”

她再也没有过问我的生意，这样很好，因为财富改变了我。不，财富无法改变一个人，只能让他从前具有的品质更加明显。我体内一直藏着这份愤怒、绝望和蔑视，我一直是个无赖，只是我不知道。

我可以靠达丽雅给我的钱轻轻松松地过下半辈子。米利安和我可以生六个孩子，甚至更多，造出十二个部落，再加一个雅各布。唔，也许不行，米利安还是很讨厌做爱。再说我也没兴趣营建一个王朝。我再没碰过我的妻子，她也没有过要求，需要的时候我就召妓。我和意大利人、犹太人、俄国人、土耳其人合作生意，这些人大都在联邦特工的档案里。我因为这些交易变成了另一个人，杰弗瑞憎恨的那个庸俗怪异的犹太人，那个生动多话的“夏洛克”[①]。我开

① 莎士比亚的《威尼斯商人》中放高利贷的犹太人。

始接不靠谱的建筑合同,后来发展到与更不靠谱的“罗宾汉”合作,他们是些劫富济毒品贩子的网络蛀虫。

不过是对谁不靠谱呢?费德集团蒸蒸日上。再说,我为什么不能打劫这个世界?在这个世界里,我把灵魂献给达丽雅,她回赠我的却不是自己,而是金钱。金钱与灵魂的交易自古皆有,这世界已经烂透了心。这样的一个世界。

我毫无悔意。米利安会自己寻开心,杰弗瑞可以得到一个孩子想得到的任何东西,除了尊重。不过我退休后,他将费德集团带入正轨,终于也获得了尊重。

我把达丽雅的秀发和唇印放在银行保险箱里,避开米利安和她那群有强迫症的清洁工人与机器。杰弗瑞十三岁的时候,她死于车祸,之后我便将那头发和唇印做到了戒指里面,那时候终生公司已经“完善”了使用达丽雅肿瘤细胞进行组织重生的技术。这个被称为D疗法的技术并不能让你变得年轻,时间不会为任何人逆转。

D疗法所能做到的是将你“凝固”在做手术的那个年纪。彼得·克列是获得美国食品药物管理局批准后(D疗法是历史上最快获得食品药物管理局批准的疗法,可见出卖灵魂的不只我一个人)第一批接受治疗的人之一,他将永远是五十四岁。

超模柯兹亚·多蒂将一直是十九岁。歌手门巴将一直是三十岁。继好莱坞之后,接受D疗法的是社会人士、政客,以及所有出得起钱的人,不过这样的人不多,毕竟谁也不愿让大量下等人来挤爆这个世界。到英国国王詹姆斯三世接受D疗法的时候,这技术已经炉火纯青,与器官移植一样令人尊敬,和理发一样安全。如果国王不被车撞死,莫妮卡公主永远也无法继承王位,但她似乎毫不在意。英国会永远在这位受人爱戴的国王治下,达丽雅的光头令他成了“英国重生”的标志。

事情当然没这么简单。从第一天开始,就有很多人憎恨D疗法所代表的观念,认为它不自然、荒诞、违反上帝的旨意、危险、不成熟、不爱国。我一直没明白最后一条是怎么来的,但是D疗法显然让世界上几个不同地方的国家受到了威胁。反对者写了激情四溢的信,通过网络和通信联合起来,传讯科学家为他们作证词,甚至寻求上帝的帮助。少数人居然认为自己成功了。无可避免地,一部分反对者等不及正式消息,先出手了。

我在斯蒂凡那里待了两天。他把我安置在离女人们很远的客房里,这让我受宠若惊。我已经八十六岁了,虽然恢复治疗让我感觉不错,但也没有好到那种程度。我没有那精力,也不需要,我只想再见达丽雅一面。

“为什么,马克?”斯蒂凡问,我知道他肯定会问,“你想从她那里得到什么?”

“再要一缕头发,一个唇印。”

“你觉得这样有意义吗?”他的身子朝我倾斜过来,手放在膝上,我们两个老头就这样坐在山林里一根倒卧的木头上。斯蒂凡后面的木头旁有一条蛇,我仔细留意着它,它也观察着我,我俩看对方都不顺眼。如果人适合在原始丛林里生活,我们就不会发明房屋,更不要说地球同步轨道上的空间城市了。其实,这片林子也不怎么原始——斯蒂凡的整个“部族”和他们古意盎然的繁华土地其实是罩在一个极其昂贵的透明穹顶里,靠地下灌溉系统维护。这大体上是我的功劳,斯蒂凡也知道,我不需要提醒他。

我说:“这世上什么事有意义?我就需要一缕头发和一个唇印而已,我非要不可。这很难理解吗?”

“这简直不可理喻。”

“做事一定要被理解吗?”

他没有回答,我知道自己得再说点什么。斯蒂凡还没有注意到那条蛇。他比我小十岁,胳膊仍强壮有力。他和妻子、孩子生活在一起,怎么会明白什么是绝望?

“斯蒂凡,是这样的:对一个老人,像我这样的老人,生活就是一场战争。嚓嚓嚓,下一个牺牲的是谁,你不知道,可是你会看着他们倒下——你身旁的人、你认识的人,全都倒下。你知道,敌人的子弹连续不断,下一发也许击中的就是你。你早晚会被击中,所以你会珍惜任何你还在意的小东西,任何让你觉得自己还活着的东西,任何对你有意义的东西。”

我听起来傻得要命。

但是斯蒂凡抬起笨重的身体，伸了个懒腰，没有看我一眼，“好吧，马克。”

“好？你能帮我？你会帮我？”

“我会的。”

我们还是“商业伙伴”。我们握了手，泪水随即充盈了我的眼眶——老人还容易流泪，这事真是荒谬。斯蒂凡假装没看到。那一瞬间，我明白我将永远不会再见到他，这件事偿清了我对罗姆人的所有恩惠。不管结果如何，他们不会为我——一个“异族”——举行 pomona sinia[1]。没关系，人总不能得到所有一切。再说，获得什么并不重要，重要的是你还有欲望。

过了这么多年，我还能有一点儿欲望，这足以让我感激。

我们走出树林，我的判断没错，斯蒂凡一直没有注意到那条蛇。

尼克罗斯开车送我回到曼哈顿穹顶，“BaXt[2]，‘异族’。”

“再见，尼克罗斯。”年轻人——他们还相信运气是成功的原因。我不需要运气，我有计划。不过这一次我的计划并不完整，可能我到底还是需要些运气的。肯定需要的。

“BaXt，尼克罗斯。”

我在曼哈顿航天港下车，一个机器人接过我装洗漱用品的小包，将我领进去，安置在一个小房间里。一个女人立刻走进来。她

① 罗姆语，意为葬礼。

② 罗姆语，意为好运。

身着联邦航天局黑绿相间的制服,是个“异族”美人,高个儿,金发,紫色眼睛——当然是基因改造出来的,因此提不起我半点兴趣。与罗姆女人们相比,她只是件毫无生气的产品;与达丽雅比,她更是幅苍白的漫画。

“马克·费德?”

“我就是。”

“我是联邦航天局的珍妮弗·肯扬。我想和你谈谈你刚订的去锡坤的机票。”

“那是自然。”

她的脸像放久了的面团一样僵硬起来:“我们已经通知了CIB的阿克则特工,他很快会到。在他到达之前,请在此等候。”

“我已经通知了我的律师,他很快会通过全息图像联网到此。在他来之前,请给我来杯咖啡。有吃的更好。”罗姆人的食物虽然好吃,但对我的老肠胃来说还是辣了点。

她愤愤地走开了,一个机器人送来了美味的咖啡和甜甜圈。马克·费德是个忽然苏醒的恶魔,但钱照样有用。

二十分钟后,阿克则特工到了,这次没带女副手。我与他和肯扬女士坐在一起,场面显得很温馨,简直是我期待的场景。连线接通了,左希的全息图像从墙上的屏幕走了过来,叹了口气:“你好,乔[1]。肯扬女士,我是左希·塞拉,马克·费德的在案律师。有什么问

① 约瑟夫的昵称。

题吗?”

她说:“费德先生无权进行航天旅行。他有犯罪记录。”

“确实有。”左希态度和蔼地表示赞同。他简直比他父亲还要和蔼,他父亲给我当了三十年律师。“但是如果您仔细阅读《航天旅行安全条例》第四十二节第十三a款,您会看到航天旅行的限制仅适用于在《兰德–公察内条约》签约国注册的轨道城市,以及……”

“锡坤是在巴林王国注册的,巴林王国是签约……”

“以及根据全球扩张条例获得了建设费用资助的,和……”

“锡坤获得了……”

“和没有为该旅客签署全责接待表格的轨道城市。”

肯扬女士沉默了,显然她或者她的系统没有去查看锡坤是否为我签署了全责接待表格,至少上一个钟头没有。

阿克则皱起眉头,“锡坤为什么会为马克·费德签署全责接待表?”

确实,这是为什么呢?全责接待表本是用来让那些暴力国家可能进行暴力抗议的外交人员来参加国际会议的。这样的接待表很有风险——如果该外交人员对接待地点大肆破坏,没有政府会为此负责,也没有保险公司会赔付。这只不过是风险之一。全责接待很罕见,也不是给马克·费德这种人用的。

左希耸耸肩膀,“锡坤没有告知我他们做决定的原因。”这话没错,因为锡坤根本就不知道我要上去。偷钱不是唯一的盗窃方式,对任何记录的更改都是一种盗窃。斯蒂凡手下都是优秀窃贼,罗姆人已经操练了八百年。

珍妮弗·肯扬——那个金发的政府官员——看过了她的手提电脑,说:“确实,那个表格已经在案了。我猜你可以离开了,费德先生。”

阿克则仍然皱着眉,“我不认为……”

左希说:“阿克则特工,您要逮捕我的客户吗?如果不是的话,我们的会谈就到此为止。”

阿克则怏怏地走了,左希的全息图像消失之前留给我一个疑惑的眼神。珍妮弗·肯扬硬邦邦地说:“费德先生,在视网膜扫描和安全检查之前,我需要问你一些问题。你的回答将被记录在案。你的全名和公民号码是什么?”

“马克·麦克·费德。03065932861。”

“你今天下午的航班号与目的地是什么?”

“英国航天航班165。去轨道城市锡坤。”

“你要去多久?”

“三天?”

“你此行的目的是什么?”

我与她的目光相遇,我知道她眼中看到的,是一个双颊下陷、瘦骨嶙峋的衰弱老人,因恢复治疗而短暂地恢复光彩。他还能活多久?一年?两年?如果运气好又不发疯,也许能活个五年。就像一只恐龙，还是一只有罪的恐龙，而那颗流星离地面已经只剩三十厘米。一个应该已经准备死掉的人，不应该再过多地骚扰这场盛宴里其他还要玩下去的人。

我说："我要去锡坤接受D疗法，好一直保持在86岁。"

我建立费德集团十五年后，一个女孩在我离开办公室的路上拦住了我。她打扮怪异，穿着某种肥大的长袍，头发包在带翅膀的橘色帽子里。我不记得她的名字了。我本不想雇用她的，那种橘色代表着某个保守的邪教，我可不想给自己找麻烦，不过莫西·希弗斯坦坚持要她。莫西是我的……什么呢？如果我们是意大利人，他就是我的consigliere[①]，不过我们不是意大利人。他是我的副手，直到——像我希望的那样——杰弗瑞能够成熟起来。这希望有些渺茫，现年十六岁的杰弗瑞还是个一本正经的道学家。

那姑娘说："费德先生，我可以和您谈一下吗？"

"当然，说吧。"

她皱起眉头。在那顶蠢帽子和往后梳得直溜溜的头发下面，是一张漂亮的脸蛋。她是表面上的会计师，绝对坦诚，掌管同样坦诚的费德集团的账目。你总得给税务局看点东西。"她非常聪明。"莫西说。我当时反驳说我们这一小摊生意不需要聪明人，不过还是雇用了她。我很少见到她，因为我很少去费德集团的办公室，我真正

---

① 意大利语，意为顾问。

的事业都在别处。

“我发现一件不对劲的事。”她说。我一下子想起了她的名字——格温多林·杰姆森,还有穿那种朴素衣服、戴那种橘色帽子的邪教的名字——夏娃之女。他们反对所有形式的基因技术。

“怎么不对劲,格温多林?”

“很难说清,但是很严重。请看这个屏幕上……”

“我不需要看屏幕。到底有什么问题?”我约了人要谈生意,已经迟到了。

她说:“费德集团有二十五万被转入一家在中国香港注册的实体,叫作柏树有限公司。之后,我就无法跟踪到这笔钱了。虽然授权书上有你的密码,档案里也有你的手写指令备份,我还是觉得有点儿不对劲。”

我呆住了。我没有授权任何转账,也不应该有人能把柏树有限公司和费德集团联系起来。没人可以!

“给我看看那份手写指令。”

她拿给了我。看起来的确是我的笔迹,但不是我写的。它竟然出现在我们的实体文件里,还有人盗取了我的私人密码。

“立即冻结所有账户,停止所有交易,明白吗?”

“明白,先生。”

我打电话给莫希,他又打给他的侄子蒂莫西,我真正的会计师。我们检查了所有的东西。我在秘密办公室里不断地踱步,蒂姆[1]在运行高度加密的程序，为这些程序，我花去了一半的收入。我一会儿咬指甲，一会儿骂娘，一会儿又捶墙，好像干这些蠢事能有什么帮助。当然没有。最后，蒂姆抬起头来。

“怎样？”我费劲地从喉咙里挤出两个字。

“一共有二百五十万不见了。他们侵入了三个账户：柏树、木新星和极光集团。”

“苏黎世呢？”我问，“他们有没有侵入苏黎世？”

“没有。”

感谢宇宙之主，感谢瑞士人。我的大宗财产在苏黎世。

“这家伙很厉害。”蒂姆说。他的嗓音中不带感情色彩的敬仰意味让我更愤怒了。

“把他找出来。”我说。

“我不接这样的……”

“我会找到他，”莫希说，“不过要花钱，不少钱。”

“我不在乎。把他找出来！”

两周后，莫希说：“我抓住他了。你信不信，他是个吉卜赛人。他现在用的名字是斯蒂凡·亚当斯。”

绑架一个罗姆人并不怎么困难。他们赖以生存的是躲藏、转移和隐身的技巧，以及对吉卜赛民族的忠诚，而不是体力。因为这样

① 蒂莫西的昵称。

那样的原因——干旱、洪水、战争、饥荒和人为瘟疫,美国人口已下降到一百年前的一半,而罗姆人口则翻了倍。他们守望互助,不过是以罗姆人的方式。一辆破旧卡车里的四个罗姆人,即使车上有武器和装甲,也远不是我派去的人的对手。

莫希安排我飞到宾夕法尼亚山里一处已废弃的房屋。这房子很旧,很特别。六十年前,人们在这里是怎么生活的?远离所有市镇,窝在山上,没有风能、没有太阳能,也没有地热,坐南朝北,还有大幅镶着真正玻璃的窗户——现在早已破碎。莫希说这是个度假屋。这地方就只有景色,我还看不到,因为我们只用到了地下室。

“他在哪儿?”

“里面。”

“一个人?”

“照你要求办的。其他人在那边的洗衣房里,都中了迷药。他只是被捆了起来。”

“你确定抓到的就是那个人?你也知道吉卜赛人时常变换身份,一个人的名字比一本俄国小说里所有的人名还多。”我在来的飞机上做了点研究。

莫希很受伤,“我抓到的就是他。”

我打开门,里面或许曾是个酒窖,阴湿、腐臭、结满了蛛网,莫希的手下在里面放了盏泛光灯。斯蒂凡·亚当斯被绑在椅子上,他个头高大,穿着粗布工作服,长着短短的黑发、浓密的髭须。他的眼睛里闪动着智慧和藐视的光，不过很含蓄，一看就不是普通的网络强盗。这是个宁死不屈的人。尽管他让我损失了不少钱，但我没有杀他。这世上有很多兵不血刃就能得到的东西。

我说："我是马克·费德。"

他说："我的儿子和侄儿们呢？"

"他们都很安全，我没有伤害任何人。"

"他们在哪里？"

"隔壁。中了迷药，但是没受伤。"

"让我看看。"

我告诉莫希："到椅子那边去，帮我一起拖。"

莫希吓了一跳——这不是我们一贯的作风。不过这次我要用不同的方法。很多人永远也不明白，光挣钱是不够的。就算像我一样从达丽雅（那时候我仍然在怨恨她）那里白拿钱也是不够的。你必须会守财，所以你必须善于识人。不，必须非常善于识人。这不仅仅是仔细观察他们、解读肢体语言、察言观色之类的事，而更像是一种嗅觉，在鼻子尖端的一种感觉，我从不忽略它。从不！思维看得到它想看到的，但你的身体——身体却有本能的反应。

这种嗅觉是一种天赋，也是我唯一的天赋。我不是会计师，也不是软件专家（杰弗瑞孜孜不倦地提醒我这件事），单打独斗的话，甚至都不是个好贼。我一直需要莫希和我雇用的那些"罗宾汉"——那些躲在暗处的年轻人，他们窃术精湛，但没有我，就会死得很难看。至于我,我不需要使用暴力,我的嗅觉会告诉我。

莫希和我抓住椅子,把它拖出了酒窖,拖进一间破旧的洗衣房里。我们累得气喘吁吁,斯蒂凡很沉,我们俩体力也不怎么样。朽烂的地板上躺着三个年轻人,其中一个甚至还没杰弗瑞大,沉睡的脸上都带着天使般的笑容。莫希给他们下的不知是什么药,他们的样子看起来很美好。

“看见了吗,亚当斯先生?他们还在呼吸,没事的。”

“把他们弄醒,我看看是不是没事。”

莫希说:“你以为你是……”

我再次打断他,“莫希,把他们弄醒。”

他皱起眉头喊道:“蒂娜!”他的女儿,也是我们的医生,带着她的武器进来了。她戴着面具——除了莫希和我自己,我不让任何人冒险。她把药贴拍在那些孩子身上,他们便迅速醒了过来。斯蒂凡和他们用罗姆语交谈,我虽然听不懂,但是能看出他告诉了他们,暴力反抗没有意义。最小的那个孩子朝我吐了口唾沫,我根本没有计较这小小的戏剧化的愚蠢行为。他们是好孩子。杰弗瑞会为我这么做吗?我很怀疑。

我们把斯蒂凡拖回先前的房间,让蒂娜看守那些被捆绑关押起来的孩子。即使他们真的摆脱束缚——最终他们也的确做到了——她手头也有的是对付他们的东西,比如晕迷气体什么的。

我说:“你从我的账户里偷走了二百五十万。”

斯蒂凡说:“那又怎样?”

我该怎样才能传达出这句话所表达的态度? 除了蔑视,还有愉悦、骄傲,以及故意刺激的意思。就算死,他也不会让步。真是个有气节的人。

“你还盗取了我的密码,并且在我的实体文件里面加入了一张伪造的授权书备份。亚当斯先生,你是怎么做到的?”

他脸上仍然是那种表情。

“我不会伤害你或是你的亲人,绝对不会。事实上,我希望你能为我工作,我的生意需要一个你这样的人。”

“我不替‘异族’干活。”

“没错,我知道。通常来说,你们不会替‘异族’工作。你们都喜欢自由职业,觉得这样更勇敢更强大。不过,如果你和我合作的话,我可以让你积累起你无法想象的财富。”

“我不需要更多的财富。”

我后来惊异地发现,斯蒂凡说的是真话,而且并不仅仅因为他拿到了我的二百五十万。罗姆人没有太大的物欲,他们不买房而是租赁,所以可以轻松迅捷地搬家。他们买交通工具,甚至包括直升机,但都是破旧的老款,绝不惹人注意。罗姆女人戴金饰但不需要珠宝,一个女人身上又能扛多少金子? 他们最大的追求就是一起住在那些有厚厚地毯的房间里,八卦斗嘴、互相关爱,一起盗取外人的东西。

斯蒂凡说:“你没有任何我想要的东西,‘异族’。”

“我觉得我有。我的财产数目远远大于任何你曾经侵入过的账户。”至少到目前为止是这样,“而且我了解人性。我可以给你别人绝对给不了的东西——安全。”

莫希机械地重复道:“安全?”我没有告诉过他这个。

“是的,”我对斯蒂凡说,“我能够获得军方硬件,至少是其中一些。我可以给你一些便携设备,它们使用穹顶激光墙技术,只是保护范围较小。你不需要枪支,就可以让你的‘部族’和你们的孩子不受外界威胁。还有,除非你干出杀人之类的事,我几乎可以保证你不坐牢。”

斯蒂凡的表情终于有了改变。坐牢是罗姆人最怕的事情。坐牢就要离开“部族”,和“异族”在一起,被迫变得“不洁”。罗姆人可以付出无限的金钱和努力来保护自己不入狱。保护他们的孩子,这条件也很诱人,罗姆人对孩子的爱护无人能及。我也已经知道罗姆人不会杀人。在这点上,八个世纪以来的负面宣传全是错的。

“当然,还有,”我狡猾地说,“如果你们那些小行动不小心出了问题,钱——大量的金钱——可以带来好的律师,等等。”

“我不为‘异族’工作。”

“马克,别坚持了。”莫希憎恶地说。

但是我相信自己的嗅觉。我耐心地等待着。

斯蒂凡盯着我。

最后他说:“你听说过‘商业伙伴’吗?”

珍妮弗·肯扬和联邦航天局让我上了去锡坤的航班。他们也没得选择。我的律师在必要时可以制造出一个很大的民权丑闻。没有接受过D疗法的现任总统不希望在她任期内出现一个民权大丑闻,她已经有不少违宪问题了,这些问题的某些制造者我以前还认得。

航天安全的检查范围包括人身上所有的一切,甚至可能触及灵魂。我一丝不挂地接受机械、机器人和真人的检查。如果我身上有任何寄生虫、虱子、绦虫,或者任何非人类的分子,在安检结束后绝对都已经消失。我不能带自己的电话,不能穿自己的衣服,几乎连自己的骨头都不能带。他们说航天飞机和轨道城市的环境都很脆弱,好像没有注意到我的身体条件也一样脆弱。穿着一件连身装和一双薄薄的一次性拖鞋,我终于可以进入航天飞机,倒在椅子上。

接下来才是真正的折磨。

航天是年轻人的游戏。尽管刚接受了恢复治疗,尽管飞机上有各种小玩意儿,尽管我皮肤上四处贴着红蓝黄绿的五彩膏药,这次航行还是让我的身体备受折磨。我已经八十六岁了,还能怎么样?很少有人会到这把年纪才去接受D疗法。空乘人员没有给我晕迷药,否则即使我真的出了危险,他也无法知道。我觉得身体四分五裂,事实上飞机抵达时我还毫发无损,但我还是休息了很长时间才能走下飞机。

“费德先生,这边请。”一个强壮的年轻人招呼我。我拒绝借他的力,但一直在东张西望。我从来没到过轨道城市,愿宇宙之主保佑,我永远也不会再来。有些轨道城市已经存在五十年了,不过我为啥要上来?钱和影响力都可以通过量子数据包而不是航天飞机来传送。今日之前,这轨道上也从没有我想要的东西。

这里的航天港和停车场差不多,没什么意思。我的向导带着我穿过一个门,进入一个长长的、两边有很多门的走道。四处有人走动,不过他们的向导都是可爱的金色小机器人,不是真人。没什么我想不到的。

我的保镖把我领进一个毫无装饰的白色小房间,跟我在曼哈顿航天港待的那间差不多。他们都需要另请一个室内设计师了。

一个女人走进来:“费德先生,我是蕾拉·克列。您旅途还愉快么?”

“不错。”这是彼得·克列在达丽雅之前的某任妻子生下的女儿。她看起来大概三十岁,当然她的实际年龄远大于这个数字。她眼下是红发蓝眼,不过谁知道真实情况如何。她有着我所见过的女性中最凌厉的眼光,让阿克则的女副手和珍妮弗·肯扬都显得像可爱的毛绒玩具。

“您选择锡坤为目的地,我们很荣幸,也很惊讶,尤其当我们发现锡坤为您递交了全责接待书。”

“发现？什么时候，克列女士？”

“您从地球起飞之后、到达锡坤之前。费德先生，这究竟是怎么一回事？”

“我不知道，克列女士。我老了，实在搞不清楚这些现代化的表格什么的。不幸的是，我的记忆力也不如从前了。”我特地让自己的声音发颤，不过她没有上当。

“我明白了。您既然已经来了，我们有什么可以效劳的？”

“我想接受D疗法。我知道我没预约，不过我可以先住旅馆，等到你们给我安排时间。当然，我会付加急治疗费，你们开什么价都行，都行。”

“我们没有‘加急治疗’，费德先生。我们的医疗过程细致体贴。”

“没错，没错，这个人人都知道。”

“你不是‘人人’，费德先生。锡坤是私人产业，我们有权拒绝治疗。”

“我理解。但是你们为什么要拒绝我？因为我的记录？你们也治疗其他……这么说吧，有复杂背景的人。”我没有说人名，虽然我可以列举不少：卡迈·卢森、劳尔·洛佩兹-雷耶斯，甚至还有米凯·巴拉科夫。毕竟接受D疗法属于个人隐私。

“费德先生，您已经八十六岁了。您确定知道D疗法的功效和局限么？如果您认为……”

“我不那么认为。”我严厉地说。宇宙之主啊,对于D疗法的功效和局限,再没有人比我知道得更清楚了,绝对没有。“克列女士,您看这样如何,我会住在你们酒店里最好的套房里,同时你的手下可以讨论或进行各种测试。我可以一直等下去,你可以想抽我多少血就抽多少,就当锡坤是特兰西瓦尼亚[①]好了,哈哈。”

这笑话一点儿也没起作用,她的表情能让仙人掌枯萎。她到底知道多少？五十六年来,我一直不知道达丽雅都告诉了彼得·克列关于我的哪些事,不知道彼得是否知道达丽雅曾经给过我发家的五十万。我猜没有,蕾拉应该不知道这事,但是我无法确定。

“好吧,费德先生,就这么办:您先入住酒店,我会和我的工作组讨论。您房间里的屏幕可以给您关于治疗的信息和授权表格,您也可以将它们传到地球上给您的律师和亲友看。希望您在锡坤度过一段愉快的时光。”

在锡坤的时光没理由不愉快。我离开了——实际上是被身旁不请自到的年轻保镖扶着——航天港后,顿觉置身于格调高雅的英式五星酒店当中。没有华丽簇新的新亚洲式炫目风格,只有舒适和品质,不过雷吉(我的保镖)告诉我这里也有赌场,“以便您能以赌博取乐”。大概还有其他的:应召女郎、午夜牛郎、“娱乐”药品,私密又卫生。虽然有点职业上的好奇心,但我还是没有发问。我已经八十六了,来这里只为接受D疗法。我是个完全无害的老人,只想与死

① 罗马尼亚中西部地区,因为被吸血鬼小说《德库拉》作者布拉姆·斯托克选定为小说中吸血鬼的诞生地而闻名于世。

亡进行最后一次比赛。我得演好自己的角色。

我的套房十分漂亮,就是小了点。在轨道城市里,空间是最珍贵的。乳白和浅绿——绿色应该有宁神的功效——相间的墙壁,古董衣橱(里面装着另一架航天飞机运来的我的衣服),最先进的放映机,空气中有清新剂的味道;床可以做除了倒垃圾之外的任何事;一面墙壁和我聊着天,很热情地告诉我怎么"点亮"窗户。我照指示操作,然后便惊呆了。

外面就是宇宙。这间套房紧邻城市外壁,我与那片缀满繁星的黑暗间只隔着一层透明得几乎看不见的壳。我立即让窗户重新变得不透明。谁想看到那样的空虚,那样的寒冷?它不会让我惊叹,只会带来寒意。每平方米只有三到四个原子——谁想要那样?我们需要的是温暖、空气和聚在一起的有生命的分子。

达丽雅在这个城市的某个地方幽居隐遁。她就在这里,我在找到她之前不会离开。

斯蒂凡和我成为"商业伙伴"之前,他坚持要我见见罗西。他其实不必这样做,罗姆男人生意上的事不需要老婆的批准,他们又不是圣公会的教徒。但是罗西和斯蒂凡有自己的方式。他依赖她。

那时的她真是很惊人,近四十岁,黑色鬈发,神采飞扬的黑色眼睛,脸畔摇曳着金耳环,丰满的胸脯藏在薄薄的白衣服里,俨然一个异教王后。自达丽雅之后,我再没有见过这样令我倾慕的女人。但她从见我第一面起就讨厌我。

"'异族'。"她说,嘴唇几乎都没张开。

"亚当斯太太,感谢您让我前来。"我说。这话听起来太讽刺了,我根本就没有"来",我们只是站在他们"部族"当前租住的楼房外面。这栋楼曾经是个舞蹈俱乐部,距离费城穹顶有几公里远。没有斯蒂凡和他的七个兄弟中的五个同行,我永远也不会到这片地方来。就在几个街区外有爆炸发生,罗西没受一点儿惊吓。她挡住了楼门,仿佛一营军队在守卫城门口的吊桥。

"罗西。"斯蒂凡半恼怒半顺从地说。

"你和我丈夫建立成了'商业伙伴'?"

"是的。"斯蒂凡说,他的恼怒胜过了顺从,"进来吧,马克。"

我小心地绕过罗西,进入了巨大的客厅,坐在斯蒂凡叫我坐的地方。周围一个人也没有,但是我那时并不知道这意味着什么。通向那些阴暗的挂着厚重门帘的房间的门都关着。墙上的屏幕一片空白,一个音乐盒在轻声放着音乐,音乐里有浓厚的重低音。一个角落里有一个大型圣徒全息像,他的手伸向天空,用谴责的目光瞪着我。

斯蒂凡说:"来点咖啡,罗西。"

她怒气冲冲地走开,紧张的气氛一下子冰消瓦解。可是她很快又回来了,端着三杯咖啡,其中两个杯子镶着金边,另一个则是最差劲的那种一次性杯子。我想在咖啡里加甜味剂,但是没有开口要,也没人主动给我。

斯蒂凡向罗西解释我们俩讨论过的初步方案,她心不在焉地听,最后终于打断了他的话,对我说:“你绑架了我的丈夫、儿子和侄子们,现在你却想让我们和你做生意?和你建立‘商业伙伴’?和一个‘异族’?你疯了吧?”

“就快疯了。”我说。

斯蒂凡几乎是祈求地说:“他是犹太人,罗西。”

“这关我什么事?他是‘不洁’的,至于你,斯蒂凡!你居然……”她突然换用罗姆语说话,我当然听不懂,但没有关系,因为现在换我心不在焉了。

“……死于凌晨。他的家人只说……”那低沉的音乐已让位于新闻。原来那不是个音乐盒,而是个新闻播报器,像速射武器一般发布断断续续的消息:“不是意外。重复,彼得·莫顿·克列去世……”

“马克?”

“不是意外!那么——这代表着D疗法的失败吗?所有接受治疗的人都会死吗?请……”

“马克!”

“……稍后收看,曼哈顿穹顶内发生火灾……”

接下来就是罗西在往我头上倒水,我语无伦次,气喘吁吁。她倒的水太多了,远超所需。

斯蒂凡的语气中有种憎恶感:“你昏倒了,怎么回事?你病了吗?”

罗西说:“‘异族’,你接受过D疗法吗?”

“没有!”

她打量着我,我有种被活体解剖的感觉。“那你认识这个叫克列的名人吗?”

“不认识。”然后我说——谁知道我说这句话是因为绝望,还是狡猾地想打动罗西?“但是以前,很久以前,我见过他的妻子。只见了很短时间。那时的她还不是……我们还都只是孩子。”

斯蒂凡对此不感兴趣,罗西却很有兴致。她凝视了我许久。我想起那些关于吉卜赛占卜师、命相师和黑暗力量的故事。此前从没有人这样注视过我,此后也再没有过。我对此十分庆幸,有些事我并不想被人知道。

斯蒂凡的语气中还带着厌憎感:“马克,如果你觉得不舒服,大概我……”

“不,”罗西说,语气权威得好像是美国总统,“没关系。你们建立‘商业伙伴’好了,没关系。”

她离开房间,这次不带怒气。此后二十年,我便没有再见过她,我们俩对此都很满意。她不希望她的客厅里有个“异族”,我也不希望我的灵魂中有个命相师。每个人都有自己的底线。

彼得·克列的死引起了全球范围的恐慌。他接受了D疗法,他的所有组织都应该持续地得到更新和修复,保持在他接受治疗的年龄——五十四岁。除非一栋楼倒在他身上,否则他不应该死。第一次,全世界都在焦急地等待尸检结果,就连耶稣的死都没有这么多人关注。

媒体倾巢而出。彼得·克列不是第一个接受D疗法的人,因为之前还有匿名的测试者。终生公司宣称他们都是志愿者,后来被证实的确如此。现在他们的身份都公开了:死囚犯、身患绝症的儿童、几个很老但很富有的人。在彼得·克列之前有三十二个人接受了达丽雅的肿瘤移植,这三十二个人全都死了。

每个人都死于接受D疗法整整二十年的时候。

达丽雅·克列却还活着。

她真的还活着吗?尽管公司发言人是这样说的,但是已经很多年没人见过她。她和克列居住在伦敦穹顶里面。克列出来开会、去酒会、去上庭,她却从不出现。谣言已经流传了很多年:达丽雅被关起来了;达丽雅因为肿瘤切割太频繁而残废了;达丽雅已经死了,取而代之的是个克隆人(且不论克隆人研究至今尚未成功)。时不时会有机器相机拍到一张她——如果真的是她——在她花园里的照片。她看起来还是只有十八岁。但是现在就连这些偷拍的相片也不再出现了。

我在家待了整整两个星期,只看新闻报道,莫希替我打理生意。或许是托罗西的福,我的新合伙人斯蒂凡没有联系我。更多接受过D疗法的人死去了:一个日本歌手、一个在新空间站上工作的希腊科学家、一个中国工业家、一个美国演员。永远三十九岁的英国国王詹姆士发表了一份词句优雅内容空洞的声明。医生们出来发言,可疑死因包括延迟性终结者基因、外源寄主和大范围触发细胞凋亡等等。一个女人站在一个博物馆里,讲述一个叫道连·格雷的人的故事[①]。

我一直在等待,我知道有的事一定会发生。

暴动似乎是自发开始的,不过有点头脑的人都不会相信。不只终生公司,克列的所有股票都跌得一文不值。随后的疯狂股票交易让三个小国陷入破产境地,还有更多的国家出现经济衰退。二十年来,终生公司和克列家族遭受的攻击从未间断,但是这样的规模还是第一次。组织者可能是很多不同的集团,那些专业恐怖分子肯定不是居住在穹顶内部的人——至少不全是。

伦敦穹顶的警察愿意誓死抵抗恐怖主义者,但是朝几千个本国公民——其中大部分是怀抱理想主义的青年——开枪,他们实在做不到。而且警察们可能也看不惯D疗法。这里面有不少阶级敌对的因素,但英国的阶级体系谁又能说清楚?不管原因是什么,暴动人群进去了,克列家族的激光墙倒下了——其中绝对有预谋——整片建筑烧成一片火海。

① 出自王尔德的小说《道连·格雷的画像》。

媒体的机器相机使用长焦近距离拍摄这片废墟。每有一具尸体出现，我的胃都会揪成一团。不过她一直没有出现。

“爸。”杰弗瑞在我身旁叫道。我根本没有听见他走进我的卧室。

“现在不行，杰夫[1]。”

他好长时间没有说话，我终于看了看他。他十六岁了，比我想象的高，是个好看的男孩子，但是有点畏缩甚至是被动的感觉。这是从谁那里遗传到的？米利安不是个害羞的女人，我……算了。

“爸，你接受过D疗法么？你会死么？”

我能看出他说出这句话需要多大勇气，就连我这个世界上最差劲的父亲也能看出这一点。所以我把目光从新闻上移开，说：“没有，我没有接受过D疗法，我保证。”

他的神情没有变化，但是我能感觉到他心理的转变。我那一向灵敏的嗅觉让我感觉到这一点。我感到些许惊恐，但又不太惊讶，甚至也不怎么恐惧。

我感觉到杰夫很失望。

“别担心，儿子，”我冷漠地说，“你很快会接手我的一切。只是这个星期不行。”

“我不是……”

“好歹要诚实点，孩子。至少要诚实。”愿宇宙之主宽恕我那种

---

① 杰弗瑞的昵称。

鞭笞的语气。

杰夫感觉到了。他变得硬朗起来——或许他没我想象的那么脆弱。“好,我就老实说吧:你是不是像他们在学校里说的那样,是个窃贼?”

“是的。你是君子吗?”

“什么?”

“没事了。你面对现实吧:我是个贼,你是贼的儿子,你能吃饱喝足都是因为我。你现在打算怎么办?”

他看着我,不是平视——他不是斯蒂凡的儿子,他永远也不可能像他们一样——但至少他没有逃避。他的声音在颤抖,但他还是说出来了,“我的打算是,一旦接手你的生意,要么把它们全部关掉,要么把它们做成正派生意。”他走出房间。

那是我最为他自豪的时刻。他是个蠢蛋,但总算是坚持了自我,值得赞扬。

我转回去看新闻,试图寻找达丽雅的消息。

第二天有她的一个短暂的镜头。人们都怀疑那到底是她还是全息影像,或是事先录制好的,等等。但我知道是她。她只说自己还活着,躲起来了,说现在的科学家们告诉她,只有她能够带着D疗法肿瘤继续存活;她还说她对那些意外死亡感到很遗憾,说克列集团会对所有D疗法受害者做出补偿。她短暂的发言显然是律师写好的讲稿,十分僵硬,只有眼中那盈满的泪还属于她自己。

我注视着她年轻美丽的脸,听着她低低的声音里那种特有的腔调,不知道自己心里有何感想。什么都有:愤怒、渴望、蔑视、怜悯、仇恨以及保护欲。没有人能够长时间保持这样的情感。我联系了莫希和斯蒂凡,回到了工作中。

在锡坤的第一夜,我在床上度过。我感觉不到疼痛,因为颈上贴着一块止痛贴,但我还是比自己想的要虚弱。这不是锡坤的错。屏幕墙愉快地告诉我,这里的重力是地球的95%,“刚好轻那么一点点,让你感觉脚下像是装上了弹簧!”这里的空气比地球上任何地方长久以来的空气都清新;这里的水质纯净,食物美味,服务水准世界一流:你就放心享受吧!你想要什么,只要大声地告诉屏幕墙就可以了。

我要达丽雅,我默默地说。“给我讲一下锡坤的历史、结构等等。”我已经把锡坤的建筑蓝图记在了心里,现在我要找到最新地图。

“没有问题!”屏幕愉快地说,好像一个在男孩子的注视下喝酒的姑娘,“锡坤这个名字源于一个美妙的欧美传说。1513年——那可是将近600年前了!——一个西班牙探险者,庞塞·德莱昂,来到了今属美国的佛罗里达州。”

屏幕上是一片白色的沙滩,与如今佛罗里达那潮湿拥挤的沼泽地景象截然不同。

“当然,那时候的佛罗里达和加勒比海岛还适合人类生存!那里居住着一个叫作阿拉瓦克的部落。”

屏幕上放映出高贵的印第安人形象。

“他们告诉西班牙人,一个叫锡坤的大酋长曾经听说,北边一个叫‘比米粒’的地方有一眼青春之泉。锡坤带着一队战士出航去了比米粒,找到了青春之泉。传说他和他的族人从此幸福地永生。

“当然,没有人真的能够永生……”

达丽雅?

“……但是在锡坤,我们可以保证你——是的,保证!——在今后的二十年中会如同今日一样年轻!这是一眼真正的奇迹之泉。您在接受这个经过科学证实的治疗时……”

屏幕上是一群醉倒在“科学”里欣喜若狂的人。

“……我们锡坤人愿尽力使您舒适、愉快、满意。在这方面,锡坤拥有豪华住宿,五星餐馆……”

我问:“有地图吗?”

“当然!”

接下来的半个小时,我研究了锡坤地图。我不能看得太详细,因为我得表现得像个真正的蠢蛋,来锡坤只是为了赌二十年不衰老的生活会比我正常的生活要美好。很明显,酒店、医院、赌场、迷你高尔夫球场和其他那些傻玩意儿还没有占到这个空间站三分之一的可利用空间。就算除去储藏和物业管理所需的空间,这地方还可以容纳太多秘密,包括藏在某个地方的达丽雅。

但是找到她不会很容易。

我在房间里吃过晚餐,在又一块止痛贴的帮助下入睡,醒来时仍然和前一晚一样失望。没有那些被禁止带到“楼上”的仪器,我不能和斯蒂凡通话。我也不能做任何可能导致自己被驱逐的事情。我只有钱——钱绝对永远都很重要——和我的智慧。在这样一个早晨,我的钱与智慧都显得太少。

我所拥有的,不过是一个老人的痴梦。

我终于颓然地走进餐厅吃早饭。一个侍者——是个真人——跑到我面前,我几乎没有看他一眼。房间另一头坐着约瑟夫·阿克则特工,而另一张桌子上独自坐着、喝着橘汁或某种应该是橘汁的东西的人,是罗西·亚当斯。

彼得·克列死后一年半,D疗法又重新开张了。有许多人接受治疗。

这样真的有意思吗?保持在一个岁数二十年,然后“哗”,你死掉了。好吧,也许对于那些不想更衰败下去的老人,或者那些没有痛苦感觉的濒死者来说,这样活下去是有意义的,不过身体太差的人经受不起这个手术;而年轻人也愿意接受D疗法,希望永葆美丽的男男女女不介意以生命作为代价;甚至还有些非常年轻的运动员接受治疗,我猜他们可能觉得无法比赛的人生实在不可想象;还有舞者和影星们——他们都疯了。

永生公司进行了资金重组,更名为锡坤,离开伦敦搬到了希腊的一个岛上。接受了D疗法的英国国王死了,一个著名女演员死了,巴林王国的苏丹死了,然而这些都没有引起任何改变,人们还是不断涌向锡坤。

也有人不断攻击锡坤。那时候穹顶已经被激光墙所取代,或以激光加固,不应该有人能向岛发起攻击。不过这就是宇宙规则:道高一尺,魔高一丈。没什么是绝对安全的。

于是,那个希腊海岛被从海下进入地下岩层的武器所炸毁。达丽雅又一次幸免于难。九个月后,锡坤在另一个岛上恢复营业,依旧门庭若市。

就在那一年,杰弗瑞和我终于在某种意义上和解了。

我们已经在同一所房子里住了三年却不相往来。我承认我是个很糟糕的父亲。什么样的男人会忽略自己十六岁、十七岁、十八岁、十九岁的儿子?不过,这主要还是杰弗瑞的选择。他不和我说话、不搭理我,我又能怎样,难道杀了他?他去上学,在自己的房间里吃饭,努力学习。学校寄给我他的学习报告,都是优秀。我的公司,合法的费德集团,给他付账。对于一个富家子弟来说,他的开销不大。他高中毕业上大学的时候,我在文件上签了字。这就是我们的所有来往,没有任何交流。是的,我有一两次试图和他交流,不过也不是很努力地去尝试——我很忙。

我的生意越做越大,也更复杂、更危险。我越陷越深。斯蒂凡·亚当斯和我是一对好搭档。不过,我承担了所有的风险,因为吉卜赛人宁可不做生意也不愿意入狱。也许我承担的风险太多——至少莫希是这么说的。他一直不喜欢斯蒂凡。"龌龊的吉卜赛人自己手上啥也不沾。"他说。我的莫希向来不善表达。不过我们的利润一直攀升,他对这个倒没什么意见。

联邦对我们的监控也在升级。

然后是一个十月的晚上,空气中飘着苹果的清香,我难得地早早回家,看了一部关于月亮城的烂片。杰弗瑞走进我的房间:"马克?"

他现在管我叫"马克",我没有抗议,至少他愿意开口了。"杰夫!进来坐坐。你要啤酒吗?"

"不用,我不喝酒。我要告诉你一件事,因为你有权知道。"

"说吧。"我的心猛地颤抖了一下。他做了什么?他站在那里,身体微微前倾,如同战士的姿态,但他不是个战士。他瘦瘦的,个子不高,淡褐色的头发盖住他的眼睛。他的眼睛和米利安很像,我猝不及防地感到一阵心痛。杰夫不像一般小孩那样打扮怪异,他站在那里,好像一个小演员试图扮演新英格兰的会计师。

"我想告诉你,我要结婚了。"

"结婚?"他才十九岁,刚上大学二年级!我得花不少钱,打发掉某个小荡妇了。他怎么会认识这种女人……

“我要和格温多林·杰姆森结婚。下星期。”

我无语了。格温多林——莫希让我雇用的那个会计师,那个首先注意到斯蒂凡侵入费德集团的“聪明”的怪女子。她不再穿戴她的异教服装和帽子,但她还是个平淡无奇的瘦小女子,那种就在同一个房间里也无法引起注意的人。她怎么……

“我不是来请求你祝福或者别的,”杰夫说,“不过你如果愿意来观礼,我们欢迎你。”

“什么时候……地点……”

“周二晚上七点,格温多林妈妈的房子里,在……”

“我是说你在哪里认识她的?什么时候?”

他竟然脸红了。“当然是在你公司。我拿着大学学费的文件过去,她在那里,我只看了她一眼,就知道了。”

一见钟情。刹那间我回到了塞浦路斯的小酒馆,回到了二十岁的年纪,我看见达丽雅站在吧台边,一见钟情。可是格温多林……而且他们已经交往一年了,一年多。下周就是婚礼!

我说:“我一定到场,杰夫。”这是我能为儿子做的唯一一件正派的事。

“太好了,”他突然显得年轻了很多,“我们觉得……”

门外传来一阵巨响,有安全警报和机器管家的声音、门被撞开的声音、叫喊的声音。联邦特工荷枪实弹,举着搜查证冲了进来。就在我把手放到头上、在电脑系统自动连线到我律师那里的时候,我已经知道,我无法参加杰夫的婚礼了。

我确实没有去。我被拘留,不予保释,以防脱逃。经过申诉,我被判六到十年监禁,最后因表现良好,减刑为五年,还不算那么糟糕。我的律师们尽力斡旋,将我分配到新监狱——瑟米斯国际合作司法中心,安大略湖中心的一个浮岛。那里关押着美国和加拿大的囚犯,绝无越狱可能,除非你能游上四十二公里。

不过岛屿并不一定就坚不可摧。我在狱中时,锡坤再次遭受攻击。它所在的希腊岛屿从头到脚都有激光防护,但空气总是不可或缺。恐怖分子——这次是叫作"圣正之子"的组织——借西风传入了生物病毒,死了二十六个人,达丽雅却不在其中。

锡坤搬到天上一个新建的空间站,那里没有风。两年后,他们再次开业。

我在狱中第三年,格温多林死了。她是死于美索不达米亚生物病毒的许多人之一。我无法安慰杰夫,或许我并未尝试,他也绝不会接受。我的儿子对我来说如同外星人。不过,他体内一定还是流着我的血,因为二十五年他都没有再婚。格温多林,那个瘦弱诡异的卫道士,将自己刻在了他那颗费德家的心上。

政府抓到我的同时也抓到了莫希。莫希挣扎、呼喊、控诉,但那又有什么用?他也被判六到十年。至于我,我没什么可抱怨的。我有我的工作,联邦特工们也要做他们的工作。那帮蠢蛋。

他们无法接近斯蒂凡,甚至连他的任何一个名字都找不到。就算找到了,他们也抓不住斯蒂凡,他会以另外的身份、另外的长相,甚至另外的DNA逃脱。更大的可能是斯蒂凡的DNA从来没有被记录在案。罗姆人在家生孩子,不申请出生或死亡证明,不在他们的假税表上填孩子的信息,也不送孩子上学。他们不领救济,不交任何非必要的记录,时常在夜间迁徙。在如今的情况下,他们最大限度地隐藏自己的存在,而罗姆女人甚至比男人更加深藏不露。

这可能也是在四十年后,罗西·亚当斯坐在锡坤空间城的餐厅里,看我蹒跚地走向一张桌子并且满心疑虑她为何出现的时候,还可以假装不认识我的原因之一。

阿克则不慌不忙地晃了过来,我还能躲到哪儿去呢?他不请自来地坐到我的桌边,"早安,马克。"

"Shalom[①],阿克则特工。"我对联邦特工一向客套十足。

"我们很惊讶在这里碰见你。"

尊贵的"我们"。那个鸟联邦政府里的人都以为自己是沙皇呢。我说:"为什么?我这样的老头儿不应该奢求长命?"

"在我们的印象里,你觉得自己跟死了差不多。"

他们在银星老人院对我的监视有多严密?我在那里待了十年,看电影,打牌,几乎等于坐在轮椅上流口水。政府能耗费这么多钱来这样监视我?

---

① 犹太语,意为你好。

“喝点儿橘子汁吧。”我把尚未动过的杯子推到他面前，真可惜里边没有放氰化物。碰见阿克则是我最不想遇到的事。我越过他的肩膀看了看罗西，她正对着桌布皱眉头，拿指甲刮着桌布。

她看起来情况不好。不到一个星期前，在她的“部族”里，她虽然苍老，在银发和皱纹下却依旧富有活力。那时，她的脸颊红润、唇若涂朱，彩色头巾下忽闪着一双善睐明眸。现在她瘫在那里，苍白得像一条蛆，到底怎么回事？她没有戴头巾和首饰，灰发剪成了丑陋的老女人风格，穿着宽松裤子和土褐色的外衣。我不懂女人的时尚，但是这些衣服看起来昂贵而无趣。

阿克则贴近我说：“马克，我跟你说实在的。”

大限将至。

“我们知道你已经十年没接触生意了，也知道你儿子已经将费德集团合法化。我们没理由动他，这你可以放心。不过，你的那些生意至少还有一部分被人继续掌控着，我们不知道是谁。”

不是莫希。他出狱后一个星期就死于心脏病突发。

“而且，我们可以重新启动对你的调查。当然，我也不想这样，但是我可以。我知道，你也知道，这些线索已经挺不新鲜了，而且绝大部分都快要超出法定时效。不过还是可以有……影响。我的意思说在这里。”他身子又往后靠去，一副很严肃的样子。

我礼貌地说：“对不起，我不明白你的意思。”

他说：“杜宾–那卡罗。”我不再需要他解释。

杜宾-那卡罗法案严格限制刑事罪犯所能选用的手术。这法案本来是用来避免罪犯和恐怖分子改换面貌、指纹、视网膜图像、声音,或者做出任何其他"阻碍身份辨认"的事情。不过,比方一个在旧金山或迪拜炸了航天港的人,他们以为他会去签约国的注册医院改换面容么?这帮立法人。

锡坤当然是在杜宾-那卡罗签约国注册的,不过历来没有人将杜宾-那卡罗条款应用于D疗法。这疗法不会改变任何相关的东西。事实上,联邦特工挺喜欢这疗法,因为它会更新任何经过锡坤的人的生物资料。很多罪犯接受过D疗法:卡迈·卢森特、劳尔·洛佩兹-雷耶斯、瑟亚·哈西莫。不过阿克则要是真想的话,他肯定能找到个联邦律师,发一个狗屎禁令,阻止我接受D疗法。

当然,我对于D疗法毫无兴趣,不过他可不知道。我假装惊恐。

"探长……我是个老头儿……没有这疗法……"

"你考虑考虑,马克。我们再聊。"他把手放在我的手上——真他妈是个蠢货——握了一下。我做出一副悲惨的样子,阿克则得意扬扬地走了出去。

罗西还在刮着桌布。她开始把面包扯成小块,四处乱扔。一个穿着浅蓝色锡坤制服的年轻女子匆匆走到罗西的桌边,带着浓重的英国口音问:"您怎么样,克瓦斯基夫人?"

罗西抬起头,一言不发。

"亲爱的,我带你回房间吧。"那女服务员温柔地领着她出门。

我捕捉到她的目光，特地表现得很担忧。不到五分钟，那姑娘就来到我的桌边，“您还好吗，费德先生？”

现在，我是个暴躁苛刻、喜怒无常又富可敌国的老怪物，“不，很不好，我很不爽！我付这么多钱不是为了早餐时看到这种景象！”

“当然不是，以后不会再发生这样的事情。”

“她有什么毛病？”

那姑娘犹豫了一下，不过大概觉得我给的小费足以补偿对罗西隐私权的一点儿侵犯。

“克瓦斯基太太有点儿精神问题。很自然，她希望病情不要加重，所以来到我们这里。好了，您还要吃什么吗？”

“不用，我吃饱了。我可能要在见医生之前先散散步。”

她兴高采烈，仿佛我刚宣布我要带来和平。我点点头，开始我刻意放慢的锡坤巡行。我什么也没找到，这我早就该知道的。我没法进入禁区，因为就算最简单的干扰台也无法通过航天飞机的安检；就算能通过，带这种东西也只会引起别人注意，我可不愿意。这里也有干扰工具和武器，我能够通过蓝图估计到存放所在。我甚至能揣测达丽雅的所在地。但我还是没法接近这些东西，没法接近她。我终于意识到，见到达丽雅的唯一方法就是公开请求。

我害怕。当你一生的所有都凝聚为一个疯狂的欲望，你便生活在了恐惧之中，你呼吸、饮食、起居的时候，无时无刻不意识到它的存在，仿佛你已经失去的那双女子的手，温柔地拂过你的肌肤。

我害怕达丽雅会拒绝,于是这世上再没有什么值得希望。那时,就是死亡。下午,医生抽了我的血、提取了组织样本、把我放进机器里又取出来,每个人都彬彬有礼。我怀疑和我谈话的一个人是精神科医生,虽然他们说不是。我签了很多字。所有一切都被记录在案。

阿克则特工在我的套间外面等我。"马克,我可以进来吗?"

"进来吧。"

在我的起居室里,他耀武扬威地从口袋里掏出一个小绿盒子,按了一串按键,然后把它放在地上。干扰器。我们现在处于一个法拉第隔离网内,电磁信号无法出入,就像一件无形的隐身衣。

当然了,阿克则有干扰台,有武器,有我接近达丽雅所需要的所有工具。阿克则特工。

阿克则天使[①]。

他问:"你有没有考虑我的提案?"

"我不记得你有什么提案。提案上面应该有数额,就像苍蝇纸上总该粘着苍蝇。乔,我不记得见过苍蝇了。"我第一次直呼他的名字,他毫不动容。

"那我就给你苍蝇,马克。你说出2089年'桑克里斯贝案件'的三个重要线索——黑客名字、瑞士银行账户、与你合作的组织——我们就让你好好待在锡坤,不找你的茬儿。怎么样?"

① 此处原文为Angel Alcozer,由于英文中Agent和Angel读音相近,可以推测为作者玩了个谐音梗。

“桑克里斯贝，桑克里斯贝。”我喃喃地说，“我还记得桑克里斯贝的事情吗？”

“我想你记得。”

“我可能记得。”

他的眼光变得锐利。他那由政府下发的义眼没有颜色、没有特征，却有着急切的渴望。

“但是我还有别的条件。”我说。

“别的条件？”

“我要……”

我蓦然停了下来。我鼻子深处又有警戒的信号，这次的气味闻起来十分特别，是条大鱼。有什么问题，和阿克则或者是“桑克里斯贝事件”——这是莫希干的，不是斯蒂凡——或者这次的谈话有关。

“你想要什么？”阿克则问。

“我要再考虑考虑。”我从来不忽视自己的嗅觉，我的鼻子很灵。

他失望地挪动了一下身子，“别考虑太久，马克。明天就是你预定的治疗时间。”

他怎么知道？我都不知道。阿克则能够接触到我无法接触的信息。也许他知道达丽雅在哪里。我只要给他桑克里斯贝的那些苍蝇就好，又有什么损失呢？莫希死了，干那事的“罗宾汉”也死了，事发的岛屿早已没入上升的海平面下,不复存在。那笔钱早就从瑞士转移到了印尼,然后又已转走。没什么损失。

不对。桑克里斯贝还有别的陈年问题,好像一条臭鱼。

我说:“给我几个小时。这是个大决定。”我装出颤抖的声音,“这个地方对我来说是个大转变,你知道我在地球上从没当过大人物。对于一个在布鲁克林长大的孩子来说……”

阿克则微笑起来,这应该是个友好而同情的微笑,可是他看起来像个装了假牙的吸血鬼。“对于在得梅因[1]长大的孩子来说也是一样。好吧,马克,你考虑考虑,我晚饭后再来。”他关掉干扰器,把它揣进兜里,站了起来,“你好好散步。顺便说一下,你不可能进入锡坤的任何禁区。”

“你以为我不知道?”

“我想看看你到底知道什么。”阿克则似乎对自己很满意,好像他的话里充满智慧。我没有提醒他,让联邦有这种幻觉总是好的。一条臭鱼。是谁的呢?

我去吃晚饭。刚落座,罗西就踉踉跄跄地跑进餐厅,容光焕发好像火箭发射,大喊道:“克里斯托弗!”

我四处张望,餐厅里还有两个人,都是女的。罗西扑过来,涕泪横流地拥抱住我,“你来了!”

“我……”

① 美国艾奥瓦州首府。

一个穿着浅蓝色制服、疲惫不堪的女子从门口冲进来，“哦，费德先生，对不起，她……”

“克里斯托弗！”罗西喊道，“看，安娜，我兄弟克里斯托弗！他特地从加利福尼亚来看我！”

罗西紧紧抓住我，好像我是一堵峭壁，一松手她就会跌落深渊。我都不需要装傻，我已经完全傻掉了。服务生试图把她拉开，她却把我抓得更紧了。

“对不起，费德先生，她有点糊涂了，她……克瓦斯基太太！”

“克里斯托弗！克里斯托弗！我要和我兄弟一起吃饭！”

“克瓦斯基太太，你真的……”

“如果我跟她一起吃饭会不会好一点？”我问。

服务员手足无措。不过进入餐厅的人越来越多，个个都是巨富，她显然不想造成混乱。她的耳机里传来什么声音，她试图对我微笑：“那样就……如果您不介意……”

“没事，我姑姑临死前……我理解。”

年轻的服务员又是感激，又是生气和尴尬，还夹杂着许多我没在意的情绪。我伸出空着的那只手，替罗西拉开一张椅子，她咕哝着坐下，一个机器侍者走过来，世界又清静了。

罗西整个晚餐过程都在喃喃自语，全不可解。那个服务员不快地等在角落里，肢体语言表明她已经和罗西斗争了一天，这份工作已经让她恶心透顶。斯蒂凡给克瓦斯基太太伪造的信用记录一定十分惊人。罗西什么也没对我说,不过偶尔会对我明快地笑起来,好像座痴呆的灯塔般闪闪发亮。我什么也没对她说,但我开始担心起来。我不知道这是怎么回事。或许她真的脑子出了问题——不到一个星期前还好好的,这可能吗?——或许她的演技比网络上半数的影星都要强。

她把东西都吃完了,只是吃得很慢。甜点是某种巧克力饼,她吃到一半的时候,餐厅已经坐满了人。第一批顾客,那些十点就睡觉的老人(我自己就是其中之一)已经离开了;第二批年轻时尚的顾客吃着笑着,点着昂贵的红酒。我认出一个有名的日本歌手、一个拿过我报酬的前美国参议员(虽然他自己不知道)和一个阿拉伯花花公子。从锡坤人的角度来说,在这里出现这种低俗的场景确实不太合适。

罗西站起来喊道:“达丽雅·克列!”

我的心脏几乎停止了跳动。

不过达丽雅当然并未在场。只有罗西挥舞着手臂大喊:“我一定要谢谢达丽雅·克列!给我新的生命!我一定要谢谢她!”

周围的人们看向这边。有几个人觉得有趣,大多数人脸上却是一副受辱的表情,因为这些时髦宝贝们被迫看到一个老迈、邋遢,可能还臭烘烘的人——他们来锡坤就是为了躲避这种场景。服务员冲了过来。

“克瓦斯基太太!”

“达丽雅！我一定要谢谢她！”

那女孩拉住罗西，罗西拽住桌布，盘子、酒杯、昂贵的水养花卉纷纷摔在地上，客人们窃窃私语，怒目而视。那姑娘绝望地说：“当然没问题，我们去找达丽雅，现在就去！克瓦斯基太太，跟我来。”

“克里斯托弗也要去！”

我悄悄对那姑娘说：“我们得把她弄出去。”

她给我一个混合着紧张、感激和愤怒的笑容，说：“好的好的，克里斯托弗当然要去。”

罗西拉着我的手，开心地跟着服务员走出去。

我想，这样不会有用的。一旦我们走出了餐厅，离开大众耳力所及的范围，不再需要伪善……

罗西在餐厅外的走廊里停下来，又大喊道：“达丽雅！”这里的人们也驻足观看。罗西突然不再蹒跚，冲到了前面，经过这些人，从一条走廊转到另一条走廊。服务员和我都得小跑才能跟上，所以罗西率先撞上了激光墙，被击倒在地，大哭起来。

“好了，你，”那姑娘先前伪装的温柔一扫而光，“够了！”她抓起罗西的胳膊要拉她起来，不过罗西比她大概要重上二十五公斤。一个机器服务员向我们滑过来。

罗西大声喊起来：“达丽雅！达丽雅！求求你，你不知道这对我有多么重要！我是个老女人，可是我曾也年轻过，我也失去了唯一的爱人——还记得塞浦路斯吗？记得吗？你记得！塞浦路斯！达丽雅!”

机器人伸出一个铲子,轻松地将罗西像沙砾一样铲了起来。那姑娘凶恶地说:“我受够了……”

她停住了,脸色大变。她的耳机里传来声音。

然后是一声几不可闻的“噗”,激光墙关掉了。在通道的另一头,有一扇门打开了——它方才还不存在。隐形涂料,我茫然地想。鲁文的机器狗。我的手不听使唤地摸向我已经没有戒指的无名指。

站在门口,如同五十五年前在健康医院一样被人类和机器保镖簇拥着的,正是达丽雅。

她的外表仍然是十八岁。我蹒跚前行,几乎意识不到自己的腿在动,仿佛又看见她在那间希腊酒馆的吧台上倚立,看见她在那个布满岩石的沙滩上的晨光里哭泣,看见她剃去了半边头发、躺在医院的床上。她却并未看见我。她没有看我,也没有认出我来,只是注视着罗西。

罗西陡然转变。她爬出铲子,推开那个服务员,把她推倒在墙边,抓起我的手,把我拉向前去。人类和机器保镖在门前拦住我们的去路,对罗西进行了全身检查。通常来说,一个男人这样摸一个罗姆女人必死无疑,就算是她的丈夫也一样。但罗西忍耐着,就像一个异教王后蔑视低贱的罗马士兵。至于我,我几乎没有注意到他们检查我的身体,只是目不转睛地注视着达丽雅。

她仍然只有十八岁，却与从前截然不同。

她的汹涌黑发已经被束成时兴发型，柔顺却丑陋。她光滑的栗色肌肤失去了原本的颜色。她的眼睛仍然是她独有的绿色，眸子深处却含着我无法想象的挫败与孤独。

不，我可以想象。

搜身结束了，她静静地站在一旁，让我们进去。一个人类保镖说："克列太太……"她挥了挥手，打断了他。我们所在的地方大概是个前厅，墙壁可能是白色、蓝色或者金色，可能有鲜花，鲜花可能摆在古董桌子上——我都记不清了。我眼中只有达丽雅，她眼中却没有我。

她对罗西说："你知道塞浦路斯的什么事？你以前在那里么？"

她肯定以为罗西当时也是塞浦路斯的妓女——年纪差不多。但是达丽雅的问题淡漠而不动声色，好像在礼貌地询问一座古建筑的年头：是1649年建的吗？真的啊？哦。

罗西没有回答，却站到了我身后。她不能说出我的名字，因为我们显然还处于被监视之中。她必须保持克瓦斯基太太的身份，才能够再回到斯蒂凡身边，她什么也不能说。

只能我说。我说："达丽雅，我是马克。"她终于看向我，她知道我是谁了。

罗姆人把鬼叫作mule[①]。"鬼"会出没于他们居住过的地方长达

---

① 为方便阅读，后文以"鬼"的形式出现

一年。他们以废品为食、在厕所里方便、花他们棺材里陪葬的钱,在梦里和视线中给生者捣乱。尽管脆弱且无形无质,但他们是确实存在的。我从来不知道斯蒂凡或罗西是否相信“鬼”的存在,罗姆人有很多事不会告诉“异族”。

达丽雅已经变成一个“女鬼”①。她打量着我,目光中并无涟漪。这个女子一度在病床上冒险带给我财富、救赎与耻辱,如今却已经超脱于所有的风险与利益之外。数十年来,她被彼得·克列单独幽禁,经受了仇恨者的一再行刺,成为一个满足他人虚荣的生物供应站,终于失却了全部活力。她已经不再有希冀、不再有感觉,也不再有挂念,哪怕对我也是一样。

“马克。”她客气地说,“你好。”

就连她的声音里也失却了那种沙哑与犹疑的调子,不知为何,这才是真正让我崩溃的一击。想想吧,她的口音依旧,甚至连身上的香气都未曾改变,可是声音里已经没有了她的调子,她已经不再是达丽雅,我面对的只是一具空壳,她的眼中一无所有。

罗西握住我的手。这是四十年来第一次,罗西——不是疯子克瓦斯基太太——与我有肢体上的接触。她的手让我感觉到达丽雅已不再有的感情与生命,再没有什么比这让我更心痛。

我不能再看达丽雅一眼。你怎么还能去看一个根本不存在的人?我转过头,看见阿克则特工正从门口走廊的角落里向我们飞快

① 原文为muli,mule的阴性词格。

地冲了过来。

就在电光石火的一刹那,我终于想起了桑克里斯贝的丑事。

我们的骗局成功了,但是之后莫希找到我,“他们想再来一次,这次有内线。他们安插了一个人到中央调查局,这事儿看起来很不错。”

“我要详细计划。”我说。莫希将详细计划交给我的时候,我却拒绝交易。

“为什么?”莫希很痛苦,他最不愿看到利润流失。

“因为所以。”我不肯再多说。他试图与我争论,但我坚持立场。这次新交易涉及该内线所属的组织“纯洁心星”。这些环保狂热分子参与各种合法与不合法的行动。但是我还知道一件事,莫西并不了解,就算了解也不会在意:“纯洁心星”与对在希腊小岛上的终生公司的第二次攻击有关。“纯洁心星”安插在联邦政府里的内线接受了生物改造与增强处理,为了生物纯洁性的最高荣耀而做出了牺牲。他来自曾经的得梅因。

阿克则奔跑的速度非人所能及。他手里拿着一个带突起的粗棍子,我看不出那是什么。十年来,武器和这世上的一切一样,都已经变了。

达丽雅明白了。她看着阿克则,纹丝不动。

保镖们也没有动,他们肯定重新启动了房子周围的激光墙。但这没有用,阿克则穿过了激光墙,军方为中央调查局开发的武器显然超越了锡坤的水平。机器保镖也自动关闭了,他手里的一定是干扰器之王。

那个人类保镖就没有这么容易对付了。他朝阿克则开了枪,阿克则晃了一晃,血奔涌而出。就在倒下的同时,他扔出了一样东西。不明白情形的人不会注意到那小东西,但我注意到了。那是第一样我能辨别的武器,虽然它显然已是升级版。这武器原始、威力有限,但足以杀死你想要杀死的人而不对空间站或飞船整体造成破坏。那是一枚小型单兵榴弹。我霎时间回到了塞浦路斯,回到了当兵的年代,闲置了六十五年的军事训练迅速在我的肌肉中生发开来。

我蹒跚向前,那生硬的动作多半要挨教官的训,但是我连一纳秒都没有犹豫。

时间有限,我只能救一个人。达丽雅站在那里,一如我在那酒馆里初次见她一般美丽,绿色眼睛里是对死亡的憧憬。“你来晚了,为什么迟到了呢?”不过这只是我替她说的,达丽雅没有说话,言语是生者的专利。

我撞倒罗西壮硕的身躯,不像个救人的骑士,更像是架倒下的钢琴。我们一齐仆倒在地——轰!——我抱着她滚进那张古董桌子底下,桌面是一块厚重的大理石。罗西,我忠诚的朋友斯蒂凡的爱人,面对着墙壁,我护在她的外侧。我没有听见榴弹的响声,显然这升级版的武器发送的只是电磁波,不是粗糙的碎片。我感觉如同沸油在我背上泼洒烧灼,头上的桌子破碎,垮掉了半边。然后便是一片黑暗。

罗姆人有句俗语:Rom corel khajnja,Gadzo core farma。窃钩者罗姆,窃国者"异族"。没错。没错。

我醒来的时候置身于一间白色的屋子里,躺在一张白色的床上,身上扎着白色的绷带,盖着一条白色的毯子——医生们好像觉得加点儿颜色会害人似的。杰夫坐在我的床边,我动了一下,他俯身向前。

"爸?"

"在。"

"你感觉怎样?"

这种问题真蠢。我受了榴弹的伤,又被桌子砸了,感觉还能怎样?杰夫也意识到这一点,他低声说:"她死了。"

"罗西?"

他愕然——他是该愕然。"罗西是谁?"

"我说什么了?我不舒服……不行……"

"别动,爸。别说话。我就是告诉你达丽雅·克列死了。"

"我知道。"我说。她已经死了很久。

"那个恐怖分子也死了。他居然是联邦特工,你信不信?不过你救的那个女人,克瓦斯基太太,她没事。"

“她在哪儿?”

“她回下边去了,不想接受D疗法了。新闻频道想采访她,可怎么也找不着。”

他们不可能找到她。我想着斯蒂凡、罗西……还有达丽雅。我感觉不到疼痛,也许是因为医生在我脖子上贴了块跟罗德岛一样大的止痛贴。没有痛苦,只有空旷与虚无,有寒风毫无阻拦地穿过我的身体。

当你失去所有的渴望,你就已经死了。

外面的走廊上有机器人走动,有碗盘敲击的声音,人们在絮语,在什么地方有钟声响起。我只有空旷,只有虚无。

“爸,”杰夫的音调有些改变,“你救了那个女人的命。你根本不认识她,只不过是为了照顾一个素不相识的疯女人,可是你救了她的命。你是个英雄。”

我慢慢转过头看着他。杰夫的眼中闪着泪光,薄薄的嘴唇在颤动,“我太为你骄傲了。”

这真是个笑话。这一切只是个拙劣的笑话。宇宙之主也太差劲了。我像得了失心疯似的要去追寻一只机器狗吃掉的戒指,我协助别人慈悲地杀死了我唯一爱过的女人,我拯救了世界上最优秀的罪犯之一——她的丈夫和我搭档犯下的众多大宗盗窃罪足以令杰夫头晕。这一切的结果,却让我的儿子为我骄傲。骄傲。这太荒谬了。

但是那一片空洞似乎合拢了点。那寒风也轻了一些。

杰夫接着说:“我把你的事迹告诉了波比和埃瑞克。他们也为爷爷骄傲。还有歌莉娅,她们都盼着你回家呢。”

“真好。”我说。爷爷,这都是什么词儿啊。但那寒风越来越轻。

“爸,你现在休息吧。”杰夫说。他迟疑了一下,最后还是低下头吻了吻我的额头。

他走后很久,我还能感觉到我儿子的那个吻。

我没有告诉他我近期不会回家。我到底还是要接受D疗法。到我不得不告诉他的时候,我会说我想看着孙子们长大。这说不定真是我的理由。好吧——这确实是我的理由之一,不过我一时还适应不了自己这个新鲜的想法。

我要接受D疗法还有一个更重要的理由,我已经想了很多年。

我想把达丽雅放在我的身体里面。从前我把她装在戒指里,但是时移世易,我不能奢求更多。这是我唯一的办法,但对我来说,这已经足够。

(Denovo 译)

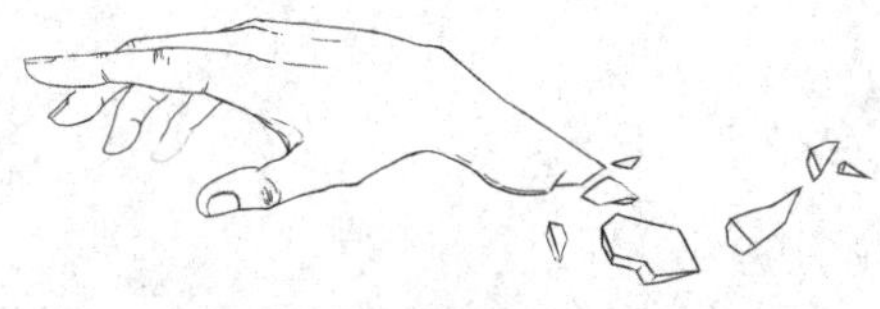

牢狱之花

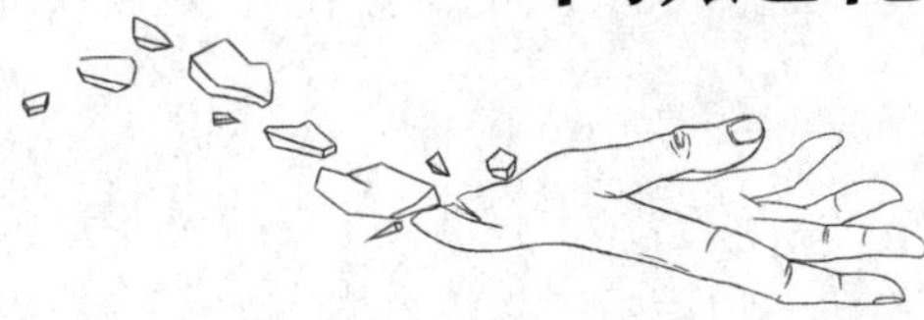

妹妹安恬地躺在我对面的床上，手指微微弯曲。她漂亮的小鼻子精致地翘着，肌肤如鲜花般光洁，却毫无生机。她已经死了。

我滑下床，晃悠悠地站起来。我早上起床总有些头晕，一个地球来的医生曾经说我是低血压。地球人常说这类莫名其妙的话，比如“空气是潮湿的”。空气就是空气，我就是我。

我就是我，一个谋杀犯。

昨晚我除了水没喝别的，可今早还是有些口臭。我跪在妹妹的玻璃棺前，险些打了个哈欠，幸好及时忍住了。虽然嘴里的味道难闻，可是总算没有亵渎阿诺。她是我唯一的兄弟姐妹，也是我最亲密的朋友，她离去后，我便一无所有。

“还有两年，阿诺。”我说，“减去四十二天，然后你就自由了，我也一样。”

阿诺自然没有回答。不必说什么，她和我一样数着日子，期待着下葬的那一天。脱离了药物和玻璃棺的拘禁，她的灵魂才会从尸身中解放出来，归于先祖。其他那些有亲人在服刑的人说，这些被拘禁的尸身会怨愤报复,令家人噩梦连连、苦不堪言。善良的阿诺从来不骚扰我,令我困扰的从来只是我自己。

我做完了晨礼,跳起来,晕乎乎地向茅厕走去。昨晚我似乎并没喝酒,现在膀胱却跟要炸了似的。

中午,一个信使骑着从地球进口的自行车来到我的院子里。他的斜杠自行车款式新颖、曲线流畅,显然是为本星球市场特制的。阴沉沉的信使本人可就没自行车好看了。这小男孩儿工作大概还不到一年,我向他微笑致意,他却避开目光,一副不情不愿的样子——他要是老这么下去,多半会被开除。

“邬莉·本加林朋友的信。”

“我就是邬莉·本加林朋友。”

他皱着眉头把信递给我,骑上车走了。我知道他并不是单单对我态度恶劣。和我的邻居们一样,他绝对不知道我的身份,否则我在这里待着就没意义了。在争取回归真实的过程中,我在别人眼中也应该是完全真实的。

这封信毫不花哨,上面盖了一个政府通用印章。这样的信可能来自税务部、民政部或者礼仪部,不过我知道,这些单位在我回归真实之前不可能发信给我。这是来自司法部的传唤令,他们又有任务给我了。

也差不多到时候了。我完成上次任务后待在家已经快六个星期了，整天侍弄花草、打磨盘碟，还试图画一幅画，重现上个月六个月亮同时出现在天空中的情景。我画得很烂，该到接受下一个任务的时候了。

我整理好肩袋，吻过妹妹的玻璃棺，锁上了门。我从车棚里把自行车取出来——我的车可没有信使的车那么优美的曲线——在尘土飞扬的路上向城里骑去。

弗拉里·布瑞米丁朋友看起来很紧张，这让我觉得很有趣。布瑞米丁朋友通常冷静自制，属于那种永远不会被幻觉影响的人。他给我分配上一个任务的时候一点儿问题也没有，可是现在他竟然坐立不安，在他的小办公室里走来走去。这里堆满了纸张、我不喜欢的造型夸张的石像，以及剩了半碟食物的餐盘。我对这些东西和他的走动没有提出任何异议。我对布瑞米丁朋友除了感激之外，还有些喜爱之情。他是司法部里唯一愿意给我赎罪机会的人，另外两个法官都判我永久死亡，不给任何赎罪机会。其实关于自己的案子我不应该知道这么多。布瑞米丁朋友是个健壮的中年人，颈部毛发刚刚开始发黄，灰眼睛显得很和气。

“本加林朋友——”他终于开口了，却欲言又止。

“我时刻准备为您效劳。”我温柔地说，希望不会增添他的紧张情绪，但我的心却悬了起来，这事看起来有点问题。

“本加林朋友，”他又顿了一下，“你是个特工。”

"我时刻准备着为共享真实效力。"虽然很吃惊,我还是重复了一遍。我自然是个特工,我干这行已经两年零八十二天了。我害死了我的妹妹,所以要一直做特工到刑期结束,那时我就可以回归真实,阿诺也可以获得自由,回归先祖。这些布瑞米丁朋友都是知道的。我以前的任务都是他分派的,从最初简单的伪币案,到最近的婴儿盗窃案。他也知道我是个很好的特工。他究竟是怎么了?

布瑞米丁朋友突然挺直了腰,却没有看我的眼睛,"你是个特工,司法部有一个新任务给你,在渥利监狱。"

原来如此。我呆住了。渥利监狱关押的不是普通的盗窃、欺诈、拐卖儿童之类案件的罪犯,而是那些不真实的人,那些自以为不隶属于共享真实,从而对最根本的真实体——也就是别人的身体犯下了罪行的人:伤害犯、强奸犯、谋杀犯。

就像我。

我感觉到自己的左手在颤抖,我努力克制,不愿表现出自己所受的伤害。我曾以为布瑞米丁朋友对我的印象还不错。世上当然没有"部分救赎"这码事——一个人要么真实,要么不真实——但是我心里总是隐隐以为,两年零八十二天的努力已经让我渐渐回归真实,布瑞米丁朋友明白我是多么努力地在工作。

他一定从我的脸上看出了什么,所以很快地说:"朋友,我很抱歉分配给你这个任务。我希望能给你一个好点儿的,可是萨洛城点名要你干这个。"首都点名要的我——我的心情一下子好了不少。

“他们还授权我通知你，这次任务有额外补偿。如果成功了，你的赎罪期马上结束，你可以立即恢复真实。”

立即恢复真实。我又能毫无愧疚地成为世界的完整的一员，有权生活在这个分享人性的真实世界里，自豪地昂起头。阿诺也可以被埋葬，她那洗去药水的身体重新回到世界里，而她甜美的灵魂则回归我们的先祖。阿诺也能够重归于真实。

“我接受。”我告诉布瑞米丁朋友，然后严肃地说，“我时刻准备为我们的共享真实效力。”

“本加林朋友，你同意之前，还要知道另一件事。”布瑞米丁朋友又不安起来，“疑犯是个地球人。”

我从来没有监视过地球人。当然了，渥利监狱也关押着那些被判为“不真实”的外星人：地球人、堕星人，还有古怪的小呼呼哈人。问题是，虽然外星飞船进入世界也有三十年了，但外星人是否真实这个问题还颇有争议。他们的身体显然是存在的，因为他们明明白白地在我们眼前。可是他们的思想太混乱了，几乎完全不能认知共享的社会真实，简直就像那些一直不能明白事理、最终必须被销毁的可怜的孩子。

除了贸易往来，我们世界的人通常并不搭理外星人。地球人出售的东西尤其有趣，比如自行车；而他们要的东西却完全无用，大都是些非常浅显的知识。但是，这些外星人到底有没有灵魂，能不能认知，并且遵从一个与其他灵魂共享的真实？这个争论在学术界从未停止,甚至在市场和酒店里也时有耳闻。我个人认为外星人也可能是真实的。我尽量做一个不盲信的人。

我对布瑞米丁朋友说:“我同意监视地球人。”

他高兴地挥了下手,“好,好。你会比疑犯早一个卡普月进入渥利监狱。请使用你的主要掩护身份。”

我点头,虽然布瑞米丁朋友也知道这对我来说很不容易。我的主要掩护身份就是事实:我两年零八十二天前杀死了自己的妹妹阿诺·本加林朋友,被判永久死亡,永远不能回归于先祖。唯一不实的部分是我犯罪后一直潜逃至今。

“你刚被抓到,”布瑞米丁朋友接着说,“并且被送到渥利监狱服你的第一段刑期。你的档案上会有记录。”

我避开他的目光,又点了点头。第一段刑期在渥利监狱,等时间到来,在束缚阿诺的那种药水里面服第二段刑期,并且永远不能获释——永远。这要是真的会怎样?我会发疯的,而很多人也的确就这样疯掉了。

“疑犯叫卡瑞·沃尔特。他是个地球医生,为了研究真实的人脑功能杀害了一个世界儿童。他被判永久死亡,但是,司法部相信有一批世界人与他合作。世界上就有这么一批丧心病狂的人,会杀害儿童来研究科学。”

一时间,我觉得整个房间都在摇晃,就连布瑞米丁朋友的那些丑陋雕像也在晃动。不过我很快控制住了自己。我是个特工,优秀的特工。我能做到。我在为自己赎罪,也在解救阿诺。我是个特工。

“我会查出这些人都是谁,”我说,“查出他们在做什么、身在何处。”

布瑞米丁朋友微笑了:“好。”他的信任是一剂共享真实——在没有谎言和暴力的情况下,两个人达成的共同认知。这正是我需要的。在未来很长一段时间里,这将是我唯一一次得到的共享真实。

那些被判为永久死亡的人,只能在孤独的幻觉中度日,他们是怎么过的?

渥利监狱里一定有很多疯子。

去渥利监狱要经过两天艰难的骑行。路上我的车掉了枚螺钉,只好推着去到下一个村庄。那个自行车铺的女老板虽然能干,却很猥琐,属于那种喜欢从共享真实里挑刺的人。

“还好不是辆地球产的自行车。”

“还好。”我说,不过她没有听出我的嘲讽。

“那些卑鄙无耻的罪人,他们正在慢慢地演变我们呢。我们根本就不应该让他们进来。政府应该保护我们不接触那些不真实的渣滓,哈,真是个笑话。你的螺钉不是标准尺寸。”

“是吗?”我问。

“是啊,要另外加钱。”

我点点头。车店后门敞开,两个小姑娘在一丛密密的月亮草中玩耍。

“我们该杀了那些外星人,”老板说,“在他们彻底腐蚀我们之前消灭他们,没什么丢人的。”

“唔……”我说。特工要低调,不能参与政治争论。比孩子们还高的月亮草在风中低伏。一个小姑娘有长而美丽的棕色颈发,另外一个却没有。

“好了,这颗螺钉挺稳当。你从哪里来?”

“萨洛城。”特工从来不暴露自己的真正家乡。

她很夸张地耸了耸肩:“我永远不会去首都,那里外星人太多了。他们毫不犹豫地破坏了我们对真实的共享!请付三块八。”

我想说“除了你自己,没有人能破坏你对真实的共享”,但没有说出口,只是默默地付了钱。

她瞪着我,也瞪着这个世界,“你不相信我说的那些关于地球人的话,可我就是明白!”

我骑上车,穿过鲜花盛开的乡野。天上只有卡普月亮,从与太阳相对的地平线上升起,皎洁的白色月光好似阿诺的肌肤。

我听说地球人只有一个月亮。他们那个世界里的共享真实大概不如我们:没有这么圆润,这么丰富,这么温暖。

他们会嫉妒我们吗?

渥利监狱位于南海滨内的一处平原上。我知道世界上其他岛屿有自己的监狱,就好像他们都有自己的政府一样,但是只有渥利监狱用来关押不真实的外星人和世界人。世界人的政府为此达成了一个特殊协议。外星人政府对此提出抗议,不过当然不管用了。不真实的人都是不真实的,释放他们太危险了。再说,那些外星政府都在别的星球上,远着呢。

渥利监狱巨大而丑陋,整个一块四四方方、毫无光泽的红石头,一点儿曲线也看不见。一个司法部官员接待了我,并把我转交给两个狱卒。我们进入一扇紧闭的大门,我被锁在自行车上,我的自行车又被锁在狱卒的车上。他们领着我穿过一个宽大的土院子,走向一堵石墙。狱卒们自然不会跟我说话,我是不真实的。

我的牢房是方的,边长两倍于我的身高。里面有一张床、一个尿壶、一张桌子和一把椅子。门上没有窗户,其他牢房的门也都是关着的。

“犯人什么时候集体活动?”我问,不过狱卒当然不会回答。我是不真实的。

我坐在椅子上等待。没有钟,很难判断时间,不过我觉得自己无聊地过了几个小时,才听见一声锣响,我的门升到天花板上。绳子和滑轮都是从上面控制的,在牢房里够不到。

走道里满是魅影。男人,女人,有的颈发已经发黄,眼眶深陷,衰老蹒跚;有的还年轻,步伐中掺杂着危险的愤怒或绝望的情绪。

还有外星人。

我见过外星人,不过没见过这么多。堕星人身量和我们相近,但肤色焦黑,好像被他们的太阳烤脆了似的。他们会留很长的颈发,染成古怪的亮色,当然在监狱里不可能这样做。地球人根本没有颈发,脑袋上却长着毛发,有时修剪成花哨的曲线,还挺漂亮。地球人身材高大,有点吓人。他们走得很慢。阿诺被我杀死前曾经上过一年大学,她告诉我地球人的世界让他们觉得自己更轻一些。我不明白这个,不过阿诺很聪明,所以这多半是对的。她还说堕星人、地球人,还有世界人在很久以前是有关系的,不过这也太匪夷所思了。也许她搞错了。

没人会认为呼呼哈人跟我们有任何关系。他们个子很小,行动迅速,丑陋吓人,四肢着地。他们身上长满了疣子,还臭烘烘的。我很高兴地发现渥利监狱的走道里只有几个呼呼哈人,他们紧紧地挨在一起。

我们来到一个大房间,里面放满了粗硬的桌椅,角落里有给呼呼哈人用的槽。桌上已经放好了食物:麦片、面包、伊林德果——很普通但是有营养。令我吃惊的是完全没有狱卒在场,显然犯人们可以对食物、房间和彼此为所欲为,不会有人干涉。这样有什么不对? 反正我们也不真实。

我需要保护,马上就要。

我选择了两女三男的一组人。他们坐在一张桌子旁,背对墙壁，其他人都与他们保持着一定距离，以示尊重。从聚集方式来看，最老的女人是他们的头领。于是我站到她面前，直视她的脸。一道长长的伤疤划过她的左颊，直没入灰色颈发之中。

“我是邬莉·本加林朋友。”我的音调平稳，但音量不大，只有这一群人能够听见，“我的罪名是谋杀妹妹。你们会用得着我。”

她不出声，目不斜视，不过注意力显然已集中到我身上。其他犯人偷偷地看着我们。

“我知道狱卒里有个特工。他也知道我知道。为了不让我出卖他，他会给我夹带东西到渥利监狱里来。”

她的眼睛还是没动，但我看出她相信我了，我惊人的言语说服了她。一个已经因为密报而违反共享真实、生活于伪造真实中的狱卒，多半愿意为此付出物质上的好处。否则的话，如果真实被打破，他需要付出的代价会大大提高。由于同样的原因，她也很容易相信我可能会违反与这个狱卒的协议。

“什么样的东西？”她貌似不经意地说，嗓音粗糙厚重。

“信件。糖果。酒。”酒精饮料在监狱里是禁止的，它们适合于集体欢宴，而不真实的人无权聚众享乐。

“武器？”

“也有可能。”我说。

“为什么我不从你那里逼问出这个狱卒的名字，然后自己与他谈条件？”

“他不会和你谈。他是我的堂兄弟。”这是司法部提供给我的整个计划中最棘手的部分:要让我寻求的保护者相信存在这样一个人,既服从足够的共享真实从而承认家庭关系,又会在更大尺度上违反共享真实。我告诉布瑞米丁朋友,连我都怀疑这样的思想状况能否稳定,所以一个经验丰富的犯人是不会相信的。不过布瑞米丁朋友是对的,我错了。那个女人点点头。

“好吧。坐下。”

她没有问我想用这个“堂兄弟”提供的方便交换什么。她心知肚明。我坐在她身旁,从此除了她以外,渥利监狱里的任何人都不能再伤害我。

下一步,我就要接近一个地球人。

这比我想象的要难。地球人只和自己人来往,我们也一样。就像渥利监狱中所有疯狂无望的灵魂一样,他们对自己人也很残忍。这个地方充斥着孩子们口耳相传的恐怖事件。十天之内,我看见两个男世界人强奸了一个女人,没有任何人干涉。我看见一帮地球人围殴一个堕星人。我看见一个女世界人用刀子捅了另一个女人,后者躺在石头地板上流血至死。这是唯一一次有狱卒出现的情况,他们全副武装,同来的还有一个牧师,推来一口装着药水的棺材,即时将尸身浸入其中,以免尸身腐烂而令犯人逃脱永久死亡的刑罚。

夜晚,在孤独的牢房中,我梦见弗拉里·布瑞米丁朋友出现,取消了我回归真实的资格。那具中刀死去的尸首变成了阿诺，而那个凶手变成了我。我哭着从梦中醒来，不是悲伤，而是恐惧。我和阿诺的生命，都悬于那个我还没能认识的罪犯身上。

不过我知道他是谁。我尽可能地接近地球人的集团偷听。当然我不会说他们的语言，但是，布瑞米丁朋友教会了我在他们的几种方言中分辨出“卡瑞·沃尔特”的音调。卡瑞·沃尔特是个老人，灰头发剪成无趣的直线，棕色皮肤上布满皱纹，眼窝深陷。但是他的十根手指头——他们怎么防止多出来的这些指头缠在一起？——长而敏捷。

我只用了一天就发现卡瑞·沃尔特的人都不去找他的茬儿，对他保持着像我的保护者所得到的那样的尊敬，然后我花了比这长得多的时间去弄清楚原因。卡瑞·沃尔特看起来不吓人，也不保护或者惩罚别人。我也不认为他跟狱卒之间有任何私人的交往。直到那个女世界人被刺死，我才明白过来。

事情发生在院子里，那天天气凉爽，我饥渴地注视着头上一小块明亮的天空。被刺伤的女人尖叫着，凶手从她的肚子上把刀拔出，鲜血狂喷而出，迅速浸透了地面。那女人蜷曲着，除了我，所有人都转开了视线。卡瑞·沃尔特蹒跚着跑过去，跪在那女人身边，徒劳地试图挽救那个本来就已经永久死亡的女人。

这很自然，他是个医生嘛。地球人都不找他的麻烦，因为他们知道，也许下次自己就会需要他的帮助。

我觉得自己很蠢,竟然没有马上明白这个道理,我可是一个很优秀的特工。现在我得靠迅速行动来挽回失误。问题是在阿发·法卡尔朋友的保护下,没有人会来找我的麻烦,而挑衅法卡尔朋友本人又太危险了。

我只有一个办法。

我等了几天。在院子里,我安静地靠墙坐着,急促呼吸。几分钟后我跳起来,屏住呼吸以加重晕眩,然后我用尽全力撞向坚硬的石墙,从墙上滑落下来,胳膊和前额一阵剧痛。一个法卡尔的手下人大喊了一句什么。

法卡尔朋友一分钟之内就赶到了。我听见她的声音——也听见所有人的声音——在晕眩与疼痛中显得十分模糊。

“——就冲到墙上,我看见了——”

“——跟我说过她会有这种突发眩晕——”

“——头撞破了——”

我忍住突然袭来的恶心感,喘息着说:“医生。那个地球人……”

“地球人?”法卡尔朋友的声音粗粝,充满怀疑。但我继续气喘吁吁地说:“……病……一个地球人告诉我的……从小就有……没有救护我就……”我毫无预备地吐到了她的鞋子上,但这呕吐竟然起到了效果。

“把那个地球人找来,”法卡尔朋友对某人怒喊,“再拿条毛巾!”

然后卡瑞·沃尔特在我身边弯下腰来。我抓住他的胳膊，试图微笑，却晕了过去。

我醒来的时候，发现自己躺在食堂的地板上，那个地球人盘腿坐在我身边。几个世界人在对面的墙边晃来晃去，对我们怒目而视。卡瑞·沃尔特说："你看见几根手指？"

"四根。你们不是应该有五根的吗？"

他展开第五根指头说："你没事了。"

"不，我有事。"我说。他遣词造句就像小孩，还带着奇怪的口音，不过能让人听懂。"我有病。另一个地球医生告诉我的。"

"谁？"

"她叫安娜·拉科夫朋友。"

"什么病？"

"我不记得了。脑袋里的什么问题。我会中邪。"

"中什么邪？你会突然摔倒？"

"不是。对。有时候是，有时候又不这样。"我看着他的眼睛，诡异的眼睛，比我的小，带着一种难以想象的蓝色，"拉科夫朋友说如果没有人救护我，中邪的时候我可能会死掉。"

他对我捏造的谎言没反应。或许他有反应，只是我看不出来，我从来没有监视过地球人。他说了句即使在渥利监狱里也很不合时宜的话："你为什么不真实？你干了什么？"

我移开视线,“我杀死了自己的妹妹。”如果他再追问细节,我会哭的。我的头疼得要命。

他说:“抱歉。”

他是为自己问了这个问题,还是为我杀死了阿诺感到抱歉?拉科夫朋友就不这样,她比较有礼貌。我说:“那个地球医生说我应该有人照看,那个人得知道如果我中邪了怎么办。你知道怎么办吗,沃尔特朋友?”

“知道。”

“你会照看我吗?”

“会。”事实上,他正仔细地观察照看我。我摸了摸自己的头,撞破的地方被绑了一块布。头更疼了,我拿开手,上面沾着血,黏糊糊的。

我说:“那我怎么报答你?”

“你用什么换来了法卡尔朋友的保护?”

他比我想象的聪明。“我不能告诉你。”她会严厉惩罚我的。

“那我照看你,你告诉我关于世界的信息。”

我点了点头。这是地球人通常想要的东西——而且给予信息的同时,我也可以收集。“我会向法卡尔朋友解释你为何在我身边。”我赶紧说完,头痛再次毫无预警地淹没了我,餐厅里的一切都模糊起来。

法卡尔朋友很不满。不过我刚给了她一把我“堂兄弟”偷运进来的枪。我在自己牢房的床底下给监狱管理员留纸条，每天无论天气如何，犯人们都会在院子里待一会儿，这时我床下的纸条就会被换成我要的东西。法卡尔要一件“武器”，没料到会得到一把地球上来的手枪。她是狱中唯一一个拥有这玩意儿的人。这再次残酷地提醒我，没有人关心我们这些不真实的人是否会互相残杀。这里没有别人，全是已经永久死亡的人。

“沃尔特朋友不在的话，我可能会再次中邪而死。”我对不悦的法卡尔朋友说，“他会一种特殊的方法，松弛我的头脑，以驱除邪魔。”

“他可以把这方法教给我。”

“到目前为止，还没有世界人学会过这东西。他们的脑子和我们长得不一样。”

她瞪眼看着我。可是就连已经不真实的人也不能否认，外星人的脑子就是很奇怪。而且我确实伤势严重：头上缠着沁血的纱布，左眼肿得无法睁开，整个左颊都磨破了，胳膊也青肿着。她抚玩着那把毫无光泽和曲线的手枪，“好吧。你可以让那个地球人接近你，只要他愿意。他为什么会愿意?”

我慢慢微笑起来。法卡尔朋友从没表现出对拍马屁的喜好，因为这样只会暴露弱点。但是她明白，或者以为自己明白我的意思：我狐假虎威吓唬住了那个地球人，这样整个监狱都知道，她的势力范围已经扩大到外星人中。她仍然瞪着我,但不再生气,那把枪在她的手里闪闪发亮。于是我开始了与地球人的交流。

与卡瑞·沃尔特朋友的交谈很令人窘困和泄气。他坐在我身旁,无论在餐厅还是院子里都会当众挠头。他高兴起来会从牙齿间发出尖利可怕的口哨声。他会谈起只有亲人才能触及的话题:他的皮肤(上面长着古怪的棕色肿块)和肺(显然有液体堵塞)的状况。他不知道两个人对话前应该先以花祈福。他说话时就像孩子,可这个孩子又会突然讨论起自行车制造工艺或者大学法规。

“你们认为个人几乎没有意义,而集体才是意义所在。”他说。

我们靠墙坐在院子里,离其他犯人都有点距离。有的人偷看我们,有的则正大光明地看。我很生气,我经常被沃尔特搞得很生气。这事没有照我的计划发展。

“你怎能这么说?在世界上,个人是非常重要的!我们互相关心,不让任何一个人被孤立于共同的真实之外,除非他自己搞破坏!”

“没错。”沃尔特朋友说。他才刚跟我学会这个词,“你们关心别人,不孤立任何一个人。孤立是错的,单独行动也是错的,只有与众相同才是真实的。”

“当然了。”我说。他难道真是个蠢人?“只有共享的才是真实的。如果一颗星星的光芒只有一只眼睛能看到,那这颗星星真的存在吗?”

他微笑起来,用地球语讲了些我听不懂的话。然后,他用真实的语言重复道:“当森林中有一棵树倒下时,如果没人听见,那它发出声音了么?”

“可是……你是想说在你的星球上,人们相信他们……”相信什么?我一时找不到合适的词。

他说:“人们相信他们无论独行还是共处时都是真实的。即使别人说他们已经死了,他们也是真实的。即使干了坏事也是真实的。甚至谋杀犯也是。”

“可是他们不真实!怎么可能呢?他们违背了共享真实!如果我不承认你的存在、不承认你灵魂的真实性,如果我不经你同意就送你去见先祖,这就证明了我不理解真实,所以看不见真实!只有不真实的人才会这样!”

“婴儿就不理解共享真实。婴儿都是不真实的吗?”

“当然了。儿童在达到明白事理的岁数前都是不真实的。”

“那如果我杀了婴儿,没什么不对,因为我没有杀真实的人?”

“那当然不对!你杀死一个婴儿,就破坏了他成为真实的人的机会,而且他永远无法回归先祖了,也更不可能成为别人的先祖。世界上没有任何人会杀害婴孩,连渥利监狱里这些死魂灵也做不出这种事!你是说地球上的人会杀害婴孩?”

他目光茫然,“是的。”

我的机会来了,虽然不是以我喜欢的方式出现。无论如何,这是我的工作。我说:“我听说地球人会为了科学而杀害人——甚至婴孩——来研究一些事情,比如安娜·拉科夫朋友说的我脑子的毛病。这是真的吗?”

“是,也不是。”

“怎么会既是也不是?有孩子被用于科学实验吗?”

“有。”

“什么样的实验?”

“你应该问,‘什么样的孩子?’濒死的孩子、还未出生的孩子、生下来就有问题的孩子,没有脑子或者脑子有问题的那类。”

我试图理解这一切。濒死的孩子……他肯定不是指真的死去,而是那些正要去见先祖的孩子。如果孩子的躯体之后会腐烂,会释放他们的灵魂,那倒不是太糟糕。没有脑子或者脑子有问题的孩子……也不是很糟糕,这样不真实的孩子反正也要被消灭。可是还没有出生的孩子……在妈妈肚子里吗?我把这事先放到一边,准备以后再问。我现在要另辟蹊径。

“所以你们从来不用活着的、真实的儿童做实验?”

他的表情我看不懂。地球人的表情总是奇怪的。“不是,我们也用他们做某些实验,但这些实验不会伤害孩子。”

“比如?”我问。我们俩互相盯着对方,我突然怀疑这个老头是否猜到我是个打探消息的特工,是否因此才接受了我破绽百出的“中邪”故事。这也不完全是件坏事。跟不真实的人,你总是可以讨价还价的，只要大家都承认讨价还价的事实。不过我不确定沃尔特朋友是否真的知道。

他说："研究大脑怎么工作的实验，比如说记忆是怎么运行的，包括共享的记忆。"

"记忆？记忆不会'运行'，记忆就是记忆。"

"不对。记忆是会运行的，通过构建记忆的'蛋－白质'。"他用了一个地球语词汇，然后补充道，"那些微小的食物粒。"真是莫名其妙。食物跟记忆有什么关系？你又不吃记忆，也不会从食物里得到记忆。不过我已经颇有进展了，而且还要利用他说的话争取进一步的信息。

"世界人的记忆也和地球人的一样，通过同样的……'蛋－白质'运行吗？"

"是，也不是。有些是一样的，或者几乎完全一样；有些不一样。"他很专注地观察着我。

"你怎么知道世界人的记忆运行方式一样还是不一样？地球人在世界上做过脑部实验吗？"

"是的。"

"用世界人儿童？"

"是的。"

我看着院子那头的一群呼呼哈人。这些臭烘烘的小异种正聚在一起搞什么仪式或是游戏。"那你自己有没有参与过这些用儿童做的科学实验,沃尔特朋友?”

他没有回答我,却微笑起来,我要是不了解他,几乎要觉得他的微笑很悲哀。他说:“木加林朋友,你为什么杀死你的妹妹?”

在就快获得有用信息的关头,这个突如其来的问题令我怒不可遏。就连法卡尔朋友都没有问过我这个。我愤怒地盯着他。他说:“我知道我不该问,问是错的。可是……答案很重要……”

“可是这个问题太无礼了。你不该问。世界人就不会对彼此这么残忍。”

“即使是渥利监狱里这些‘该死’的人也一样?”他说。虽然他用的某个词我不理解,但是我明白他已经发现我是个特工,来收集信息的特工。没关系,这样也许更好。不过我需要一点时间考虑如何换个方式提问题。

为了争取时间,我重复了一遍刚才的话:“世界人没有这么残忍。”

“那你……”

空气中忽然传来焦味,人们大声喊叫起来。我抬头一看,阿发·法卡尔朋友站在院子中间,拿着那把手枪正朝呼呼哈人开枪——他们一个个被光束击中倒下,身上留下烧焦的大洞。这些外星人进入了永久死亡的第二阶段。

我站起来,拉住沃尔特朋友的胳膊,“走。我们得赶紧离开这里,不然狱卒就要放毒气了。”

“为什么?”

“当然是因为他们要把这些尸体放进保存药水里!”这外星人难道以为狱方会让这些不真实的人腐烂那么一点点么？我还以为经过几次交谈之后,沃尔特朋友会明白这些道理。

他慢慢地站起身来。法卡尔朋友狂笑着朝门内走去,手中还握着枪。

沃尔特朋友说:“世界人没那么残忍吧?”

在我们身后,呼呼哈人的尸体纵横交错地躺在地上,还冒着烟。

当我们再次从牢房来到餐厅和院子里的时候,呼呼哈人的尸体已经不见了。沃尔特朋友最近开始咳嗽了。他走路越来越慢,有一次,去我们总待的那堵墙边时,他还不得不扶住我的胳膊来保持平衡。

“你生病了吗,朋友?”

“没错。”他说。

“可你是医生,可以让自己不咳嗽。”

他微笑起来,靠墙慢慢坐下,“‘医生,医治自己。’”

“什么?”

“没什么。本加林朋友,你是个特工,你想让我告诉你在世界上用儿童做科学实验的事情。”

我深深地吸了口气。法卡尔朋友从我们身边走过,带着她的手枪。现在她总随身带着两个手下,杜绝旁人抢枪的企图。我不信有人敢这样做,不过我不一定正确。你永远不知道这些不真实的人会干出什么来。沃尔特朋友看着她走过,脸上的微笑消失了。昨天法卡尔朋友又射杀了一个人,不是外星人。我床底下放着一张纸条,要求得到更多的枪。

我说:"是你说的。我可没这么说。"

"没错。"沃尔特朋友说。他又咳嗽了一阵,疲惫地闭上了眼睛,"我没有'抗－生－素'。"

又是个地球词汇。我小心地重复:"'抗－生－素'?"

"用来治病的'蛋－白质'。"

又是那个词,微小的食物粒。我抓住机会。"跟我说说科学实验里用的那些'蛋－白质'。"

"如果你先回答问题,我会告诉你和实验相关的所有事。"

他会问我关于我妹妹的事。他是那么无礼和残忍。我的面部僵硬起来。

他说:"告诉我,为什么窃婴不像破坏别人的真实那么糟糕。"

我眨了眨眼。这答案不是很明显吗?"窃婴没有损害这个婴儿的真实性。它只是会在另一个地方、和另一些人一起长大。世界上所有人都共享同一个真实,再说这孩子最终总会回归他血缘上的先祖。窃婴当然不对,不过不是很严重的犯罪。"

"制造假币呢?"

“一样的。不论真假,钱币都是公认的。”

他更剧烈地咳起来,我只能等着。终于他又能说话了,“所以我要是偷了你的自行车,我没有太违反共享真实,因为自行车总是在这个世界上某个地方。”

“当然了。”

“但是当我偷车的时候,我总是有一点点违反共享真实?”

“是的。”过了一会儿,我接着说,“因为自行车归根结底还是我的。你没有与我共享你的决定,就使我所在的真实发生了一定改变。”我仔细看着他,他这么睿智的人为什么不明白这些呢?

他说:“本加林朋友,你太轻信了,不适合做一个特工。”

我十分愤怒。我是个很优秀的特工。我不是刚与这个地球人达成了一个私下的共享真实,互相交换信息么?我正想要求他完成自己那部分时,他却突然问:“你为什么杀死你的妹妹?”

法卡尔朋友的两个手下从我们面前经过,手里拿着崭新的枪支。院子那头有一个堕星人,慢慢转过头来看着他们,脸上清楚地浮现出连我都能明白的恐惧。

我尽量平静地说:“我受到幻觉的影响。我以为阿诺和我的爱人私通。她比我年轻、聪明、漂亮。你也看得出来,我长得不怎么样。我没有和她或者他共享这个真实,于是我的幻觉愈演愈烈,直至爆发,我……就那样做了。”我已经感到呼吸困难,视线模糊。

“你对谋杀阿诺这事记得很清楚么?”

我转向他,一脸震惊,“我怎么可能忘记?”

“你不能忘记。因为你有构建记忆的‘蛋-白质’。你脑海中的记忆非常牢固,或者说构建记忆的蛋白质在你脑海中非常牢固。我们用世界儿童进行科学研究,来找出那些蛋白质的结构、位置、功能。但我们却有发现。”

“什么发现?”我问道。沃尔特朋友只是摇着头,又开始咳嗽。我怀疑他想用咳嗽来逃避履行我们的约定。他毕竟是个不真实的人。

法卡尔朋友的手下进牢房里去了。那个堕星人靠墙跌坐下来。他们没有杀死他。至少现在他还没有进入永久死亡的第二阶段。

而在我身边,沃尔特朋友咳出了鲜血。

他快死了。我很清楚,但是没有世界人医生会来救他。他本来就已经死了。其他地球人也躲得远远的,都是一副十分害怕的样子,让我怀疑他的病可能会传染。所以现在只有我在他身边。我送他回到自己的牢房,突然想到关门后我也可以待在他的房间里。没人会来检查,再说即使看到他们也不会在乎。这可能是我收集信息的最后一次机会,很快沃尔特朋友就会被放进棺材里,法卡尔朋友也会说他已经无力照看我,并命令我远离他。

他的身体变得很热。漫漫长夜中,他在床上翻来覆去,用自己的语言喃喃自语,有时他那古怪的眼睛还会在眼眶里打转。不过他也有清醒的时候,看我的眼神像是还认得我。这种时候我会问他问题。但是,他清醒与糊涂之间的界限已经模糊,他的思想不再属于他自己。

"沃尔特朋友,那些关于记忆的实验是在哪里进行的?在什么地方?"

"记忆……记忆……"他又哼了几句地球语,音调好像念诗一般。

"沃尔特朋友,那些关于记忆的实验是在什么地方进行的?"

"在萨洛城。"他的回答很莫名其妙。萨洛城是政府所在地,没有人住。那地方也不大,人们每天早晨去那里上班,晚上回到自己的村庄。萨洛城的每一寸土地上都是永恒共享的真实。

他咳出了更多的血泡,眼珠胡乱转动。我给他喂了一点水。"沃尔特朋友,那些关于记忆的实验是在哪里进行的?"

"在萨洛城。在云中。在渥利监狱。"

此后的情形一直与此类似。清晨,沃尔特朋友死了。

临死前,他曾经有一段异常清醒的时间。他看着我,饱经沧桑的脸已经被死亡折磨得不成样子。他的眼中又充满了令我不安的悲悯,不真实的人不应该有那种神色。悲悯是因为有太多的了解。他的声音微弱,我弯下腰才能听清:"病态的脑子会同自己讲话。你没有杀死你的妹妹。"

“嘘,别费劲说话……”

“去找……布瑞夫基。马尔东·布瑞夫基朋友,在哈东城。去找……”他再次陷入了高烧昏迷状态。

他死后一会儿,全副武装的狱卒推着装满药品的棺材来到牢房里。神父也随之而来。我想说,等等,他是个好人,不应该永久死亡,可我没有说出口。我讶异于自己竟然会有这样的想法。一个狱卒把我推到过道里,门关上了。

就在那天,我离开了渥利监狱。

“再把所有的事跟我说一遍。”布瑞米丁朋友说。

布瑞米丁朋友还是老样子:健壮的身体,发黄的颈发,微驼的背。他的办公室也还是老样子,到处乱糟糟的:餐盘、纸张、夸张的雕塑。我饥渴地盯着那些丑陋的东西,意识到我在监狱里时多么渴望见到这样自然的曲线。我盯着那些雕像的另一个原因,是在等待一个合适的时机问出我的问题。

“沃尔特朋友说他会告诉我关于用世界儿童做实验的所有事情,是以科学的名义。但是,他只来得及告诉我那些实验是研究‘构建记忆的蛋-白质’,就是大脑用来构建记忆的微小食物粒。他还说,这些实验是在萨洛城和渥利监狱进行的。”

“就这么多了吗,本加林朋友?”

“就这么多了。”

布瑞米丁朋友微微点点头。他试图让自己看起来更骇人一些，好让我说出任何可能遗漏的信息。但是我不会害怕弗拉里·布瑞米丁朋友，我见过真正可怕的事物。

布瑞米丁朋友没有变，而我已经与从前不同。

我问出了自己的问题："我已经告诉了你那个地球人死前我能得到的所有信息。我和阿诺可以因此得到开释吗？"

他摸了摸自己的颈发："对不起朋友，我不能做主。我得问问上头的意见。但是我保证，一有消息就马上通知你。"

"谢谢。"我低下头说。本加林朋友，你太轻信了，不适合做特工。

为什么我没有告诉弗拉里·布瑞米丁朋友其他那些事？"马尔东·布瑞夫基朋友"，"哈东城"以及我并没有杀死我的妹妹？因为这很可能是一个正在发烧的人的胡话。因为"马尔东·布瑞夫基朋友"可能只是个无辜的世界人，不应该被一个不真实的外星人拖累。因为沃尔特朋友的话是在临死前说给我一个人听的。因为我不想与布瑞米丁朋友的上级再痛苦地讨论一次阿诺的事情。

因为我虽不情愿，却相信了卡瑞·沃尔特朋友的话。

"你可以走了。"布瑞米丁朋友说。我在满是尘土的道路上向家中骑行。

我和阿诺的尸身做了一个约定。她依旧躺在我的床对面，手指优雅地弯着,美丽的栗色长发漂浮在药水里。小时候我无比觊觎那一头秀发,有一次甚至趁她睡着,偷偷地剪掉了她所有的头发——不过大多数时候我会帮她梳头,把花儿编在她的辫子里。她实在太美了。她还是个孩子的时候,就戴上了八只求婚指环,每根手指上都有一只,其中两个男孩的父亲甚至和我们的父亲商议过婚姻大事。我虽然比她年长,却从没有收到过一只求婚指环。

是我杀死了她吗?

我和她尸身的约定是:如果司法部因为我在渥利监狱的工作开释我和阿诺,我就再不去追寻什么了。阿诺可以回归我们的先祖,而我将成为一个完全真实的人。那时候,我有没有杀死她已经不再重要,因为我们会重新共享同样的真实,仿佛此事从未发生。但如果我做了这么多事以后,司法部还要我继续服刑,那么我就会去寻找那个"马尔东·布瑞夫基朋友"。

我说这些的时候并没有出声。沃尔特朋友死在那个没有窗户的密闭房间里,渥利监狱的狱卒马上就知道了。他们可能也一直在监视我。世界上并没有这样的监视工具,但是沃尔特朋友怎么会知道有世界人在和地球人一起做实验?肯定有世界人与地球人合作,而众所周知,地球人有我们没有的各种窃听仪器。

我吻了吻阿诺的棺材。我没有说出声来,但我极其渴望司法局开释我们。我希望回到共享的真实里,回到有归属感的、温暖甜美的日常生活里,永远地回到世界上活着和死去的人中间。我不想再做特工了。

我不想再为任何人做特工了,包括为我自己。

三天后,信使来了。那是个温暖的午后,我坐在屋外的石凳上,邻居的奶兽正对她精心养护的花圃虎视眈眈。她又新栽了不知名的花,花儿迷人地盛开着,带着某种异域风情——会不会是地球上来的?应该不是。我在渥利监狱这段时间,舆论似乎更倾向于认为地球人不真实了。那些和外星人做生意的人受到了更多的抱怨和指责。

弗拉里·布瑞米丁朋友费劲地蹬着老旧的自行车,亲自送来了司法部的信。他没穿制服,以免让我在邻居面前难堪。他显然很少这样亲力亲为,我看着他汗湿的颈发和灰眼睛里的不安,便知道了那封密信的内容。布瑞米丁朋友太善良了,不适合他的职务。这便是他一直只是个低级信使的原因。

这些事我以前从不曾了解。

本加林朋友,你太轻信了,不适合做特工。

“谢谢,布瑞米丁朋友。”我说,“你要喝杯水吗?或者来杯酒?”

“不用了,谢谢你,朋友。”他没看我的眼睛。他向我一个正在井边汲水的邻居挥手致意,又下意识地把玩着自行车把,“我没有时间停留。”

“路上小心。”我说完便回到自己的屋子里,站在阿诺身边,拆开这封政府信件。读完之后,我长久地凝视着她。如此美丽,如此甜蜜,如此惹人爱怜。

我开始打扫房间。我不厌其烦地擦洗每寸地板,搭起梯子清洗天花板,不放过每个缝隙,还把每件东西都擦洗干净,把那些形状精致的物件拿到太阳底下晒干。我尽力搜寻,也没有发现任何可能的窃听器材。没有任何看起来异样的、不真实的东西。

可是我已经不知道什么是真实。

天上只有巴塔,其他的月亮还未升起。清朗的天空中繁星点点,天气凉爽宜人。我把自行车推进屋里,清点了一遍需要的东西。

阿诺的棺材不知道是由什么玻璃制成的,质地十分坚硬。我用花铲全力敲打,敲到第三次,玻璃才开裂,随即大块大块地掉到地上。透明的药水带着淡淡的刺鼻气息,如瀑布一样从她的床上奔泻而下。

我穿着高帮靴子,踩着水来到她床边,一盆盆地往阿诺身上泼水,洗去残留的药水。墙边整齐地摆着一列装满水的容器,从最大的洗澡盆一直到厨房里的碗。阿诺甜美地微笑着。

我伸出手,从透湿的床上抱起她。

我将她柔软的身体放在厨房地板上,脱下她浸满药水的衣服。我擦干她的身体,放到准备好的毯子上,最后看了她一眼,然后紧紧地将她裹在毯子里。我将她的身体和铲子挂在自行车把两边,然后脱下靴子，打开了门。

夜色中传来邻居那异种花卉的香气。阿诺的身体似乎毫无重量，我觉得自己能一直骑几个小时。我真的骑了那么久。

我把她埋在一条废弃的道路旁边，一片沼泽地里，上面盖了石头。潮湿的泥土会加速尸体的腐烂，用芦苇和托格力树枝来遮掩她的坟墓也比较容易。我做完这些事之后，把自己的衣服也埋了起来，换上了背包中的干净衣服。再骑上几个小时，我应该可以找到一家旅馆投宿，实在不行还可以露宿野外。

清晨的天空里有三个月亮，泛着珍珠般的光泽。我所到之处满眼都是鲜花，从野生的到种植的。虽然疲惫不堪，然而对着起伏的花海、对着天空、对着月光下的道路，我竟不由自主地轻轻唱起歌来。阿诺恢复了真实，她自由了。

可爱的妹妹，甜美地去吧，我们的先祖在等着你。

两天之后，我到达了哈东城。

这是座老旧的城市，沿着倾斜的山脉一直延伸到海边。有钱人的房子如同巨大的白鸟，栖息在海边或是山巅，而山与海之间是一片混乱的住宅、市场、政府办公楼、旅舍、花店、贫民窟，还有满是高大古树和破旧神龛的公园。城市北面是商店、仓库和码头。

我对找人很有经验。我先去了礼仪局。年轻的柜员——也是未来的神职人员——十分热心："您好！"

“我是阿吉马·戈拉纳利特朋友,属于门南林家族。族里派我来查询一位公民,马尔东·布瑞夫基朋友的礼仪活动。您能帮我查一下吗?”

“当然可以。”她两眼放光。对于礼仪活动的查询从来不会有记录,一个显赫家族选择授予荣誉地位的对象时需要谨慎。被选中的人会得到极高的声望和相当的物质财富。我在一个拥挤的酒馆里认真听了一个小时往来谈话,选择了“门南林”这个名字。这个家族古老,庞大,谨慎。

“我看看。”她浏览着公开的记录,“布瑞夫基……布瑞夫基……当然,这是个很常见的姓。朋友,你找哪位公民?”

“马尔东。”

“哦,对……这里。他去年为先祖举行了两场音乐贡礼,向哈东市教堂捐献过一次……哦,他还被周拉来家族授予了荣誉地位!”

她的话语中带着敬意。我点点头,“这些我们当然都知道了。还有没有其他的?”

“我看没有了……等等,他的克鲁供应商拉姆·弗兰诺很穷,他出钱为拉姆的先祖办了一次慈善祭礼,档次很高,有乐队,还有三个神父。”

“真是好人。”我说。

“太好了!三个神父呢!”她年轻的眼睛里散发出光彩,“有这么多真正的好人与我们共享现实,不是件非常美好的事么?”

“没错，”我说，“真美好。”

我在不同的市集上打听，很容易就找到了那个克鲁商人。夏天里燃料生意总是比较清淡，那些留守柜台的年轻人很乐于同陌生人攀谈。拉姆·弗兰诺朋友住在海边那些大房子后面一个破落的小区里，这里住着富人们的仆从和供应商。在三个不同的酒馆喝了四杯佩尔酒之后，我打听到了马尔东·布瑞夫基朋友正客居在一个富孀家里，还知道了这个寡妇的地址。我还知道布瑞夫基朋友是个医生。

医生。

病态的脑子会和自己讲话。你没有杀死你的妹妹。

我喝了四杯酒，有点头晕。这已经足够了。我找了一家不会多问废话的旅馆，沉沉睡去一夜无梦。

我假扮成清洁工，花了整整一天才弄清富孀家出入的人中哪个是布瑞夫基朋友。之后的三天里，我假扮各种身份跟踪他。他出入不同的场所，与很多人交谈，但是对于一个喜欢收集古董玻璃瓶的富有医生来说，这些都很寻常。第四天，我开始寻找接近他的机会，虽然后来我发现这根本没有必要。

“朋友。”我扮成甜面饼摊主，正在依林德路的浴室外闲逛，却被一个男人叫住。那些甜品是我天亮前从一家饼屋的开放式厨房里偷来的。我立即意识到这人是个保镖，而且非常厉害，从他的走路姿势、看我的眼神和放在我胳膊上的手都能看出来。他还长得很帅,不过我没往心里去。长得帅的男人从来就不可能喜欢我这样的人。他们都是阿诺的。

他们曾经都是阿诺的。

“请跟我来。”保镖说,我乖乖听从。他领我到浴室背后,穿过一个私家通道,来到一个像是发廊的小房间。这里没有别的家具,只有两张小石头桌。他熟练而礼貌地检查我身上是否带有武器,甚至连我的嘴巴都不放过。在确定我无害之后,他叫我站到一个地方,打开了另一扇门。

马尔东·布瑞夫基朋友裹着奢华的进口浴袍走了进来。他比卡瑞·沃尔特年轻,年富力强、精力充沛。他眼睛的色泽异常鲜明,一片深紫色中嵌着长长的放射状金线。他开口问道:“你为什么跟踪了我三天?”

“有人叫我这样做的。”我说。我觉得说老实话没有任何坏处,虽然有没有好处我还是半信半疑。

“谁? 在我的保镖面前,你说话不用顾忌。”

“卡瑞·沃尔特朋友。”

他的紫色眼睛变得更深了,“沃尔特朋友已经死了。”

“是的,”我说,“永久死亡了。他进入死亡第二阶段的时候,我和他在一起。”

“在什么地方?”他在考察我。

“渥利监狱。他临终留言让我来找你,来……问一个问题。”

“你想问我什么?”

“不是我本来想问的。”我说,意识到自己已经决意告诉他一切。直到与他近距离接触前,我都不太确定自己到底该怎么办。即使当初我告诉弗拉里·布瑞米丁朋友的情报恰好是他想要的,我也已经无法再和这个世界共享真实了。如果司法部不同意,那些情报绝不足以开释阿诺。布瑞米丁朋友只不过是个信使,甚至还不如信使,他更像一个工具,譬如花铲或是自行车。他并没有和利用他的人共享真实,只是他自己这么以为罢了。

我曾经也这么以为过。

我说:“我想知道自己有没有杀死妹妹。沃尔特朋友说我没有。他说‘有问题的脑子会跟自己说话’,我并没有杀死阿诺。他还叫我来问你:我杀死了我的妹妹没有?”

布瑞夫基朋友坐在一个石桌上。“我不知道。”他说,我看见他的颈发在轻轻颤抖。“也许你杀了,也许你没有。”

“那我怎么才能确知真相?”

“你没有办法。”

“永远不可能?”

“永远。”他说,“对不起。”

我开始头晕,所谓的“低血压”。我清醒过来时躺在地上,布瑞夫基朋友的手指按在我的脉搏上。我努力坐起来。

“不,等等,”他说,“等一会儿。你今天吃饭了吗?”

“吃了。”

“唔,还是等一下。我得想想。”

他思索了一阵,紫色眼睛没有看我,手指却还无意识地按在我的手肘内侧。终于他说:“你是个特工,所以在沃尔特朋友死后你才能离开渥利监狱。你是政府的特工。”

我没有回答。那已经不重要了。

“不过因为沃尔特朋友告诉你的事,你已经不再是特工。因为他告诉你‘精-神-分-裂-症’实验可能……不对,不应该是这样。”

他也用了一个我不知道的词,听起来像是地球语。我挣扎着坐起来,想要离开。这里没有我的希望,这个医生什么也不能告诉我。

他把我按回地上,很快地说:“你妹妹什么时候死的?”他的眼睛又有变化:那些长长的金线变亮了,好像闪光的轮辐。“请你告诉我,朋友,这非常重要,对我们俩都很重要。”

“两年零一百五十二天前。”

“在哪里? 哪个城市?”

“一个乡村,我们村。埃罗村。”

“对了,”他说,“这就对了。告诉我关于她的死你能记得的一切。巨细无遗。”

这次我却推开他坐了起来。血液迅速离开我的头部,但是愤怒战胜了眩晕。“我什么也不会告诉你。你们以为自己是谁,是先祖么？你们说我杀了阿诺，又说我没杀，然后又说你们不知道……你们摧毁了我做特工赎罪获得开释的希望，却又告诉我没有其他希望存在……一会儿说可能有……一会儿又说没有……你们这样能安心吗？你们怎么可以破坏我们对共享真实的信任，又不给我们任何东西代替?!”我已经是在尖叫了。保镖向门口扫了一眼，我才不在乎，继续大喊大叫。

“你们用孩子做实验，摧毁他们的真实，正如摧毁我的真实！你是个谋杀犯……”我没能说完。也许我什么都没有说出来。一根针扎进了我的手肘，就在马尔东·布瑞夫基按住的地方。整个房间如同阿诺滑入她的坟墓那样，从我眼前轻盈地滑开了。

我身下是一张床，柔软，光滑。墙上有许多挂饰。房间里很温暖。馨香的微风从我赤裸的肚子上吹过。赤裸？我坐起来，发现自己穿着薄纱裙，窄窄的抹胸，戴着妓女用的风情面纱。

我才动了一下，布瑞夫基朋友就从壁炉边走到了我的床前，“朋友，这间房里的声音是传不出去的。别再大喊大叫了。你明白吗?”

我点点头。他的保镖站在房间另一头。我把风情面纱摘掉了。

“对不起。”布瑞夫基朋友说，“保镖要把一个迷晕的女人扛进住宅，只有打扮成这样才不会招致疑心。”

住宅。我估计这就是那个富孀的海边住宅。一间防止声音泄露的房间。一根尖锐坚决的针，与我们的完全不同。脑部实验。

“精–神–分–裂–症”。

我说:“你与地球人合作。”

“没有,”他说,“我没有。”

“可是沃尔特朋友……”这已经不重要了。“你要对我怎样?”

他说:“我想跟你做个交易。”

“什么样的交易?”

“你给我情报,我给你自由。”

他还说他没有和地球人合作。我说:“我要自由来干什么?”我不指望他明白。我永远不可能自由。

“不是那种自由。”他说,“我不是指放你走。我会让你和阿诺回到你们先祖那里。”

我盯着他。

“是的,朋友。我会亲手杀了你,然后埋葬你,让你的身体可以腐烂。”

“你会违反共享真实?为了我?”

他的紫色眼睛又变深了。有一瞬间,那双眼睛里有什么东西,看起来和沃尔特朋友的蓝眼睛里一样。“你得明白,我认为很可能你没有杀死阿诺。你们村属于……提供实验对象的村庄之一。我认为这才是我们这里真正的共享真实。”

我什么也没说。他的自信减弱了一点。“或者说我相信这才是我们的共享真实。你会同意这个交易么?”

“也许。”我说。他真的会实践诺言么？我不确定。不过我没有别的路可走。我不可能终生躲避政府的搜寻，我还有太多年要活。他们找到我以后，会把我送回渥利监狱，等到我死的时候，他们会把我放进有防腐药水的棺材里。

我永远也不可能再见到阿诺了。

医生仔细地观察我。我在他眼中又见到了沃尔特朋友的那种神情：悲悯。

“也许我会同意这个交易。”我说，等着他继续讲阿诺死去那晚的事情。可是他却说：“我想给你看样东西。”

他朝保镖点了点头，保镖离开房间，片刻之后便回来了——他牵着一个小女孩，干干净净，穿得很漂亮。可是只看了她一眼，我便汗毛倒竖。她的眼睛茫然无神，还自言自语，我连忙祈祷先祖的护佑。这女孩是不真实的，虽然已过了明事理的年龄，却根本没有感知共享真实的能力。她不是人。她早应该被摧毁。

“这是欧利。”布瑞夫基朋友说。女孩突然笑起来，是一种发狂的笑，眼睛盯着一个不存在的地方。

“它为什么在这里？”我听见自己的声音很刺耳。

“欧利本来是真实的。她是被政府的脑部科学实验变成这样的。”

“政府的实验！你骗人！”

“是吗？朋友，你还能这样信任你的政府？”

“不能，但是……”在我达到他们的要求后还要我继续服刑，欺骗布瑞米丁朋友……违反共享真实是一回事。毁坏一个真实的人的身体,就像我对阿诺那样(我真的那么做了吗?),又是另一回事,这要糟糕得多。而毁坏人的思想,用于感知共享真实的思想……布瑞夫基朋友一定是在骗人。

他说:“朋友,告诉我那天晚上阿诺是怎么死的。”

“告诉我这个……这个东西的事!”

“好吧。”他坐在我的豪华大床边。那个东西在房间里四处漫步,自言自语。它好像静不下来。

“她名叫欧利·马尔夫斯,出生在极北的小村庄……”

“什么村庄?”我极其关心他在细节上会不会含糊。

他没有。“拉姆洛村。她父母都是真实的,很单纯,属于一个古老而稳定的家族。六岁的时候,欧利在森林里和其他孩子玩耍时失踪了。其他孩子说,听见有东西朝沼泽地那边去了。家里人认为她一定是被野兽抓走了——你知道极北边还有些野兽存在——于是为欧利举行了葬礼。”

“但这并非欧利的真实遭遇。她是被两个人抓走的,那两个人和你一样,是不真实的正在赎罪的囚犯。欧利和其他八个来自世界各地的孩子被抓到了萨洛城。在那里,他们被当作可用于实验的孤儿交给了地球人。不过,本来要进行的实验倒也没有伤害到这些孩子。”

我看向欧利,她正在撕扯一张桌布,仍然在喃喃自语。她茫然无光的眼睛转向我这里时,我不得不移开目光。

“这一段让人难以接受。”布瑞夫基朋友说,“你听好了,朋友,地球人真的没有伤害这些孩子。他们把‘电-极’放在孩子们的头上……你不知道这个词。他们有办法看到这些孩子脑子的哪些部分和地球人一样,哪些不同。他们用了一系列的测试办法、机器,还有药物。这些东西都不会伤害到孩子们,这些孩子住在地球人做实验的房子里,由世界人保姆照顾。起初孩子们还想念父母,可他们还小,过了不久就能幸福地生活了。”

我又看了欧利一眼。不真实的、不能够共享真实的人,都会因为被孤立而变得危险。一个与他人没有共同世界的人会很轻易地伤害别人,就像摘花一样。这样的情况下他们也许会感到快乐,但绝对不会幸福。

布瑞夫基朋友梳理了一下颈发,“当然,这些地球人与世界人医生合作,教授他们知识。这是通常的交易方式,只不过这一次是我们得到知识,而他们得到实体:孩子和保姆。我们的世界只会以这种方式让地球人用到我们的孩子。我们的医生每时每刻都在努力。”

他看着我。我说“对”,因为我总得说点什么。

“你知道吗?朋友,当你认识到自己一生的信仰都是谎言时,是什么样的感觉?”

“不知道!”我说话的声音太大,以至于连欧利都抬起头来,用她那疯癫的、不真实的眼光看着我。我不知道自己为什么要那么大声。布瑞夫基朋友说的跟我毫无关系,一点儿关系也没有。

“总之,沃尔特朋友知道了。他发现自己参与的实验虽然对研究对象毫无损伤,但对种群差异的生物研究所起的促进作用,却被人用到了其他方面。‘精-神-分-裂-症’的根源,误触发的大脑‘回-路’……”他开始长篇大论地讲述我根本听不懂的东西。太多地球词汇,太多诡异内容。布瑞夫基朋友似乎已不再对我说话——他在自言自语,而那言语中有种我所不能领会的痛苦。

突然,那双紫色的眼睛又回到了我身上。“朋友,总之就是,有几个医生——我们自己的医生,世界人——学会了怎么操纵地球科学。他们利用这个方法把没有发生过的记忆放进了人的思想里。”

“不可能!”

“可能。利用地球仪器可以使大脑极度兴奋,那些虚假记忆就在此时被一再重复,这样记忆和感情就会在大脑的不同区域中不断循环,就像水在磨坊里循环那样。这些水都被搅在了一起……不,这么想吧:大脑的不同区域互相发送信号,这些信号被迫连成回路,而每一个回路都加强了虚假的记忆。显然这个方法在地球上有广泛用途,不过它的使用是受到严格控制的。”

有问题的脑子和自己说话。

“可是……”

“朋友,你不可能反驳我。这是真实的,已经发生的事,就发生在欧利身上。那些世界科学家令她的大脑记住了没有发生过的事。开始是些小事。他们成功了。他们试图使用更复杂的记忆,却出了问题,她于是变成了这个样子。他们还在研究,那是五年前的事情了。很显然,他们进步了,已经进步到可以用成年对象做研究,研究结束后还能让他们回到共享真实里去。"

"人不可能像种花一样种植记忆,也不可能像除草一样除去记忆!"

"这些人可以,并且这样做了。"

"可是……为什么?"

"因为这些世界人医生——其实只是很少的一部分人——眼中的真实与我们不同。"

"我不……"

"他们看到地球人什么都可以做到:他们的机器——从风车到自行车——比我们的都好;他们可以飞到星星上面,可以治愈疾病,可以控制自然。很多世界人都害怕地球人,朋友,也害怕堕星人和呼呼哈人。因为他们的真实比我们的优越。"

"只有一个共同的真实存在,"我说,"地球人只不过比我们更了解这个真实!"

"也许吧。但是地球人的知识让很多人不安、恐惧和嫉妒。"

嫉妒。窗外是明亮的巴塔月和卡普月,阿诺在厨房里对我说:"我今天晚上也要出去见他!你没法阻止我!你就是嫉妒,你这个善妒又丑陋的东西,就连你的爱人也不想要你,所以你不想让我跟他……”一片鲜红随即淹没了我的脑海。菜刀,血……

“朋友?”医生说,“朋友?”

“我……没事。那些嫉妒的医生,他们伤害自己人、世界人,去报复地球人——这毫无道理!”

“这些医生这样做的时候也很难过,他们知道自己伤害了别人。但是,他们必须优化诱发可控精-神-分-裂-症的技术……他们必须这样,才能让人们对地球人产生愤怒——愤怒到忘记那些诱人的商品,才能起来反抗外星人,引起战争。这些医生错了,朋友。世界上已经一千年没有发生过战争了。我们的人民不明白地球人的反击会多么强烈。可是你必须明白:这些无法无天的科学家认为他们的所作所为是正确的,他们认为他们制造愤怒是为了拯救世界。”

“还有一件事:在政府的帮助之下,他们很小心地不让任何一个世界人变成永久的不真实的人。那些被控制,以至于成为谋杀犯的成年人都获得了做特工以赎罪的机会。那些孩子都得到了很好的照料。像欧利这样的失误将来也会被准予腐烂,回归她的先祖。我会亲自确保这一点。”

欧利把手中剩下的桌布撕成碎片,笑容可怖,眼睛无神。她的脑袋里都充满了什么样的虚假记忆?

我苦涩地说:“他们‘正确的所作所为’……令我相信我杀了自己的妹妹!”

“等你回到先祖那里的时候，你会发现那是假的。回归他们的路对你也是开放的：完成你作为一个特工的赎罪。”

可现在我已经永远不可能赎罪了。我没有得到司法部的允许，偷出并埋葬了阿诺的尸体。当然，马尔东·布瑞夫基不知道这事。

痛苦和愤怒让我脱口而出：“那你呢，布瑞夫基朋友？你和这些有罪的医生合作，帮助他们残害欧利这样的孩子……”

“我没有和他们合作。我还以为你挺聪明，朋友。我在反对他们。卡瑞·沃尔特也是，所以他才会死在渥利监狱。”

“反对他们？”

“我们很多人都反对。卡瑞·沃尔特就是其中的一个。他是个卧底。还有我的朋友。”

我们都没有再说话。布瑞夫基朋友凝视着壁炉里的火。我凝视着欧利，她开始做各种可怕的怪相，还在一块古老精致的弧形地毯上拉起屎来，一股恶臭顿时充斥于房间之中。欧利没有和我们共享茅厕这个真实。她仰头大笑，声音犹如金铁交错。

“把她带走。”布瑞夫基朋友疲倦地告诉脸色很难看的保镖。“这里我会清理。”他又对我解释，“我们不能让任何佣人进来看到你。”

保镖带走了那个做怪相的孩子。布瑞夫基朋友跪在地上，从我的玻璃瓶里倒水沾湿抹布，擦拭地毯。我记得他要收集古董玻璃瓶。那样的一个他，与擦洗秽物这件事，与欧利这样的孩子，与在渥利监狱的外星人中间咳血而亡的卡瑞·沃尔特，相距是多么遥远。

“布瑞夫基朋友……我到底有没有杀死我妹妹?”

他抬起头来,手上还沾着屎。“我们没有办法确证。你有可能是你们村里接受实验的人之一。你可能在家里被迷倒,醒来时发现你的妹妹被杀害,而自己的脑子已经被改造。”

我无比平静地说:“你真的会杀死我,让我腐烂,好回到先祖那里去么?”

布瑞夫基朋友站起来,揩拭掉手上沾的屎,“我会的。”

“但是如果我不答应,你会怎样?如果我要求回家呢?”

“如果你那样做,政府会逮捕你,然后再次给你赎罪的机会,让你来检举我们这些反对他们的人。”

“如果我先找到政府部门,叫他们终止这些实验,就不会发生这样的事了。你不可能说整个政府都在做这个……事情。”

“当然不是。可你能确定哪个部门的哪些官员想要和地球人打仗,哪些不想么?连我们都不确定,你怎么可能?”

弗拉里·布瑞米丁朋友是无辜的,我想。不过这没有用。布瑞米丁朋友是无辜的,但他也无权。

我痛苦地意识到这两者也许是一回事。

布瑞夫基朋友用靴头擦了擦地毯,把抹布放进一个有盖的罐子里,又在洗手池洗了手。空气中还有股淡淡的臭味。然后,他走到了我的床边。

“你真的想要那样吗,邬莉·本加林朋友?想要我在不知道你想做什么、想举报谁的情况下，把你放走？想要我为了让你相信真相，危及我们的一切努力？”

“或者你也可以杀了我，让我回归先祖。你认为我本来也会这么选择，不是吗？这样你可以继续效忠你所认为的真正的真实，而不会暴露自己。杀死我对你来说是最简单的事情，不过前提是我同意你杀死我。否则，你就违背了你选择的真实。”

这个有着美丽紫眼睛的强健的男人低头凝视着我。一个会杀人的医生，一个为了阻止血腥战争而反抗政府的志士，一个尽力减少自己的罪恶，以免不能回归先祖的罪人，一个信仰共享真实，试图改变真实却又不致摧毁信仰的人。

我默不作声，沉默不断蔓延。终于布瑞夫基朋友打破了沉默：“我只希望卡瑞·沃尔特不曾让你来找我。”

“可是他这样做了，而我选择回到我的村庄。你会放走我，还是继续将我关押在这里，或者不得到我的同意就杀死我？”

“你真该死。”他说，我听到了卡瑞·沃尔特曾经用来形容渥利监狱里那些不真实的人的那个词，该死。

“没错。”我说，“你会怎么做？朋友？在你那些所谓的真实里面，你会选择哪一个？”

这个炎热的夜晚，我无法入眠。

在空旷的平原上，我躺在帐篷里倾听夜的声音。酒馆帐篷里传来粗鲁的笑声,那群矿工喝得也未免太晚了,明天一早还要上工。右边的帐篷里传出鼾声。

我做矿工已经半年了。离开北部的拉姆洛村,也就是欧利的村庄后,我一路向北。赤道是世界上锡、钻石、酒莓[①]和盐的产地,这里的生活简单且管理松散,不需要证件。很多矿工都很年轻,由于各种原因逃避政府服务,他们自己一定觉得那些原因都很正当。在这里,政府部门的管理权远不如采矿公司和农业公司。这里没有骑着地球进口自行车的信使,没有地球科学,也没有地球人。

这里当然也有神龛、仪式、游行和祭礼。但是与城市相比,这些东西很少受到关注,因为它们的存在太自然。你会注意到空气吗?

那个女人又笑起来,这次我听出了她的声音。阿薇·克拉玛朋友,从另外一个岛上来的逃亡者,很漂亮,工作也努力。有时她会让我想起阿诺。

我在拉姆洛村问了很多问题。布瑞夫基朋友说她的名字叫欧利·马尔夫斯,属于一个古老稳定的家族。可是我问了很多人,拉姆洛村从来没有过这么一个家族。无论欧利来自何方,无论她是怎样变成那个会在昂贵地毯上拉屎的不真实的东西,她那可怜的生命并非从拉姆洛村开始。

马尔东·布瑞夫基将我放走的时候,知道我会发现这个事实吗?或者,即使知道我是个特工,他也没有想到我会真的到拉姆洛村来追查。你不可能什么都想到。

有的时候，置身于最深的黑夜之中，我会希望自己当初答应了布瑞夫基朋友，让他送我回归先祖。

白天，我和碎石工人一起在矿里的石堆上工作。他们聊天、骂人，痛骂地球人，虽然绝大部分人连见都没有见过地球人。下班后，矿工们坐在营地里喝酒，用脏手举着大杯，因为粗俗的笑话而大笑。他们都共享同一个真实，并因此凝聚在一起，拥有简单的快乐和勇气。

我有自己的力量和勇气。我有力量与其他女人一起挥动大锤，这些女人大都和我一样丑陋，所以乐于接纳我。我有勇气打破阿诺的棺材，埋葬她，虽然明知代价是自己的永久死亡。我有勇气照卡瑞·沃尔特的话去寻找马尔东·布瑞夫基。我有力量巧妙利用布瑞夫基朋友四分五裂的思想，让他放走我。

但是，我有没有勇气去追寻这一切所指向的终点？我有没有勇气去面对弗拉里·布瑞米丁的真实，卡瑞·沃尔特的真实，阿诺的、马尔东·布瑞夫基的、欧利的真实，然后去找出其中的相同与不同之处？我有没有勇气继续生活下去，即使永远不知道自己是不是真的杀死了妹妹？我有没有勇气去怀疑一切，带着怀疑生活，去观察世界上成千上万种不同的真实，去寻找每一个真实中真实的部分——如果我能分辨真假？

有人应该这样生活吗？生活在无常、怀疑与孤独之中，生活在自己孤独的思想中,生活在一个孤立的、无人分享的真实里。

我想回到阿诺在世的日子,甚至回到做特工的日子;回到我分享这个世界的真实,知道它如同大地一样坚固牢实的时候;回到我知道应该想什么,从而无须思考的时候。

回到从前,不要像现在这样,异常真实,又异常可怖。

(Denovo 译)

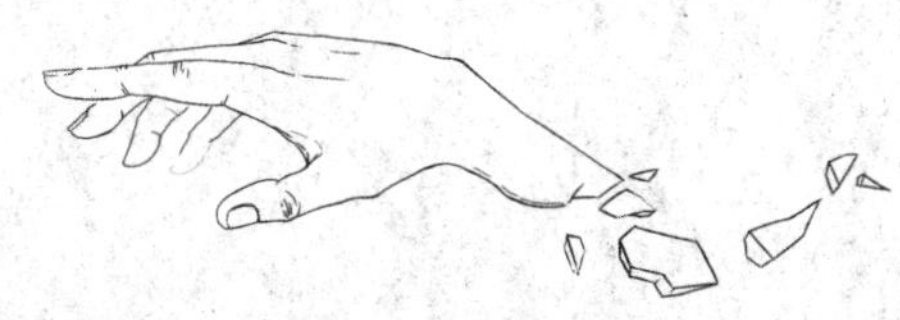

昨日的亲人

从这些事实之中，我们窥见了某些潜藏极深的、生物学方面的纽带。这些纽带战胜了时间和空间，延续至今……在我的理论中，这种纽带，一言以蔽之，就是遗传。

——查尔斯·达尔文《物种起源》

一、接触之前10.5个月

玛丽安娜

出版庆祝派对的举办地点是院长办公室。在这个地点举办活动,一般都被视为一种荣誉。墙上是橡木护墙板,雪莉酒盛在小酒杯里,开向院子的窗户分割成一个个小方格——这一切都说明,这个房间竭力让自己有种牛津剑桥议事厅的范儿。只可惜它晚生了几百年。而派对也竭力让自己显出欢天喜地的劲头。除了埃文和院长,玛丽安娜的每个同事都竭力不显得太妒忌,看表也别太明显。

“不要这样。”埃文用举起的酒杯挡着脸,对她说道。

“不要哪样?”

“假装你讨厌这场派对。”

“可我真的讨厌这场派对。”玛丽安娜说。

“你才不呢。”

他只说对了一半。玛丽安娜什么派对都不喜欢,但她的论文让她极其自豪。这篇文章能发出来可真不容易呀。整整两年的工作,中间差错不断:基因测序仪不停地出故障,笨手笨脚的研究生用他们自己的DNA污染了样本,还有巴斯克尔,总是嘟囔着“撞上了狗屎运”之类的话。她向来跟那个人处不好。巴斯克尔是那种老派的物理学家,觉得她不过是个爱吵吵的八婆,对前辈不够恭敬,发生争论时又不肯老老实实低头服软。玛丽安娜知道,还有许多人多多少少也持同样的看法,包括她那三个已经长大成人的孩子。

敞开的落地长窗外,学生们沐浴着和煦的十月阳光,在草坪上流连徜徉。三个穿牛仔短裤的姑娘正玩着飞盘,一边跳跃着捕捉那只蓝色飞盘,一边留心瞅着坐在石墙上的那些小伙子,看他们是不是正望着她们。物理系的芬伯格和戴维森从窗边走过,有说有笑地讨论着什么。玛丽安娜真希望这会儿和他们在一起,而不是置身于她自己的派对上。

“老天哪,”她对埃文说,“科蒂斯进来了。”

大学校长隆重出场,走过房间。他从前是个历史学家,或许就是因为这个,他总是让玛丽安娜联想起亨利八世。至于现在,他成了个校园政客,跟亨利八世一样发疯似的追逐权力。问题是,他落在了这么一所二流大学里,没有多少可供追逐的权力。但玛丽安娜之所以不喜欢他,并不是因为他的人品,而是他的脑子。跟亨利八世一样,科蒂斯的脑子也不怎么灵光。还有,他尽说陈词滥调。

"祝贺你,"他说,"詹纳博士。对你来说,这篇论文真可谓增光添彩。它同时也是我们全校师生的光荣。"

"谢谢你,科蒂斯博士。"玛丽安娜说。

"哦,叫我埃德就行。"

"好的,埃德。"她没有提出让对方不用称詹纳这个姓,直接叫她的名字。玛丽安娜有些好奇,想瞧瞧他记不记得她的名字。科蒂斯不记得。玛丽安娜抿了一小口雪莉酒。

埃文奋勇上前,打破尴尬的沉默。"我是布兰福德博士,访问学者,在这儿做博士后。"他用他那口浓重的英国腔说,"玛丽安娜的成就让我们大家都倍感骄傲。"

"正是!这个,玛丽安娜,能否请你给我解释解释你的创新成就呢?"

他压根儿不知道她从事的工作是什么。之所以来这儿,多半是因为他的秘书提醒他应该露个面:理学院院长办公室,星期五下午四点半,祝贺詹纳博士在——瞧一眼电子邮件——《自然》杂志上发表论文。这可是件大事啊,咱们学校还没有哪个科学家在那上面发过文章呢……

"哟。"玛丽安娜说,因为埃文谨慎地在她肋下捅了一家伙。别太过分,客气点!"其实说不上什么创新成就,只是个已知的操作,却得出了意料之外的结果罢了。我的助手和我发现了一组新的结粒体DNA单倍群[①]。在此之前，一般认为智人物种[②]具有三十组单倍群，我们现在发现了第三十一组。”

“具体说来，就是给一份当代基因样本测序，然后有了这一发现。”埃文帮忙解释，“测序，加上验证。”

无论什么内容，只要用英国上流社会口音说出来，立即显得睿智非凡。科蒂斯博士也很配合地拿出钦佩不已的神态：“明白了，明白了。重大成就啊，增光添彩，增光添彩。”

“一组全新的单倍群，”不怀好意的埃文假装帮忙进一步解释，“却仍旧传承自人类共同的那位女性先祖，距今十五万年的‘线粒体夏娃’。”

科蒂斯博士脸庞一亮。玛丽安娜想起来了，有个电视节目播过线粒体夏娃，由一位身材丰满、裹着豹皮裙的女演员出演。“对呀！不是有个——”

“对不起，你们不能进去！”外面的走廊里传来一声尖叫。所有对话戛然而止，所有脑袋都转向房门方向：三个身着深色西装的男人正推开门边的那群研究生，朝里面走来。三个人都佩着枪。

又一起校园枪击事件，玛丽安娜想，我该朝哪儿——

“玛丽安娜·詹纳博士吗？”三人中最高的那个亮出徽章，说道，“我是FBI特工道格拉斯·卡茨。请你跟我们走。”

---

①简单地说，一组单倍群有一个共同的祖先，是这个祖先传下来的后代。本文全部注释均为译注，此后不再一一说明。

②指人类。

玛丽安娜说:“我被捕了?”

“不,不,不是那么回事。我们奉命护送你前往纽约,这是美利坚合众国总统直接下达的命令。”

不知什么时候,埃文抓住了玛丽安娜的手。两人的手紧紧握在一起,但其中并没有什么浪漫意味,跟性也没有任何关系。比她年轻二十五岁的埃文是位不为外人所知的同性恋者,也是一位朋友,一个盟友,除她之外系里唯一一个进化生物学家。还有那种尖酸刻薄的幽默感,也只有他跟玛丽安娜有共鸣。“没想到啊,没想到。”每当有什么假说被证谬,他们俩总是对对方这么说。没想到啊,没想到……他的指头暖乎乎的,抚慰地攥着她自己蓦地冰凉的手指。

“为什么让我去纽约?”

“抱歉,我们不能透露。但这件事跟国家安全有关。”

“我吗? 我怎么可能——”

她的这些个问题让卡茨特工很不耐烦。他尽量掩饰这种情绪,但还是泄露出了一点点。“这我就不知道了,女士。给我的命令是护送你前往位于曼哈顿的联合国特别项目指挥部。”

玛丽安娜望着周围张大嘴巴的同事、眼睛瞪得滚圆的研究生;她望着科蒂斯博士,后者已经开始盘算怎么利用这件事给学校捞好处了。她将手从埃文手里挣开,尽量让自己的声音保持平稳镇定。

“科蒂斯博士,院长先生,请你们原谅,我得先走一步了。看样子,有人想让我处理跟……外星人有关的事。”

诺　亚

诺亚·詹纳再一次将房门的球形把手摇晃得哐啷作响，可这个被太多只没洗过的手攥得油腻腻的把手仍旧锁得死死的。他知道艾米莉在里面。不知为什么，这种事他总是知道。只要是对他不利的坏事，他总是知道。

“艾米莉，”他轻柔地冲着房门道，“求求你，把门打开。”

没有回应。

“艾米莉，我没别的地方可去。”

没有回应。

“我会停药的，我保证。我再也不吸蔗粉了。”

门开了一道缝，锁链仍旧挂着没摘下。门缝里露出艾米莉那张一脸绝望神情的面孔。她不是那类夸张地大发脾气的姑娘，但这种默默的绝望更让人受不了。倒不是说诺亚不该受到这种谴责，他知道错在自己。那头柔顺的秀发垂在她那张悲哀的修长面庞两侧，她穿着那件他最喜欢的、左肩处绣着一只蝴蝶的绿色浴袍。

“你不会停的，”艾米莉说，“你做不到。你上瘾了。”

“蔗粉不是上瘾类药物，这你也知道。”

“也许不是生理上的上瘾。可你就是上瘾了，戒不掉。我永远不想知道你究竟是谁。”

“我——”

“对不起,诺亚,可是——你走吧!”她关上房门,再一次锁死。

诺亚无精打采地倚着脏兮兮的墙壁,等着看会不会发生什么奇迹。什么都没发生。等到最后,等到他打起精神,他就得走,不得不走。

她说得对吗?他真的永远也戒不掉蔗粉吗?蔗粉不会让人嗨起来,它不是那种药。不会让大脑的多巴胺猛然爆发,没有致幻效果,不会让你魂灵儿出窍般飘飘然,也没有消解抑郁的功效。只不过,服下蔗粉以后,诺亚会感到自己成为了他本该成为的那个人。麻烦的是,“本该成为的那个人”确定不下来,永远不是同一个。有的时候,他觉得自己是个战士,可以直面一切困难,无情地消灭任何敌人。还有的时候,他觉得自己是个哲学家,静坐观照宇宙万物,从中获得深深的满足。有时他像个小孩子,感到每一天都是那么新奇迷人。有时却又像个父亲(其实他不是),守护着整个世界。有的理论认为,蔗粉让人释放出了前世的记忆。别的理论则相信它刺激了集体潜意识,或者暂时将梦境中的画面实体化、具象化了。还有一种假说则是这样的:服用蔗粉,相当于主动引发科尔萨科夫综合征[①](短期)——此种综合征是一种精神障碍,患者会将臆想出来的自我形象当成真实存在的自我。其实,没人知道蔗粉是怎么作用于大脑的。对于某些人,它没有任何影响。但对向来不知道自己的人生定

① 又称健忘综合征,表现为选择性认知功能障碍,包括近事遗忘、时间及空间定向障碍。

位在哪儿的诺亚来说，蔗粉让他前所未有地拥有了一种东西：实实在在的身份定位。可惜这种明确的自我定位只能存在几个小时，一旦药物被排出体外便荡然无存。

问题在于，这种状况让他很难保住工作。怎么可能呢？前一天你还是羞怯、善良的诺亚·詹纳，第二天却成了匈人大王阿提拉，再过两天又成了某位才智高绝的天纵奇才，再也不肯屈尊洗盘子，或者在便利店里当收银员。艾米莉一直希望他能找到一份工作好好干下去，能和她一块儿交房租，能擦洗地板，能帮她把床单送到自助洗衣店。一句话，当个成年人，而且每天都是那同一个成年人。她的这些个希望一点儿也不过分，可是——

也许他能戒掉蔗粉，每天都是同一个成年人——前提是他得弄清那个成年人到底是什么人。说来说去，还是那个老问题：他不知道自己的人生定位，反正什么定位都不对劲。向来如此。

诺亚拎起那个双肩包，里面是屈指可数的那几件属于他的东西，艾米莉已经替他收拾好了。背包肯定刚放进走廊没多久，不然准会被偷走。艾米莉住的这幢公寓楼没有电梯，他走下三层楼，出门到了大街上。十月的阳光亮闪闪的，暖洋洋地照着他的肩头，照着破败建筑组成的一个个街区，照着呼啦啦卷过纽约下东城那些肮脏街道的团团垃圾。诺亚恨恨地想：哪怕不知道自己的人生定位，你至少还能走路。他走过几个街区，来到曼哈顿一道道钢铁峡谷末端的那片绿洲——炮台公园。他倚在栏杆上，向南望去。

他能勉强分辨出那个漂浮在纽约港里的“使馆”。嗯,不,看不到“使馆”本身,只能看到它的能量罩反射出的闪闪烁烁的微光。说起那个能量罩,人人都想弄一个,包括他的姐姐伊丽莎白。除了核弹,什么东西它都挡得住。说不定核弹也能挡住,只是没人尝试过。不过别的武器已经确定了没问题——在它漂浮于纽约港的短短两个月里,已经有三个不同的恐怖组织朝它下过手了。没有什么能穿透那层能量罩。或许空气和阳光可以吧。没有空气和阳光可不行,对吧?哪怕外星人也得呼吸呀。

太阳落到了地平线之下,浮在水中的“使馆”也不再反射光芒。暮色四合。如果还想今晚找个地方睡觉,他现在就得打电话了。伊丽莎白还是莱恩?他哥哥不会冲他吵吵,可莱恩住在上城,跟他母亲的大学在同一个城区,小小的哈德逊河区,要去的话只能路上搭便车。还有,莱恩经常不在家,他在一个野生动物保护协会工作,常去野外。如果家里只剩下那位甜腻体贴话又多的莱恩太太,诺亚觉得自己肯定应付不下来。那么,只有伊丽莎白了。

他用他的廉价手机拨了姐姐的号码。“哈啰?”她凶巴巴地说。天生火气大,妈妈总是这么说伊丽莎白。话说回来,这个脾气倒是挺适合她那份工作。

“丽兹[1],是我,诺亚。”

“诺亚。”

① 伊丽莎白的昵称。

“对,我需要帮忙。今晚我能住你那儿吗?”他把手机从耳边挪开了一点,准备好迎接暴风雨。没出息,懒骨头,找不着方向的没头苍蝇……完事之后,他说:“就今晚,一晚上。”

姐弟俩都知道这是撒谎,但伊丽莎白说:“那就过来吧。”随即挂了电话,连句再见都没说。

如果兜里多个几美元,诺亚会找个蔗粉贩子。可他没有那几美元,于是他离开了公园,顶着刺骨的寒风走下地铁站,乘地铁前往伊丽莎白在上西城的公寓。

玛丽安娜

FBI特工们十分礼貌地拒绝回答玛丽安娜的任何问题。以同样的礼貌,他们没收了她的手机、iPad,带她坐进一辆线条流畅的黑色轿车,沿着87号公路驶往纽约,穿城而过进入下曼哈顿区,在港口一个码头让她下车。码头另一端是一座经过加固、俨然堡垒的建筑,建筑前面是武装警卫把守的大门。她被礼貌地搜了身,录了指纹。接下来,人家礼貌地请她在一个没有窗户的小房间里等着。房间里有几把很舒适的椅子、一张桌子,桌上放着咖啡、小点心,挂在墙上的电视调到CNN,上面的新闻正在播放佛罗里达州的天气。

外星人是四个月前出现的。他们的飞船从太阳的方向飞速驶来,这一方位人类很难观测,所以直到他们抵达前数周才发现那艘飞船。一开始,它还被误判为小行星,于是引发了一场恐慌,以为它会撞上地球。等到宣布它并非小行星,而是一艘外星飞船时,某些方面的恐慌降低了,另外一些方面的恐慌却大为增加。飞船?外星人?全世界各个国家的武装力量都进入了动员状态。保密通信建立起来了,然后被好奇的技术天才们迅速破解。七种宗教宣布世界末日来临。股票和债券市场崩溃、反弹、飞涨,然后再次崩溃——总的来说,行为模式类似被狂风刮得东倒西歪的芦苇。各国政府将全世界最顶尖的语言学家、生物学家、数学家、天文学家和物理学家集合起来,让他们保持最高戒备状态,随时准备出动。通灵者的生意前所未有的好。人们或欣喜,或恐惧,有的祈祷,有的自杀。还有的人放出大批气球,让它们大致飞向月球方向——外星人的飞船就停留在月球轨道上。

外星人的接触来得飞快。语音是机械式的,显然是机器发音。他们使用的语言是英语,起初结结巴巴,但几乎立刻便改进了。媒体称这些外星人"天鹅人"[①],因为他们的飞船来自天鹅星座的方向,就是那颗明亮的、蓝白色的恒星。天鹅人显得十分友好,让外星人友善论者得意扬扬,认为己方观点终于获得了胜利。持反外星人观念的人则拒绝相信对方的友好表示,相信外星人总有一天会暴露出他们的真面目。外星人花了两个月时间与联合国交流。他们的安

① 原文为Deneb,直译应为"天津四"和"天津四人"。"天津四"为天鹅座中恒星,但出于明显的原因,译者没有采用这种译法。

抚让人类不那么紧张了:这是一次和平使命。同时却又审慎保守:仅通过语音交流,借助机器。外星人不肯露面:“现在不行,我们等待。”他们既不造访人类的国际空间站,也不允许人类访问他们的飞船。他们将自己的故乡行星告知了人类。知道该朝哪儿看以后,人类天文学家看到了那颗行星所围绕的橙矮星的星光,发现星光被蚀,进而发现了那颗行星本身。行星与矮星的距离适中,适合生存。它比地球稍大,但密度略小些,有水。它离天鹅座很远,跟后者一点关系也没有,但天鹅人这个名字仍旧保留下来了。

两个月后,外星人请求允许他们在纽约港内建一座临时性的浮动建筑,他们称之为“使馆”。这座“使馆”将拥有周密的防护,绝不会污染周边环境。作为交换,他们将通过互联网,向地球人提供其星际驱动器背后的物理原理。仅限于原理,而非具体的工程技术。这一提议让联合国陷入了激烈的辩论。物理学家们垂涎三尺。而在全球的各大城市,支持者与反对者之间爆发了剧烈的冲突,酿成了大骚乱。阴谋论者宣布——在某些国家,整个政府都由这样的阴谋论者组成——天鹅人在地球的任何设施都将成为他们的攻击目标。

最终,联合国支持了这个提议。于是,拟议中的构造物进入地球轨道,平稳地降落在港口内,连水花都没溅起一点,然后平静地漂离海岸。降落之后,它的直径增大了些,同时变扁了些,外形像半个圆拱屋顶。你可以把它看作一座岛,也可以视为一艘船。美国政府最后认定它是一艘船,适用海洋法。媒体则开始用粗体大写字母拼写它:“使馆”。海岸警卫队的船只无休无止地绕着它巡行,附近还有美国海军的水面和水下舰船。它的上空成了禁飞区,让纽约三大机场的飞机起降大受影响。周边的喷气式战斗机则始终保持高度戒备。

什么都没有发生。

接下来的两个月里,外星人继续通过他们的语音机器与联合国交流。只和联合国交流,而且依旧拒不露面,没有人见过他们的庐山真面目。也不知道他们是担心地球的空气、微生物还是地球人的军队,所以非得躲在那个能量罩后面不可。还有那个“使馆”,能用的侦察手段地球人都用上了。就算真的侦察到了点什么,那也是绝密情报,绝不公开。对外界透露的只有两行对话:

你们为什么来到地球?

为了和人类建立联系。这是一次和平使命。

有个搞音乐的给这两句对话谱上了曲子,不断重唱、迭唱,曲调幽默狡黠,却并无恶意。这首歌立刻红遍全球,同时引发了拿外星人开玩笑的浪潮。“外星人在干什么”成了深夜脱口秀的核心元素。“使馆”成了旅游热点——在海岸警卫队警戒线之外的船只上,在禁飞区之外的直升机上,无数游客用望远镜窥视着它。一位德国时尚设计师打造出了“天鹅人造型”,顿时在T台大红大紫——尽管天鹅人的模样谁都没见过。股票市场恢复了正常情况下的稳定状态。

一批粗制滥造的电影匆匆出笼，有的将天鹅人塑造成人类的盟友，有的却将他们拍成了奸诈的坏蛋，来到地球抢我们的女人、金子，或其他好东西。相关的汽车保险杠贴纸如野草般疯长："我来为天鹅人踩一脚刹车""地球已经挤不下了——回自己家去""天鹅人要怎么做爱——隐身做""给我们物理，给你们吃的"。

对这一切，外星人不予置评。许诺给人类的物理学原理，他们公开发布了，全世界只有几十个人能看懂。他们仍旧那么彬彬有礼，可来来回回仍旧只有那两句话，让人捉摸不透。你们为什么来到地球？为了和人类建立联系。这是一次和平使命。

玛丽安娜呆呆地瞪着电视，CNN的节目已经变成了另一个短片，关于残疾儿童怎么挑选万圣节服饰。节目里的讨论、这个房间、眼前的处境——这一切都显得那么不真实。外星人为什么找她？肯定是因为她的那篇论文，别的无论什么事都解释不通。不对，就算是那篇论文，同样解释不通。

"——由来自五个国家的许多教堂捐赠。四岁的艾米急切地抓住一套黑猫服饰，她的朋友凯拉则选中了——"

学术刊物每年都会刊载数十篇有关遗传进化的论文，每篇论文都只是为这门学科增添了一点点新的统计数据。她的论文不过是其中之一罢了。为什么偏偏选中了这一篇？为什么偏偏选中了她？按照新闻报道的说法，联合国秘书长、各国总统首相、顶级科学家，这些人全都是在这座现代化堡垒里与天鹅人对话。具体对话方式为(说法不一,请自行选择):通过严格加密、屏蔽了视频的装置;通过单向视频装置;通过双向视频装置,对话双方都能看到彼此的模样,但联合国对此秘而不宣;其实根本不存在任何对话,所谓的外星人-人类交流是个弥天大谎。不过,“使馆”绝对真实存在。其形象出现在杂志封面上,咖啡杯子上,还有屏保图案、T恤衫以及射击场的靶子上。

玛丽安娜的女儿伊丽莎白觉得外星人信不过。但话又说回来,伊丽莎白谁都信不过。她能成为这个国家最年轻的边境巡逻队长原因之一就是这种怀疑所有人的性格。眼下她在纽约,参加了由好几个执法机构联合组成的“纽约特别项目”。此外,她还是个坚定的孤立主义者,认为只有这一经济政策才能拯救美国,使之免于经济灾难。

至于莱恩,他几乎没怎么提过外星人。莱恩感兴趣的只有他的职业和他的妻子。

还有诺亚。唉,她的那个问题孩子知道外星人来到地球的事吗?玛丽安娜已经几个月没见过他了。春天的时候,他去了南方,“试试能不能在南边过日子。”从那以后,她只能偶尔在手机上收到一条他发的电子邮件,里面还没有什么确切信息。不知他是不是回了纽约,就算回来了也没给她打过电话。玛丽安娜不愿承认,但是,跟这孩子断了联系真是个巨大的解脱。他是她的孩子、宝贝——可每次见面,总是以吵架和眼泪收场。

她在干什么呀？老是想着孩子，而不是外星人的事。外星人大使想跟她说话吗？为什么？这些天鹅人为什么来到地球？

为了和人类建立联系。这是一次和平使命……

“詹纳博士？”

“是我。”她从椅子里站起身，下巴绷得紧紧的。得有人出来跟她说说这到底是怎么回事，而且要快！

那个年轻男子怀疑地打量着她的衣着。深色牛仔裤，穿了十年的绿色绒面运动衫。这身行头是她参加系里派对的标准着装。“达赛秘书长很快就来见您。”

玛丽安娜努力让自己做到不动声色。没过多久，联合国秘书长维汉·达赛走进房间，身后跟着几名警卫。达赛岁数很大，是个高个子，身穿一件天蓝色印度式无领长衫，那件丝质长衫上还绣着繁富的花饰。站在他身旁，玛丽安娜觉得自己就像孔雀旁边的一只不起眼的鹪鹩。达赛伸出手来，脸上却没有笑容。美国和印度的关系不大好。美国和任何国家的关系都不大好，因为这个国家正毫不动摇地实施孤立主义经济政策，想以此保住美国人的工作机会。这种做法激化了各国之间的矛盾，让它们在联合国争执不休、互相威胁。直到天鹅人出现，其惊天动地的影响吸引了所有人的注意力，各国彼此撕咬的局面才有所好转。也可能并无好转。

“詹纳博士，”达赛专注地打量着她，“看样子，我们俩都是奉召而来，参加这场星际会议。”他的英语带着点音乐般的印度口音，没有丝毫瑕疵。玛丽安娜记得在什么地方读到过他会四种语言。

她说:“你知道为什么要我来吗?”

这种直愣愣的说话方式让他直眨巴眼睛。“我不知道。天鹅人大使坚持要这么做,却并未阐明原因。”

大使坚持要怎么做,人类就只好怎么做吗?玛丽安娜没把这话说出声来。有些事说不通啊。秘书长的下一句话更是让她目瞪口呆。

“我们二人和其他几位人士受邀进入‘使馆’。这一邀请的先决条件就是您一定得在场,而且我们必须马上接受邀请。”

“进入……进入‘使馆’吗?”

“正是。”

“可是,之前从来没有人——”

“这一点我十分清楚。”那双睿智的深色眼睛一刻也没离开过她的脸庞,“时间很紧。受邀宾客之中,能来的只有几位正好在纽约的。我们等的就是他们。”

“我明白了。”其实她一点儿也不明白。

达赛转身对他的警卫说了几句印地语,双方争执起来。警卫还能跟他们的保护对象顶嘴吗?玛丽安娜没想到竟有这种事。可话又说回来,对联合国安保措施,她又懂得什么?现在的她已经远离自己的专业领域,自己的同僚,甚至远离自己的星系。她猜想天鹅人不允许警卫进入“使馆”,而卫士长不同意秘书长独自进去,于是两人吵了起来。

很明显,秘书长赢了。他对她说:“请跟我来。”随即大步离开房间,长衫摆动,蓝色天光般闪闪烁烁,下摆擦着足踝,沙沙作响。玛丽安娜算不上敏感,但她还是感到秘书长十分紧张。紧张情绪仿佛热量一般,从他身上辐射而出。他们走进一条长长的走廊,愁眉不展的警卫们跟在身后。玛丽安娜和达赛走进一部电梯,电梯一路向下,下得很深很深。它已经深入港口水下了吗?一定是这样。走出电梯,两人进入了一个小房间,里面已经有一男一女等候着。玛丽安娜认出了那个女的:叶卡捷琳娜·扎伊采娃,俄罗斯联邦驻联合国代表。那个男人估计是中国代表。两个人都显得很紧张。

达赛用英语说道:“我们只能再等——啊,他们来了。”

两个年轻得多的男子几乎连滚带爬冲进房间,手里还攥着头戴式耳麦。是译员。两个人都衣着不整,惊恐不已。看了他们的狼狈模样,玛丽安娜感觉好多了——被那种排山倒海似的非现实之感折腾得惊慌失措的人不止她一个嘛。要是埃文在这儿就好了,带着沉着淡定、尖酸刻薄的英国范儿,来上一句“没想到啊没想到……”

是啊,无论她还是埃文,谁也不曾想到这个。

“很遗憾,其他安理会常任理事国的代表一时联系不上。”达赛说,“我们只好不等了。”

玛丽安娜想不起还有哪些国家是安理会常任理事国。英国?肯定有英国。其他还有谁?还有多少?在这个十月的黄昏,那些国家的代表都在干什么,以至于错过了与一个外星种族的第一次会面? 无论在干什么,他们都将抱憾终生。

也不一定。或许这个小小的代表团将一去不复返——被杀掉、被绑架,或者被吃掉。不,这不可能,太荒唐了。她这是歇斯底里症发作了。真有危险的话,达赛绝不会去的。

可他不可能不去。换了谁都会去的,对吧? 换了是她,她不是也会去吗? 她蓦地意识到,没有任何人征求过她的意见,没有任何人问过她愿不愿意。人家只是吩咐一声让她去。如果她一口回绝呢?

小小的房间另一头,一扇门打开了。空中响起人声,说着什么请求通行、允许通行之类的话。六人随即走进另一部电梯。走出电梯,他们迈进的是一艘潜艇。它肯定是全世界最舒适、最不像作战舰艇的潜艇。里面有沙发躺椅,还有礼服上佩戴金穗的军官。

潜艇。嗯,有道理。只有这样,才能悄悄进入"使馆",免得被记者、游客和一心想炸飞外星人基地的疯子(只要他们办得到)发现。天鹅人一定已经答应为他们打开一个登陆口或者通道之类的。这就意味着,这次会面双方已经有过协商,并且制订了相应的计划,这一切早在今天之前很久就完成了。但直到今天,外星人才决定将这一计划付诸实施。为什么? 为什么搞得这么仓促?

"詹纳博士,"达赛说,"我们只剩下很短一点点时间。请在这段时间里向我们解释您的科学发现。"

没有人在那些舒适的躺椅沙发上落座。大家站成一个圈子,围着玛丽安娜。在学校向科蒂斯博士解说时,她颇有点捉弄对方的欲望,现在却绝无这种念头。除了这艘拥挤、豪华的潜艇,她的话还会传向哪里?美国总统在听吗?坐在白宫情况室里、和有资格进入那个房间的其他人挤在一起,专注地聆听着她即将说出的话?

“我的论文里没有什么惊天大发现,秘书长先生,所以我才会对这一切摸不着头脑。用大白话说就是这样——”两名译员对着他们的话筒低声传译,她尽量保持专注,别被他们分了神。“——今天在世的全部人类,都是同一位妇女的后代。这位妇女生活于距今十五万年之前。这一发现得自我们对线粒体DNA的研究。和细胞核内的DNA不同,线粒体DNA是一种独立的DNA,来自一种名叫线粒体的微小细胞器。线粒体存在于我们身体的所有细胞之内,它是细胞的动力室,为细胞的种种活动提供动力。线粒体DNA不会进行任何形式的复合重组。还有,只要精子细胞进入了卵细胞,它就不再含有线粒体了。所以,线粒体DNA只能由母亲传给她的所有孩子,而且在传递过程中不会发生任何改变。”

玛丽安娜顿了顿,考虑着怎么才能既解释得通俗易懂,又不显得对外行纡尊降贵、有意迁就。“线粒体DNA本身仍会变异,变异速度十分稳定。每过约一万年,它的一个被称为‘控制区’的环节就会发生一次变异。从整体上看,线粒体DNA大约每三千五百年发生一次变异。这样一来,通过查验当代人类线粒体的变异数量和变异类型,我们就能建立起一株血脉谱系树:哪一个种群是哪一个女性祖先的后代。”

“此前的进化生物学家一共发现了三十组单倍群。我又新发现了一组,L7。我的研究方法是对DNA样本进行测序和比较,参照对象是标准人类线粒体样本,剑桥基准序列修订版。”

“你怎么知道上哪儿寻找这种新的单倍群?”

“我不知道。第一份样本是碰巧弄到的,测序之后,我又对她的亲戚取了样。”

“新的一组,这个,跟其他的,差别很大吗?”

“不大。”玛丽安娜说,“它只是单倍群L的一个分支。”

“那,以前怎么没有发现?”

“因为这种类型十分罕见。这支血脉准是随着时间流逝消亡得差不多了。这一脉非常古老,是线粒体夏娃最早的分支之一。”

“这么说,你的发现并没有特别重大的意义?”

“完全没什么重大可言。也许还有更多的人属于这个单倍群,只是我们尚未发现。”她觉得自己简直像个大傻瓜。大家那么期盼地望着她,指望她能给出答案。看哪,多么耀眼的科学之光,它照亮了一切!可她没有答案。她不过是个苦力型的科学家,她的成果也是埋头苦干就有结果的那一类,普普通通的一个单模标本而已。

“长官,我们到了。”一个下级军官说。玛丽安娜注意到,他的蓝色军礼服扣错了扣眼。他们整装出发时一定仓促得要命。这个小小的、是人都会犯的错误让她觉得好多了。

达赛深深吸了口气，旁边的人甚至听见了他的吸气声。这个人经历过战争和革命，可就连他都如此紧张。看不见的人喊出的命令回荡在空中，潜艇舱门打开了。

玛丽安娜跨出潜艇，走进外星人的地盘。

诺　亚

“妈呢，你给她打过电话吗？”伊丽莎白厉声问道。

“还没。”诺亚说。

“她连你就在纽约都不知道，对吗？”

“还不知道。”他很想告诉姐姐别没完没了敲打他了，可他毕竟是她的客人，实在拉不下脸。当然，就算不是客人，他也不会顶撞哥哥姐姐，从来不会。他通常用另一种办法：逗引他们俩互相顶起来，这样就没空烦他了。这会儿也能用上这一招就好了。可惜用不上。

“诺亚，你回纽约多久了？”

“有一阵子了。”

“一阵子是多久？”

诺亚伸手挡在脸前，“丽兹，我饿坏了。今天一天没吃饭。你能不能……”

“别跟我哼哼叽叽装可怜,诺亚。你这一套再也不管用了。”

以前管用过吗?好像从来没管用过,反正对伊丽莎白没用。他强打精神,道:“伊丽莎白,我回来以后还没给妈打过电话。还有,我真的饿了。咱们能不能待会儿再吵架,先让我吃点东西再说?求你了。什么都行,饼干,面包片……”

“冰箱里有做三明治的材料,自己动手。我还得给妈打电话。咱们俩中间,总得有人跟她说一声吧,告诉她,她那个浪子回头金不换的儿子露面了,大驾光临了。为了你的事,她都快急疯了。”

诺亚不相信。他母亲是他认识的人中最坚强的,伊丽莎白和莱恩紧随其后。这三位要是一起使劲,能把一个个帝国翻过来。当然,他们三个的力气很难使到一处,几乎一碰上就吵个不可开交。奇怪的是,这种情况下,他们居然还是常常见面。每次都不欢而散,吵的又是什么?政治、宗教、艺术基金、孤立主义……净是些不相干的事儿。

他在伊丽莎白乱七八糟的冰箱里翻着。里面全是塑料储物盒,堆得满满的。盒子全都半敞着盖,有些已经基本空了,只有盒底还剩下一点已经腐烂的食物。老天,这个已经长毛了。但他好歹还是找到了些似乎还没坏掉的面包、奶酪和沙拉酱。

伊丽莎白这间一居室公寓的脏乱程度跟她的冰箱差不多。这个问题也是她和妈妈吵架的又一个热点话题。床铺乱糟糟的没整理,一摞摞杂志报纸上积满了灰尘,花瓶里插着一束花,全死了,多半是哪个男朋友送的(伊丽莎白从来没有真正爱上他们中的任何一个)。无论是妈妈在城北的宅子,还是离她很近的莱恩和康妮的家,全都干干净净,亮亮堂堂。那两家,每周都有家政来打扫,食物按照仔细列成的清单一项项购买,家里的东西旧了坏了马上更换。说到东西,诺亚什么东西都没有。或者说,只有尽可能少的几样。东西稍多他就照应不过来。

伊丽莎白手握话筒等着对方应答。一身典型的FBI女特工打扮:短发,深色西装上衣西装裤,不化妆——没有化妆却依旧漂亮得英姿飒爽。“快呀,妈,快接电话。”她嘟哝着,“你的可是手机,就该随身带着。”

“说不定在上课,”诺亚说,“或者开会。”

“现在是星期五晚上,诺亚。”

“哦,对呀。”

“我再试试座机。她还有个座机。”

座机只响了一声,有人便接了电话。连在座位上狼吞虎咽三明治的诺亚都听到了铃音中断,但对方没有说话,一声不吭。

“喂? 喂? 妈,是你吗?”伊丽莎白说。

咔嗒。那边挂了电话。

“奇怪呀。”伊丽莎白说。

“说不定拨错了号。”

“嘴里塞着东西别讲话。我再拨一次试试。”

这一次,没人接听。伊丽莎白的脸阴沉下来,“情况不对劲。那边有人。我给莱恩打个电话。”

莱恩不是还在加拿大某个地方搞野外考察吗?诺亚大概弄错了日期。莱恩的那封电子邮件,他只在公共图书馆的终端机上瞥了一眼。那天他吸了蔗粉,当时的人格偏偏又是个不耐烦的毛躁性子。

“莱恩吗?是我,伊丽莎白。你知道妈在哪儿吗?……我要是知道她的日程安排,还用得着给你打电话?……等等,等等,好好听我说行不行?我给她家里打了电话,有人拿起话筒,又挂了。再打过去就只是铃响,没人接。你能不能过去一趟,去瞧瞧?……好,行,我们等着。哦,诺亚在我这儿……不行,这会儿我才不会跟你谈什么……莱恩!老天在上,去妈那边瞧瞧!”她挂了电话。

诺亚巴不得自己这会儿在别的什么地方。他巴不得自己是别的什么人。他巴不得能来点蔗粉。

伊丽莎白朝一把椅子里一倒,抓起一本书。诺亚倒着读出了标题:《关税、边境和美国的生存》。伊丽莎白热烈地支持孤立主义。那些试图闯过美国边境的绝望的人,你今天抓了多少?这个问题诺亚不愿多想。

十五分钟后,莱恩回了电话。伊丽莎白打开免提。“丽兹,咱妈的房子周围有好些警车。他们不放我进去。房子里出来个人,告诉我妈没死也没伤,也没碰上什么麻烦。除了这个,他什么都不肯告诉我。”

“知道了。”伊丽莎白一脸专注，她指挥边境巡逻队时就是这种表情，“我给她的学校打个电话。”

“我打过了，找到了埃文。他说三个自称FBI的人去了学校，带她去了曼哈顿的联合国特别项目指挥部。”

“可这没道理啊！”

“我知道。听着，我这就上你那儿去。”

“我给警察局打电话，报警。”

“别！不行！我到了再说，到时候咱们再决定怎么做。”

诺亚听着他们俩争吵。他们吵啊吵啊，直吵到莱恩挂断电话。伊丽莎白在一个准军事组织当差，她理所当然地希望报警。而莱恩为一家野生动物保护机构工作，这个机构的宗旨就是政府胡乱作为、破坏规定，盲目引进有扩张危害的植物种属，他当然不愿意让警察卷进来。他们吵得天翻地覆，但妈妈说不定只是出去给学校办点事，找联合国拉点赞助之类的；而那个书呆子埃文没弄清状况，仅此而已。诺亚不喜欢埃文。埃文只比他大几岁，恰恰正是诺亚一家认为诺亚应该成为的那种人：聪明、圆滑、到哪儿都如鱼得水，哪怕在一个并非祖国的国家也一样。伊丽莎白的边境巡逻队是怎么搞的，怎么没把埃文·布兰福德堵在外边？

不用别人回答，诺亚知道答案。

他说：“我能帮上忙吗？”

伊丽莎白甚至懒得回答。

玛丽安娜

“使馆”的照片她见过许多次。从外面看,那座漂浮的建筑有种简洁明快的美感。整体呈半球状,表面由许多切削面组成,很像一个巴克球[①]。(这种结构,天鹅人是从人类这儿学到的吗?又或者它是一种普适全宇宙的数学模型?)“使馆”漂浮在一个由未知材料建造的平台上。平台和各个切削面都是蓝色,但蓝色之外还有一层涂层,就是那个能量罩。能量罩反射着日光,让整座“使馆”如灯塔般熠熠生辉。这些外星人可真没打算掩饰他们的存在啊。但建筑下方肯定还有隐藏的神秘机械,位于只有海军潜水员才知道的地方(也许知道吧)。不然的话,这么大的建筑怎么会连水花都没溅起一点就落在港口里了呢?还有,潜艇准是通过某个暗道进来的,能量罩暂时为它打开了一条通道。玛丽安娜知道,自己永远别想弄清这里面的细节。

跨出潜艇以后,她和其他人置身于一个房间里。房间平平无奇,特殊的只有那汪水面。潜艇就是从那里上浮出水的,水滴不住

① 即C60(C_{60})结构,又称为足球烯,因为其外形与足球相似。它是一个由60个碳原子结合形成的稳定结构,具有60个顶点和32个面,其中12个为正五边形,20个为正六边形。

地从它流线型的艇身淌下。房间里没有窗户也没有家具,有的只是一扇门。空气中有股很重的味儿,闻着十分奇特。消毒剂?香水?外星人的体味?玛丽安娜的心脏咚咚直跳,又重又响,有时还忽地顿一下,激起一阵刺痛。她的呼吸也变得急促起来。

那扇门开了,一个天鹅人走了进来。一开始,她还看不大清楚。和"使馆"一样,对方周遭也笼罩着一层闪闪烁烁的能量罩。双眼适应过来之后,她倒抽了一口气。其他人也发出了同样的声音:一口气猛然吸进,带动口腔和舌头,发出呜咽之声。那个俄语译员更是悄声惊呼:"上帝呀!"

这个外星人的长相和人类几乎一模一样。几乎,不完全像。很高,大约188厘米,显然是个男子,四肢又长又瘦,胸膛厚实,一张人类的面孔,只是双眼大得多。他的皮肤是古铜色的,系在脑后的长发是深褐色的。最引人瞩目的是他的那两只眼睛:比人类的大,大片眼白中间嵌着巨大的深色瞳仁。他穿着一身深绿色服装,上身是样式简单的短上衣,下身是宽松的短裤,修长的小腿暴露在外。他赤着双脚。最让她吃惊的或许就是他的脚了:五根脚趾,脚背很宽,趾甲剪成短短的方形。这双脚的形状像极了她自己的脚,让她不由得产生了一个荒唐的念头:他完全可以穿我的鞋。

"你们好。"外星人说。声音不是他发出来的,那个机械音来自天花板上的喇叭。

"你好。"达赛说,接着深深地一鞠躬,"很高兴我们终于见面了。我是联合国秘书长达赛。”

“是的。”外星人“说”。接着口唇不动,发出几个颤音和弹音。天花板上立即说道:“我用我们自己的语言向你们表示欢迎。”

接下来,达赛秘书长向外星人介绍了同行的几人,其镇定自若的态度真让人佩服得五体投地。玛丽安娜则需要拼命回忆她读过的有关天鹅人故乡行星的细节,以此压抑内心深处越来越强烈的非现实之感。新闻中是怎么说的?她真希望自己对天文学知识多留点心。新闻上讲,外星人所在星系的恒星是一颗K什么什么类型(是什么来着?K0?K2?她不记得了)。外星人的那颗行星比地球的重力小些,日照也少些,光线的波长也不一样……橙色?对!外星人的太阳是一颗橙矮星。这个天鹅人这么高,是因为他们那儿的重力小些吗?还是因为他是个打篮球的——

别走神,玛丽安娜!

她打起精神。那位外星人说了他的名字,一连串不可思议的卷舌颤音。紧接着,他说:“就叫我史密斯大使好了。”这个名字他是怎么选的?从计算机生成的英语姓名表里挑出来的?玛丽安娜以前去过北京,宣读她的一篇论文,有些中国翻译就是这么做的。“就叫我丹好了。”当时她还猜测,那些翻译大概不相信她能正确读出他们的名字。恐怕他们是对的。但眼前这位可是航行星海的人啊,“史密斯”这个名字实在太……

“你就是詹纳博士?”

“是的,大使阁下。”

“我们尤其希望和你谈话。各位,请这边来好吗?”

大家排成一行,像一群小鸭子一样跟在高高的外星人身后。走进唯一的那扇房门,门后是一个经过精心布置的房间,活像最昂贵的牙科诊所的候诊室。瞧那些软椅、花格小地毯,他们是从网上订购的吗?或者是在幽暗的“使馆”深处,用某种先进得不得了的纳米技术制造出来的?墙上的图片都是著名的都市风貌:纽约、上海、迪拜、巴黎。房间里没有任何异于人类之处。特意这么做的?废话,当然是特意这么做的。咱们这儿可没有什么吓人的东西哦。

玛丽安娜坐了下来,双手交握,一只手的指甲使劲掐着另一只手的手掌,以此压抑她那种发了疯的欲望:她真想咯咯地笑出声来。

“我非常希望能够多了解一些你最近发表的那篇论文的情况。”天花板上说,与此同时,史密斯大使那双大得让人不安的眼睛注视着她。

“没问题。”玛丽安娜说,却不知该从哪儿说起。从哪儿说起呢?他们对人类基因知道多少?

他们知道得很是不少。接下来的二十分钟里,玛丽安娜嘴巴解释,配合手势,回答问题。其他人默默地听着,只有中俄两位译员低声翻译。包括外星人在内的所有人都十分专注、彬彬有礼,但玛丽安娜察觉到叶卡捷琳娜·扎伊采娃有些妒忌:她的嘴唇稍稍噘起了一点点。

渐渐地,情况清楚了:玛丽安娜说的,史密斯其实早已相当了解。他提出的问题全都集中于一点:她是从哪里搞到那些DNA样本的。

"来自志愿者。"玛丽安娜说,"我们在印度一个露天自由市场搭了些样本采集棚,因为我正好有个同事在那边工作。另一个地点是伦敦的一个火车站。还有就是我自己的学校,在美国。每个采集点都是从口腔刮一点组织下来,然后付给志愿者一点点费用,很少,只是象征性的。L7线粒体DNA最初是从一个美国印第安纳州学生提供的样本中发现的,之后我们找到了她的亲戚,请求采集样本。他们很配合。"

"你的论文说,这份L7样本源自一次变异,这次变异形成了人类线粒体群组最古老的分支之一。"

达赛在他的椅子里猛地一震,好像吃了一惊。

"是这样。"玛丽安娜说,"有证据表明,'线粒体夏娃'至少有两个女儿,其中之一繁衍的血脉就是L0;另一个女儿那一脉则发生了变异,成了——"

突然间,她明白了。她窥破了达赛刚刚窥破的秘密。她眨巴着眼睛,瞪着史密斯,感到自己的嘴巴大大张开,怎么都合不拢,好像她无法控制下颚的肌肉。整个宇宙仿佛一只袜子被从里到外翻了个面。

诺　亚

一个小时后，莱恩来到伊丽莎白的公寓。他们反复给妈妈打电话，但无论手机还是座机都没人接。莱恩和伊丽莎白坐在破旧下陷的沙发里轻声商量着，对母亲的担心让平时水火不容的两人停止了争吵。诺亚坐在房间对面，默默地听着。

从长相看，莱恩是三兄妹中最吃亏的一个。伊丽莎白很美，那种很“酷”的美。诺亚知道，自己综合了父母双方的优点：和去世的父亲一样，他是个体形健美的高个子；他的眼睛像母亲，是略带金色斑点的浅灰色眸子。莱恩的长相跟他截然相反，像个消防栓：矮个，粗壮，结婚以后又粗了一圈，成了个圆桶——看来康妮烧得一手好菜。才三十岁，他已经谢顶了。莱恩聪明、固执，毫无幽默感。

伊丽莎白说：“埃文说FBI把她带走了，跟我讲讲他是怎么说的。具体点，逐字逐句。”

莱恩复述了一遍，又补充道：“要不这样——咱们干脆给FBI打电话，直接问他们她在哪儿，发生了什么事。”

“我已经试过了。这儿的FBI分局说他们完全不知情，但说他们会打听打听，再转告我。然后就没下文了。”

“当然不会有下文。咱们得给他们点理由，让他们觉得非向咱们透露点信息不可。到这儿来的路上，我想出了两个理由。我们可以说我们打算找记者，或者说家里有人病了，情况危急。”

伊丽莎白说:“我不喜欢威胁FBI这个点子,后果太复杂,咱们怕是应付不下来。还是家里人生病吧。咱们可以说康妮出了妊娠毛病,并发症发作,有生命危险。这是咱妈的第一个孙子啊……”

诺亚吃惊地问:“康妮怀孕了?”

“四个月了。”莱恩说,“别人发给你的邮件你要是能读一读,这些消息早该知道了。你快当叔叔了。”他的眼神告诉诺亚:你当叔叔的水平肯定跟你当儿子一样,同样糟糕透顶。

伊丽莎白说:“得由你打电话,毕竟你是准爸爸。”

莱恩掏出手机。他的手机一看就是高档货,感觉简直能进行太空通信。FBI纽约分局下班了,他留了一条短信。华盛顿的FBI总部也下班了,他又留了一条短信。没等莱恩发出评论“他们这辈子都不会答复咱们”,由此就政府部门的低效率与伊丽莎白展开另一轮争吵,诺亚打岔道:“你的手机是野生动物保护协会给你配的吗?野外考察时用的?”

“它叫保护野生动物国际联合会。对,是发给我的。这个手机能打通各个高层部门,以防止千屈菜对本地植物的侵害。”

诺亚低下脑袋,掩饰脸上的窃笑。

伊丽莎白捧腹大笑,“莱恩,你知道你这话听上去有多假模假式吗?为几簇野草设的紧急热线?”

“你知道你这话听上去有多无知吗?紫色千屈菜正在侵占我们的湿地。奉送你一点小知识:湿地是地球上生物多样性最丰富、产出最丰饶的生态环境。但它们现在正被这种外来植物扼杀，其经济影响高达数百万美元——”

“说得你好像在乎美国经济似的！要是你说了算，准会敞开国门，任由国外的廉价劳工跟我们竞争，让美国人的工作岗位——”

“你没法把这个世界封闭起来，伊丽莎白。就算你能说服外星人、让他们把能量罩的技术送给你，你还是没法封闭这个世界。我知道，像你这种‘边境守卫’，一心想的就是这个——”

“对，没错！我们的经济已经万分危急了，这种情况下，边境巡逻比几把稀奇古怪的花花草草重要得多！”

“太棒了，说得太棒了。筑一堵墙把咱们圈起来，挡住一切新鲜血液、新观念和新的贸易伙伴。但是那些侵害性植物呢？进来吧，在我们的农田里尽情生长吧。到头来，被你用引进的外星能量罩关起来的人都得饿死，因为我们的地里长不出给他们吃的食物。”

“是保护起来，不是关起来。我们正是用这种办法保护你们，跟不准天鹅人上岸从而保护你们是同样的道理。”

“哦，原来这是你们干的，真的吗？不上岸是外星人自己的决定。如果人家决定把他们的大圆球咚的一声扔在时代广场正中央，你的边境巡逻队还能挡住他们不成？你觉得呢？看在上帝的分上，人家可是实现了星际飞行的种族！”

“没人说——”

诺亚大喊起来——只有这样才能让那两位听见。“伊丽莎白，你的手机响了！上面显示是妈打来的!”

三个人齐齐盯着那个手机,仿佛它是一枚炸弹。接着,伊丽莎白猛扑过去,抓起手机,“妈?”

“是我。你刚才打的电话我没——”

“你去哪儿了？出什么事了？FBI怎么——”

“我会把一切都告诉你。你和莱恩都在你那儿吗？莱恩没走吧?”

“我们都在。你的声音有点怪,你真的没事吗?”

“是,我是说我没事。你们就在你那儿等着,我打个车过去。可能得过几个小时才能到。”

“可你在哪——”

电话断了。莱恩和伊丽莎白面面相觑。一片寂静中,诺亚说:“哦,对了,妈,诺亚也在这儿。”

玛丽安娜

“你很吃惊。”史密斯大使说。这句话实在全无必要。

震惊消灭了礼貌。“你们是人类？源自地球?”

“是的,我们是这么认为的。”

“你们的线粒体DNA和L7序列吻合？不,等等——你们的整个生物结构都和我们一致？”

“当然，差别还是有一些的。我们——”

俄罗斯代表猛然站起，力气之大，甚至掀翻了椅子。她喷出一串话，译员给出了比较温和的译本：“我不明白，这怎么可能？”

“我会解释的。”史密斯说，“请坐下。”

叶卡捷琳娜·扎伊采娃没有坐下。玛丽安娜忽然想道：不知史密斯周遭那一层能量罩结不结实。

史密斯说道：“上千年前，我们就知道我们并非土生土长于我们的世界。有关我们的化石，最早的不过距今十五万个地球年。在那以前，没有我们的化石记录。在我们的世界，生命形式仍然基于DNA，但我们和其他生命形式不存在直接的基因联系。我们知道，我们是被某些人从其他地方带来的，而且——”

“可这是为什么？”玛丽安娜脱口而出，“他们为什么要这么做？‘某些人’又是什么人？”

史密斯还没来得及回答，扎伊采娃道：“先不说你这个故事是不是个弥天大谎，你们行星的本土生命怎么可能是基于DNA？”

“有生源说[①]是一种解释。”史密斯道，“我们不知道我们为什么会被带离地球，像种子一样播撒到我们的世界。或许是某个现已消失的种族进行的某种实验吧。我们——”

中国大使低声对他的译员说了几句。他的美国译员因为过分

① 即Panspermia，指19世纪70年代科学家提出的地球生命来自太空的假说，如通过搭乘彗星或者流星。

紧张,竟忘了正常礼仪,打断了史密斯的话。

“朱先生有个问题:如果你们源自地球,你们在宇航方面怎么发展得这么快,比我们快得多?你们的大脑不是跟我们一样吗?”

“我们的进化过程和你们不同。”

玛丽安娜赶紧插嘴:“有什么不同?为什么?从进化角度看,十五万年并不很长,只够发生一点很细微的变化。”

“正是如此,我们只有一点细微的改变。”史密斯的声音仍旧是那种机械音,玛丽安娜忽然间很讨厌这种腔调:太超脱、太漠然,给人一种屈尊俯就的感觉。“比如说,我们的世界重力较低,比地球小十分之一,于是我们的内部器官和骨骼做出了相应的调整。我们的世界比地球温暖一些,你们可以看到,我们的体脂比较少。我们的眼睛比你们的大得多,因为我们的星球比你们的黯淡,我们需要尽可能捕捉光线。我们的世界的绝大多数植物都是深色的,这样才能尽可能多地搜集光辐射。地球的色彩真是让我们目不暇接啊。”

他露出了微笑。玛丽安娜想起来了:人类的所有文化形式都用相同的面部表情来表达情绪——幸福、憎恶、愤怒,等等。

史密斯继续说道:“但我刚才说我们的进化不同于你们,我指的不是身体,而是社会的进化。和地球相比,我们的世界更宜于生存。它的旋转轴没什么倾斜度,有许多很容易驯化的野生谷物,食物更多,没多少猛兽。我们没有冰川时代,我们进入农业文明的时间比你们早了十万年。”

也就是说，拥有稳定社区和城市的历史多了十万年，随之而来的是分工，分工所形成的不同专业又会促进智力的发展，不同类型的智力再互相影响……一万五千年前，当玛丽安娜的祖先还在捕猎乳齿象、搜集浆果的时候，他们远在银河另一端的表亲或许已经在研究量子物理了。但是——

她说："环境这么好，你们一定有人口膨胀的问题。所有有利于生存的生态环境都会迅速出现这个问题。"

"没错。但我们还有另一个有利条件。"史密斯停了下来，给译员留出翻译时间。没等他再次开口，她已经猜到了这个有利条件是什么。

"被撒播到那个世界的人群，其人数并不多。我们估计不超过一千名。他们全部都是很近的亲戚。最大的可能：他们是从同一个地方被带走的。我们的基因池没有你们那种多样性。更重要的是，这批被流放者——或者说他们中的绝大多数——性格都很温和，非同寻常的温和，彼此合作的倾向非常强。你们或许会这么形容他们：'对他人遭受的痛苦感同身受'。我们也有过战争，但不多，而且不是一开始就争战不休。看到人口膨胀的苗头以后，我们通过自愿节制实现了对人口的控制。还有，不用说，在初民传承下来的各个分支群体中，最善于合作的群体最先实现了科学进步，最终成为最为繁荣的一支。"

"你们将适者生存换成了协作者生存。"玛丽安娜说，同时心想：

道金斯理论[1]就此完蛋了。

“你可以这么说。”

“可我没这么说。”扎伊采娃甩开翻译,直接插话。她情绪激烈,连脸都扭曲了:“你们怎么知道你们来自地球?又是怎么知道地球在哪儿的?”

“把我们带去那个世界的人,他们留下了一些钛板。坚不可摧,上面画着图表。发展到一定阶段以后,我们掌握了足够的天文知识,看懂了这些图表。”

西奈山上的摩西,[2]玛丽安娜想。这个解释可真方便得紧!不信任之感汹涌而来,吞没了她。接踵而至的却又是信任。毕竟,这些外星人就在这里,他们的确是乘着飞船来的,而且他们的长相的的确确像人类。只不过——

她突然开口:“能把你们的血液样本给我们吗?组织样本呢?能让我们对你们进行医学扫描吗?”

“可以。”

就这么同意了,如此简单,如此彻底,让所有人都不作声了。玛丽安娜的脑子晕晕乎乎的,极力想找出其中的骗局,找出其中隐藏的恶毒阴谋。她找不到。最后,一直沉默寡言的朱锋通过他的译员打破了沉默。

---

① 英国生物演化学家理查德·道金斯提出的理论,他认为生物体的原动力——自私且只对自己的生存和繁殖感兴趣。

② 上帝在西奈山上向摩西传授十诫,并将这些诫条刻在石碑上。

“请告诉我们，尊贵的使者，你们究竟为什么来到地球？”

史密斯的回答和他的上一句话同样简洁。“为了把你们从毁灭中拯救出来。”

诺　亚

诺亚溜出了伊丽莎白的公寓。这么做让他很内疚，却又没内疚到能让他继续留在公寓。他的第一桩罪：如果妈妈回来得比她说的时间早，到时候他就会缺席不在。第二桩罪：他从伊丽莎白钱包里拿了二十美元。第三桩罪：他要用这钱买蔗粉。

伊丽莎白和莱恩吵得他实在受不了了。他只能离开，由他们俩吵去。争吵的主题仍旧是孤立主义，和他上次见到他们时一样——那已经是四个月前的事了。同样的争吵，连说的话都一模一样：伊丽莎白拿出数据，证明美国唯一的选择就是保证并扩大国内的工作岗位，对进口商品课以重税，重建国内基础设施。莱恩则哗啦啦甩出另一套数据，证明从长远看来，只有全球化才能带来经济繁荣，让新的劳动力不断进入日益老龄化的美国；当然，短期看来，这种政策确实会对经济产生一定的破坏作用。两人的争吵发展到互称“法西斯”和“一脑袋糨糊”时，诺亚离开了。

他走了三个街区，来到百老汇。跟平时一样，百老汇灯火辉煌，但那些卖皮塔三明治[1]的希腊快餐店、电器商店和饭馆都比他记忆中的破败了些。放在店外的桌椅用链子锁着，连一个客人都没有，空荡荡地撇在黄昏的寒风中。有些店铺不仅有铁网保护，还用上了铁闸门。他继续向东，朝中央公园方向走去。

蔗粉贩子缩在一个门洞里。这人最多不过十五岁。蔗粉是一种低耗费、低利润的毒品，连街头黑帮都看不上这行生意，更不用说更高级的犯罪组织了。这小子是个半瓶醋，业余时间卖这个，天知道他用什么玩意儿来掺兑纯蔗粉。

但诺亚还是照买不误。他在最近的希腊快餐店里买了个皮塔三明治，作为使用那儿厕所的代价，然后关上厕所门。厕所没有窗户，却出人意料地干净。诺亚总是随身带着一套蔗粉检测工具，拿出来一测，结果是个意外惊喜：刚买的蔗粉里没有什么乱七八糟的玩意儿，兑粉的竟然是真正的白糖，而且白糖含量只有约百分之五十。

"谢谢您，上帝。"他对着坐便器说，然后吸了平时两倍的剂量。他回到店里的餐桌边，吃着凉下来的皮塔三明治，等着。

药物很快生效。在他身上，蔗粉的药效向来发作得很快。先是一股顺滑之感，仿佛大脑里的神经元突触全部涂上了一层厚厚的、浓郁的奶油，然后，前一瞬他还是找不到自己人生定位的诺亚·詹纳，而下一瞬间，他不再是了。他觉得自己成了另外一个类型：事业

①希腊食品，用皮塔饼夹羔羊肉、番茄和洋葱制成。

兴旺的小商人，大概是个小店主吧。经济有保障，而且头脑简单，没有任何复杂的想法——这可真是天大的福气啊。一个心满意足、一门心思做事的人，绝对不会向自己提出诸如我是谁、我往何处去之类的问题；一个完全适应身处的环境的人，不管那是什么环境，这种人会非常单纯地吃着自己那份皮塔三明治，盯着窗外，脑子里没有一丝令自己困扰的念头。

他正是这么做的。大口嚼着，多汁的小羊肉和清淡的香料给他的口腔带来阵阵愉悦。他可以就这么坐着，消磨平静的半小时。

可是——街上出事了。

一群人向百老汇涌去。是个游行队伍。不，是一群暴民。他们拿着火把——竟然是火把！还有比火把更大的东西，也燃着火苗，举得高高的……现在诺亚听到了叫喊声。那个被举得高高的东西原来是一具用秸秆和破布扎成的模拟像，模样像上百部烂片里的外星人：巨大的秃头，巨大的眼睛，又细又长的绿色身体。它立在一个金属浴缸里，浴缸被一块板子托举着。有人用火把点着了秸秆，整个模拟像正在燃烧。

为什么？就诺亚所知，外星人没招谁也没惹谁。有他们在这儿，还能招徕生意。可现在，这些外星人成了在经济灾难中遭了殃的人们宣泄怒火的借口——

这些是他的想法吗？还是诺亚的？他现在是谁？

大街尽头响起尖利的警笛声。警察出现了，正徒步推进，身上披挂着防暴装备。大喇叭哇啦哇啦响着,隔着快餐店的窗玻璃都听得清词句:“立即散开!街道上禁止纵火!你们没有获准游行!立即散开!”

有人扔出了一块很重的什么东西。快餐店的另一面窗玻璃被砸得粉碎。

碎玻璃下雨一样落在邻近角落里那几张空桌上。诺亚一跃而起,冲进小店深处,尽可能远离窗户。厨子在大喊大叫,用的是希腊语。不断有人离开游行队伍,又不断有人从邻近的支巷加入进去。人们开始向警察投掷石块和瓶子。警察撤到百老汇对面的墙根下、门洞里,开始取出催泪弹。

快餐店外的人行道上,一个小孩跌跌撞撞地走着。他在流血,在哭,惊恐不已。

诺亚现在成为的那个人什么都没想,也没有犹豫。他冲出快餐店,跑上人行道,一把抓起孩子,又跑回快餐店。他跑得还不够快,没能躲开正在四下弥漫的催泪瓦斯。他的鼻子和眼睛剧痛不已,他屏住呼吸,一边将孩子的脑袋塞进外套里。

他冲进小得可怜的厨房,厨子和侍者张皇失措地跟着他逃命。他冲出后门,跑进一条小巷。巷子里到处是垃圾桶,塞得满满的,都快溢出来了。诺亚剧痛的眼睛一片模糊,但他没有停下脚步。所有店铺都已经关门落锁,但二楼公寓有个女人,正倚着窗户、伸长脖子,越过重重砖墙,望向两条街之外的骚乱现场。诺亚现在总算逃出了催泪瓦斯的散布范围，但后面响起了枪声，回荡在金属和石头砌成的峡谷中。诺亚拉开嗓门，压过枪声，朝楼上那个女人大喊：“有个孩子被瓦斯熏了！帮帮忙——扔瓶水下来！”

女人点点头，消失了。出乎他意料的是，她竟然下楼来到了街上，来帮助他这个陌生人。她带来了一瓶水，还有毛巾。“我是护士。孩子给我……好。”她清洗了孩子的双眼，手法很专业。接着又替诺亚清洗。听觉范围内正在发生暴动，或许更近些，说不定都能看到了，可她却十分镇定，好像骚乱并不存在似的。

“谢谢你。”诺亚喘着气说，“真是太……”他止住了话头。

他的大脑里出现了某种状况，跟蔗粉没关系。他产生了一种强烈的、急切的冲动，感到自己跟这个女人十分亲近，仿佛血脉相连。这怎么可能呢？之前他从来没见过她。跟性、浪漫没关系——她都快五十了，头发灰白，肚子上还耷拉着一圈赘肉。可当她微笑着对他说“用不着去看急诊了”时，他竟怦然心动。这他妈到底是怎么回事？

还是蔗粉的缘故。肯定是。

可这种感觉并没有和蔗粉相伴的那种略有些不真实的顺滑。

她还在说话：“……估计去了也看不上，所有急诊室全都挤满了人。这我再清楚不过了，我从前就是急诊护士。但这孩子不会有事，基本上没熏着。送他回家，安慰安慰，就行了。”

“你……你是谁？”

“我是谁都无关紧要。”她走了,回到她的公寓楼的门厅,单元门在她身后自动关闭。就这样,她再次成为纽约城里的某个无名氏。

不管诺亚产生了多么古怪的似曾相识之感、感受到了两人之间的什么纽带,这种感觉显然不是双向的。他努力甩开这种奇异的感受,将注意力集中到孩子身上。孩子正放声哭号,响亮得像咆哮的龙卷风。之前蔗粉带给他的麻利干练正渐渐消失,现在的诺亚不知该拿这孩子怎么办才好。孩子们的事儿他一点儿也不知道。他胡乱发出些意在安抚的声音,无效;他抱起孩子,孩子踢了他。

远处传来更多警笛声。最后,他总算找到了个警局,里面只有一个一脸惊恐的文职办事员。估计其他人都赶去镇压骚乱了。诺亚把孩子留在那儿——家里人总会找到他的。他走回西端大街,过街,朝西北走了一段,回到伊丽莎白的公寓。他的眼睛仍有些刺痛,但不厉害。当时他还算逃得快,躲开了最浓的那片瓦斯云。

应门的是伊丽莎白,“你他妈跑哪儿去了?该死的,诺亚,妈随时会到!她在短信上说了!”

“我这不是在这儿吗?”

“是,你在这儿。你倒真是会选时间出门散步呀——只有猪脑子才挑这个时候!你衣服怎么撕破了?”

“不知道。”无论他哥还是他姐,好像都没注意到八个街区之外发生了反外星人的暴动。说不定这会儿仍在暴动呢。诺亚没心情知会他们。

莱恩举起手机,“她到了,发了短信。我下去接她。”

伊丽莎白说:“莱恩,付出租车钱、坐电梯上楼——这些事她大概自己也会做吧。”

莱恩还是下楼了。他一直是妈妈最宠爱的孩子,诺亚疲倦地想。只要不跟伊丽莎白在一起,莱恩就是个和善、平静、很好相处的人。他的妻子也很有魅力,那种夸张的、大惊小怪的女性的魅力。他们俩马上就会给妈妈生个孙子了。

他得有意识地努力才能将注意力集中到家人身上。稍不留神,他的思绪就会回到在街上体验到的那种奇特的、以前从来没有感受过的亲近感上——和一个之前从没见过、多半没有任何共同之处的陌生人。这到底是怎么回事呀?

“伊丽莎白,”他的妈妈说,“诺亚也在!你们都在这儿,我真是太高兴了。我有……我有许多事要告诉你们。我——”

他的母亲,向来敢于面对一切困难的母亲,突然间脸色苍白。她晕了过去。

玛丽安娜

真蠢,真蠢!她从来没有晕倒过。三张脸挨挨挤挤地聚在她上方,像三只带把的气球。她恼怒地对那三张脸说:“没什么——低血糖而已。早饭到现在我一直没吃东西。伊丽莎白,你这儿有没有果汁什么的……”

果汁马上来了,还有饼干和长了点霉的奶酪。

玛丽安娜吃着东西。莱恩说:“妈,你什么时候有低血糖的?我怎么不知道?”

“我没事,只是不再那么年轻罢了。”她放下杯子,看着她的三个孩子。

眉头紧锁的伊丽莎白长得真像凯尔——会不会正是因为这个,玛丽安娜才一直跟伊丽莎白处不好?她那位英俊的酒鬼丈夫、玛丽安娜此生的大错,十五年前就过世了。可现在他就在这儿,无论玛丽安娜说什么,都要顶她几句。

莱恩,站在美丽的姐姐身边,显得那么平庸。但爱他比爱他姐姐容易多了。人人都爱莱恩,除了伊丽莎白。

还有诺亚,这个问题孩子,她和凯尔为了挽救这段注定不会成功的婚姻所作出的最后的努力。诺亚神不守舍,而且,他非常、非常不幸福。她知道,却无法帮助他。

她的这三个孩子真的即将死去吗?加上这个星球的其他所有人?如果人类和天鹅人无法齐心协力阻止这场灾难,他们都将死去吗?

她不是因为低血糖晕倒的。她没有低血糖。让她晕倒的是姗姗来迟的、身为母亲的恐惧——得知她的孩子或将全部死去时所感到的巨大的恐惧。但她不打算将自己的恐惧告诉她的孩子。还有，她不会再次晕倒。

“我有事要告诉你们。”这句话毫无必要，但除了这个，这种事还有什么别的开场白呢？“我和那些外星人谈了话。在‘使馆’里。”

“我们知道，埃文告诉我们了。”诺亚说。与此同时，反应更快的伊丽莎白急促地问：“在里面？”

“是的，天鹅人的大使要求我到场。”

“要求你到场？为什么？”

“因为我刚发表的那篇论文。外星人——你们读过那篇论文吗？我复印下来寄给你们了。”

“我读过。”莱恩说。伊丽莎白和诺亚没吱声。唔，莱恩毕竟是科学家嘛。

“那篇论文讲的是通过研究线粒体的进化，对人类基因多样性进行溯源。在我之前，一共发现了三十组线粒体DNA单倍群，我发现了第三十一组。这其实不是什么大事，可问题在于——过几天这件事就世人皆知了，但眼下你们还得保密，别说出去，直到大使公开宣布——外星人就属于这第三十一组，L7。他们是人类。”

鸦雀无声。

“我的话你们听懂了——”

伊丽莎白和莱恩的问题猛然喷发，加上难以置信的表情、大幅度挥舞的手臂。只有诺亚坐在那儿一声不吭，显然还没弄明白这是怎么回事。玛丽安娜将史密斯大使——这个名字真别扭——告诉她的话向三人复述了一遍。说到将人类带到“那个世界”的种族还留下了刻着天文图案的钛板时,伊丽莎白再也忍不住了,“得了吧,妈,简直是胡编乱造,胡说八道。”

“但天鹅人就在这里。”玛丽安娜指出,“他们的的确确找到了我们。而且,天鹅人还会把他们的组织样本交给我们,取样过程接受人类的严格监视。他们正在扩大‘使馆’,好容纳人类。会有许多人进入‘使馆’,去检查他们的生化状态,和他们的科学家一起工作。”

“一起做什么工作?”莱恩轻声说,“妈,这么做不会有好结果。他们是入侵的外来物种啊。”

“我刚才说的你根本没听见还是怎么?”玛丽安娜说。上帝啊,如果连身为科学家的莱恩都无法接受这个事实,那么,作为一个整体的人类怎么可能接受。“他们不是‘入侵’。或者这么说吧,如果我们的检测证实了大使的话,那他们就不是入侵,而是源于地球。”

“源于地球的物种照样可能成为入侵物种。地球生态圈里没有他们的位置,他们的整个进化过程都发生在地球的生态圈之外。”

伊丽莎白说:“莱恩,你要是敢再提起你那个紫色千屈菜,我非扇你不可,我发誓。妈,就没人向那个大使提出那个最基本的问题吗？他们为什么要来到这里。”

“别拿我当白痴似的跟我讲话。我们当然问了。有一种——”

跟她的孩子说话不能像上课。她停了下来,咬着嘴唇,“你们知道有生源说是什么吗?”

“知道。”伊丽莎白说。

“当然。”莱恩说。

“不知道。”诺亚说。

“它是一种理论,认为银河系中最早的生命——”不管这“最早的生命”究竟是什么,事到如今,所有相关教科书都得重写了。“——来自有机物分子组成的尘埃。我们知道,这种分子存在于流星和彗星内部,在某些情况下,它可以熬过流星彗星进入大气层的过程,幸存下来。弗雷德·霍伊尔和史蒂芬·霍金等科学家甚至认为,新的生物分子仍在以这种方式被送到地球。现在天鹅人告诉我们,太空中有一片巨大的、由孢子组成的尘埃云。嗯,准确地说,不应该称之为孢子,但这个我待会儿再说。这片孢子云正飘向地球。应该说我们正朝它飞去,因为太阳系围绕着银河中心旋转,而整个银河系也在宇宙中运动,正在穿过与宇宙微波背景[①]相对的那片空间。总之,从现在算起的十个月后,地球就会撞上这片孢子云。对人类来说,那种孢子是致命的。”

伊丽莎白怀疑地说:“他们是怎么知道这个的?”

“因为他们有两个殖民星球位于那片孢子云的飘行路径上,最后暴露在孢子云中。两颗行星的人口都灭绝了。天鹅人拿到了记

① 散布于宇宙空间的微波辐射,显示了自大爆炸之后,宇宙在不断冷却的事实。

录。接着他们派出了无人探测器,取回了孢子样本。这些样本他们带来了。他们说样本是一种病毒,或者类似病毒的某种东西,外面却包裹着一种涂层。这种涂层跟任何有可能由病毒自行生成的东西都不一样。外星人将和人类协作,以寻找疫苗或者治疗手段。"

沉默。接着,她的三个孩子同时开口,语气却各不相同。听上去,他们好像在谈论不同的主题。

莱恩:"十个月?面对一种未知的病原体,十个月就想找到疫苗或者治疗手段?军团病暴发时,疾控中心[①]花了十个月才弄清引发那种疾病的是哪种病菌!"

伊丽莎白:"他们的科技不是那么先进吗?哪儿用得着我们帮他们寻找什么'治疗手段'。"

诺亚:"那种孢子对人有什么影响?"

玛丽安娜首先回答诺亚的问题,因为他的问题最简单。"它们的作用方式类似病毒,先控制细胞,然后自我复制。这种孢子会侵入肺部,自我复制,然后……然后受害者就没法呼吸了。这个过程只有几天。"这是一种可怕的、痛苦的死法。一幅恐怖的图画突然出现在她的脑海里:她的三个孩子挣扎着,却怎么都喘不过气来。他们的肺里积满了液体,无法排出,最后相当于溺水淹死。三个孩子,全都这样死去。

"妈,"莱恩轻声说,"你没事吧?伊丽莎白,你这儿有没有葡萄

① CDC,全称为疾病防控中心。

酒,或者别的什么酒?"

"没有。"伊丽莎白说。她不喝酒。突然间,玛丽安娜的脑子死死地揪住这一点不放。这太荒唐了,但她仍旧不肯放手,仿佛单凭这一点就能拯救全世界于水火。她这个当警察的女儿,如此精力充沛,接受过武术训练,能将重达一百一十公斤的袭击者打翻在地。但是,她却像最严谨的维多利亚时代女性一样滴酒不沾。模式化的观点不一定正确,这个世界比任何模子更加复杂。跳出模子的现象是存在的。比如,一位边境巡逻队队长竟然不喝酒!所以,面对孢子云这个谁都料想不到的劫难,一定会有一个谁都料想不到的解决办法。一定是这样。

这种思路很不理智,这她也知道,但她不在乎。眼下,她最需要的是希望,而非理智。天鹅人的科技比人类先进无数个数量级,连他们都无法抵挡那片孢子云;但是,伊丽莎白不喝酒。因此,玛丽安娜加上史密斯——再加上总统、世界卫生组织、疾控中心、美国陆军传染病医学研究所……把这些统统加进来吧,凭什么不加呢——就能打败那批连头脑都没有、懒洋洋飘行在宇宙中的病毒。

诺亚好奇地问:"妈,你笑什么?"

"没什么。"她没法解释。

伊丽莎白冒出一句:"就算这些破事儿是真的,他妈的天鹅人怎么会觉得我们能帮他们一把?"

说到喝酒,伊丽莎白不像警察,可她说起脏话来却是个地地道道的警察。玛丽安娜答道:“他们不知道我们行不行。但他们的生物学并不比我们强很多,不像物理学领域。到明年九月,孢子云就会撞上地球。天鹅人却还有二十五年时间。”

“他们在物理和工程方面那么先进,生物学却不怎么样。你真的相信这个?”

“我没有理由不相信。”

“就算是真的吧,那我们就是他们的小白鼠!无论弄出了什么研究成果,他们都会先拿我们做实验。接下来,他们只管回到飞船,舒舒服服坐在轨道上或者别的什么地方,看治疗手段是不是有效。然后才会把它带回家去,带回他们自己的星球!”

“这是一种看问题的角度。”玛丽安娜说。她知道,媒体中的很大一部分都会从这个角度看待这个问题。“你也可以把它视为天鹅人的一次救援行动,想抓紧最后一点时间帮助我们——尽管时间实在太少了。”

莱恩说:“他们为什么要找你?你又不是病毒学家。”

“我不知道。”玛丽安娜说。

伊丽莎白再次大发脾气。她跳起身来,在房间里来回走着,朝空中挥舞着拳头,“我不信这个。什么都不信,包括那个所谓的孢子云。有些东西他们没告诉我们。可你呢,妈,人家说什么你就信什么,全盘接受!你可真够绝的!”

没等玛丽安娜回答,诺亚说:“我相信你,妈妈。”他对她绽出满面笑容，迷人极了。他从来没意识到他的这种笑容拥有多么大的力量。它传达出了接纳、原谅、信任，还有宛如渐渐消逝的阳光似的甜蜜的哀伤。“我们全都相信你，相信你说的每一句话。”

“我们只是不愿去相信。”

玛丽安娜

诺亚是对的。莱恩是对的。伊丽莎白是错的。

孢子云的确存在。准确地说，那不是孢子。孢子只是天鹅人的翻译器给出的名词，但人类的天文学者接受了它，因为它是一个大家熟知的术语。天鹅人向联合国提交了孢子云的方位、形状和速度以后，通过光谱分析，以及对被它遮挡的恒星的黯淡程度的分析，全世界的天文学家很快便发现了它。事实上，他们早就知道它的存在，只是把它当成了宇宙中的又一片尘埃云而已，觉得它体积太小、温度太低，无法从中孕育出恒星。它的运行轨迹将让它与地球交会，时间正如天鹅人所说，在大约十个月以后。

诺亚说过，人们不愿意相信这个消息。他是对的。铺天盖地而来的媒体报道分成三大派。最激进的一派宣称，那片“孢子云”只是无害的尘埃，这一事件是天鹅人策划的阴谋——联合国是他们的帮凶，还有几个国家的政府可能也是——意在夺取地球，最终实现其邪恶目的。至于这个邪恶目的是什么，说法则各不相同，有的极富创造性。另一派则认为,孢子的威胁很可能真有其事。但和伊丽莎白一样,他们觉得人类会成为“实验室里的小白鼠”,供外星人实验,帮他们找到解决办法。在这一过程中,地球人得不到任何好处。相比这两派,第三派人士的科学知识更多,他们最关注的是一个更加迫在眉睫的问题:他们不希望将那种孢子样本带到地球以供研究。这一派认为这种行为才是真正的危险。

玛丽安娜怀疑样本其实已经到了地球。NASA从未发现月球轨道上的外星飞船与“使馆”之间有交通艇或者别的飞行器来往联系。无论外星人希望带到地球的是什么,它多半已经到了。

大批科学家来到纽约,各种数据都已提交给联合国——它是史密斯同意直接对话的唯一机构。每个人都把“关键是时间”当成口头禅。玛丽安娜却只能待在伊丽莎白的公寓里,等着。(她无法重新回学校教书,记者们把她盯得太紧了,像拈不掉的线头一样粘在她身上。)史密斯给了她一台私人联络装置,除了联合国特别项目指挥部,这件事谁都不知道。有的时候,当她看电视或者清理伊丽莎白乱糟糟的公寓时,玛丽安娜会暗自琢磨:一个外星人把自己的号码给了她,让她等他的电话——这简直像约会嘛。这么多年以后,她竟然又开始约会了。

关键是时间!关键是时间!几个星期过去了,时间却都花在了她不知道内容的谈判上。玛丽安娜想,真不知道“关键”这个词到底是什么意思。伊丽莎白整天不在家,工作忙得要命。调动到纽约的边境巡逻队的任务是阻止“不受欢迎的人士”接近港口，以及给其他执法机构帮忙，包括海岸警卫队、移民署、纽约警察局……总之，这个地方需要他们干什么，他们就得干什么。诺亚则再次溜之大吉，连个电话都不打。

天鹅人那台联络装置铃声大作时，在公寓里陪着她的是埃文。“这是什么？”他随口问道，一边擦着嘴巴。他给她带来了系里最新的八卦消息，还有袋装日本料理：金枪鱼寿司、黄瓜卷、扇贝刺身，这些东西现在都散放在厨房桌子上。

玛丽安娜说：“这是天鹅人大使打电话来了。”

埃文不擦嘴巴了，餐巾纸停在半空。他瞪着玛丽安娜。

她按照人家的要求把那个小装置放在桌上，说出密码。一个机械声说道：“玛丽安娜·詹纳博士吗？”

“我是。”

“我是史密斯大使。我们已经和联合国达成了协议，可以开展下一步工作了。我们很快就将扩大我们的设施。我希望你能主持其中一个研究部门。”

“大使先生，我既不是流行病学家，也不是免疫学家，也不是物理学家。还有很多人选——”

“是的。但我们并不是要你研究病原体、接触病患。我们希望你从事的工作是对人类志愿者作出鉴定，确认他们是否属于你发现的L7单倍群。”

一阵寒意溜下玛丽安娜的脊梁骨。“可这是为什么？从基因进化的角度看,十五万年并不长,不至于让……呃,不同的人类群体发生多么大的基因变化。再说线粒体之间的差异跟孢子云——”

“这项研究和孢子云无关。”

“那它和什么有关?”优生学、优等种族、纳粹……

“这是一桩纯粹的家庭事务。”

玛丽安娜望了一眼埃文。他正发疯似的在白色寿司纸袋上奋笔疾书:快同意！接受这份工作！你傻吗？一辈子都难得一遇的机会啊!

她问道:“家庭事务?”

“是的。我们极端重视家庭。我们的整个社会组织都是围绕着一个核心建立起来的:对祖先传承和血脉的忠诚。”

就玛丽安娜所知,这是大使第一次透露出一点有关天鹅人社会构成的信息,此前他从未对任何人说过这种话。埃文一直举着那个纸袋,将它杵到她面前,离她的脸只有十五厘米,这时他猛地缩回手,在纸袋上又写下一行:六千辈子才有一次的机会!

六千,这是线粒体夏娃传承至今的代际数。

史密斯接着道:“我希望你能牵头成立一个三四个人的小组。实验室设备由我们提供,组织样本将来自志愿者——联合国愿意就此提供协助。请于星期二集合你的小组成员,在你目前的处所等待,有人会来护送你们前往目的地。你接受这份工作吗?”

“星期二？就是说只有——”

“你接受这份工作吗？”

“我……接受。”

“好的。再见。”

埃文说：“玛丽安娜，我——”

“还用说吗？行。你是‘小组’的成员了。上帝呀，这一切不可能是真的。”

“谢谢你，谢谢你！”

“别谢个没完，埃文。我们还需要两名实验室技术员。他们怎么可能星期二就准备好实验室？这不可能。”

“没想到啊没想到，不可能的事偏偏发生了。”埃文说。

诺 亚

那间公寓他再也待不下去了。他母亲整天开着电视，不落下任何一个讨论外星人或者外星科技的新闻节目，不管那个节目白痴到什么程度。永远怒气冲冲的伊丽莎白时不时地冲进冲出，对这个世上她看不惯的任何东西都满腔怒火。天鹅人就属于这些东西之列。他母亲，他姐姐，这两个女人总是用最大音量争吵不休。她们俩倒是什么都不管不顾，只关心那些形而上的问题。可诺亚呢，他吃饭犯恶心,睡觉做噩梦,连散个步都胃里打结,沉甸甸的。

他在一幢廉价寄宿公寓楼里找了个房间,还在一家卖墨西哥玉米卷[1]的快餐店找了份洗盘子的黑工。工资不上税,暗地里现金支付。玉米卷上凝着白蒙蒙的一层油,可他觉得这份伙食比伊丽莎白那儿的饭菜好消化得多。再说他吃得并不多,他的薪水主要都花在蔗粉上了。

有的时候,他是个冷眼旁观的小孩子,有时又是个冷峻的孤独者,或者满腹愁思的孤独者,或者是个和善的叫花子。在蔗粉的作用下,他忽而沉默寡言,忽而热情开朗,或阴郁,或畏缩,有时又一下变得趾高气扬不可一世。但是,所有这些变化都不像从前那样令人愉悦满足。即使在身为其他人的时候,他依然能够意识到自己仍是诺亚。

以前不是这样。以前蔗粉能关上大门,将他真正的自我关在门外;而现在,那扇门却总是留着一道门缝,就算加大剂量也无法彻底关死。

离开伊丽莎白家两周后的一天下午,轮到他休息,他晃荡着朝炮台公园走去。十月将尽,天气却反常的温暖。天空云朵掩映,街上是秋日落叶,是菊花,是遍街售卖气球的小贩。游客们徜徉在公园里,在道边的长凳上闲坐,喂鸽子,在克林顿城堡闲逛。诺亚倚在俯瞰港口的栏杆上,久久地伫立着。因为这个缘故,他见证了那个

① 原文为:Taco,也有直接音译为塔克。

奇迹。

“开始了！就现在！”有人在叫喊。

什么开始了？诺亚不知道，但显然有人知道，因为四面八方的人们都朝这里跑来。要不是诺亚双手紧紧抓住栏杆不放，准会被推推搡搡的人群挤开。人们站在长凳上，年轻人忽悠悠爬上了灯柱，城堡顶上也出现了人群。有人在卖望远镜——显然早就为这个场合囤了不少货——生意好得不得了。连诺亚都掏出本打算买蔗粉的钱，买了一副。

“该死的车，快开走！”被破口大骂的对象是一辆按着喇叭在人群里挤的福特，它开进了这个步行区。伴随着叫喊声，更多的人从无数辆车上下来，挤向栏杆。

港口远处就是天鹅人的“使馆”。没有阳光的阴天里，它的能量罩原本比平时黯淡，这时却开始发光。在望远镜里，诺亚看到那个由无数小平面组成的拱顶颤抖起来。不只是抖动一下，而是连续不断地震颤，仿佛一阵涟漪拂过，仿佛它有了生命。它有生命吗？妈妈知道吗？

“哦哦哦——啊啊！”人群发出惊叹。

能量罩开始向外扩展。它或是变薄了，或是成分发生了变化，总之，相当长的一段时间里——大约九十秒吧——诺亚觉得自己似乎透过它看到了能量罩之后的东西。好像有地面、墙壁、机械装置……接着又模糊了。但“使馆”的“地盘”正在增长，向外扩大，占据更多空间,不断向外伸出物质或纯能量构成的触须。

桥上有人尖叫:“他们在夺取地球!”

仿佛突然间,标语打出来了。有人跳上本来不该出现在公园的汽车顶上,齐声呼喊着口号。但口号声不是很响亮,喊口号的人也不多。绝大多数人仍旧挤在栏杆边上,望着大海的方向。

在十分钟时间里,“使馆”不断膨胀,向周边扩展,默不作声地在平静的水面上生长,像快进播放的水藻生长画面。然后,它又一次凝结——反正诺亚就是这么看的,好像熔化的玻璃再次冷却、凝结。到这时,这个建筑已经比之前大了六倍。之前向外伸展的触须变成了码头。最粗大的一根连接着纽约市,还有几根小的伸向旁边。到现在,连喊口号的人都安静了,被这座令人敬畏的、不可想象的、巨大的建筑震慑了。当它最终完成的时候,四周已是彻底鸦雀无声。

然后,一个气愤的声音质问道:“这些杂种,他们得到市政许可了吗?”

这句话打破了寂静。

口号声、叫骂声、呼喊声、推搡声,所有声音都恢复了。几个摩托车手将油门踩得轰轰响,却完全白费功夫,车子被人群挤得动弹不得。倒是骑摩托的警察来了,先是纽约市警,然后是边境巡逻队。随之而来的,是骚乱。

诺亚灵活地在人群中钻来钻去,回到了炮台公园北面的街道上。还有一个小时他就该上工了,“使馆”干什么与他无关。

玛丽安娜

那片孢子云的模样不同于其他任何东西。

它是黑沉沉的太空中一块更暗些的补丁,或者一面极薄的薄纱,薄到仅能让它背后的星光稍稍黯淡一点点。地球人类的天文学家甚至无法准确地说出它的大小,更无法深入其内部。这些方面的测量,他们只能依靠天鹅人。但在最要紧的那个方面,人类却通过部署在外太空的卫星,加上在上百个天文台工作的天文学家的聪明才智,最终成功验证了天鹅人给出的信息,那就是——孢子云正朝我们飘来。其最接近地球的边缘部分将与地球在太空中的运行轨道交会,时间正如天鹅人所说——九月上旬。

玛丽安娜早就知道,一旦联合国公开宣布,疯狂与愚行必定立刻在全球爆发。有人开始挖掘地下庇护所,有人开始建造地面庇护所,还有人则出售这些庇护所。其实所有这些掩体都不会起到任何作用。只要空气能进入庇护所,那种孢子就能进入。在肯塔基州,有些公司着手改造深入地下的洞穴,给它们装上空气过滤装置,储藏可供一年食用的食物,然后高价出售其中的床位。这些人简直快返祖归真,变成旧石器时代的穴居人了。玛丽安娜对这股以生存为名的创业大潮不屑一顾。同样让她不屑一顾的还有电视上播放的抗议活动、暴徒打砸、和平进军,以及艺术家对孢子云耸人听闻的描绘——无论外形还是对人类的影响均为纯粹的臆想。玛丽安娜没工夫理会这些,她有工作要做。

星期二,她、埃文和两名实验室助手被人带到联合国特别项目指挥部所在的那个部署了潜艇的海湾。进入潜艇后,迈克斯和吉娜挤在舷窗前——也许不是舷窗,而是很像舷窗的显示器——目不转睛地看着水下的游鱼。或许对他们来说,鱼儿有种安抚作用吧。也可能不是这样,他们大概并不需要安抚。玛丽安娜以前和这两人都合作过,之所以挑选他们俩,一方面是因为他们的能力;另一方面,这两人的性格都很沉着,不会过分紧张。政府有关部门对迈克斯和吉娜进行了安全审核,估计是调查他们有无犯罪前科、是否持反外星人观点。迈克斯只有二十九岁,是个电脑高手。吉娜三十五岁左右,一直没结婚,让她那位意大利裔母亲心灰意冷,但要说到整备样本、放大、测序,她是玛丽安娜知道的最不容易出错的技术员。

埃文对玛丽安娜道:“孩子们都还好吧?”

“才不呢。伊丽莎白不肯离开纽约,这个不用说都想得到。(‘离开?你不知道我在这儿还有工作要做吗?我得保护市民,免得你那些外星人害死他们。’不知怎么回事,他们成了玛丽安娜的外星人了。)莱恩把康妮送去了佛蒙特州她父母家,他自己又回加拿大找他那些紫色千屈菜了。”

“诺亚呢?”埃文温和地问,诺亚的事他全都知道。玛丽安娜不由得再次自问,为什么她会向这个二十八岁的年轻男同倾吐心声,好像他是她的同龄人一样?他分明只跟诺亚同岁啊。算了,别管岁数了,她需要埃文。

她摇摇头。诺亚又一次不告而别了。

“他会没事的,玛丽安娜,他不是从来没出过事吗。”

“我知道。”

“瞧,咱们进船坞了。”

他们离开潜艇,进入“使馆”的水下部分。不知这些新建船坞在水面之上的部分起什么作用,总不会是运送医疗人员的救生通道吧。埃文钦佩地说:“连我们上方的航运都没受影响,就这么就扩建完毕了。真是驾轻就熟,不费吹灰之力。”

“啊,好一批体贴入微的外星人哪。”玛丽安娜嘟哝了一句,声音压得很低,没让身着全套军礼服的潜艇艇长听见。能像平时一样和埃文半开玩笑地互相嘲弄,这是件好事,能帮助她镇定下来。一切都是那么不真实,只有这一点还维持着原样,仿佛在一座彻底虚幻的花园里保留着一只真正的癞蛤蟆。

气密舱门后面的那个房间仍是老样子,没有变化,但出面接待他们的是另一个外星人。这是位女性,穿着朴素的短上衣和裤装,周遭同样笼罩着一圈闪闪烁烁的能量罩。她是个高个子,古铜色皮肤,一双大得不可思议的深色眸子,总体看来,大约三十岁的样子。

但你凭什么判断外星人的岁数?天鹅人会做整容手术吗?为什么不呢,他们不是什么都有吗?

只是没有对抗孢子的手段。

这个天鹅人做了自我介绍("科学家琼斯①"),接下来是一番"大驾光临""蓬荜生辉"之类的欢迎辞。只是声音来自天花板,让人多少有些不安。她将大家领到实验室,随即告辞。不管外星人在整容手术领域的造诣如何,单凭这个实验室,就让玛丽安娜对他们的技术水平钦佩不已。这里的所有设备都是她熟知的,每件都是最先进的。这是他们凭空造出来的吗,像制造这个"使馆"一样?还是打包订购的?看样子是后者,那台最先进的基因测序仪上还贴着ILLUMINA②的标签呢。一种可能:这件设备是在之前许多个星期的谈判过程中订购、寄送并支付货款的(外星人拿什么付的账?)。另一种可能:这次买卖创造了全球货运速度新纪录。

基因测序仪旁边是一排血液样本瓶,上面整整齐齐地贴着标签。

迈克斯马上走到电脑旁,开机。"连不上外网。"他失望地说,"只有个局域网络,还有……喔,好强大的防火墙。"

"大家要明白,"玛丽安娜说,"我们这个小组只是'使馆'内部所进行的科研项目的一部分,而且是很小的一部分。我们的工作仅仅是处理线粒体DNA,确定其是否属于L7单倍群。就整个大项目而

① 原文如此,但一般情况下琼斯是男子名。

② 遗传生物学分析领域的产品、技术和服务供应商。

言，咱们这儿只是个边缘课题。”

“喂，但我们毕竟进了‘使馆’呀。”迈克斯对她笑道，“不过，玩不了《魔兽世界》确实太糟了。电脑上连一个游戏都没装。业余时间我干什么？”

“干活儿呗。”玛丽安娜说。就在这时，门开了，两个人走进实验室。尽管从没见过，玛丽安娜还是一眼就认出了那个男人的类型：安全部门的。那个女的却不好定位：中年人，套头毛衣加牛仔裤，头发挽在脑后，用的是年轻姑娘家才用的那种发带。她的笑容很热情，发自内心，不是皮笑肉不笑。她伸出手来。

“詹纳博士吗？我叫丽莎·圭塔雷兹，遗传学顾问。我负责联系志愿者。咱们今后恐怕不会见面，但我想过来打个招呼。这位是布兰福德博士吗？”

“是的。”埃文说。

玛丽安娜皱起眉头，“我们怎么会有个遗传学顾问？人家告诉我，我的工作仅仅是处理血液样本，以确定属于L7单倍群的成员。”

“是这样。”丽莎说，“之后的工作则由我负责。”

“之后的工作？”

丽莎认真地注视着她，“在现存人类中，L7单倍群这一支并没有完全消亡，仍有一些成员留存下来。不用说你也知道，天鹅人希望能够确定这些跟他们同属一个单倍群的人的身份。他们将这些人视为自己的家人，而家庭又是他们的核心观念。”

玛丽安娜说:“你不是什么遗传学顾问,你是个外星人心理学家。”

“两者皆是。”

“这些失散已久的家人的身份确定以后,又会怎样?”

“我会告诉他们:他们是天鹅人失散已久的家人。”她笑容不改,回答道。

“然后呢?”

“然后他们会跟史密斯大使见面。”

“然后呢?”

“没什么‘然后’了。大使只希望跟他这些隔了六千代的表亲们见个面,交流交流家庭八卦,大家一起发明一点家人内部的笑话,比如一块儿取笑家里那个古怪得要命的哈里叔叔,诸如此类。”

这么说这人还挺有幽默感。敢自称“外星人心理学家”的人,恐怕是得有点幽默感才行。毕竟,几个月前,这个职业还不存在呢。

“很高兴见到大家。”丽莎说,将她的笑容又扩大了一英寸,然后离开。

埃文小声说:“哎呀呀,这儿的人来来去去的,可真够快的。”

但玛丽安娜突然没了开玩笑的情绪,哪怕是引用自《爱丽丝漫游奇境记》的玩笑话都不行(这本书其实再应景不过了,这里发生的一切都和爱丽丝的奇境一样不真实)。她狠狠瞪着埃文、迈克斯和吉娜。

“好了,大伙儿。开始干活吧。”

二、接触之前9.5个月

玛丽安娜

进入“使馆”的还有另外四支团队，但没有任何一队人马对玛丽安娜的边缘项目感兴趣。那几支团队的科学家来自世界卫生组织、疾病防控中心、美国陆军传染病医学研究所、牛津分子医学研究所、北京基因组研究所、九州大学、斯克里普斯生物医学研究所——后者估计是全世界最好的免疫学研究中心。这里还有科学界与医学界一些最响亮的名字，包括十多名诺贝尔奖获得者。玛丽安娜不知道这些团队的成员都经历了何种政治与科学方面的竞争才得以进入“使馆”，但她很容易便想象得到，这种竞争一定极其残酷。美国人有一定的竞争优势，因为“使馆”坐落在纽约港内，但这一优势本身又会引发种种政治方面的威胁、反威胁、谈判以及妥协。

精英最为集中且规模最大的一个团队致力于孢子研究，对这种可以消灭整整一个星球人类的病毒进行样本培养,测定其基因序列,分析其化学结构。他们在达到生物安全四级标准的负压舱室中工作。在此之前,全美只有两套达到生物安全四级标准的设备,一套在亚特兰大的疾控中心,另一套在马里兰州的美国陆军传染病医学研究所。而现在,这里有了第三套,崭新,锃亮,配件齐全。孢子团队有一个几乎不可能实现的目标:针对一种来自地球之外的病菌,制造出疫苗,或者找到某种能够在全球范围内消灭它的办法,而且必须在十个月之内完成。

另一个研究团队是生化团队,负责分析外星人的组织和基因。他们需要的样本,天鹅人敞开供应,有求必应:血液、上皮细胞、精子、活体检查样本……"只要客客气气地找他们讨要,说不定还能割一只肾给咱们。"埃文说,"反正据我们所知,他们长着两只肾。"

玛丽安娜说:"你去找他们吧。"

"我不行。一想到他们会提出什么交换条件,我就吓得魂飞魄散。"

"到目前为止,人家什么要求都没提。"

生化团队几乎立刻便证实了一点:天鹅人确实是人类。接下来是大耗时间的苦活儿:寻找地球人和外星人在遗传和进化过程中的各项不同,将其分门别类。几周之后,这个团队便宣布了第一项发现:根据对"使馆"的全部十七名外星人所做的研究,外星人与地球人的基因差异,相当于现在的地球人与尼安德特人的基因差异,即百分之一到百分之四。

“他们跟我们一样，他们就是我们。”埃文说。

“之前难道你还有所怀疑吗？”玛丽安娜问道。

“不。但我想，更有趣的还是他们最初的那些发现，就是天鹅人的基因多样性比我们少得多。那个混蛋威尔考克斯肯定正抱着酒杯痛哭流涕呢。”

帕特里克·威尔斯·威尔考克斯是托巴大灾难理论在当代的头号鼓吹者。在学术界，这一理论时而流行，时而被打入冷宫，已经来来回回好几轮了。距今七万年前，印度尼西亚的超级火山托巴喷发了。这次火山爆发引起了巨大的环境改变。托巴大灾难理论认为，它导致了一种“瓶颈效应”[①]，让人类数量下降到约一万人左右，由此大大降低了人类基因的多样性。从地质考古发现的某些证据看来，似乎确实出现了包括线粒体、Y染色体和其他的细胞核基因在内的基因合并现象。但不幸的是，另一些证据则表明所谓的“瓶颈效应”可能并未发生过。天鹅人早在超级火山爆发之前便离开了地球，而他们的基因多样性比人类更少——这就从一个侧面说明，超级火山其实并没有怎么减少人类的基因多样性。

玛丽安娜说：“威尔考克斯还不至于现在就哭吧，早了点。”

“他从来没哭过。那个老王八蛋，在他的剑桥实验室筑起了高墙深垒，一头扎进去不出来了，只从那儿的中世纪箭孔里向外瞪着

① 在遗传学中，瓶颈效应是指由于环境的激烈变化，造成群体的个体数急剧减少，进而对遗传组成造成巨大影响。

现代世界。”

“不只是瞪眼,还朝跟他见解不同的古生物学家脑袋上浇滚油呢!”玛丽安娜说。

“说实话,威尔考克斯说不定根本不是人类。没准儿他是天鹅人先期派遣的探子,剑桥的人一直没发现。”

“没想到啊没想到。”玛丽安娜笑道。她和埃文开玩笑时向来是什么好玩说什么,从来不肯自我审查。说说笑笑有助于他们放松心情,特别是在这个人人谨言慎行、神经高度紧张的“使馆”。这地方的气氛真是太压抑了。

“使馆”里的第三支团队规模小得多,由物理学家组成。他们与“科学家琼斯”合作,从天文学的角度研究地球与孢子云即将发生的碰撞。

至于第四支团队,玛丽安娜压根儿没见过。但她还是觉得他们就在这里,正监视着其他人。这些人并非科学家,永远潜伏在暗影里,就连明面上那支规模相当庞大的安保队伍都不知道他们的身份。

玛丽安娜看了看放在她的实验台上的日常工作:用聚合酶引起链式反应,以放大DNA样本,然后测序、分析数据、写报告——天鹅人在曼哈顿设了“样本采集站”,对于每一个出现在那里的人类志愿者,她都得写一份报告,说明其基因遗传特性。去那儿的人很多,但迄今为止,仅有两人属于史密斯大使的那个单倍群。“埃文,咱们其实是多余的，我是说你和我。对咱们这两副要价昂贵的大脑提出的任何要求，吉娜和迈克斯都能做到。”

埃文说：“没错。那么，咱们干脆出门探险去，探到被逮住为止。”

她瞪着他：“对。好，咱们探险去。”

诺　亚

诺亚走出餐馆的男厕所。下午不是饭点儿，除了店堂后面有张桌旁坐着两个懒洋洋的男人，餐馆里没有其他客人。“快来瞧这个！”女招待对他说。她正和厨子挤在一块，盯着她的手机看。这本身就是件怪事，因为这两人彼此厌恶。辛迪的眼睛瞪得老大，而且不是因为吸毒的缘故。辛迪那个手机很高档，是她眼下的男朋友因为故意伤人罪被抓进大牢之前送她的礼物，至于那位男朋友又是怎么弄到的，那就属于“不可说”的神秘范围了。诺亚朝那个手机的屏幕上瞅了一眼。

招募献血志愿者

报酬：100美元

由人类护士抽取少量血液样本

地点:纽约港,天鹅人“使馆”码头

“这些魔鬼。”米格尔嘟囔着,“吸血鬼!”他连连划着十字。

诺亚淡淡地说:“据我看,他们不会喝那些血的,米格尔。”淡定是装出来的。他的心脏开始怦怦直跳。只有他母亲那种人才能从近处看那座“使馆”,诺亚这种人则绝无此种机会。这个广告是不是说,天鹅人将在那座大型码头上采集人类的血液样本?他可是亲眼看着那座码头从无到有、渐渐成形的啊。

辛迪已经没兴趣了。“除了角落里那俩可怜虫,一个见鬼的客人都没有。那俩人,别想从他们那儿挣到小费。我上床眯会儿去。”

“米格尔,”诺亚说,“下午我能请个假吗?”

诺亚耐心地站在采血站外的长龙里。如果这些未来的志愿者的愿望是见到外星人的话,他们注定要失望了。但诺亚没有失望。辛迪手机上那个广告说得很清楚呀:由人类护士抽取少量血液样本。

非要说有些失望的话,那就是采血站并没有设在那座从“使馆”光芒闪烁的能量罩下面伸到岸边的巨大码头上。他等着进入的采血站是一间仓库改造的,坐落在曼哈顿防波堤的一个平台上,靠近水边的地方。在十一月的冰冷细雨中,排队等待的人们挨挨挤挤,长长的队列拐来拐去,伸到好几个街区之外。队伍里各色人等皆有,五花八门,让诺亚大开眼界:一个身穿博柏利毛皮镶边雨衣、脚踏闪亮长靴的女人;一个牛仔裤屁股上破了个大口子的流浪汉;几个撑着花朵图案雨伞、咯咯直笑的少女;一个身穿冬季户外大衣的老头子;一个书呆子模样的男孩,手里拿着带塑料折叠保护套的iPad。还有两个满脸倦容的中年妇女,其中之一正对另一个说道:“有了那笔外星人的钱,欠的那好几期房租就都能付清了,还——”

诺亚碰碰她的胳膊,“不好意思,女士,你说的‘外星人的钱’是什么钱?”一百美元的献血费怎么可能付清那好几期房租。

她转过身来,“只要他们发现你的血跟他们是同一组,他们的财产就有你一份儿。你知道,就跟保留地里的印第安人似的,赌场收入大家有份[①]。只要你能证明你的血统属于他们部落,就成了。”

“不对,才不是那么回事呢。”穿户外大衣的老头子不耐烦地说,“你能得到的,是一个他们那种能量罩。白给。孢子云撞上来时能保护你。他们对自个儿的家人照顾得挺周到的。”

流浪汉喃喃地说:“压根儿没什么孢子云。”

那个男孩无比轻蔑地说:“你们全都错了。这只是——天鹅人的到来是这个地球上有史以来发生的最最重要的事!你们怎么就不明白呢?我们在宇宙中不是孤独的!”

流浪汉哈哈大笑。

诺亚终于排到了采血站的A座。这是一座钢铁加玻璃的建筑,

---

① 美国政府特许印第安人在印第安保留地中开设赌场,其利润由该保留地的所有印第安人分享。

墙壁灰扑扑,高处的窗户脏兮兮。只有安检机器是崭新的。这些高科技设备将诺亚里里外外彻查了一番。人家让他把钱包、手机、外套留在一个更衣柜里,连鞋都留下,然后穿着纸拖鞋,在一条封闭走廊里一步步蹭着,前往更靠外头的B座。这些人真是很担心发生恐怖袭击啊。

“请填写这张表格。”一个年轻漂亮的女人绷着脸吩咐道。看样子不像护士,是安保人员,跟他姐姐伊丽莎白简直像一个模子铸出来的,只是没有伊丽莎白那种怒气冲冲吆喝人的坏脾气。诺亚填了表格,被抽了一小瓶血,然后跟着队伍回到A座。一切都是那么平淡,跟他之前的设想差得太远了,诺亚觉得失望透顶。取回个人物品时,一名警卫递给他一张一百美元面额的钞票,还有一个圆圆的小东西,模样大小跟二十五美分的硬币差不多。

“随身带着。”警卫说,“这是个一次性的单向联络器。万一它响起来——真的是‘万一’,万中无一——在中央位置按一下。出现这种情形,表明我们希望再跟你见个面。”

“这是不是说,我属于外星人那个单倍群?”

警卫好像不懂单倍群是什么意思。“响起来,按中间。”

“有多少人的联络器响起来过?”

警卫毫无表情的脸上有了点表情,让诺亚看到了工作铸成的面具背后的那个活人。他耸耸肩,“我一个都没听说过。”

“是不是——”

“向前走,别停下。”工作的面具又戴上了。

穿鞋的时候,诺亚单脚站立,左右脚轮换,免得手碰上油腻腻的地板。这儿的地面跟机场一样脏。他穿上鞋子,朝大门走去。

“诺亚!”伊丽莎白穿过一片片脏污的水泥建筑,向他走来,“你他妈上这儿来干什么?”

“嗨,丽兹。边境巡逻队怎么在这儿?这儿是纽约国边境线吗?”

“有命令,调我在这里值勤。”

上帝呀,她肯定恨死这个任务了。瞧她眉头皱得那么深,几乎要在那张古铜色的脸庞上永远留个川字皱纹了。但伊丽莎白一直是服从命令那一型的。

“诺亚,你怎么能……”

炸弹响了。

强烈的白光让诺亚什么都看不见了,轰鸣冲击着耳朵,消灭了他的听觉。他的胃部猛烈收缩,双腿突然间变得软绵绵的。紧接着,伊丽莎白将他推倒在地,猛扑在他身上。几秒钟后,她一跃而起,一边跑一边大声叫嚷。诺亚的听力恢复了,听见了她的声音:“是他妈的闪光弹!”

他摇摇晃晃地爬起来,被闪光刺痛的眼睛仍旧酸涩不已。人群放声惊叫,地板上有堆衣服在燃烧,附近还有几个人翻滚着、挣扎着。阵阵黑烟从衣服堆中升腾而起,呛得近处的人连连咳嗽。但似乎没有谁被炸死。一群警卫扑向一个年轻男子,那人正叫喊着什么,但声音淹没在四周的喧嚣声中。

诺亚来到大门外。警笛声此起彼落,大批警车从附近的街巷驶向这里。带咸味的海风轻轻吹拂着他,像来自天堂的安抚。

闪光弹。在网上,这玩意儿五十块钱能买一打。可那种闪光弹不应该烧起来呀。无论那个抗议者的目的是什么,显然没有实现。跟他这趟蠢透了的献血行动一样,以失望告终。

不过他总算还挣了一百美元。和今天上午相比,这会儿的他手里多了一百块,能买些品质不错的蔗粉。但他揣在口袋里的手却不由自主地攥紧了那枚圆圆的外星人硬币。

玛丽安娜

玛丽安娜吃惊地发现,“使馆”里竟然没有多少禁止入内的禁区。

生物安全四级区域当然是禁区,离生物安全四级实验室不远的外星人个人居室也是。除此之外,她和埃文的徽章竟然无往而不利,一亮出来,几乎什么地方都能随意游逛。不断有地球人从他们身边匆匆走过,忙着做自己的工作。有的还能朝他们点头致意,其他的则忙得压根儿没注意到他们的存在。

“不用说,这里肯定还藏着些暗门,咱们连看都看不到。”埃文说,“还有隐藏起来、咱们发现不了的邪恶外星探头,以及隐身暗处的天鹅人。他们知道咱们在哪里,知道每个人在哪里,时时刻刻都知道。对他们而言,完全是小菜一碟。”

“使馆”内部的建筑材料和建筑风格是个怪异的混合体。许多通道的模样恰如一般人所设想的科研机构:无装饰、洁净、一扇扇门依次排列。通道墙壁的材质似乎介于金属与塑料之间,是这二者的糅合,按压之下却又不会产生凹陷,但在生活区和休息室,情况却大不一样。有些墙壁的材料很像日本的米纸,却又有隔音功能。玛丽安娜觉得自己一拳就能打穿这种“纸”墙;真的这么尝试时,墙壁却仅仅稍微凹进去了一点儿,像非常结实的塑料布一样。这种墙壁有的还能滑动,由此改变房间的大小和形状。另一些墙壁则是巨大的屏幕,上面的素色花纹不断改变。还有些怪得无以复加的小休息室,其装饰材料似乎来自高档邮购商品目录,五花八门什么都有。装饰风格更是个大杂烩,仿佛出自一位认定地球上的一切都可以混搭的设计师之手:泥土色麻织地毯配着维多利亚式驼背沙发,毕加索图画印在镶银嵌铜的摩洛哥矮几上,日式靠垫上方的墙壁上悬挂着纳瓦霍印第安人壁毯。

玛丽安娜逛累了。他们来到主餐厅外的一间风格怪异的小休息室,她一屁股坐进一把英式俱乐部椅子里(旁边是一张小桌,其紫色玻璃桌面居然是个大倾角的斜面)。“埃文,你真的相信我们所有人一年后都会死去吗?”

“不信。”他在旁边的一把椅子上坐下,赞赏地拍了拍它加装软垫、十分宽大的扶手,“但仅仅是因为我的大脑拒绝以任何有意义的方式考虑我自身的死亡。理智地说,是的,我相信我们所有人都会死去。更准确些,几乎所有人。”

“成功发明一种能拯救我们所有人的疫苗呢,你相信吗?”

“不信。原因很简单:没有足够的时间,来不及把一切线索凑到一起,得出结论。但天鹅人会拯救一部分地球人。”

“怎么拯救?”

“挑选出一小撮,把他们带上停在天上的那艘大飞船。”

埃文话音刚落,她已经觉得自己真是个大傻瓜了,竟然之前没想到这个。自我埋怨迅速让位给绝望中迸发的、忽隐忽现的希望。“带走我们这些已经在‘使馆’里的人?好让针对孢子的联合研究继续下去?”她的孩子!她一定得想个办法,让被拯救者中包括伊丽莎白、诺亚、莱恩和康妮,还有他们没出世的宝宝!可是,“使馆”里的每个人都有家人——

“不,”埃文说,“‘使馆’里的人太多了。我的猜测是,在地球人中间,他们只会带走他们那个单倍群的。要不是为了这个,何必费那么大工夫甄别呢?我听说的一切信息都反复证明了一点他们极其重视血缘关系。”

“这些信息你是从哪儿听说的?我们每天在实验室干十六个小

时——"

"我睡得少。跟你不一样,玛丽安娜。我常跟生化团队的人聊天,那个团队跟外星人的交流最多。我还跟丽莎·圭塔雷兹谈过,就是那个遗传学顾问。"

"你是说,天鹅人告诉过某个地球人,说他们会赶在孢子云来到之前,把他们那个单倍群的人都带走?"

"不,他们当然不会那么说。天鹅人何时直截了当地把任何事告诉过地球人?安慰我们时再真诚不过,一说到具体问题就笑嘻嘻地东拉西扯。这些家伙滑头得像菲律宾男佣。"

玛丽安娜有些吃惊地看着他。这种带点种族歧视色彩的话很不符合埃文的性格,可他却说出来了,而且说得那么充满恨意。她再一次意识到,埃文对他过去的经历几乎从未提及。他什么时候在菲律宾住过?他和那个他显然至今怀恨在心的男佣之间究竟发生过什么?那人是他从前的爱人吗?她知道他的性取向,这也是一个他们从不涉及的话题。看埃文脸上的阴沉表情,他现在肯定不愿谈这个。

她说:"我要问问史密斯,天鹅人到底有什么打算。"

埃文脸上又浮现出他平时的优雅笑容,"祝好运。联合国从他那儿套不出信息,这里各个团队的首席科学家从他那儿套不出信息;至于你我,到这儿以后一次都没见过他——不过对你的计划来说,这些都是不值一提的小问题。"

“唉,咱们真的成了实验室的小白鼠了。”她说,接着又突兀地补充道,“走吧,该回去工作了。”

埃文缓缓地说:“有件事,我一直在想。”

“什么事?”

“各种病毒的起源。它们为什么不是源自同一个什么东西,逐渐进化而来?它们为什么没有一个共同的祖先?我还在想那种病毒起源理论,就是各种病毒各有各的源头,最初是从细胞中脱离出来的DNA或RNA的片段,渐渐学会了将自身扩展到其他细胞中。”

玛丽安娜皱眉道:“我看不出这跟现在的事有什么关系。”

“其实,我也看不出。”

“那——”

“我不知道。”埃文说,接着又重复了一遍,“我真的不知道。”

诺　亚

现在的诺亚是另一个人。

他把从天鹅人那儿拿到的血钱花在了蔗粉上,结果实现了真正的转变,是他经历的最完美的转变之一。现在的他是一支无名军队中的一个无名士兵,勇敢、威严、满怀信心。在内心深处,他知道这一切全是虚幻。从前的他不会知道这个,但这没关系。眼下他在中央公园南端,站在一块大石头上,身边翻卷着蒙蒙细雨,以及被人扔掉不要的塑料袋。他感到了彻头彻尾的幸福(尽管是暂时的),觉得整个世界都在自己脚下——至少这块大石头在他脚下,没有什么是他做不到的。

口袋里那枚外星人硬币发出悦耳的鸣响,这是一支由奇特的切分音组成的无调小曲,跟iPhone的声音大不一样。诺亚没有丝毫犹豫——什么事他都能应付——他从口袋里掏出硬币,在中央部分一按。

一个女人的声音道:“诺亚·理查德·詹纳?”

“是,长官!”

“我是天鹅人‘使馆’的丽莎·圭塔雷兹博士。我们很希望再次见到你。你能尽快来一趟联合国特别项目指挥部吗,就在码头上?”

诺亚深深地吸了一口气。紧接着,他忽然间全都明白了。真相猛地扑来,带着巨响和令人目眩的强光,仿佛上个星期遭遇的闪光弹。啊,我的上帝——他之前怎么没发现?或许是因为之前的他不是个战士吧。他的母亲竟然——他妈的!——

“诺亚?”

他说:“我会去的。”

潜艇在海面之下的一个大房间里上浮出水。在这个没有任何装饰的房间里,一个身着牛仔裤和运动上衣的中年女人等着诺亚,估计就是那个圭塔雷兹博士。但他既没在意这个女人,也没打量这个房间。诺亚大步跨下潜艇与房间地面之间的跳板,道:“我想见我的母亲。马上。她的名字是玛丽安娜·詹纳博士,就在这里面的什么地方工作。”

圭塔雷兹博士似乎并不觉得这是个新情况,也没觉得诧异。她说:“你好像很激动。”没错,他从外星人硬币里听到的正是这个声音。

“我就是激动!我妈在哪儿?”

“她就在‘使馆’里。但还有个人想先见到你。”

“我要求马上见到我母亲!”

墙上的一扇门滑开了。一个古铜色皮肤、赤着双脚的高个子男人走了出来。诺亚望着他,然后,那种情形再一次发生了。

震惊、迷惘、全无来由的似曾相识之感——他认识这个人,就像他认识那个在百老汇骚乱中替他和孩子清洗催泪瓦斯的女护士一样。可他从来没见过眼前这个人,再说,他可是个外星人啊。但他却感受到了那么强烈的亲情,这种事是如此荒唐,让他不知所措。

“你好,诺亚·詹纳。”天花板上发声,“我是史密斯大使,欢迎来到‘使馆’。”

“我——”

“我本想亲自迎接你,只是有个会,现在才抽出身。如果你决定和我们共处一段时间,丽莎会帮助你在这里安顿下来。她会把所有的事对你解说明白。至于现在,请允许我说——”

这个人的真挚是无法否认的。他说的每一个字都是发自内心。

"——你的来到让我非常高兴。"

外星人走了,但诺亚仍旧呆呆地盯着那扇他离开的房门。"怎么了?"圭塔雷兹博士道,"你好像有些吃惊。"

诺亚脱口而出:"我认识那个人!"一秒钟后他才反应过来这句话是多么傻。

她温和地说:"咱们去别的地方聊吧,诺亚,找个不那么……潮湿的地方。"

水从潜艇艇身上直往下淌,有些溅到了房间地板上。水兵和军官们也走下跳板,轻声说着话。诺亚跟着丽莎离开这个潜艇洞库,走过旁边的一条甬道,进了一间办公室。里面到处扔着图表、打印文件、咖啡杯,还有一台笔记本电脑——完全是一间再平常不过的办公室,可它反倒强化了诺亚的不真实之感。圭塔雷兹博士在一把直背椅上坐下,示意他坐另一把。诺亚站着没动。

她说:"我以前也见过,诺亚。我是指你今天这种情形。但其他人似乎没有你这么强烈的感受。"

"你说你见过什么来着?还有,你究竟是什么人?我想跟我母亲说话!"

她注视着他。诺亚有种感觉,觉得她看到的比自己希望她看到的多得多。她说:"我是丽莎·圭塔雷兹博士,你就叫我丽莎好了。

我在这儿的职务是遗传学顾问,充当联络员,帮助史密斯大使和经鉴定属于他那个L7单倍群,也就是你母亲研究发现的那个单倍群的人彼此沟通。在此之前,我替牛津大学的巴巴拉·弗米萨诺教授工作,工作内容同样是帮助同属一个单倍群的人彼此交流。你现在体验到的这种情感,我见过许多次了,当然程度没有你这么强烈。这是一种以前从未体验过的、彼此相连的感觉,存在于一个人群中间,这个群体的所有成员都由同一根纽带联系起来,这根纽带从未中断,可以向上追溯,从母亲、外祖母、外曾祖母……一直追溯到这个单倍群最初那位女性老祖宗。但是——"

"简直是胡说八道!"

"——但是我们必须记住,这种彼此相连的感觉纯粹是象征性的。这一点很重要。细胞可以拥有相似的新陈代谢过程,但这并不会让人和人之间产生共鸣。然而——这个'然而'非常重要——象征物会极大地影响人的意识,而人的意识会引发感觉和情感。"

诺亚道:"可这种感觉我以前也有过。针对一个陌生女人。当时我一点也不知道她跟我是不是同一个什么'单倍群'。"

丽莎的目光忽地凌厉起来。她站起身,"什么女人?你在哪儿遇上的?"

"我不知道她叫什么。听着,我真的希望跟我母亲说话!"

"先跟我说。你在服用蔗粉吗,诺亚?"

"服不服用蔗粉跟这有什么关系?"

“长期服用蔗粉会强化某些类型的想象力,影响人脑中负责知觉的通道。史密斯大使——算了,这些先暂时放放。诺亚,我想我知道你为什么想见你母亲。”

诺亚说:“听着,我现在说话已经够没礼貌的了,我不想更没礼貌。可是,我的事跟你没关系。无论你想跟我说什么,都可以等等,等我见过我母亲以后再说。”

“好吧。我带你去她的实验室。”

这段路很长。诺亚没怎么留意这一路上有些什么,话又说回来,其实没什么可看的。无数白色走廊,无数白色房门。仅此而已。最后,他们走进一间实验室,两个诺亚不认识的人好奇地抬头看着他们。丽莎说:“詹纳博士在——”

那个女人指指远处一扇房门。没等她说话,诺亚一把拽开门。他的母亲正坐在一张小桌旁,双手捂着一杯还没喝的咖啡。她的眼睛瞪大了。

诺亚说:“妈——你怎么从没告诉我,他妈的我竟然是你抱养的?”

玛丽安娜

埃文和玛丽安娜坐在他的房间里,啜着十六年的单芽苏格兰威士忌。她很少喝酒,但知道埃文经常喝。此前她也从未来过埃文在“使馆”的这间宿舍。这个房间跟她自己的完全一样:大概九平米,一张床、一个斗柜、一张小桌、两把椅子。椅子是实用型的直背椅,她就坐在其中一把上。埃文在床上歪着。大多数科学家都从家里带来了几件个人物品,埃文的房间却没有这类东西,毫无个人色彩——没有艺术品,没有镶着家人照片的镜框,没有装饰性的靠枕。这里甚至没有一个咖啡杯,没有从餐厅多拿回来的一个面包圈。

“你这日子过得像个僧侣。”玛丽安娜说。话音刚落她便意识到,自己准是喝醉了,否则她绝不会说出这种话。她又啜了一口威士忌。

“你怎么一直不告诉他?”埃文问道。

她放下酒杯,揪着面颊。皮肤似乎属于另一个人,感觉十分遥远。

“唉,埃文,该怎么说呢?一开始,诺亚还太小,听不懂。凯尔和我之所以领养他,是为了挽救我们的婚姻。我知道,这是犯傻,可我当时昏了头。你知道,跟一个酒鬼过日子,很难保持清醒的理智。我们那会儿啊,过得活像一部以酒鬼和他老婆为主角的B级片。叫嚷,恳求,把家里所有的酒全倒掉,半夜两点去酒吧找他……不说这个了。一开始没告诉诺亚,后来凯尔死了,我得努力适应,同时还要照料孩子,在学校还得拼命挣那个正教授的永久教职。日子过得一团混乱,稍不留神就会出事,实在没办法再加上个大揭秘了。那以后呢,一晃眼就已经太迟了,诺亚会问为什么不早点儿告诉他。总之……总之就是没告诉他。”

“伊丽莎白和莱恩也一直没告诉他?”

“显然没有。提起政治之类的事,我们家的人可以大喊大叫吵吵闹闹。可要说到个人生活,我们家其实是那种沉默谨慎型的。”她随意朝这个房间挥挥手,“当然,还没谨慎到你这种程度。”

埃文笑道:“我是典型的某个阶层的英国人嘛。”

“你是个猜不透的谜。”

“不不不,俄国人才是猜不透的谜呢,谜团之外还罩着一层谜团。”但他的眼神突然阴沉下来。

“你怎么——”

“玛丽安娜,你跟诺亚在一起时,‘使馆’里出了不少事,我给你通报一下吧。首先是来自天鹅人的消息:他们要把他们那个‘氏族’的所有成员都请到‘使馆’——翻译器用的就是氏族这个词,指L7单倍群——只要他们自己愿意来。对了,这个消息你已经知道了。另一个——”

“有多少人?”

“你指的是我们甄别出了多少,还是其中有多少人愿意来‘使馆’?”

“两个数字都告诉我。”头几名L7成员得到确认之后,这个人群的数量呈指数上升。因为可以从已确认者的家族树着手,梳理其母系血缘,从而找到更多成员。

“已确认六十三名,包括吉娜飞到佐治亚州确认的三名。这一单倍群的大多数成员可能仍在非洲,也可能大都已经死亡。同意造访‘使馆’的共计十一名。”他迟疑了一下,“迄今为止,只有诺亚一个人愿意继续住下去。”

玛丽安娜正端起酒杯,还没送到嘴边,突然停住,“住下去?他没告诉我啊。你是怎么知道的?”

“今天下午诺亚……离开你以后,史密斯来了实验室,是他说的。”

“我明白了。”其实她不明白。当时她在自己的房间里,正极力从跟儿子那番对话的痛苦中恢复过来。她领养的儿子。关于他的亲生父母的情况,她没法告诉诺亚,因为她也不知道:领养记录被封存了。诺亚成了现在这个样子,是因为他的基因吗?还是因为她把他培养成了这样?或者是因为受了朋友的影响?或者是星座造成的?关于性格的形成有各种理论,一会儿时兴这个,一会儿时兴那个,没有哪种理论真正阐明了问题。

她说:“住在这儿的话,他打算做什么呢?他不是科学家,也没法做安保工作,或是管理……”诺亚什么都做不了。想到这个,她的心疼痛不已。她的孩子,这个离她而去的孩子。

埃文说:“我想不出来。依我看,他要么能自己琢磨出点什么,要么离开。刚才不是说还有个新闻吗?生化团队比对了人类与天鹅人的免疫系统,取得了重大进展。图片、表格、种种细节一大堆,归结起来就一句:我们的免疫系统跟他们的非常吻合,这方面没什么基因变异。当然,两个星球各有各的病菌,而且数量都不少,所以双方的抗体不一样。如果想让他们关掉能量罩,跟咱们来个肌肤相亲,那肯定是没指望了。"

"性爱派对只好取消了。"

埃文大笑起来。受此鼓励,加上酒精的作用,玛丽安娜大胆地问道:"你是同性恋吗?"

"你不是早就知道了吗。"

"只想确认一下。毕竟咱们以前从没讨论过这个,我又是个科学家,没有明确结论不放心。"

"你是个美国佬,什么事都非要说出来不可,而且还得站到房顶上放声大喊出来。"

她被威士忌弄得晕乎乎的意识又转回了诺亚身上,"儿子的事,我真是失败啊,埃文。"

"胡说。告诉你,他最终会想通的。只是你得准备好面对这个:他选择的路,也许你不会喜欢。"

又一次,埃文的眼神阴沉下来。她没再询问——他是不会谈这个的,而她今天谈的隐私问题已经够多的了。以喝多了的人特有的小心翼翼,她站起身来,准备告辞,却被埃文下一句话定在原地。

"还有件事:伊丽莎白明天要来'使馆'。"

“伊丽莎白?为什么?”

“就岸边的安保问题与史密斯商谈。岸上的采血站又发生了一次袭击事件。”

“老天!伤人了吗?”

“没有。这次还没有。”

“伊丽莎白准会要求天鹅人提供那种能量罩技术。自从‘使馆’降落在纽约港,她就巴不得能替边境巡逻队弄到这个。埃文,要是天鹅人真的给她了,那就坏了!她那个人,一心扑在她那份工作上,其他什么都想不到。如果这种技术落到其他人手里——不,不是如果,这是必然发生的,只是个早晚问题。总会有人拿它派上别的用途,向来如此——”这话是谁说的?某个作家吧,她记不起来了。

“别急别急,太着急裤子都会穿反。伊丽莎白当然可以问,但这并不意味着史密斯就会同意啊。”

“我担心史密斯犯糊涂。你瞧他做的那些事儿,那么急切地寻找他的‘氏族’成员——上帝呀,还有比这更蠢的吗?随便举个例子:那个朝鲜人的线粒体序列,同一序列出现得最多的地方不是朝鲜,而是在挪威的渔民中间。还有那个明尼苏达州的工程师,往上追溯了三百年,都无法解释他身上的波利尼西亚线粒体是从哪儿来的——没有谁有什么纯而又纯的‘始祖’,我是说‘氏族’。”

“反正地球人没有。”

“就算真的有这种纯粹的氏族。”玛丽安娜滔滔不绝,但这些字句仿佛突然间活了似的,在她嘴里滑来滑去,搅成了一团,“两个鞋带……携带同样线粒体的人之间,也不存在什么鸟不得……了不得的纽带,跟两个寻常的陌生人没什么区别!”

“对我们人类来说是这样。”埃文说,“玛丽安娜,回去睡一会儿。你有些喝多了,明早我们还有工作呢。”

“我们那份工作,反正也不能保护爆炸……保护孢子,我是说保护我们对抗、对抗……孢子云。”

“不管怎么说,它总是份工作。赶紧回去吧。”

诺　亚

诺亚站在会议室的角落里。这间会议室里共有十一位地球人,两位外星人。有人费了很大力气,布置了红色纸质桌布、鲜花、好几盘纸杯小蛋糕,想给这个房间添点喜庆色彩。没用。它仍旧是一间功能性的、公司风格的会议室。屋里的人类型各异,正常情况下绝无可能坐到一起开会,或者参加同一个派对。丽莎·圭塔雷兹在人群中穿梭来往,满面笑容,东拉西扯,努力让这些人觉得自在些。但她的努力毫无效果。

这里有两个年轻女人,站得很近,互为对方的精神支柱。还有一个身穿阿玛尼西装、脚踏意大利皮鞋的中年男人。一个满脸胡茬的男人,脏兮兮的头发扎成一个马尾,瞧上去像个流浪汉,但也许只是因为他站在西装革履的阿玛尼男士身旁,被后者反衬得格外邋遢。一个拎着塑料手提袋的女人,袋角还有个窟窿。总之诸色人等,各有不同。诺亚站在一旁稍远处,背靠墙壁,冷眼旁观。这个大杂烩团体的各位成员差异之大,让他不禁联想起了聚集在意大利大教堂中的各种各样的天主教徒。

这个念头让他的嘴角现出一丝浅笑。也许是受到这个笑容的鼓励,附近的一个男人靠近了些,悄声道:"他们会放咱们回纽约的,对吧?"

诺亚眼睛眨巴了好几下,"你想回纽约的话,他们怎么会不放你呢?"

"可我想让他们把能量罩分发给我们,让我们带回纽约,用它挡住孢子云!要不是为这个,我来这儿干吗?"

"这我怎么知道?"

那人撇了撇嘴,走开了。这人可真是的,要是他担心外星人会绑架他、关押他,为什么还要来呢?还有,为什么他没有诺亚那种感受呢?这里的每一个人,都多少让诺亚产生了面对史密斯大使时所产生的那种感受。每一个人!但是,其他人显然完全没有体验到这种情感。

那个神经紧张的人其实多虑了。天花板上响起了有关血缘亲情的演说,还有请他们在"使馆"多住一阵子的盛情邀请……之后,派对结束，所有人都离开了“使馆”，离开之时，脸上带着不同的表情：如释重负、好奇、满足、不安、失望（没有提供能量罩！没有分钱！）。丽莎仍在不断地拉家常、作保证，但他们还是离开了。所有人都离开了，除了诺亚。

史密斯大使来到他身旁，居高临下俯视着他。天鹅人什么都没说，只是静静地等待着，仿佛他可以一直等待下去，直至永恒。

诺亚的手心湿漉漉的。在此之前，蔗粉给过他许多段短暂、虚幻的人生，但只要药效过去，它们就会纷纷脱落，像一段段蛇蜕。不，不是蛇蜕，这个比喻不恰当。更像韩赛尔和格蕾特扔出的面包屑[①]，似乎给你带来了希望，但没等你循迹前进，它们已经化为乌有。聚在这间会议室里的人中，并不是只有那位扎马尾的人才无家可归。

诺亚说：“我想知道你们是谁，你们是什么人。”

史密斯头顶的天花板说：“跟我来。为了这次相见，我们应该庆祝一番。不同于刚才，这是真正的庆祝。”

这是一个圆形的小房间，非常小。诺亚和史密斯直视着对方。天花板说：“这是一个气密舱。穿过这个空间以后，另一边就是我们的环境，而非你们的。两者区别不大，但你还没有适应我们的微生物，所以必须穿上这件能量装。它生成的能量罩能过滤空气，不过

① 出自《格林童话》。韩赛尔和格蕾特为了在森林中找到回家的路，一路扔下面包屑作为记号。

一开始,你会觉得呼吸有些困难,因为我们的世界的氧气含量相当于地球上海拔3700米的高处。我们会在这个气密舱待几分钟,如果你觉得恶心想吐,你可以回去。到了我们那边以后,你会觉得光线有些暗,气味也有些怪。还有,那边的重力比你习惯的小十分之一。出了气密舱就没有翻译器了,我们将用我们的语言说话,你则无法和我们谈话。你仍旧希望继续前进吗?”

“是的。”诺亚说。

“在你走过去、加入你天生是其成员的氏族之前,你还有什么话想说吗?”

诺亚说:“你叫什么名字?”

史密斯笑了。他发出一个声音,有些像用颤音发出的“mihao”,末尾还有一个弹音。

诺亚模仿着发出这个音。

用化为颤音、多了一个弹音的英语,史密斯说道:“我的兄弟。”

玛丽安娜

伊丽莎白和史密斯会面的时候,玛丽安娜不在场。但伊丽莎白会面之后来见了她。当时,玛丽安娜正和迈克斯俯身在电脑前,极力分析出现在眼前的到底是什么东西:线粒体异常还是样本被污染了?或者只是一次实验室误操作,要不然就是程序出了点小问题?

也可能以上猜测都不对，和事实相去万里。玛丽安娜直起身来，“伊丽莎白！我真是太高兴了——”

“你得跟他谈谈。”伊丽莎白大声说，“那人简直是个白痴！”

玛丽安娜瞥了一眼陪同伊丽莎白进入实验室的安保官员，那人点点头，出去了。迈克斯说：“我还是……呃，这个样本的事待会儿再说也不迟。”他几乎相当于抱头鼠窜而去——母女即将开战的现场，任何男人都会逃之夭夭。缺觉太多的埃文正在补觉。吉娜也不在，几周以来第一次，她上岸去布鲁克林探望父母去了。

“我猜，”玛丽安娜说，“你指的是史密斯大使。”

“没错。他知道纽约正在发生什么吗？也许他知道，只是不在乎，对吗？”

“纽约在发生什么事？”

伊丽莎白的态度立即变了，成了一名职业警察，既严肃，又镇定，“离我们与孢子云交会，只有不到九个月时间了。”

至少你现在承认这一点了。玛丽安娜想。

“仅在上个月，纽约的五个区就发生了三倍于平时的纵火案，十次经市政许可的游行，其中三次演变成暴力活动，还有二十三起杀人案，特里贝克街区的‘向前一步’教堂还发生了一起宗教性质的群体性自杀事件。华尔街的证券市场跳水了。从星期二晚间至星期四凌晨，恐怖分子占领了联邦储备银行。在上州，有人对市政大楼发动了袭击，但没有得逞。世界各地都是同样的情形。百分之三十六的美国人不顾天文学家的看法,认定孢子云是天鹅人有意带来的。如果大使同意向我们提供能量罩技术,这个比例可能会更好看一些。这些话,总统和联合国应该早就告诉过史密斯了,你不这么看吗?”

“联合国和总统说了什么,我一点儿也不知道。你也一样。”

“妈——”

“伊丽莎白,就算你刚才说的是真的,而大使又已经对总统说了‘不’,你以为我去劝说几句就有用吗?”

“我不知道。你们这些科学家总是这个样子,只管埋头研究,其他的一切都不关心。”

很久以前,玛丽安娜就发现,面对无法想象的大灾大难,人们有几种固定不变的反应模式:有的人惊慌失措;有的人则想着能不能讨价还价一番,让灾难减轻几分;有人闭上眼睛不承认灾难的到来;有人责怪他人造成了灾难;有的人被彻底打垮;有的人只顾祈祷;有的人喝个酩酊大醉;还有的人居然欣喜若狂,仿佛他们这辈子一直暗自期待着这种戏剧化事变。但说到底,无论人们持什么态度,灾难就是灾难,绝不会因为人们的态度发生任何改变。

面对孢子云这一无法想象的灾难,“使馆”里的科学家们的应变手段是埋头工作,做更多的工作。伊丽莎白说得对,这个人造岛屿已经成为一个自我封闭、自给自足的小宇宙,将它的一切力量每分每秒都用在一个目的上:找到某种手段,任何手段都行,以对抗那片能破坏哺乳动物肺部的孢子云。天鹅人知道黑客的本事,于是断掉了“使馆”的网络、电视和无线电。外界的消息只能通过报纸和信件这两种垂死的旧媒介传递进来:一天两次,装在邮包里,由来来往往的采购员、科学家和外交官带进“使馆”。而玛丽安娜连这些邮件都很少留意。

她告诉自己这个愤怒的女儿:“天鹅人是不会把他们的能量罩给你的。”

“没有能量罩,我们没法保护联合国,更别说港区了。”

“那就把联合国的那些位大使、译员统统送回家去。能量罩肯定拿不到,我很遗憾,但拿不到就是拿不到。”

“你才不遗憾呢,你是他们那一边的。”

“这跟站哪边没关系。如果能量罩落在别有用心人手里……”

“执法机关是别有用心的人吗?”

“伊丽莎白,关于这个,咱们已经反反复复吵过好多次了。这次就别再吵了吧。你也知道,给不给你能量罩不取决于我。咱们母女俩好长时间没见了,别吵了吧。”这番话中的恳求语气,连玛丽安娜自己都听出来了。在漫长、复杂的为人父母的过程中,从哪个阶段开始,成了她恳求女儿,而不是女儿恳求她?

“好吧,好吧。妈,你过得怎么样?”

“工作太多,心神不宁。你呢?”

“工作太多,心神不宁。”她勉强挤出点笑容,“我不能待太久。

领我转转,行吗?”

“没问题。这是我的实验室,我说了算。”

“我是说整个‘使馆’。要知道,我从没来过,你那位大使——”不知怎么回事,史密斯又成了玛丽安娜的人了,“——是在潜艇洞库旁边的一个房间跟我见的面。我能见识见识这个‘使馆’吗?还是说,你们这些实验室苦力不准离开笼子太远?”

不管有意还是无心,这是激将。激将法起了作用。玛丽安娜带着伊丽莎白在“使馆”的人类活动区域转了个遍。一名安保人员一路陪伴,伊丽莎白只当他不存在。她东张西望,不放过任何细节。最后她问:“天鹅人住在哪里?”

“就在这边的这些门后面。人类从来没进去过。”

“跟危险性最大的几个实验室挨得这么近,有意思。还有,诺亚住哪儿?”

昨天与诺亚的相见痛苦极了,造成的伤口至今仍未愈合。他是那么愤怒,因为玛丽安娜从没告诉他,他是领养的。玛丽安娜不知道那以后他去了哪儿,但她不想对伊丽莎白承认这个。“他住在地球人访客居住区。”但愿真有这么个地方吧。

伊丽莎白点点头:“我得回去报到了。妈,谢谢你带我参观。”

玛丽安娜想拥抱一下自己的女儿,但伊丽莎白已经走开了,在安保人员护送下朝潜艇洞库走去。回忆袭来,让玛丽安娜心头一阵剧痛:五岁的小伊丽莎白走向校车,这是她第一次没有妈妈陪伴乘车,紧张让她的嘴唇绷得紧紧的。这一切逝去得多么快啊,而当孢子与地球相遇时,连这些记忆都将彻底消亡。

她飞快地抹掉愚蠢的眼泪,朝她的工作岗位走去。

三、接触之前8.5个月

玛丽安娜

“使馆”礼堂的墙壁也是那种薄薄的、像米纸的材料，和除实验室之外的一些房间一样，但这里的墙壁能改变色彩，这一点更接近另一类更实在的墙壁。淡淡的色彩构成精细复杂的图案，不断地缓缓改变，让玛丽安娜联想起在水中散开的油渍。四十个座位一层层抬升，围成一个半圆形，面对着下方的讲台。这真像她读大学时的报告厅，让她产生了一种傻乎乎的冲动，想回到大学时代，拿出一本笔记本，在空白处涂涂抹抹乱写乱画。但在这些座位上就座的可不是嚼着口香糖、彼此发短信的学生，而是这颗行星最杰出的科学家。这是“使馆”里的科学家第一次共聚一堂。眼下，前面的讲台还空着。

三个天鹅人从一道侧门走了进来。

玛丽安娜从来没见过这么多外星人同时出现。奇怪的是,数量的增多更凸显了他们异于人类之处:更大的眼睛,更加细长的四肢,更高的个子……这些差异仿佛蓦地扩大,幅度达到了指数级别。那是史密斯大使和科学家琼斯吗?没错,是他们。第三个外星人比他们矮些,不知怎么显得更和气些,他通过天花板上的翻译器说话了:"谢谢诸位到场。今天我们有三场报告,其中两场来自地球人,另一场来自我们的世界。首先有请曼宁教授。"三个外星人都露出了笑容。

孢子团队的首席科学家特伦斯·曼宁站到了讲台后。玛丽安娜以前没见过他。在科学家的圈子里,诺奖获得者的层次比她高得太多了,犹如太阳之于蜉蝣。曼宁是位小个子,头上只剩下不多不少三簇头发,被主人努力梳理,盼着能遮住脑袋。曼宁为人聪慧、举止拘谨,却有一副浑厚庄重的好嗓子,十分悦耳,和天花板上传来的单调的机械音形成鲜明对比。

看外星人的神色,他们似乎很高兴。玛丽安娜不由得升起了一丝希望:尽管"使馆"内网上不断累积的数据无法让人满意,但也许曼宁能带来些好消息。

她错了。

"我们未能在细胞培养基中生成这种病毒。"曼宁说,"大家都知道,有些病毒就是无法在试管中培养出来,怎么做都不行。孢子病毒看来就属于这一类。用它感染猴子的实验失败了,哪种猴子都不行。当然,我们会继续努力。好消息是,感染老鼠的尝试取得了成功。”

这个消息既好也不好,玛丽安娜想。很多情况下,培养出样本比让受感染的老鼠活下来难得多,但只有样本才能让人们更准确地评估病毒在动物组织中引发的细胞病变。和老鼠相比,猴子实验更加重要,因为猴子的基因比老鼠更接近人类。但另一方面,猴子出了名的难伺候。它们会咬人,会反抗,会弄伤自己,会彼此传染疾病和寄生虫,经常因为实验手段之外的原因死掉。

曼宁继续说道:“我们现在已经有了许多被感染的老鼠,我们的气雾剂专家贝尔斯基博士则确定了在实验室环境中,何种程度的暴露会导致老鼠被孢子病毒感染。”

曼宁背后的墙壁一闪,出现了一幅图表:暴露时间与病毒剂量的关系图,孢子病毒以百万为单位。玛丽安娜身边,埃文精心修剪过指甲的手指猛地攥成了拳头。感染速度太快了,所需的病毒剂量也低得惊人,这还只是空气传播所需的剂量。

“尽管感染了老鼠,”曼宁接着道,从他的声音中,大家已能明确感觉到这个人承受着多么巨大的压力,“但我们还是无法将病毒单独剥离出来。这小混蛋真是太滑溜了。”

没人发笑。尽管这并非她的专业范围,但玛丽安娜也知道,哪怕已经确定了宿主,在宿主身上寻找某种特定病毒仍旧极其困难。病毒实在太小了;另外,它们很容易消失在细胞或器官中;还有,病毒还会发生变异。

“总而言之,我们几乎对这种病原体一无所知。”曼宁抓着脑袋,把那三簇头发弄得乱七八糟,“我们不知道基本传染数R0的值——对在座的天文学家,我稍稍解释几句:个体感染病毒以后,在这种病毒的传染周期内,一个个体平均能传染多少人,这个数值就是该病毒的R0值。我们也不知道这种病毒的潜伏期有多长,不知道它的染色体组成,不知道它的形态。目前我们确知的只有包裹着这种病毒的涂层的组成成分,这种病毒的传播载体,还有老鼠感染之后会发生何种病变。”

接下来十分钟所显示的数据都是关于那种奇特的、不同寻常的孢子涂层——就连明知不是这么回事的科学家,现在都习惯地用“孢子”这个词称呼那种病毒了。曼宁之后的发言者是杰西卡·于博士。玛丽安娜在自助餐厅见过她,在她面前颇有些自惭形秽之感。杰西卡·于以前担任过位于亚特兰大的国家传染病中心特殊病原体研究所的所长,五十来岁,小巧玲珑,长得很漂亮,是那种严厉的、“别惹我”的漂亮。从来没人敢惹她。

她说:“我们一直希望,通过观察这种疾病在动物身上的表现,找到针对人类感染者的治疗手段。这些老鼠是三天前被感染的,一个小时之前,它们开始出现症状。请大家都看一看,赶在……那什么之前。”

杰西卡·于身后的墙壁变成了不透明的暗色,之前的图表消失了。墙壁表面似乎覆盖了一层荧幕,出现在上面的是三只目前身在“使馆”内部某处的老鼠。老鼠们住在一只很大的玻璃箱子里,而箱子则在一间生物安全四级实验室里——玛丽安娜认出了那间实验室的安全等级。

其中两只正平平地趴着,抽搐着,音频系统放大了它们呼哧呼哧的喘息声。不,不是放大,那是它们拼命挣扎、绝望地想吸入空气的声音。两只老鼠的尾巴摔打着,前爪扒拉着。玛丽安娜明白了:它们在游泳,想逃离那种正在溺死它们的东西。

“这种症状放在人类身上,”于说道,“我们称之为‘成人呼吸窘迫综合征’。弄不清到底是怎么回事时,我们就会做出这个诊断,一个泛泛而谈、大包围式的诊断。液体正从血液中析出,渗入这些老鼠的肺部,让肺部组织越来越沉重。于是,它们的每次呼吸都更加困难。肺部X光片‘白茫茫的’,这是因为肺部液体太多,大大增加了X光片的密度,让图像上一片雪花。在老鼠体内,这种病毒的潜伏期是三天;而从表现出症状到死亡,平均只需2.6小时。”

第三只老鼠开始抽搐。

杰西卡小小的身躯整个绷紧,僵立在讲台后。她接着道:“迄今为止的观测表明,在老鼠中间,感染率为大约百分之七十五。当然,我们不能就此假设人类的感染率与此相同。至于为什么老鼠受到了感染,猴子却没有,我们毫无头绪。天鹅人得自其殖民地的医学数据显示,天鹅人感染者的代谢变化与我们这些老鼠十分相似。那些殖民地没有幸存者,但我们对老鼠的解剖进一步表明——"

突然间,玛丽安娜一阵恶心,胃里的东西猛地涌向喉头。她吃了一惊。她所接受的专业训练本该让她对这类演讲内容习以为常,可她竟然有了这种反应。抢在她的身体干呕以至呕吐、让她当众丢脸之前,玛丽安娜挤过埃文身旁,同时按了按他的肩膀,示意他留在会场听完报告。冲到礼堂外面的走廊以后,她倚在墙壁上,头埋在双膝之间深呼吸,等待着羞愧之情渐渐压倒刚才在会场听报告时感受到的巨大恐惧。

一个科学家,怎么可能对数据做出这种反应——

羞愧无法压倒恐惧。让她如此恐惧的并非数据本身,而是她的孩子们:伊丽莎白、莱恩和诺亚,大张着嘴巴,呼哧呼哧地喘息着,拼命想让空气进入肺里……却还是在他们倒地不起的地方慢慢溺死。还有康妮和那个尚未出世的孩子,她的头一个孙辈……

打住!惨痛者不是只有你一个,人人都将同样悲惨。

玛丽安娜直起身子,右手指甲狠狠掐着左手心。但她还是无法鼓起勇气重返会场。无论报告还会透露其他什么可怕的信息,都只好依靠埃文转达了。她打起精神,回到自己的实验室。

迈克斯坐在电脑前分析数据。吉娜从工作台前抬起头,"玛丽安娜,我们又在自愿献血者中找到了两个L7。"

"好的。"玛丽安娜回答。她径直穿过实验室,走进她那间小小的办公室,在身后用力关死房门。为史密斯找到多少L7,这种事有什么意义？地球快毁灭了。时间只剩下八个半月,前所未有的恐怖就将降临地球,而地球医学界、科学界最杰出的大脑却无法哪怕稍稍缓和几分这种恐怖,连门边都还没有摸到。

吉娜敲敲办公室的房门,“玛丽安娜？你没事吧？”

吉娜和诺亚同岁,她还年轻,她的人生道路还很长——如果她还有“人生”的话。但是,没有必要让她现在的生活更加痛苦。玛丽安娜努力让自己的声音变得轻快起来,“我没事,挺好的。我马上出来。能麻烦你给我新煮一壶咖啡吗？”

诺　亚

诺亚和他的族人站在一起,准备开始“拉塞尔”。

英语中没有“拉塞尔”的对应词。它既是舞蹈,也是宗教仪式,还是兄弟姐妹欢聚一堂的派对。一场拉塞尔会持续两天。十名L7站成一个圆圈,十人都不同程度的有些醉意。那种奇异的无调性音乐响起来了(但在“使馆”住了两个月以后,他已经不觉得这段音乐有什么奇异了),大家身体起伏,组成一道不断变换花样的人浪,他们涂着红色染料的脚在地板上留下清晰的符号。从前的宗教认为这些符号是神圣的。随着科学在那个丰饶、易于生存的世界迅速发展起来,原始宗教渐渐消亡了。但这种仪式却一直保留至今。它是对根据母系血缘认定的家庭关系的确认，巩固家庭成员彼此的联系、明确他们的义务和自我认知。每当用以[①]较大的月亮和较小的月亮排列成某种特定的形式，世间人就会与家人团聚，欢欣鼓舞地举行拉塞尔。一个圆圈永远是十个人，可以有许多个圆圈，视全家人口而定。无论你在世间的哪个地方、在做什么事，举行拉塞尔的时候，你肯定会回到家人中间。

他的母亲永远无法理解这一点。

欢庆之后，大家休息一晚。到第三天早晨，拉塞尔的第二个阶段——也是玛丽安娜更不可能理解的阶段——开始了。每个人都将捐出自己的一部分财富，数额是自上次拉塞尔以来他挣到的财产的五分之一，世间人开玩笑地称之为“一根手指”。这根手指将被赠给他所在的圆圈中的某一个人。不同的氏族有不同的捐赠比例和捐赠方式，但在基本上是单一文化的世间，这一传统的本质大都保留下来了，只是形式有所区别。天鹅人的社会极其发达，所以捐出的财产不仅包括地球人的银行转账，还有相当于地球人的产权和证券转让的部分。不过，天鹅人毕竟也是人。有的人捐赠时十分勉强，有的人会气呼呼地指责接受捐赠的亲戚太过懒惰，有的人不情不愿但迫于无奈，还有的人甚至会用欺骗手段逃避责任。但大多数人最终还是认捐，骗子毕竟是极少数。反正米^霍伊是这么说的，他就是诺亚之前称为史密斯大使的那个人。跟诺亚说话时，他用的是

① 原文为首字母大写的World，指天鹅人的本土行星。

充斥着颤音和弹音的世间语,诺亚正在努力学习这种语言。“我们只能反复教育我们的孩子,让他们遵循我们的传统。”史密斯苦笑着说,“当然,有些孩子肯定不会这么做。有些人天生就跟别人不一样。”

“还用你说吗,兄弟。”诺亚用英语说。其中的深意,史密斯当然完全不懂得。

诺亚热爱拉塞尔。他拥有的财产不值一提,准确地说,什么都没有,所以根本没有什么可以捐赠出去。但他并不是因为能够净赚才热爱拉塞尔。同样地,他也不是出于想得到什么的目的才努力钻研世间语。诺亚每天都要花好几个小时学习这种语言,天生善于分辨语音的耳朵帮了他大忙。从前,在他短暂的、半途而废的大学生活时期,诺亚曾听到一位著名诗人说,外在的真实与内在的、你所感受到的真实不是一回事。“能让你发自肺腑地认同,那才是真实。”当时她是这么说的。

而现在,诺亚感受到了这种真实。平生头一次,他感受到了。

他的脚踏错了一步,在地板上留下的红色趾印相应地错了位置。没有人责备他。那位老得不能再老、脸上纵横的皱纹仿佛血缘谱系图的克莉克莉米,她只是朝他大笑,伸出瘦骨嶙峋的手臂,慈祥地碰了碰他的胳膊。

诺亚,不是那样的,必须按照线条涂色。

诺亚,这份成绩单大大低于我对你的预期。

诺亚,你不能跟我一块去见我的朋友。你太小了。

诺亚,你怎么什么事都做不好呢?

他跳啊跳啊,直到累得站不住为止(克莉克莉米仍然在跳,但她毕竟醉得不如诺亚厉害)。他一屁股瘫坐在一只大坐垫上。他身旁的是"琼斯",她真正的名字他读不出来,里面的颤音太多了,还有一个用舌头制造的怪音,他怎么都发不出来。她跳得脸色通红,平常束得紧紧的头发披散着。琼斯比他略矮些,但结实得多,剧烈的运动让她的褐色肌肤仿佛从里向外放着光,满头深色的秀发在玫瑰色的灯光映照下闪闪发亮。她穿着红色短裙——参加拉塞尔时,所有人都穿红色——裙摆翻上来,露出了大腿。

诺亚耳边响起了他母亲的声音:"从进化角度看,十五万年是很短的一段时间,不足以让一个物种发生什么变异。"至少性吸引方面没有任何变化。他惊恐地发现,自己竟然脸红了。

她没有察觉,也许当成了跳舞时发热。她问:"你对我们的重力觉得适应吗?"

诺亚听懂了,感到十分自豪。他回答道:"地球只重一点点。"用词和发音都正确吗?但愿吧。

他显然没说错。她笑着又说了句什么,他没听懂。她大大地伸了个懒腰,裙摆随之又向上提了五厘米。

亲戚之间,性这个问题有什么禁忌吗?世间的性禁忌是什么?当然,诺亚不可能跟她肌肤相亲。他全身都包裹在所谓的"能量装"

里,以避免接触外星微生物。只是这件能量装一点也不突兀,他常常忘了它的存在。

微生物,孢子。孢子云还有多久就会碰上地球?但现在,这个问题似乎不那么重要了。("诺亚,你不能闭眼不看,假装问题不存在!"——这句话通常是伊丽莎白说的。)

他说:"能不能——让我的——"见鬼,微生物该怎么说?"——让我体内的孢子——跟你们的一样?"

四、接触之前6.5个月

玛丽安娜

吉娜没有随着这天的最后一班潜艇从布鲁克林返回“使馆”。玛丽安娜忙着重做一整批DNA的放大工作，不知怎么回事，这批样本被污染了。去取邮包和报纸的埃文返回实验室时，玛丽安娜正在一排烧杯前咒骂着。埃文将双手放在她的肩膀上，这是个很不符合他性格的动作。玛丽安娜望着他的脸。

“有什么坏消息吗？快告诉我。”

“吉娜死了。”

她一只手撑着工作台，这才稳住身体，“怎么会？”

“一群暴徒，全副武装，装备好得吓人，几乎像一支小部队。世界末日的暴徒。”

“吉娜她……是怎么……”

“一颗子弹,很快,她没受罪。玛丽安娜,你要喝点酒吗?我有些相当不错的苏格兰威士忌。”

“不用,谢谢你,但我用不着。”

吉娜。在玛丽安娜的脑海中,她的形象是那么鲜活,好像她仍然站在实验室里,身上穿着那件皱巴巴的、其他人谁都不穿的白大褂,深色的头发已经有几缕变成了灰色,红润的脸上表情安详。活泼、亲切、能干……其他的呢?玛丽安娜跟她其实不是特别熟。她猛地想到,要说透彻地、全面地了解,自己似乎从来没有真正地了解过谁。三个孩子中就有两个,她怎么都猜不透他们的想法:怒气冲冲的伊丽莎白,晃晃悠悠找不到生活目标的诺亚。还有她去世的丈夫凯尔,她当真了解藏在那层富于魅力也富于欺骗性的外表之下的那个男人吗?她当真了解藏在酒鬼外壳里面的他吗?她一直不了解埃文的私生活,这一点,以前她觉得是他的原因,他是个保守的英国人嘛。但或许这种不了解的原因在她,而不是他。无论是“使馆”里的同事,还是大学同事,她和他们的交流都仅限于科研信息,此外就是几句好听的,无关痛痒。她有个兄弟,却向来跟他不亲近,到现在已经两年多没见过他了。至于闺蜜,最近的都是十年前的事了。

这种事,越想越觉得古怪,越想越让人害怕。埃文的声音响起时,她不禁如释重负。“迈克斯呢?我得把吉娜的事告诉他。”

“感冒了,卧床休息。明天再告诉他吧。你手里是什么?”

埃文把那封信递给她。信封是手写的。玛丽安娜撕开封口。

“是莱恩的信。孩子生了，早了一个月，但一切都挺好的。妈妈也平安。二千八百克。他们给他取名叫杰森·威廉·詹纳。”

“恭喜恭喜，恭喜升级。”

“什么？”

“恭喜你，奶奶。”他在她面颊上吻了吻。

她抓住他不放。这不是激情，只是她忽然间极其需要这种人与人的接触。埃文身上有股潮湿的羊毛味儿，还有清凉的薄荷润肤水的气味。他拍着她的后背，“怎么了？你怎么了？”

“对不起，我——”

“别说什么对不起。”他拥抱着她，直到她恢复平静，离开他的怀抱。

“我应该给吉娜的父母写封信。”

“应该的。”

“希望能让他们理解——”理解什么？有时候孩子就是会死掉，至于死因，什么都可能，没有任何理性可言？可吉娜的死确实太没道理了。她之所以会死，是因为她进了“使馆”，因为她的这份工作。可是，她的工作明明是这个特殊时期里全世界最重要的工作呀。

她突然回忆起了诺亚的一件往事。十五岁的诺亚冲她嚷嚷：“你从来不在家！你只关心你的工作！”像所有遭到这类攻击的父母一样，当时的她嚷了回去：“要不是这份工作，咱们都得饿死！”

后来,孩子们全都离开了家,她可以想工作多久就工作多久,需要工作多久就工作多久,不再有任何负疚——可这时,她却深深地想念起了孩子们。她想念过去那种急匆匆马不停蹄的、折磨人的日程表(八点赶到詹妮弗那儿。还有,星期六的足球练习提前了一个小时!)。她想念他们的那些电子玩意儿:智能手机、iPod、平板、笔记本电脑……它们霸占了这栋老房子的所有插座。她想念地下室洗衣机里的大堆衣服,花花绿绿混在一起,像彩虹;莱恩的红色足球衫和伊丽莎白的白色牛仔裤搅在一起,结果酿成了灾难,二者都成了粉红色;还有诺亚那件黄黑相间的大黄蜂戏装,那是他参加二年级戏剧表演穿的。这一切都一去不复返了。孩子幼小时,你时刻担心他们会死去,你将永远失去他们;然后,他们长大成人了,但对你来说,孩提时代的他们终究还是永远失去了。

玛丽安娜在脸上揪了几下,然后鼓起勇气,准备给吉娜的父母写信。

诺　亚

他们现在有三个人了:诺亚·詹纳、杰奎·扬、奥利弗·帕多。但只有诺亚一个人经历了改变。

这个下午,他们三人躺在“使馆”的世间花园里。这里仿佛不存在天花板,抬头就能看见异星的天空。天空中是一颗奇怪的橘色光球,比太阳大,光芒却没有太阳强烈,只能投下昏暗的阳光,照在三个地球人身上。花园里的植物颜色都很深(“这样才能尽可能多地接收阳光。”米^霍伊这么说过),有草绿色的多叶植物,还有松类和笋类植物。流水滴滴答答溅在岩石上,或者形成潺潺流淌的小溪,从高处流向下方。这里十分温暖,即使隔着能量装,诺亚仍能感受到暖意。略低于地球的重力让他躺在地上的身体轻飘飘的。微风吹拂,近旁的花丛送来阵阵芬芳。这种花香十分奇特,带着一股麝香味,浓烈醉人。

杰奎是位精力充沛、聪明过人的研究生,住进“使馆”是为了从事研究。无论对地球人还是天鹅人,她都坦诚相告,说明她不会长期居留,只打算借此机会搜集有关天鹅人文化的独特资料,有了这种资料,她今后的学术生涯就有了保障。史密斯说没关系,她是氏族的人,想待多久就待多久,无论多久,这里都欢迎她。诺亚心想,等孢子云到来以后,不知她的学术生涯打算怎么过下去。

至于奥利弗·帕多,随便哪个负责给电影选角又没有想象力的人,都会把技术宅的角色派给他:体重超重,精通电脑,超级英雄的粉丝,六十年前不知名的科幻小说都能大段引用,喜欢画画,画的永远是身着不可思议服装的女郎屠龙斩魔。帕多与人交往时十分笨拙,但他实在是个最温和善良的人。诺亚更喜欢和他在一起,而非杰奎——杰奎太喜欢问问题了。

“为什么?”她问。

“什么为什么?”其实诺亚完全明白她在说什么。他向后一仰,躺在舒适的苔藓上,闭上了眼睛。

“为什么要受那份罪、挨那么多针,仅仅为了能脱掉能量装?”

“那不是打针。”诺亚说。天鹅人要他做的是进入一个封闭舱室,脱下能量装,在身上贴一种药物贴片。这个过程一周一次,已经进行了一阵子了。这种疗法让他头晕、恶心,有时还会腹泻,同时又让他始终有种亢奋之感。现在他只剩下最后一个疗程了。

杰奎道:“不管是不是打针,你干吗做这个?”

奥利弗正在画一位骑狮子的蛮族女郎,他抬起头来,“一眼就能看出来呀。”

杰奎说:“我看不出来。”

奥利弗说:“诺亚想成为外星人。”

“不对。”诺亚说,“过去的我才是外星人,我现在做的是……不当外星人了。”

杰奎用同情的眼神告诉他:找个大夫看看吧。奥利弗的脸藏在画布上的狮鬃后面。诺亚心想:地球上还有那么多人属于L7单倍群,我怎么偏偏摊上了这两位? 他站起身,“我得学习去了。”

“我的世间语要像你那么流利就好了。”杰奎说,“搜集资料就更容易了。”

那就学呗。但诺亚知道她是不会学的,至少不会下他这种苦功夫。她只想轻轻松松收获惊人的数据,不像他……但他想要的又是什么呢?

成为外星人。诺亚刚才随口把他顶了回去,但奥利弗其实说得对。不过诺亚的话也没错。那句话里的意思,他从没有对任何人解释过,更不可能告诉他的母亲。下午晚些时候他就要去看她,因为她来不了他这里。

可突然间,诺亚知道自己不会去了。一想到玛丽安娜会多么难过,他不由得缩了一下,但就算这样,他仍然不会离开"使馆"的世间区域。现在不离开,永远不离开。连他自己都无法解释这种感情,如此强烈,贯注于他的四肢百骸,仿佛血液中的氧。他只知道他一定得留在这里,他属于这里。这种想法很荒唐,不过——如果是埃文,他准会说:既然已经这样了,那就别叨叨了,有点新的改变也挺好,用不着反复分析。

他从来没喜欢过埃文。

回到他的房间,诺亚拿出纸笔,准备给母亲写个便条。真难落笔啊。他这一辈子不断让她失望,但没有一次会这么深地伤害她。

亲爱的妈妈:我知道今天下午我们本来应该见面,但是——

亲爱的妈妈:我希望像约好的那样,今天下午和你见面——

亲爱的妈妈:咱们的会面只好推迟了,史密斯大使问我今天下午有没有空——

诺亚揪着面颊,随即意识到这是母亲的习惯动作,马上停了下来。他充满渴望地看着那个小方块,那是他的语言课教材,它在说出世间语的同时还会播出三维影像,演示句子的含义。诺亚重复之后,它会纠正他的发音,直到他说对为止。

“我的两个兄弟、我妈妈和我一块儿住在这个居所里。”小方块投射出一个微笑的小女孩的三维影像,她用世间语说道。接着,她身边出现了两个男孩,一个比她小些,另一个大得多;一个岁数更大的女人站在兄妹三人身后。四个人的长相十分相似,四人身后是一座闪烁着微光的拱顶建筑。

“我的两个兄弟、我妈妈和我一块儿住在这个居所里。”诺亚重复道。世间语的时态太难了。动词及其搭配的名词都可以改变时态,时态变化甚至不依赖于说话者是否说出了某个事件。比如那个例句,其时态变化意味着那位母亲可能会死,这个家庭可能被选中派往某个殖民地,那位大哥哥可能会结婚、搬进他妻子的家庭。

有的时候,情况如何发展你无法做主,你没有选择的余地。

亲爱的妈妈:我不能去你那儿了。我很抱歉。我爱你。诺亚。

玛丽安娜

工作进展得不顺利。所有人的工作都进展得不顺利。

乍看上去似乎一切都很好,甚至可以用进展神速来形容。但玛丽安娜——以及其他所有人——知道,这仅仅是个假象。她坐在礼堂里,听着本月报告,埃文坐在她身旁。天鹅人这次没到场(为什么?),讲台后的特伦斯·曼宁正在依次列举团队取得的成绩。换到其他任何时候,这些成绩都堪称以惊人的速度取得巨大的成功。

“我们成功地分离出了这种病毒,”曼宁说,“但还未能在培养基上把它们成功地培养出来。分离之后,我们用常规的聚合酶处理法放大了它。现已完成对此种病毒的测序。就在几天之前,我们还获得了它的电子显微图片。在座的大多数人都知道做到这一点是多么困难。请看。”

曼宁身后的墙壁上出现了图像:一串毛茸茸的同心圆,彼此相连,结合在一起,结合区域变成了灰色。曼宁伸手抚摸着已经完全秃了的头顶。玛丽安娜突然产生了一个毫不相干的念头:最后那三簇头发是剃了呢,还是过于紧张,头发全掉光了?

“这种病毒体可能与我们已知的副黏病毒之间存在关联,但其基因序列与任何副黏病毒都不一样。它是一种负链单股RNA病毒。与它可能存在也可能不存在直接关联的副黏病毒能在人类和动物身上引起一系列疾病,包括副流感类疾病、流行性腮腺炎、麻疹、肺炎和犬瘟热。副黏病毒这一门类比其他种类的病毒更容易在人与各种动物之间跨物种传播。到目前为止的研究表明,与孢子病毒最接近的是亨德拉病毒和尼帕病毒,这二者都有极高的传染性和极高的致死性。

“孢子病毒的基因组依然遵循副黏病毒的‘六倍法则’,意思是基因组的长度几乎总是六的倍数。孢子病毒由二十一个基因构成,共有21645个碱基对。这是种很大的病毒,但远不是已知病毒中最大的。至于细节部分,诸位可以在内网上找到,比如基因序列、基因结构、包膜蛋白,等等。在此我要特别感谢于博士、塞德勒博士和莱普卡博士,由于他们的出色工作,我们才得以确认这种‘呼吸道孢子病毒’[①]。”

掌声雷动。但玛丽安娜仍旧呆呆地瞪着曼宁身后那幅简单、要命的图像。一个不受欢迎的念头忽然间攫住了她:这种病毒的模样很像保存得不太好的三叶虫的模糊图像。在长达三亿年里,三叶虫曾经是地球上占据主导地位的生命形式,由超过一万个亚种组成。可现在呢?全部消亡了。统治地球时间远远少于三叶虫的人类同样可能全部消亡。

可我们熬过了那么多大灾大难!冰川时代,可怕的猛兽,还有七万年前让现代人类数量降低到几千人、引起“瓶颈效应”的事件……

曼宁的报告仍在继续,下面讲的是坏消息。“但是,在如何对抗孢子病毒方面,我们几乎没什么进展。我们已将受感染老鼠的血液与已知病毒混合,却无法产出抗毒血清。我们所知的为数不多的抗病毒药物几乎全部无效,这种病毒只对三唑核苷[②]稍微有一点反

① 此处为拉丁文,是对这种病毒的正式命名。

② 又称利巴韦林,一种广谱抗病毒药。

应。这又产生了一个新的谜团:三唑核苷治疗拉沙热尤其有效,而拉沙热是由沙粒病毒引起的,而不是副黏病毒。"曼宁想挤出个笑容,却没成功,"也就是说,谜团比以前更多了。我讲完了,真希望我还有更多内容可以向大家报告。"

有人提问:"受感染的老鼠体内产生抗体了吗?"

"是的。"曼宁说,"如果无法开发出有针对性的疫苗,感染之后的治疗就只能用这个思路了。这是针对性疫苗之外的最佳方案。治疗埃博拉病毒的MB-003就是这样开发出来的。让我对在座的天文学家稍作解释,请已经知道这些情况的人多多包涵。两年前,美国企业和政府机构合作,成功研制出了一种治疗手段,用于感染了埃博拉病毒的非人类灵长目动物。具体说来就是克隆抗体,制成一种混合药剂,即MB-003。感染后一小时内注射MB-003,存活率高达百分之百,四十八小时内为三分之二。MB-003中的抗体最初来自老鼠体内,然后由工厂大规模生产。这一工程用了十年时间。当然,这种治疗手段还没有用于人体测试。"

十年。而"使馆"里的科学家只剩下不到五个月了。再说埃博拉病毒第一次暴发是在1976年,从那时起就开始了对它的研究。还有最后那颗大炸弹:当然,这种治疗手段还没有用于人体测试。真要用在人身上时,这东西完全可能没有任何疗效。

也许天鹅人有别的办法,可以从抗体开始,迅速大规模生产出疫苗,发放到大家手里。可那些外星人甚至没有参加这次会议。当然,这些信息肯定已经交给了他们,可就算这样——

——他们还能去什么地方?还有什么地方比这个会场更重要?

五、接触之前3.5个月

玛丽安娜

玛丽安娜觉得真是太荒唐了。她和埃文倚在实验室的水槽上，水龙头开到最大。她希望哗哗的水声能盖过他们说话的声音。实验室的高压蒸汽灭菌器嗡嗡作响，电脑的破音箱叮叮当当放着巴赫的协奏曲。这一切简直像蹩脚的间谍电影里的场景。

实验室或者“使馆”各处到底装没装窃听器，这个问题他们一直没争论出个名堂。埃文说装了：这还用问吗，别傻了。以年轻人特有的傲慢，迈克斯认定没有装，因为凭他的电脑技术，任何监控都逃不过他的眼睛。玛丽安娜和吉娜则认为有没有装窃听器都一样，反正她们的工作和生活都没什么可保密的。而且玛丽安娜还觉得，这种想法就是没把天鹅人当成全面合作的坦诚盟友，她很不喜欢。吉娜则说——

吉娜。被开枪射杀,结束了生命,而与此同时,杰森·威廉·詹纳的生命则刚刚开始——能持续多久呢?也许不等玛丽安娜有机会亲眼看到她的孙子,一切便都会归于寂灭,正如吉娜一样。

不能这么想下去!他们在"使馆"从事的工作就像一道窄窄的桥梁,桥下就是无底的深渊,充斥其中的只有绝望。正是在这种绝望的刺激下,那些人才杀害了吉娜。

"该做什么你也知道,这是非做不可的事。"玛丽安娜悄声说,"没人说出口,但人人都知道,不在人体中复制这种病毒,我们就无法弄清它如何作用于人体免疫系统,所有的工作都相当于闭着眼睛瞎撞。光有老鼠的实验是不够的。就算能感染猴子,也还是不够。我们得让志愿者感染孢子病毒,非这么做不可。"

埃文将一根手指伸到水柱下,让明亮的水珠溅在水槽边,"我知道。人人都知道。已经向决策层提出要求了。"

"你是怎么知道的?"

"我一直在跟其他团队的人聊天。你也知道,法律禁止进行人体实验,除非先有一系列适当的临床试验,证明——"

"去他妈的'适当的临床试验',现在都火烧眉毛了!"

"但在决策层中间,相信这一点的人还不够多。你一直不关心大形势,玛丽安娜。公共卫生署甚至还没有动员起来,做好大规模接种或防疫准备呢。它的头头连踢带打拼命挣扎,反正就是不肯这么做。联邦应急管理局的高层分成了赞成和反对的两派,弄得下面的人无所适从,乱成一团。还有国会,只要涉及这个问题,国会就拖着不做决定。总统手头的支持票不多,什么都办不成。至于大众,或是暴动,或是逃跑,要不就假装这整件事只是某种骗局。离纽约越远,这种阴谋论者就越多,他们甚至拒绝相信外星人来到了地球。"

玛丽安娜揪扯着面颊。"这些事真是太丧气了。还有这里的工作,我们在这儿做的事,你、我、迈克斯和吉娜——"她的声音顿了顿,"没有任何意义。真的。鉴定某人属不属于史密斯所谓的'氏族',谁在乎这个呀?我这就去申请成为志愿者,感染病毒。"

"他们不会要你。"

"如果——"

"要进行人体实验,唯一可行的就是悄悄干。只要孢子团队下边的哪个研究小组认定现在已是最后关头,除此之外别无办法,他们就会在未经授权的情况下进行人体实验。"

她盯着他的脸。在学校的生物系,如果想申请一笔旅行经费参加某个学术会议、想求见某位诺贝尔获奖者、想没有预约马上跟院长见面——这种事找埃文准没错。他有这种天赋,擅长人际关系,而她没有。她说:"你知道了些什么。"

"不,我什么都不知道。现在还不知道。"

"那就去调查。"

他点点头,关上水龙头。没有了水声,音乐声慢慢显得更响了。《勃兰登堡协奏曲》,第二号。曾刻在那张“金唱片”上,随着“旅行者二号”飞进太空的曲子。

所谓的秘密实验,其实秘密不到哪儿去。

埃文顺着流言追溯其源头。他先找到的是生化团队的一个实验室技术员,这个技术员认识孢子团队的一名科学家,科学家又隐晦地提及一名安保官员——实在太隐晦了,埃文差点没听懂暗示。这一切都在一天之内完成。埃文来到玛丽安娜的房间,她没吃午饭就直接回房了。他跟她咬了半天耳朵,最后道:“他们允许我们旁观。你——你怎么了?”

最后这句话不是窃窃私语。埃文的目光落到玛丽安娜手里的那张纸片上。自从在房门下发现这张纸,她一直盯着它看。

“诺亚的又一张便条。他不……他不能……埃文,我得回岸上去,我得去看看我新出生的孙子。”

埃文眨巴着眼睛,“新出生的孙子?”

“对,现在已经三个月了,我还从来没见过他呢。”

“眼下离开‘使馆’不安全。这你也知道。”

“知道,可我一定得去。”

埃文轻轻地从她手里抽走那张便条,读了一遍。玛丽安娜看得出来,他没有真正读懂。他还年轻,没孩子,又是个无父无母的孤儿,他怎么可能读懂呢?诺亚没有原谅她隐瞒他的身世的事。一定是出于这个原因,他才会说也许再也不能与她相见。只能是因为这个,其他任何理由都说不通。也许他还会回心转意,也许再过一阵子他就会原谅她,但也可能不会。或许没等到他原谅她,这个世界已经毁灭了。但是,赶在这一切发生之前,玛丽安娜决心要先看到小杰森。她必须确认自己的家族之树仍在人世间生长,哪怕她能看到它的时间已经不多,哪怕这一切即将被来自天外的力量毁灭。

她说:“我需要跟史密斯大使谈谈,该怎么安排?”

他说:“你想让我替你安排吗?”

“对,谢谢你。就今天。”

他没提实验室积压下来没有处理的那些样本。吉娜死后,没有人接手她负责的那部分工作。梳理L7成员母系血脉的家族树又让越来越多的史密斯的“族亲”来到“使馆”。玛丽安娜估计,这些人是盼着孢子云来袭时获得荫庇,或者被转移到别处。她觉得他们的想法应该没错,天鹅人极其重视家庭关系——这一点跟她一样。她不是宁肯冒着生命危险,也要见莱恩、康妮和宝宝一面吗?

一架直升机载着她从“使馆”外面那座巨大的码头腾空而起(水下船坞的水面部分原来是派这个用途)。玛丽安娜上次在“使馆”之外,季节还是深秋,现在却已到了春天。这是乍暖还寒的北美洲的春天:郁金香已经绽放,却仍有迟迟不肯退场的冰霜,樱桃树开花了,青蛙也开始聒噪。莱恩把家人安顿在康妮父母居住的佛蒙特州的镇上,这里距美加边界不到三十公里。他们住的地方是一幢仿殖民地风格的砖砌宅子,四周都是荒地。房子很漂亮,有些东西却很碍眼,玛丽安娜看到了,但什么都没说:房子不大,周边的围栏却用的是尖桩加铁链网;大门上装了电子监控探头;还有莱恩拽着狗绳不敢撒手的那只大杜宾犬。莱恩本来在野外工作,接到她那个说她马上就到的电话以后才急急忙忙赶回来的。

"妈！欢迎欢迎。"

"你能来我们真是太高兴了,玛丽安娜,"康妮热情地说,"哪怕你其实不是来看我们的。"她满面笑容,把小小的襁褓递给玛丽安娜。

宝宝熟睡未醒。头上一层浅褐色的绒毛,光滑的皮肤是浅浅的粉色,噘着小嘴,在婴儿的甜梦中嘬着什么。他是多么像小时候的莱恩啊。泪水刺痛了玛丽安娜的眼睛,但她马上忍住了。无论是逝去的往日还是即将到来的灾祸,都不能破坏这一刻的甜蜜。

"他真美啊。"这句话其实远远不足以形容。

"没错!"有些母亲不好意思接受对她们宝宝的赞美,但康妮不是这样的妈妈。

小两口准备咖啡,玛丽安娜一直抱着宝宝。康妮的姐姐被丈夫遗弃了,三岁的孩子又生了病,于是康妮的父母过去帮忙照看。但这些事,康妮只是顺口提了一句,说到其他事时同样一带而过,用她好听的声音聊杰森,聊那只大狗的趣事,聊天气。玛丽安娜也有样学样。说起来,她从未听过康妮谈论任何大事,说的总是轻松愉快的话题。玛丽安娜当然不至于把这个想法说出来,她觉得康妮应该不是这么浅薄的人,只是不肯跟婆婆深谈而已。莱恩几乎什么都没说,只是啜着咖啡,听着妻子唠唠叨叨。

终于,康妮说道:“哎呀,瞧我一个人说得这么起劲。跟我们说说‘使馆’里的事吧,肯定有趣极了!”

莱恩望着玛丽安娜的眼睛。

她看懂了那种目光的含义,他在恳求她就这么轻松愉快地聊下去。莱恩总是护着康妮,像保护一只漂亮的小猫似的。他是不是有意挑选了这么一个跟母亲截然相反的女人做妻子?因为他的母亲永远把工作放在第一位?莱恩是不是因为这个恨她,跟诺亚一样?

她推开这些让人不安的念头,聊起了外星人的八卦。康妮要听的是他们的模样、他们的衣服、她在那儿怎么过日子。她有单独的房间吗?她可以装饰自己的房间吗?人类都在哪儿吃饭?

“我们都是人类,地球人和天鹅人都是。”玛丽安娜说。

“当然。”康妮笑嘻嘻地问,“那儿饭菜好吃吗?”

说呀,说呀,说呀,却没有一次问到她的工作,也没有问到孢子云、疫苗研制的进展,没有哪句话能让人想到即将到来的灾祸的规模和可怕程度。莱恩倒也提了些有关“使馆”的问题,但只是出于礼貌,而且只涉及最不重要的方面:它有多大?它的布局如何?里面的日常生活是什么样的?都是最安全不过的话题。

渐渐地,玛丽安娜产生了一种不真实之感。就在这时,莱恩的手机响了。铃声吵醒了宝宝,他吐了玛丽安娜一身。

“哎呀,真对不起!”康妮说,“快,给我抱。”

莱恩做了个抱歉的手势,拿着手机进了厨房,在身后关上房门。康妮抽出一张湿巾纸给宝宝擦脸。“卫生间在楼上左手边,玛丽安娜。你需要的话,我借给你几件衣服穿。”

“我这身材,只能穿你的孕妇装。”这句话本来是开玩笑,说出口后,语气却没有玛丽安娜设想的轻松。

她上了楼,用一条湿毛巾擦掉衬衫和牛仔裤上的婴儿呕吐物。这个卫生间的内饰以海滨为主题。擦手毛巾上绣着帆船,肥皂的形状像贝壳,蓝色的墙壁上画着绿色的波浪和面带笑容的海豚。马桶水箱上面是装厕纸的圆柱形小桶,外面罩着钩针编织的套子,设计成一个救生圈的样子。

用温馨的小日子抵挡外面的喧嚣。想得倒挺好。接着:打住,玛丽安娜。

坐在马桶上,她随手翻着盛在一只乡村风格篮子里的杂志:《居家生活》《时代》,还有一本梅西百货的商品目录。她从杂志里抽出一张全彩散页:

如何区分紫色千屈菜和本地植物

别被“差不多”蒙蔽

紫色千屈菜的叶片有绒毛,边缘光滑,一般沿茎秆两两成组,排列成对生叶,与茎秆呈90度。有时也会3片成组排列。叶片无锯齿。开花季节为仲夏至夏末,花朵形状为醒目的锥形,花瓣为5至7片。茎秆呈四棱状,有一定硬度。较大的紫色千屈菜可高达3米,茎秆接近底部的部分更加坚硬,类似木质。一般高度为1.2米左右。紫色千屈菜与本地的翼式千屈菜最为接近,区别在于前者普遍较大,叶片对生,花朵排列更为密集。紫色千屈菜还易于与蓝色品种(图样见下文)混淆,后者……

页面下方还有一幅手绘图案,估计是莱恩画的,用紫色墨水画出三朵不同形状的紫色千屈菜的锥状花朵,又在一朵上面画了个圈。玛丽安娜觉得这朵花很像一艘紫色的火箭飞船,只是不知怎的长出了几片叶子。

下楼以后,杰森已经洗干净、换了衣裳。玛丽安娜和他玩了一阵。三月龄宝宝能玩的游戏不多:捂脸藏猫猫,小脚丫上上下下,手指哪儿去了。然后,宝宝开始哼哼,康妮抱他喂奶。玛丽安娜告辞出门,走向停在荒地里等着的直升机。邻居们已经聚在直升机旁,莱恩正跟他们说着什么。那些人看上去不像坏人,但你怎么能确定呢?她忘不了吉娜的事。

她用力拥抱了莱恩。直升机起飞了,下面的房子、小镇和田野越变越小。玛丽安娜明白这次见面是多么失败,但她努力不去想这个。是的,她见到了自己的孙子,却并没有得到预想中的安慰、与亲人的血脉相连之感。尽管不合情理,但她仍旧觉得自己从来没有像现在这么孤独。

诺 亚

刚醒过来,诺亚马上想起了今天是什么日子。他没有立即起身,继续静静地躺了好一阵子,品尝着今天是个好日子的感觉,仿佛在舌尖品尝香味浓郁的巧克力。之后,他跟这个房间道别。今天以后,他再也不会回到这个专门为地球人设计、让他们可以脱下能量装的地方了。

住在这儿的这些日子里,他尽可能地将这个房间布置得像真正的世间的房间。地上是一张睡垫,只有薄薄的一层,感觉却像真正的垫褥。只要他跳起身来,走进那个小淋浴间,它就会自动卷成紧紧的一束。他在起支撑作用的主墙上挂了一幅奥利弗的画。不是那些半裸的蛮族公主画,是一幅黑白素描,画的是世间花园生长的各类植物。支撑墙之外的其他墙壁看上去像米纸一样薄,却能隔绝声音,还能给它们编制程序。诺亚要求让它们呈现出不断变化的淡色。这是世间人最喜欢的色调,除了家庭聚会,其他什么场合都用这种配色方案。对世间人来说,色彩的重要性无以复加,所以诺亚也非常重视这一点。许多色彩,过去的他认为是一回事,现在的他则学会了加以区分。这种蓝色意味着哀悼,这种蓝色有探险的含义,而这种蓝色象征着忠诚。他已经把所有地球人的衣服都扔掉了。这件黄色的马球衫,这件红色的兜帽服,从前的他竟然还能忍受?错了,错了,颜色全错了。

淋浴之后,诺亚一边擦干身体,一边练习他将对米^霍伊提出的请求。(他喜欢发出米^霍伊这个音:音调上升,中间部分变调,最末发出弹音。)

世间人吃饭总是大家一块儿吃,以此强调彼此相连的关系,早餐也不例外。诺亚还穿着能量装,无法进食,只得提前在自己房间吃完。虽然已经吃过,但他仍旧按照等级,在长餐桌边属于自己的位置坐下。他这个位置高于奥利弗和杰奎,但比其他人都低。这是对的。家庭凝聚力依靠三大支柱:包容、等级和共鸣。三者俱全才能形成三角形,而三角形是几何形物体中最稳固的。

"早上好。"奥利弗一边打招呼,一边打哈欠。他不是早起的那一型。早早起来却又吃不上饭、早餐还得晚些时候回屋吃——他恨死这个了。

"我向你致意。"诺亚用世间语说,听得奥利弗直眨巴眼。

反应较快的杰奎说:"啊,今天就是你的大日子,对吧?我能参观吗?"

“参观仪式?不,当然不行!”诺亚说。太失礼了,她连这个要求都不该提。

“只是问问。”杰奎说,“问问总没啥坏处吧。”

有坏处。它显示出提问者对家庭的三大支柱缺乏敬意。但诺亚知道,以杰奎的水平,她不可能理解这个。

但坐在奥利弗之下的那三个地球人应该理解。她们是伊莎贝拉·莱因哈特,她的妹妹凯拉和凯拉的儿子。她们上个星期才来到“使馆”的世间区域,但两姐妹已经开始试着说世间语了。那个孩子奥斯丁刚刚三岁,这么小就开始学习,长大以后,颤音加弹音的世间语会成为他的母语。诺亚羡慕地看着小男孩,后者害羞地笑着,爬上妈妈的膝盖。

但诺亚的注意力并没有在她们身上停留很久。今天是他的大日子呀!

肚子咕噜作响。他太激动了,刚才在房间里没怎么吃东西。说实话,全素食的世间饭菜也没什么吸引力。但他会学着喜欢这种食物的。就算始终不喜欢,那就把它当成必须付出的一点小小代价吧,而他将要获得的是……一切。

仪式举行和用餐的地点是同一个房间,时间是早餐之后。其他地球人退场后,米^霍伊改变了墙壁的设置。房间中那几堵薄薄的分隔墙不再是不断变化的浅绿色,变成了象征忠诚的蓝色,不断颤动,与代表米^霍伊氏族的颜色轮番呈现。

世间人围成一个圆圈,诺亚跪在圆圈中央,面对米^霍伊。后者手持一根蓝色长杖。朕即封汝为诺亚爵士……诺亚痛恨自己的脑子,这时候竟然跳出这么愚蠢的念头。这个仪式绝非封建时代的封爵赐衔,它更接近洗礼,将过去的他涤除净尽。

米^霍伊吟唱起来。诺亚知道,这首歌唱的是家庭对新成员的接纳。合唱部分由其他所有人齐声唱出。诺亚发不出有那么多颤音和弹音的歌词,但他用不着都唱出来。泪水刺痛了他的眼睛,他渴望着新的身份,感到自己一生中从未像今天这样渴望得到某件东西。和今天相比,此前的所有欲望显得那么不值一提。

“起来,我的兄弟。”米^霍伊说。

诺亚站起来。米^霍伊用手中的长杖做了个什么动作,能量装生成的、包裹着诺亚的能量罩随即消融。

不仅是洗礼,它还是一场手术。

吸入的第一口世间空气几乎让他呕吐。不,体内的躁动来自激动,而非空气。空气还有种奇异的味道。他慌慌张张地又吸了一口,却发现没有吸入足够的空气。他知道这是因为含氧量较低的缘故。“使馆”正位于海平面上,但世间空气的含氧量相当于地球的海拔3700米处。他的肺会适应的,他的骨髓也会生产出更多的红细胞。世间人进化了,适应了。他也会进化,会适应。

空气闻上去真怪。

他的双腿忽地一软。但没等拉^莫伊(之前他知道的名字是琼斯)上前搀扶,诺亚已经稳住脚步,露出了笑容。他很好,他在这里,他是——

“我的兄弟。”整个圈子的人齐声说道。然后,仪式结束了,大家纷纷拥抱着他。十五万年以来的第一次,人类与来自群星的另一群人肌肤相接。

玛丽安娜

那位安保官员来到玛丽安娜和埃文的实验室,把他们俩带到了一处尤克[1]牌局。牌局设在生物安全四级实验室外的观察区。

虽说是头一次来到这里,玛丽安娜仍旧震惊不已:整个安排简直太业余、太笨拙了。没错,弄这个的是一伙儿科学家,不是CIA。但天鹅人还是会想:为什么这些人不找个舒舒服服的休息室或者大厅玩尤克牌呢?(或者双陆棋、国际象棋、强手棋……游戏种类常有变化。)为什么负压舱里总有两个科学家在工作,细看之下却又发现他们其实什么活儿都没做呢?为什么玩牌的人不怎么看牌,反而随时盯着显示那两位科学家生理数据的屏幕呢?

茱丽亚·内姆切克博士与特雷沃尔·诺伊德博士,两个人都年轻、强壮,两个人都主动暴露在孢子病毒下。置身于生物安全四级

① 一种纸牌游戏。

实验室里,他们穿着全套太空服,呼吸管连接着天花板上的供氧器。天鹅人的能量装肯定比这身装备的隔绝效果更好,但能量装从未提供给地球人。

“什么时候?”玛丽安娜低声问道,一边胡乱拨弄着手里的纸牌。

“三天前。”一位医学家说,玛丽安娜没记住他的名字。

这种有意将名字起得既无想象力又无刺激性的孢子病毒感染老鼠以后,只过了三天,病情便发作了。玛丽安娜不是医学家,但她看得懂屏幕上的生理数据。无论内姆切克还是诺伊德都没有任何被感染的迹象,他们俩正穿着太空服,在玻璃后面忙碌着。这已经是他们第三次尝试以吸入孢子的方式感染自己了。每一次,事前都要花几周时间准备。可几次的结果都一样,什么都没发生。没有人知道为什么。

为了研制出某种药物,科学家在自己身上做实验,这种事并不少见。爱德华·詹纳用牛痘感染了自己和他的园丁的八岁小孩,以研制天花疫苗。杰西·威廉·拉齐尔让蚊子叮咬自己,染上了黄热病,由此证实蚊子正是此种疾病的传播途径。还有胡里奥·巴雷拉主动感染了阿根廷出血热,巴里·马歇尔喝下幽门螺杆菌溶液,以此证明胃溃疡是由这种病菌引发。为了研究,帕拉迪普·赛斯给自己注射了一剂HIV的实验性疫苗。

玛丽安娜明白为什么这次实验必须秘密进行(尽管保密手段十分拙劣)。随着邮包进来的报纸上,铺天盖地都是“使馆”在进行人体实验的揣测和传闻,而且将人体实验描写得极其不堪。记者笔下尽是“戈培尔”“危地马拉梅毒实验”“日本731部队”[①]。这还是主流媒体的记者呢。小报记者更是全无顾忌,发明了数不清的天鹅人针对人类进行人体实验的暴行,让报纸的血腥程度登峰造极,简直打开报纸就会淌下血来,滚出一堆人体器官。据说网上的新闻更过分,真不知道比小报还过分是怎么做到的。不,这样的“新闻工作者”绝不会相信内姆切克博士和诺伊德博士是自愿暴露在孢子病毒下的,而外星人对此并不知情。

说实话,玛丽安娜同样不相信外星人不知道人体实验的事。天鹅人那么聪明,他们的科技那么先进,做事又那么谨慎,他们不可能不知道。这是默许。无论天鹅人的文化是多么善良多么和平,他们毕竟是人,同样会使花招。装不知道是为了能否认一切,免得出了什么事,火烧他们的屁股。

“该你出牌了,詹纳博士。”赛德·夏玛说。这是一位来自孟买的微生物学家,总是一本正经,玩牌的人里只有他穿着全套正装。

“喔,对不起。”玛丽安娜说,“主牌是什么花色来着?”

埃文是她的对家,“方块。别像刚才那样把老A打了。”

“牌桌上请不要讲话。”夏玛说。

玛丽安娜看着手里的牌,努力回想刚才打了哪几张。她打牌向

① 戈培尔,纳粹德国宣传部部长,极利鼓吹纳粹主义。美国于二十世纪四十年代在危地马拉进行的大规模人体实验。731部长,侵华日军部队,在侵华期间对华发动细菌战,并使用活体中国人进行生物武器和化学武器实验。

来不怎么样,也不喜欢打。唉,其实这里没什么可看的。这个鬼鬼祟祟的实验真有什么结果的话,埃文会告诉她的。看情形,那两位科学家这一次多半也没感染上,跟前两次一样。可能是因为病原体发生了变异,可能孢子病毒就是在那两个特定的人身上生不了根,也可能是感染方式弄错了。比如斯塔宾斯·费斯费了千辛万苦,用尽种种手段,却怎么都没法让自己染上黄热病,就是因为他弄错了感染方式。时至今日,病原体研究仍旧一部分算艺术,另一部分靠运气。

"我扣牌。"说完她才想到,尤克牌不说"扣牌"。她勉强笑笑,"太累了。"

"去睡一觉吧,詹纳博士。"赛德·夏玛说。玛丽安娜感激地看了他一眼,皱眉看牌的夏玛却没看见。她离开了牌局。

从这里前往其他实验室要走过一条长长的走廊。玛丽安娜刚刚走到走廊尽头,前面的门突然开了。一名安保警卫急匆匆跨出门来,脸上流露出某种强烈的感情,紧张得让整张脸都扭曲了。玛丽安娜的心跳停了一拍:又发生什么新的灾祸了吗?她问道:"出了什么——"没等她说完,警卫已经挤过她身边,向前疾行而去。

玛丽安娜有些犹豫。是跟着他探听消息呢,还是等到——

实验室爆炸了。

冲击波把她推倒在地板上。气浪撕开了天鹅人喜欢的那些貌似薄膜实际坚韧无比的墙壁。人们的惨叫、警笛的嘶鸣,加上阵阵悸痛,三者混合在一起,像黑色的、凶猛的海啸,贯穿玛丽安娜的脑袋。

接着是一片黑暗。

醒来时,她独自一人。这个房间很小,全是白色,没有窗户,一堵墙是透明的,有两扇门,一个供人进出的隔间。不等听到供氧机低低的嗡鸣,她已经明白了:这是个负压隔离室。现在锁着的那第二扇门通向一座生物安全四级手术室,随时可以实施急救,或进行尸体解剖。

人体实验舱室的爆炸将她暴露在了孢子病毒之下。

头上缠着绷带。肯定是摔倒在地时撞了头,得了脑震荡,需要缝针。身体的其他部分似乎都没问题。她小心翼翼地坐起来,留心着身上的静脉滴管、导尿管、脉搏血氧计量器,同时等待着必然到来的头痛。头痛来了,但很轻微。她的活动触发了什么仪器,某个地方叮咚一声轻响,有人出现在那堵透明的玻璃墙的另一面。是安·波特博士,一名医生,勉强算是玛丽安娜的熟人。

医生说话了,声音从天花板上传来,好像她也是外星人一样。"你醒了。感觉怎么样?"

"头痛,不厉害。出了……什么事?"

"还是先让我问几个问题吧。"她叫什么名字、今天是哪一天、她知不知道这是哪里、现任总统是——

"够了!"玛丽安娜说,"我没事! 到底发生了什么?"其实她已经知道了。这间隔离室里只有她所在的这一张床。

波特医生把事实告诉了她,这是对她的尊重。“是个自杀式炸弹袭击者。他——”

“其他人呢?埃文·布兰福德呢?”

“都死了。很抱歉,詹纳博士。”

埃文。死了。

用词郑重、语调轻快的赛德·夏玛,已经订婚就快结婚的茱丽亚·内姆切克,还有特雷沃尔·诺伊德,人人都说他总有一天会拿到诺贝尔奖。还有那局尤克牌的第四位牌手,实验室技术员阿莱沙·罗塞特。都死了。

埃文。死了。

玛丽安娜的大脑没法处理这条信息,现在还不行。她好不容易才说出话来:“告诉我。整件事都告诉我。”

内心流露的情感让安·波特的脸皱了起来,但她控制住了自己。“炸弹袭击者是个警卫。我不知道他用的是哪种炸弹,只听说他把炸弹吞进了胃里,或者塞进直肠。外面应该还有个保护层,免得炸弹被体液损坏。引爆装置经过尸体解剖才发现,是陶瓷做的,所以那么多金属探测器都没发现。好像藏在一只牙齿里,我说不准,反正在嘴里,用舌头打开开关。”

玛丽安娜想象着这个装置,恶心得一阵反胃。

波特医生继续道:“袭击者名叫迈克尔·温德尔,刚来的,而且不是溜进来的,真是这儿的警卫。我猜这种人是叫鼹鼠[1]吧。爆炸发生后一个小时,网上就出现了一份声明,整个互联网都传遍了。今天早上——”

“今天早上?我昏迷了多久?”

“十个小时。你只有轻微的脑震荡。但为了缝合头部的撕裂伤,给你注射了麻醉剂。当然,通常情况下,我们不会像现在这样处理。但这次情况很复杂,因为——”

“我知道。”玛丽安娜说,声音之镇定,连她自己都佩服不已,“我有可能暴露在病毒中了。”

“你确实暴露在病毒中了。玛丽安娜,我们从你身上取了样本,你已经被感染了。”

和埃文之死一样,玛丽安娜也把这条信息搁置一旁,眼下无法处理。她说:“给我说说那份声明。是哪个组织干的?”

“还没有谁出来认领。至于声明内容,你猜都猜得到:天鹅人计划杀死地球上的每一个人,诸如此类的胡说八道。温德尔受雇时通过了审查,由此看来他是策划袭击的组织新近招募的。来自纽约州北部的什么地方,那边有不少异议组织。问题是,他炸错了地方。他应该选一个紧挨着天鹅人居住区的位置引爆炸弹,而不是炸实验室。不管他属于哪个组织,那个组织都知道一点儿‘使馆’的布局情况,但知道的不多。温德尔值勤的区域仅限于潜艇洞库,其他哪儿

① 代指间谍活动中的潜伏者。

都去不了。看情形，仿佛有个刚在‘使馆’转了一小圈的人告诉了他该去什么地方。之所以炸错，或是那个人说错了，或是温德尔自己弄错了。”

玛丽安娜的脊梁蓦地变得冰凉。有个刚在“使馆”转了一小圈的人……

“震动之后，你的头盖骨附近起了个肿块，玛丽安娜，但情况已经控制住了。”

伊丽莎白。

不，不可能。无法想象。

“目前在给你静脉注射类固醇，可能会产生一些副作用。我想让你事先有些了解。副作用包括失眠和……”

伊丽莎白。参观“使馆”时十分认真，不放过任何细节。“天鹅人住在哪里？”“就在这边的这些门后面。人类从来没进去过。”“跟危险性最大的几个实验室挨得这么近，有意思。”

“玛丽安娜，你在听我说话吗？”

玛丽安娜奋力穿透几个月的时间形成的雾障——“我不信这个。什么都不信，包括那个所谓的孢子云。有些东西他们没告诉我们。”

“玛丽安娜？”

伊丽莎白，满腹怨言地做着这份保护外星人的工作，这份和她的意愿恰好相反的工作。她负责的是边境巡逻队辖下的一个关键地段;她又是联合特别项目的成员,能拿到军用级别的武器。要把一个渗透者弄上这座漂浮的岛屿,她所处的位置再理想不过。

“玛丽安娜!你在听吗?”

“没有。”玛丽安娜说,“我要跟史密斯大使谈谈!”

“等等,你不能就这样——”

玛丽安娜做出起身下床的架势。这么做很荒唐,因为她不可能离开这间隔离室。透明玻璃墙另一面,又一个人出现在波特医生身后。医生循着玛丽安娜的目光,转身一看,顿时张大了嘴巴。

诺亚紧贴在玻璃上,身体周遭笼罩着一层闪闪烁烁的能量罩。能量罩之下,他穿着和史密斯一样的上衣短裤。深色头发下面,从前苍白的皮肤变成了古铜色。但最惊人的还是他的眼睛,它们是诺亚的眼睛,却又不是。眸子大得多,眼皮尽可能去掉,最大限度地暴露出眼白。但嵌在巨大的、外星人大小的眼白中央的虹膜却仍是同样的颜色,跟她的一样,灰色中有些金色斑点,和外星人的不同。

“妈,”他柔声说道,“你还好吗?”

“诺亚——”

“我一听到消息就赶来了。这么长时间没来看你,真对不起。出了……出了些事。”

仍是诺亚的声音。穿过能量罩,从天花板上传来,不带一丝外星人的怪腔怪调,没有颤音也没有弹音。玛丽安娜的大脑拒绝按照逻辑思考问题,它只顾抓住一点不放:他的声音。他岁数太大,说英语都改不了那一口中大西洋腔调;他永远也别想把世间语说得纯熟地道、不带口音。

“妈?”

“我挺好的。”她总算发出了声音。

“埃文的事,我很难过。”

她的双手紧紧揪着那床医用毯子的边沿,“你要走。跟外星人一起。当他们离开地球时。”

“对。”

简简单单的一个字,一个“对”字,就这样,玛丽安娜的儿子成了外星人。她知道,诺亚不是为了保住他的性命才这么做。也不是为了救她的命,不是为了救任何人的命。她不知道他为什么这么做。小时候的诺亚一直迷恋超级英雄、外星人、机器人,还有一些更加荒诞、跟科学绝无关系的事物。漫画、电影、电视节目——他会聚精会神,一连几小时沉浸在那些荒诞不经的故事里:人变形成了蜘蛛、巨人,或者有知觉的金属怪物。诺亚还记得小时候迷恋的那些东西吗?这个领养的孩子、这个她并未生育但深深爱着的男孩记得什么、想什么、渴望什么,她既不理解,也不知道。从来如此。

他说:“对不起。”

她说:“别。”但他们俩谁都不知道他为什么道歉,她又原谅他什么。这句话之后,玛丽安娜再也找不到别的话了。可以说的千千万万,却没有一句来到唇舌之间。于是,最终,她点了点头。

诺亚向她送了个飞吻。玛丽安娜没有看着他离开,她受不了。之后,她在床上挪着身子,不顾玻璃另一侧安·波特的强烈反对,扶着床架慢慢下床。

她一定得见史密斯大使,告诉他伊丽莎白的事。那个恐怖组织有可能再次发动袭击。

只要告诉了史密斯,伊丽莎白立刻会被逮捕。这意味着失去两个孩子——

不,不能想这个。告诉史密斯。

可是——等等。也许不是伊丽莎白。肯定还有其他人未经许可参观过"使馆",不是吗?而遭到袭击以后,安保程度会大大加强。再次袭击恐怕很难得手。也许今后不会再让潜艇来来往往送东西了,上面的大码头也不会起降直升机了。时间只剩下这么点,"使馆"内部的物资储备说不定已经足够了。说不定天鹅人会用他们高深莫测的科技手段让"使馆"更加安全,直到孢子云袭来的那一天。到那时,不用说,外星人当然已经撤离了。只剩下三个月,这么短时间里,不可能组织起第二次对"使馆"内部的袭击。也许根本没有指认伊丽莎白的必要。

房间似乎晃动起来。她抓紧床沿。

安·波特道:"玛丽安娜,如果你不马上回床上去,我就要叫保安了。"

"保得了安吗?哪有什么平安可言,这你都不知道吗?你这个傻女人!”玛丽安娜厉声道。

她失去了诺亚,埃文死了。

伊丽莎白是个罪人。

“对不起。”她说,“我这就回床上去。”她在干什么呀,傻站在这儿?她哪儿都去不了。她的体内携带着孢子病毒,“但我……我真的需要见到史密斯大使。就现在,在这里。请让人告诉他,这是大事,至关重要。求求你。”

诺 亚

和母亲的相见让诺亚十分难过,比他预想的更难过。她看上去是那么小,那么弱,躺在床上,隔在玻璃的另一侧。一直以来,在他的一生中,他总是觉得她无比高大,像座石头城堡一样矗立在大地上,让他既觉得安全,又觉得敬畏。但实际上,她只是个弱小的女人,充满恐惧,而且即将死去。

即将死去的还有伊丽莎白、莱恩和康妮和他们的宝宝、诺亚的最后一个女朋友艾米莉,童年的小伙伴山姆和大卫,还有快餐店的辛迪和米格尔。孢子云袭来时,他们全部都会死去。为什么诺亚以前没想过这个?他怎么能如此自私,只想着自己的新氏族,却把全人类抛在脑后?

他一直是个自私的人。这一点他自己知道。只不过今天之前，他把自己的自私称之为“有独立性”。

离开“使馆”的地球人区域让人舒爽了许多,那里的重力太过沉重,光线太过刺眼。植入诺亚眼睛的那批杆细胞和锥细胞[1]让这双眼睛对如此可怕的强光极其敏感。到了世间区域,他看见凯拉的小男孩奥斯丁正沿着走廊追着一只皮球玩,身上的能量装在昏暗中微微发光。奥斯丁停下游戏,望着诺亚身上的能量装倏地消失。

奥斯丁说:“我也想这样。”

“总有一天,你会的,或许很快就可以了。你妈妈呢?”

“她马上就回来,让我就在这儿等着。”

“好孩子。你有没有——嗨,凯拉,你知道米^霍伊在哪儿吗?”

“不知道。哦,对了,他离开避难所了。”

诺亚想起来了,凯拉和她姐姐都管“使馆”的世间区域叫“避难所”。这个名字让他不由地想到,进入“使馆”之前,不知她们过的是什么日子。尽管两姐妹都很好相处,但她们闭口不提之前的生活,几乎到了守口如瓶的地步。

凯拉补充道:“米^霍伊好像提过他为什么离开这里,跟这次自杀袭击有关。”

当然,应该是这样。诺亚知道他应该等待,等米^霍伊有空再说。可他等不了那么久。

① 构成人眼视网膜感光层的细胞。

“那，拉^莫伊在哪儿？”

凯拉一脸茫然。她的世间语还不够熟练。

“琼斯。”

“哦，我刚刚在花园见过她。”

诺亚大步走进花园。拉^莫伊坐在一张长凳上，注视着一股细细的溪流从屋顶落进下面的一个小水塘。她优雅地用手指轻触一朵罗花，没有采摘，只逗引着它，让它宽大的深色花叶散发出浓烈的芳香。自从欢迎诺亚加入氏族的仪式之后，他和拉^莫伊一直躲着对方，原因他也知道。但现在，情况的紧急压倒了令人尴尬的欲望。

“拉^莫伊，我们能共聚谈话吗？”他希望动词的时态没错，能同时表达出紧急和恳求的意味。

“当然可以。”她在长凳上挪了挪，腾出地方，“你的世间语进步真快。”

“谢谢你。问题出在我的肝部，我很受‘肝扰’。”“肝扰”这个习语用对了，他完全有把握。有很大把握。

“你受到了什么‘肝扰’，我的兄弟？”

“我的母亲。”这个词的含意不仅指父母中的女性，还有家族中女性族长的意思。诺亚估计自己家里，这位族长应该就是玛丽安娜了，因为奶奶外婆都去世了。但也许他血缘意义上的奶奶外婆并没有去世，而对世间来说，血缘就是一切，不存在血缘家族之外的什么“领养”。

“请讲。”

“她是玛丽安娜·詹纳博士,你也知道,她在‘使馆’从事研究工作。我的哥哥和姐姐住在岸上。孢子云袭来的时候,我的家人怎么办?我的母亲会跟我一起去世间吗?我的血缘兄弟姐妹呢?”可是……他们怎么能去世间?他们没有改变呀。还有,他们跟他不是同一个单倍群,属于另一个氏族。无论这里还是飞船上,没有可以和他们举行拉塞尔的人。就算去了世间,他们三个也会痛恨那里的一切。可要是不去,他们就会死。全都会死。

拉^莫伊什么都没说。诺亚给了她充分的时间和空间去思索。世间人很不喜欢地球人的一件事就是,地球人的回答总是来得太快,没有经过认真思考,有时候甚至打断对方的话,显示出对说话者极大的不尊重。诺亚注视着一只长着彩色翅膀的小昆虫爬过罗花的叶子,他想不起它叫什么了。他强迫自己的身体保持一动不动。

拉^莫伊终于说道:“米^霍伊和我讨论过这个问题,他让我做决定。你现在是我们的一员了,我这就告诉你孢子云来到时会发生什么。”

“我感谢你对我的信任。”这是最普通的回答,但却是诺亚的真心话。

“但是,你有一份责任,它要求你——”她选择的词汇意味着最庄严的承诺,“——不得对任何人透露,无论对方是世间人还是地球人。你接受这份责任吗?”

诺亚没有说话。这时的沉默不是单纯的礼貌,而是犹豫不决。不管拉^莫伊将要透露的信息是什么,他应该运用这一信息,最大限度地保障他的家人的安全吗?但是,如果他不作出承诺,拉^莫伊什么都不会告诉他。

“我接受这份责任。”

她告诉了他。

诺亚的嘴巴张得老大。这个举动很粗鲁,可他就是控制不住。幸好拉^莫伊没有看他,也许细心的她事先就料到了他这种反应。

诺亚站起来,走出花园。

玛丽安娜

玛丽安娜记不起是哪位诗人说过:“思想是感染,某些思想则是发作极快的高烧。”躺在隔离室的床上,玛丽安娜觉得自己的脑子就患上了这种高烧。伊丽莎白做的事、她自己体内现在携带的东西、诺亚的变异、埃文的死……这些想法占据了她的脑细胞,让她的头脑高烧不止。

认真研究“使馆”复杂布局的伊丽莎白。“天鹅人住在哪里?”“就在这边的这些门后面。”

睁着巨大的外星人眼睛的诺亚。

催促她去见外星人的埃文。在寿司纸袋上涂抹的大字:六千辈子才有一次的机会。六千,线粒体夏娃传承至今的代际数。

还有已经被致命病毒所感染的她自己。伊丽莎白、诺亚、埃文、孢子——直到史密斯大使出现在玻璃另一面,她才从纷乱的思绪中解脱出来。

“詹纳博士,”天花板用平板的、没有起伏的英语说,“对你在袭击中受伤,我十分难过。你说你需要马上见到我。”

直到现在,她仍旧不知道她会告诉他什么。该怎么指认你的亲生孩子,说她可能是个恐怖分子,把她交到外星人手里,接受他们不知其形式的审判?他们会不会像过去的地球一样,实施开膛剖腹车裂分尸之类酷刑?玛丽安娜张开嘴,说出口的却是她根本没打算说的另外的字句。

“你们为什么允许内姆切克和诺伊德博士自我感染,而且一连三次?这种做法不是有悖于你我双方医生的职业道德吗?”

史密斯脸上的表情毫无变化。那张脸啊,既是地球人的,也是外星人的。无论现在还是今后,它总是会让她想起诺亚,想起诺亚对他自己的脸做了什么。“你知道为什么,詹纳博士。为了有效地开发解毒剂。没有任何手段能像人体实验一样,全面分析人体免疫系统针对病毒的反应。”

“你们可以在你们的人身上做这种实验。”

“我们的人数太少,无法抽出人手,把他们关进隔离室。”

“你们可以亲自动手,在人类志愿者身上做实验。考虑到地球面临的危机,志愿者有的是。那样的实验会得益于你们更加发达的科技水平。”

“你也知道,在这方面,我们的科技并不比你们的强多少。我们双方的科研路线不同。再说,如果我们发起以地球人为对象的实验,地球人会有什么反应?”

玛丽安娜沉默了。她知道答案,他们俩都知道。

他说:“他们告诉我你被感染了。这不是我们引起的。但现在,我们双方可以较为公开地开发药品或疫苗了。无论地球还是世间都将欠你一份巨大的人情。”

这份人情债她是没机会收回来了。再过大约两天,她就会死于孢子病毒。

而她还是得把伊丽莎白的事告诉他。

“史密斯大使——”

“我得给你看一样东西,詹纳博士。就算你没有找我,我还是会来的;别人一通知我你醒了,我就会立刻赶到。你们的医生解剖了那个恐怖分子。顺便说一句,世间语中没有恐怖分子这个词,但它其实很有用,我们也会用的。医生们在身体组织内部发现了这个东西,一块金属片,上面还刻了什么画。用的是钛合金,估计制造者的意图就是让爆炸都无法毁坏它。联合国秘书长达赛认为它是一种标识,一个‘logo’。恐怖分子所属的组织用这种手段表明是自己策划了这次袭击。其他地球人也都同意这一看法,但谁都不知道它表示什么意思。你能帮助我们吗?我们想,也许它跟某位牺牲者有关。你是布兰福德博士的朋友,请你看一看。"

他举起一个东西,贴近玻璃:不到8厘米见方的金属片。上面刻的东西太小,玛丽安娜从床上看不清。

史密斯说:"我让波特医生拿给你看。"

"不,不用。"安要进来,就得穿戴上一套太空服,带着呼吸器进入双层气密舱。玛丽安娜灼热的大脑不可能忍耐那么长时间。她拔掉导尿管,出乎意料的疼痛让她发出一声轻呼。接着她挪动身体下了病床,拖着静脉注射支架来到那堵玻璃墙边。安不断抗议,玛丽安娜没理她。

那片金属上蚀刻着一艘样式别致的火箭飞船,紫色,还长出了几片树叶。

不是伊丽莎白。是莱恩。

"詹纳博士?"

"他们是入侵的外来物种。"莱恩这么说过。

"我刚才说的你根本没听见还是怎么?"玛丽安娜说。"他们不是'入侵'。或者这么说吧:如果我们的检测证实了大使的话,那他们就不是入侵,而是源于地球。"

"源于地球的物种照样可能成为入侵物种。地球生态圈里没有他们的位置,他们的整个进化过程都发生在地球的生态圈之外。"

“詹纳博士?”大使又说了一遍,“你还好吗?”

莱恩,他对紫色千屈菜的激情已经成了家里的笑点;莱恩,和康妮不同,对“使馆”很感兴趣,玛丽安娜逗弄她的新孙儿时,他不断打听“使馆”内部的设施和布局;莱恩,他在那个恐怖组织里一定很重要,连组织的标记都是他挑选的,在装饰甜俗的卫生间里的一张图画纸上圈定。

莱恩,她的儿子。

“詹纳博士,请你务必——”

“知道,知道。我认出了那东西。我知道你们应该去找谁——哪个组织。”她的心已经碎了。

史密斯透过玻璃注视着她。怜悯的神情出现在那双巨大、平静的眼睛中——和诺亚的眼睛一样,只是颜色不同。

“一个你认识的人。”

“是的。”

“没有关系。我们不会找他们。”

这句话她听不懂。“不会……不会找他们?”

“不会。反正不可能再发生袭击事件了。‘使馆’已经封闭,地球人大都撤离。剩下的只有直接从事免疫学研究的少数科学家。这些人全都是自愿留下的,也都是我们信任的。”

“可是——”

“当然,还有我们的氏族成员。他们之中愿意留下的。”

透过那堵不可逾越的玻璃屏障,玛丽安娜目瞪口呆地注视着史密斯。他从未像现在这样,显得那么异样,那么不同于人类,那么像外星人。一伙地球人,仅仅因为跟他同属一个线粒体单倍群,就绝不可能是恐怖分子。一个如此聪慧的人,竟然相信这个?这是个文化上的盲点吗?就像地球人在上千年时间里相信王权天授一样?难道是进化过程的不同让他的大脑获得了某种感知力,能感知到她无法感知的东西?也可能答案根本没那么复杂:他不过是在“使馆”里实施了严密的监控,采取了保护措施,结果就是,像诺亚那种被隔离在“使馆”另一区域的人不可能构成任何威胁。是这样吗?

接着,她蓦地想起了史密斯话里的其余部分,“免疫学家?”

“时间紧迫,詹纳博士。仅仅几个月后,孢子云就会吞没地球。我们必须在你和其他受感染的人身上进行大量测试。”

“其他人?”

“阿默德·拉法特博士和两位实验室技术员,彭妮洛普·霍奇森和罗伯特·查维兹。当然,全都是志愿者。他们很快就会进入隔离室,和你在一起。”

她勃然大怒。那么多愤怒,被压抑然后累积,它们来自埃文的死,来自莱恩的欺骗,来自诺亚的背叛。“为什么没有一个你们的人?别,别跟我说你们的人太宝贵——我们的人也同样宝贵!为什么只有地球人?我们能冒险,你们为什么不能?还有,孢子云扑过来时,会他妈的发生什么?你们提前两天飞走离开,自己平安无事,扔下地球让它去死？你们知道得再清楚不过，剩下这点时间里，没有任何机会开发出管用的疫苗，更不用说生产和发放了！可你们是怎么做的？你们怎么能只顾——”

但在那堵怎么都打不破的玻璃后面，史密斯大使已经离她而去。天花板上响起没有起伏也没有感情的声音：“我很抱歉。”

诺　亚

诺亚站在一群地球人中间。一共五六十人，都是最近几天来到“使馆”的。剩下的日子不多了啊。并非所有人都是L7，许多只是那些同族兄弟的家人。通告十分明确，只有L7会被接纳。但这些人仍旧大胆地提出了避难的请求。因为这份勇气，他们同样被迎进了“使馆”。这个机制有些地方不对劲，诺亚想，但他没有仔细想想是哪些地方。

他现在所在的这个房间很大，全无装饰，既不在世间区域，也不在已经封闭的、地球人科学家工作的区域。仍留在“使馆”的只有那一小批科学家了。房间里的空气、重力和光照全是地球标准，所以诺亚重新穿上了能量装。抬起双臂做出欢迎姿势时，他能看到能量罩的微光沿着手臂闪闪烁烁。之前他没想到，再次穿上这一身竟会让自己如此痛恨。

“我叫诺亚。”他说。

有的人紧紧贴着光秃秃的墙壁站着;有的人彼此挤在一起,形成一个个小群体;或者盘腿坐在硬邦邦的地板上,极力靠近诺亚。有的人惊恐不安,有的人心怀希冀,有的人一脸挑衅,还有的人已经开始痛悼可能失去的一切。所有人,包括那些像凯拉和伊莎贝拉一样、已经在“使馆”住了一段时间的人,他们全都抱着同样的想法:如果被留在地球,结局就是死亡。

“我将担任你们的领导和老师。但首先,我会向大家解释你们全体都必须立即作出的选择。你们可以选择和世间人一起离开地球,跟我们返回世间。你们也可以留在这里,留在地球。”

“留在地球等死!”有人喊道,“好一个选择!”

诺亚找到了叫喊的人:紧靠他身后站着的一个年轻男子。垂在身侧的双手攥成拳头,一身破烂牛仔装,眉毛上穿着眉钉,满面怒容。诺亚又一次体验到了那种震撼人心的似曾相识之感。这种感觉他一共只有过两次:一次是纽约上西区那位护士,另一次是初遇米^霍伊时。就连身为遗传学家的拉^莫伊都无法解释这种感觉。她猜想是这个原因:受遗传因素的影响,诺亚的L7大脑中的某些通道与每个人脑袋周围都有的微弱的磁场起了反应。这种现象让她感兴趣极了。

诺亚记得,丽莎·圭塔雷兹同样认为这是某些神经通道发生改变所引起的。至于神经通道怎么会发生改变,她认为是诺亚大量服用蔗粉造成的。

诺亚对那个愤愤不平的人说:“你叫什么名字?”

他说:“问名字干什么?”

“我希望知道你叫什么,我们是同族兄弟。”

“我不是你他妈的什么兄弟。我到这儿来,因为只有来这儿才能不死。”

一个坐在妈妈腿上的孩子哭了起来。人们低声交谈,眼睛却大多不离诺亚。他们等着看诺亚会对那个年轻人做什么。跟他对话?不搭理他?把他轰出“使馆”?

诺亚知道,用不着多少刺激,就会激发起这些绝望的人的怒火,让他们向他发动攻击。他们能攻击的只有他,这个模样像外星人、为他们够不到的外星人充当替身的人。

他用温和的语气开口了。既是对那个年轻人说话,也是对在场的所有人说话,还是对他那位不在场的、受了伤害的勇敢的母亲说话。“我会告诉大家你们真正的选择是什么。请认真听我说。”

玛丽安娜

有些事不对劲。

一天过去了,然后是另一天,又一天。玛丽安娜没有发病,阿默德·拉法特和彭妮·霍奇森也没有。罗比·查维兹[1]发病了,但病得不重。

留在“使馆”的首席免疫学家哈里森·莱斯和安·波特并肩站在玛丽安娜的玻璃隔离笼子——大家称之为“牢房”——前面,向她通报最新的实验室数据。还有三个一模一样的牢房,两个在她对面,隔着一条窄过道,一个在她旁边。玛丽安娜能看到里面的另外三名受感染者。这几个玻璃房间都是一个天鹅人制造的,仿佛炼金术一般变出来。玛丽安娜以前没见过那个天鹅人,估计是个工程师之类的角色,掌握着人类所不知道的制造技术。阿默德站在他的玻璃房间里,仔细听着。彭妮睡着了。罗比躺在床上,脸上一层汗,他也在听。

安·波特道:“目前尚未发现你患有血液方面的疾病,但——”

“这是什么意思?”玛丽安娜打断她的话。

回答的是莱斯博士。他是个块头大得吓人的加拿大人,长得像个喜欢猎杀驼鹿的卡车司机,一点儿也不像诺贝尔奖获得者。六十多岁,仍旧结实得像座小山。他研究过埃博拉、马尔堡病、拉沙热和尼帕病,而且是在实验室和疫情现场两种环境之下。

他说:“意思是,经过实验室检测,在从你的呼吸道提取的第一批样本中检出了孢子病毒。所以病毒应该已经进入了你的血液,并随之进入了你身体的各个部分。可问题是,我们找不到它。嗯,这

① 彭妮和罗比分别是彭妮洛普和罗伯特的昵称。

种事也是可能的。病毒这种东西很难捉摸。总之，就我们所知，你没有像受感染的老鼠一样，产生出针对孢子病毒的抗体。一种可能是，抗体是存在的，只是我们还没有发现。另一种可能是，你的身体并不将这种病毒视为外来的侵入物，但这实在太匪夷所思了。第三种可能：孢子病毒在人体内的活动方式与在老鼠体内不同，它先钻进一个器官，不断繁殖，由它的后代来个最终爆发。疟疾病毒就是这样。第四种可能：天鹅人给我们的样本都是实验室人工培养出来的，它们发生了变异，变得无害了，跟它们住在正逼近地球的云朵里的亲戚不一样了。最后一种可能：我们谁都不知道这些见鬼的病原体到底是怎么回事。”

玛丽安娜说：“天鹅人有什么看法？”按说这是一项联合研究，项目由莱斯和天鹅人科学家琼斯共同领导。

即使隔着牢房的玻璃墙，莱斯的怒气仍旧看得清清楚楚，“我怎么知道他们有什么看法？我们见不着他们，任何一个天鹅人都没见到。”

“见不着他们？”

“对。我们的数据、样本，不用说，都跟他们分享。一半样本送进气密舱，由他们收取。数据通过本地网传送。我们得到的只是屏幕上的两个字：谢谢。也许他们同样没有进展，但至少应该告诉我们哪些地方失败了啊。”

“我们能不能……这话说出来可能有点怪，不过，我们能不能确定他们仍旧在这儿？有没有可能，他们已经全部离开地球了？”诺亚呢？

他说:“我想,这种可能性还是有的。我们现在跟外界断了联系,所以他们大可以预先录好那些‘谢谢’,轰的一声从纽约起飞,直奔星辰飞去。但我觉得不是这样。真要离开地球的话,他们至少应该先放了咱们吧,把这个浮在水上的塑料球解封。顺便说一句,这个大球现在已经完全不透明了,即使在观景台也看不见外面了。”

玛丽安娜甚至不知道还有个观景台。她和埃文只在“使馆”探索过一次,那一次没发现这个观景台。

莱斯博士继续说道:“你的细胞也没有释放出干扰素,没有这种反应。干扰素是一种非常小的蛋白质微粒,任何细胞都能生产。只要它发现了病毒核酸,就会产出干扰素。你的细胞没有制造干扰素。”

“这意味着……”

“或许意味着你的细胞里没有病毒核酸。”

“罗比的细胞在制造干扰素吗?”

“对,还有抗体。免疫系统也有反应——安,你的表格上怎么写的,查维兹今早是什么情形?”

安说:“体温38.3摄氏度,不算危险。胸部充血,但也没到危险水平,有的窦室也有些充血。各项指标跟轻微的支气管炎差不多。”

玛丽安娜说:“但为什么罗比病了,我们几个却没病?”

“哈。”哈里森·莱斯说。她第一次从他的话里辨出了一丝加拿大口音,“问题就在这里。在免疫学领域,这个问题始终存在。同样一种病毒，为什么在一个人或是一组人身上引起严重疾病，甚至死亡，在另外的人身上却反应很轻，或者干脆没有反应？有的时候，答案就是不同的病毒宿主具有不同的基因。基因方面的差异就是这个拼图最关键的一片。但是，罗比生病而你们没有，这是基因差异引起的吗？我们不知道。”

“如果罗比产生了抗体，你们能不能用它开发出疫苗？”

他没有回答。而这个问题刚一出口，连她自己都知道这句话真是太傻了。就算莱斯有了抗体，他也没有开发疫苗的时间。他们谁都没有多少时间了。

但他们仍旧继续工作，仿佛还有时间似的。人类就是这样。

他没有回答问题，只说道：“我需要更多样本，玛丽安娜。”

“好的。”

十五分钟后，他进入她的牢房，穿着全套太空服，说话的声音嗡嗡的，像附近有台吸尘器。“血样加活体组织。请躺下别动……”

上次进来时，他给她讲了个跟致命病毒打交道的免疫学家中间流行的老笑话。“自己被感染，由此分离出病毒——第一个这么做的人是英雄，第二个则是笨蛋。”玛丽安娜想，这么说的话，我不就成了笨蛋了吗？笨蛋就笨蛋吧。

她对莱斯说：“外星人对——喔！”

“真乖。”他拔出活体取样针，在取样处贴上块绷带。

她又说了一遍：“外星人对罗比的诊断也什么都没说吗？一个

字都没有?”

“一个字都没有。”

玛丽安娜皱起眉头,“有些事不对劲。”

“是啊,”莱斯收好样本,“确实不对劲。”

诺　亚

一生之中,从未有过现在这种感觉。诺亚想,觉得一切都是那么合适、恰当。

他用一只手肘撑起身体,从上向下望着拉^莫伊。她仍然熟睡未醒,赤裸的身体、修长的双腿,与不知其名的材料织成的轻薄毯子纠缠在一起。她金属丝般的深色头发散发出一种类似肉桂的香气。也可能他记错了,肉桂不是这种气味。那床毯子则散发着性的气息。

第一次见到她时,他没有产生那种似曾相识之感,不像见到米^霍伊、那位不知名的纽约护士和那个坏脾气的小伙子托尼·西拉普时那样。现在他知道这是为什么了。世间的遗传学家化验之后,米^霍伊为他做了解释,让诺亚大大地松了一口气。他与拉^莫伊同属一个线粒体DNA组,但却分属不同的核DNA组。从遗传角度说,他们的血缘关系不算太近,完全可以结合。

当然,就算血缘很近,他们照样可以发生性关系。世间很早就有了生育控制手段,又不存在羞耻文化和宗教偏见。但平生头一次,诺亚想要的不只是性,而是两个人的结合。

奇迹发生了:她也是同样的想法。一开始,诺亚还担心她和他亲近仅仅是出于新奇:成为第一个和地球人睡觉的人。结果不是这样。就在昨天,他们俩签了一份为期五年的结合合同,又高高兴兴地在花园举行了一个仪式,这里的每个世间人都出席了。在这之前,诺亚一直不知道"使馆"里究竟有多少世间人,现在他知道了。大家都和他跳舞,每一个人;也和她跳。米^霍伊本人亲自给他们俩扎了右耳,挂上代表已婚的银花。很久很久以前,世间真的生长着这种小花。

"还是别挂的好。"当时,他用口音很重、仍然很笨拙的世间语说,"不想在耳朵上挂一捆死掉的蔬菜。"至少他希望自己说的是这个意思。

大家全都放声大笑。

诺亚伸出一根手指,抚着拉^莫伊的头发。奇迹,是的,如此之多的奇迹从天而降,但最大的奇迹是这个:现在的他终于知道了自己是谁,属于哪里,这一生打算做什么。

他唯一遗憾的是,他的母亲没能出席结合仪式。还有伊丽莎白和莱恩,他们向来喜欢贬低他,瞧不起他,可他们毕竟是他的第一个家庭。只是,那个家已经不再重要了。

拉^莫伊动了动,醒了。她向他伸出手去。

玛丽安娜

罗比·查维兹从孢子病毒感染症中复原了。他被抽了那么多血,取了那么多活体样本,他开玩笑说自己没节食就减了四公斤半。这个笑话不怎么样,但每个人都笑不可抑,有些人甚至笑到歇斯底里的程度。

仍旧留在“使馆”的地球人只有二十二个。玛丽安娜有时会想,这二十二人为什么决定留下来工作到最后一秒钟?人类的灭绝就在眼前,想在这之前找到任何能缓和这场灾祸的东西,这种可能性实在太渺茫了。这个大家都清楚。可他们还是留在了这里,知道自己终将死在这个设备先进、与世隔绝的实验室里,而不是和家人一起度过最后的时刻。这些人有自己的家庭吗?他们为什么要留在这里?

她又为什么留下?

没人讨论这个。大家讨论的只有工作。一天工作十八个小时,中间只有短暂的进餐时间,吃的是微波炉加热的冷冻食品。睡觉时间更短——当然这是不可能的,但给人的感觉却是这样。

四名孢子病毒的感染者也在工作,在牢房之外。到了这时,保证生物安全已经不重要了。没有其他人发病。玛丽安娜重新学习了实验室的一些操作方法,这些事她研究生毕业后就没再做过了。她是从事理论研究的进化生物学家,用不着像免疫学家那么重视操作。而现在,这些东西她都学会了。

每一天,这个研究团队都会向天鹅人传送样本、数据。每一天,天鹅人的回应都是“谢谢”,此外再无其他。

到了七月,得到可以着手研究的孢子样本的八个半月以后,人类科学家终于成功地在培养基里实现了样本的生长。他们搞了个庆祝仪式,哈里森·莱斯从贮藏品中翻出了一瓶香槟。

“咱们准会醉得没法工作了。”玛丽安娜开玩笑地说。她越来越佩服这个哈里森了,这人居然有本事始终保持兴高采烈。

“二十二分之一瓶香槟就能喝醉?”他说,“我想还不至于。”

“不一定人人都喝呀。”

几乎没人愿喝。一整瓶全被玛丽安娜、哈里森和罗比·查维兹三个人分了。培养出了病毒样本,这本来是一场胜利,却让暴躁的人更加暴躁,让阴沉的人更加阴沉。这场小小的胜利反倒凸显出了他们真正的成就是多么微不足道。到现在,人们的行为变得古怪起来。长时间地工作、缺乏睡眠、持续紧张,许多人因此患上了神经官能症。

具体表现形式各不相同。负责高压蒸汽灭菌器的彭妮·霍奇森是强迫症:灭菌器必须这样装载、必须以这样的次序、同一时间摆上架子的试管的个数必须是奇数。如果发现灭菌架上居然有八支或十二支试管,她就会大发雷霆。

诺贝尔医学奖获得者威廉·帕克开始在工作时哼小曲,一天连哼十八小时。如果有人让他别哼了,他会住嘴,但几分钟后又会哼起来,而他自己完全意识不到。他喜欢阴郁的乡村风格和西部风格的曲子,可哼起来总是跑调。

玛丽安娜则开始将注意力放到鞋上。每隔几秒钟,她就会瞥一眼实验室里其他人的脚,检查他们穿的鞋子。哈里森穿的是工作靴,好像要去哈德逊湾的森林远足一样;马克·吴是一双牛津鞋;彭妮穿耐克——她是打算跑步还是怎么?罗比穿拖鞋,安——

停下,玛丽安娜!

她没法停下。

他们不再向天鹅人传送样本和数据,然后屏息等待,看会发生什么。什么都没有发生。什么都不会发生。

工作靴,牛津鞋,耐克,拖鞋——

"我觉得,"哈里森说,"我觉得我发现了点什么。"

他在玛丽安娜的血样里发现了一种陌生的蛋白质。它跟孢子病毒有什么关系吗?他们不知道。大家发疯似地培养它,给它测序,给它拍照,在其他所有样本里寻找它。他们手头掌握的只有这点蛋白质。

八月了。

他们早已和外面的世界断了联系。对他们而言,外面的世界已经不存在了,尽管他们正在与时间赛跑,奋力拯救这个世界。

工作靴——

牛津鞋——

拖鞋——

诺　亚

雨落在花园里。诺亚偏着头,侧对着花园的人造天空。他喜欢烟雨蒙蒙的下午,哪怕这并不是真正的雨,也不是真正的下午。但用不了多久,他就能体验到真实的雨和真实的下午了。

拉^莫伊穿过繁盛的深色树叶,向他走来。树叶分开,像一双双欢迎的手。诺亚有点儿吃惊。这些天很重要,她极少离开实验室。要做的事太多了。

她说:“你这会儿不是应该在教学生吗?”

他本想说我逃学了,却不知道这句话用世间语该怎么说。他只好说:“很快我将返回我的学生。你为什么来这儿?出问题了?”但愿他的时态没错。

“一切都很好。”她钻进他的怀抱。诺亚再次吃了一惊。世间人极少在公共场所挑逗性地触碰彼此,哪怕这个公共场所没有其他人。其他人有可能正巧路过,如果是没有伴侣的人,那就更不好了。在这些人面前展示对彼此的欲望,这是非常不礼貌的行为,相当于当着饥饿的人大吃大喝。

“拉^莫伊——”

她在他耳边悄声低语。她的声音混合着雨水,混合着浓郁的花香,混合着潮湿的泥土的气息。诺亚紧紧抓住她,他哭了。

六、接触之前两星期

玛丽安娜

实验室外的休息室里到处乱扔着装冷冻食品的盘子、无菌包装纸，还有一只盛杀菌剂的瓶子。哈里森瘫坐在沙发里，说出了那个再清楚不过的结论。

“我们失败了，玛丽安娜。”

“是啊。”她说，“我知道。”接着，她爆发了，“天鹅人知道得比咱们多，可就是不拿出来分享，是不是这样？”

“谁知道呢。”

“那些该死的杂种。”玛丽安娜说。几个星期以前，她就跨过了那条分界线，从一个为外星人辩护的人变成了斥责他们的人。在她之前，有多少人早已完成了这种转变？到现在，可能全体人类都持这种态度了。

他们没有从来自玛丽安娜血样的那种异常蛋白质中找到任何有用的东西。人体中本来就有许多种蛋白质,人们至今都无法弄清它们的作用。不过,到了现在,这些已经不重要了。没有时间了。

"哈里森——"她说,但她没来得及说出这句话的其余部分。

一呼一吸之间,哈里森·莱斯和实验室,以及其他一切,一切的一切,倏地消失了,无影无踪。

诺　亚

不算他自己,一共九个。其他地球人都已被送上岸去,留在地球,面对即将发生的一切。诺亚本来更想和拉^莫伊在一起,但她和他都有自己的职责。而且,虽然没有明说,但离开其实有危险:许多国家都拥有非常可怕的武器,有可能击落他们。

所以诺亚没有站在拉^莫伊身边,而是身着能量服,坐在穿梭飞船里的地球人区域。围绕着他的,是九名固定在座椅上、准备前往世间的地球人。其实没有必要用安全带加以固定。拉^莫伊对他说过,飞船的加速不会对舱室内部造成什么影响。和"使馆"一样,这里也有重力调节机制,正是因为这种机制,"使馆"的世间区域才会那么舒适。但地球人已经习惯于在运载工具中用安全带固定身体,所以飞船才准备了这些东西。

凯拉·莱因哈特和她的小男孩。

她的姐姐伊莎贝拉。

脾气不好的托尼·西拉普。这个人居然仍旧愿意去,实在出乎诺亚意料。他本以为托尼肯定会改主意的。

一个怀孕五个月的年轻女人,她“想给我的宝宝更好的生活。”她没说她从前过的是什么生活,但她的胳膊上、腿上能看见许多瘀伤。

三十来岁的一对兄弟,躁动不安的眼睛里闪烁着渴望冒险的光芒。

一个一脸风霜的中年记者,报道署名栏里时常见到她的大名。她的行李很多,里面还有好几个录音机。

最没想到的人是一位物理学家,麻省理工的内森·贝扬教授。

九个地球人,愿意飞向群星。

这些人都归诺亚管。他,这辈子没管过任何事,连他自己的生活都管不了,现在居然成了这些人的领导。飞船轻轻震动了一下。诺亚对大家露出笑容,“咱们上路了。”

这句话似乎不太恰当,于是他又说:“飞向群星!”

这句话似乎有点傻。托尼冷笑一声,那个记者好像也觉得可笑。奥斯丁揪紧了他的妈妈。

诺亚说:“你们新的人生将十分美好。相信这一点。”

凯拉怯生生地冲他笑了笑。

玛丽安娜

她怎么都想象不出,自己究竟是在哪里。

冷冰冰,黑沉沉,而头顶的天空每一秒钟都变得更亮一些。黎明。她多久没见过黎明时分的天空了?或者任何时候的天空?银灰色,接着变成珍珠色,然后是第一抹粉红。地板在身体下面轻轻摇晃。大脑摆脱了最后一丝麻醉气体的影响,她坐起身来。好像是一艘豪华轮渡船,又宽又平,中部孤零零地竖着一根方方的柱子。轮渡船在纽约港的水面上轻轻摇荡。海面平得像刨平磨光的木板。曼哈顿的城市轮廓矗立在一边,而另一边,是“使馆”。她的同事们横七竖八躺在她身边:拉法特博士,哈里森·莱斯和安·波特,实验室技术员彭妮和罗比……留在“使馆”没走的二十二个人全部都在。大家都是日常穿着。玛丽安娜还是那身T恤加牛仔裤,一阵寒风吹来,冷得她打了个哆嗦。

附近有堆毯子。她拿了一条黄色的,裹在肩上。毯子很保暖,感觉像丝质,却又明明不是丝的。其他人也开始动弹。东边的天空已经变成了粉色。

哈里森来到她身旁,“玛丽安娜?”

她不假思索,脱口而出:“我很好。”这句话她每天都要说上无数遍。接着,“这他妈究竟是怎么回事?”

他的话同样不着边际。“我们明明还有两个星期啊!”

“上帝啊!”有人大喊起来,指着远处。玛丽安娜抬头望去。东边的天际变成了金色,金光映照下,一艘飞船飞出“使馆”。飞船又黑又小,升上天空。轮渡船上,每个人都手搭凉棚遮挡初升太阳的金光,望着它越飞越高,最后消失。

“他们走了。”有人轻轻说了一句。

他们。天鹅人。诺亚。

没等刺痛她眼睛的泪水流下,“使馆”消失了。前一瞬它还在那儿,巨大、坚实,被黎明的天光映成灰色。下一瞬,它不见了,凭空消失。水面仍是那么平静,没有激起一丝涟漪。

轮渡中部那根金属柱子说话了。玛丽安娜和其他所有人都猛地转向它。齐肩高、每面宽九十厘米左右的柱子变成了四面屏幕。每个屏幕里都是那张脸,那张近乎人类的、外星人的脸,声音也仍是过去那种机械音。

“我是史密斯大使。很短的一段时间之后,这份音像将传播给地球上的每一个人。但我们希望给予我们巨大帮助的你们最先得知。我们世间人对你们感激不尽。我想先解释其中的原因,然后留赠你们一份礼物。”

“你们的天文学家的计算有一点很小的误差,而我们没有加以更正。再过几个小时,孢子云就将席卷你们这颗行星。我们认为它不会对你们造成伤害,因为——"

聚在屏幕前面的人群中响起一声大喊:"什么?"

"——因为你们的基因对这种病毒具备免疫力。来到地球之前,我们就猜到了这一点,只是还无法确认。地球人类获得这种免疫力的时间是在大约七万年前,当地球第一次穿过这片孢子云的时候。"

一幅图像取代了史密斯的脸:银河系,上面覆了一块长条形的深色斑块。图像上用一个发光的蓝点表示地球。"银河系在不断旋转,同时还在时空连续体中不断运动。它将带着你们再一次与那片孢子云接触。这一次的接触位置和上一次相对,在孢子云的另一侧。你们的天文物理学家看到了孢子云的逼近,但你们的仪器不够先进,无法探知它的形状和内部情况。这一次,地球将穿过孢子云的边缘,这个过程为时2.6年。第一次与地球交汇时,孢子云杀死了每一个没有发生特定基因变异的地球人。"

屏幕上显示出了一组基因基对的序列,一闪而过,快得让人来不及记录。

"这个序列过一会儿将再次显示,让大家可以从容记录。它是在你们所说的'垃圾DNA'中发现的。该序列是一种转座子[①],你们今后会发现,它恰好与孢子病毒的基因互为补充。你们的身体没有产生针对这种病毒的抗体,因为人体并不将其视为入侵者。七万年

① 在原核生物的染色体或质粒中存在的转移因子之一,因运输标记基因而得此名。

前,我们这一支早已被带离了地球,要不是这样,我们必定会死去,和地球人类的死者一样。我们的基因中没有这个序列,因为这种变异发生在我们离开之后。”

玛丽安娜脑子飞转。七万年前。七万年前的“瓶颈效应”让地球人类的数量减少到了寥寥数千人。原来原因并非托巴火山,也非凶恶的猛兽或者气候变化,而是孢子云。至于那些垃圾基因,一种理论认为,人类的基因组中,许多成分其实是被DNA所吸收的、像化石一样不再活跃的病毒。她几乎可以听到埃文的声音了:“没想到啊没想到……”

史密斯继续道:“你们会发现,在玛丽安娜·詹纳、阿默德·拉法特和彭妮洛普·霍奇森体内,这个基因序列已经激活,并制造出了已经在詹纳博士血液中发现的那种蛋白质。这份资料将把对该种蛋白质的详细分析传送给你们。它会附着在细胞外层,阻止孢子病毒进入。用不了多久,在所有地球人类体内,那种基因将发生同样的反应。有些人会像罗伯特·查维兹一样,出现轻微的症状,这是因为那种蛋白质的制造过程不够顺利。据我们估计,出现这种情况的人将占到地球人类中的百分之二十。岁数较大的人或病人有些会因此死去,但绝大多数人不会有问题,你们的基因在保护你们。地球上的老鼠却似乎没有这种保护,我们承认,这一情况大大出乎我们的意料,所以我们无法确认地球的其他物种会不会受到孢子病毒的伤害。

“我们知道,对我们而言,这种孢子病毒是致命的。我们无法改变自己的基因,至少现在还不能。但我们从你们这里学到了很多东西。孢子云将与我们的世界相遇,但到那时,我们已经有了疫苗。如果没有你们的全面合作、你们的组织样本,疫苗的研制是不可能的。我们——”

“真要这样的话,”彭妮·霍奇森叫道,“他们干吗不告诉我们?”

“——没有把全部事实告诉你们,因为我们相信,如果知道地球并无危险,你们就不会将如此之多的资源、如此之多的科学天才集中到‘使馆’,也不会如此紧张、急切地工作。我们和你们一样,都是人类。但你们的进化历史和当前文化跟我们有很大的不同。你们没有家庭认同感,更不认为所有人同属一个大家庭。地球人类之中,有许多人缺乏食物、饮水和医药,但你们却坐视不理。我们认为,如果不对你们隐瞒某些事实,你们将不会向我们提供我们所需要的那种程度的帮助。如果这一判断与事实不符,请原谅我们的错误。”

他们没有弄错。玛丽安娜想。

“对于你们的帮助,我们感激不尽,”史密斯说,“尽管这一帮助是通过欺骗手段获得的。为此,我们有一份礼物作为回赠。这份资料中包含星际驱动器的制造知识,你们称之为‘工程技术’。描述其理论的方程此前已经给予了你们。现在你们可以制造出自己的星际飞船了。在今后的世代中,人类的两大分支必将得益于更公开、更真诚的交流。我们将成为真正的兄弟。”

“和我们一起离开的还有十名地球人。他们是自愿这么做的。所有这十人全部被告知,如果留在地球,他们并不会死。但出于各自不同的原因,他们仍旧决定和我们一起走。他们将成为世间人,进一步强化我们与仍在地球的氏族兄弟之间的纽带。

“再次感谢你们。”

轮渡上猛然爆发出巨大的喧嚣。说话声、争吵声、叫嚷声,响成一片。太阳已经升到了地平线之上。三艘海岸警卫队的巡逻艇越过港口水面,朝他们疾驶而来。晨风中,玛丽安娜将毯子裹得更紧了些。就在这时,有什么东西在牛仔裤口袋里震动起来。

她掏出那东西。是个方方的金属片,上面印着诺亚的脸。她的目光刚落到那张脸上,它便开口说话了:“妈,我和他们一起走了。我希望你知道,我现在非常快乐。这里才是我真正的归属。我已经和拉^莫伊结合了,就是琼斯博士。现在她怀孕了。你的孙儿将在群星之间诞生。我爱你。”

小方片上,诺亚的脸消失了。

怒火填满了她的胸膛,迸出红热的火星。她的儿子,她永远无法再见到他了!还有她的孙子或孙女,她同样永远无法见到。这些本是她天生拥有的权力,却被夺走了,剥夺了。这些外星人,他们一开始就不该来——

她停下来。猛然间,她想到了一件事。玛丽安娜死死攥住轮渡栏杆,用力之大,指甲甚至扎进了栏杆的木头里。

外星人犯了个错误。一个大错。一个巨大的、大得无以复加的错误。

她的愤怒是非理性的,同样的愤怒将在整个星球蔓延开来,汇成滔天怒火。天鹅人明白,如果不是为了自己的生存,地球人不会全力以赴。但还有些事情是他们不明白的。天鹅人的到来在全世界引发了无数骚乱,打乱了资源的分配,造成了死亡、恐慌和恐惧。从今天开始,百分之二十的人口会像罗比一样疾病发作,这种天鹅人所说的"轻微的症状"将沉重打击全世界的每一个经济体。天鹅人像一场巨大的风暴般掠过全球,和所有大风暴之后一样,天鹅人风暴卷过的一切都将不同于从前。另外,天鹅人还带走了十名人类。地球人完全可以认定他们给这十人洗了脑,带走他们是为了给今后的实验充当小白鼠。

兄弟,是的,不过,是卡斯特与帕勒克那种紧密相连直至群星[①]的挚爱兄弟呢,还是该隐和亚伯[②]这种兄弟?

人类是个爱记仇的种族。而且他们不喜欢被收买,哪怕是用星际驱动器收买。史密斯应该另选一件礼物留下,一件不会将地球人带到世间的礼物。那个平和、富饶的星球,既不习惯于复仇,也不习惯于战争。

但话又说回来,她也可能看错。瞧瞧她已经看错了多少人吧:

---

① 卡斯特与帕勒克,古希腊罗马神话中的孪生神灵,成为双子星座。

②《圣经》人物,该隐是亚伯的哥哥,杀害了弟弟亚伯。

伊丽莎白、莱恩、史密斯，她全都看错了。也许，当人类结束了彼此之间的纷争，当真建成了星际驱动器时，天鹅人留赠的这件礼物会让他们如此欣喜，他们也许真的会怀着友谊前往世间。也许飞向星辰的愿景甚至会软化美国，让它结束孤立主义，和其他国家团结起来，共享必要的资源。这是可能的。塑造史密斯和琼斯的合作基因同样存在于地球人类的基因组中。

但是，要实现这种可能，那些希望实现它的人就必须努力工作，说服其他人。需要多努力？需要拿出为生存而战的拼命精神，以此促成友谊。这可能吗？这个目标能实现吗？

你们为什么来到地球？

为了和人类建立联系。这是一次和平使命。

她举目望向被多彩的黎明天光照亮的天穹。飞船早已离开视域，只有它的残像还留存眼底。

“哈里森，”玛丽安娜说道，感到这个声音让她自己镇定下来，“我们还有很多工作要做。”

（罗　布　译）

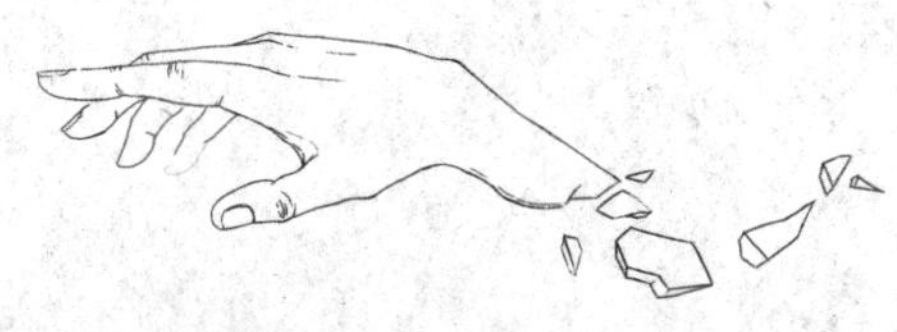

轻舞飞扬

一

有时候我听得懂，有时候听不懂。

艾黎把我带到练习场。场里已有一男一女。男人很高，女人很娇小。女人的头上长有长长的黑黑的毛。我知道她很不开心。

艾黎说："这是天使。天使，这是约翰·科尔和卡洛琳·欧森。"

"你好。"我说。

"它在吼什么？"女人说，"是俄语吗？"

"卡洛琳，"男人说，"你答应……""我知道我答应过什么。"女人走开了。不知道为什么，她非常非常地生气。我说的是"你好"，最简单的几个词之一。

男人说："你好，天使。"他笑了。我闻闻他的鞋，叫了几声。他很友好。从他的身上我闻到两只猫，一个热狗，沥青，还有车。我喜欢车。

女人走回来,“看在上帝的分上,快一点行不行?我一分钟都不想多待。”

约翰说:“律师在艾黎的办公室。”

艾黎的办公室里有很多人。我在沙发旁趴下,等待,也许等会儿会有人带我上车。

一个女人在看过很多张纸后,说:“拜氏保险公司,以下称甲方,和纽约市芭蕾舞团,以下称乙方,签署下述合同。甲方将保护乙方集团卡洛琳·欧森的安全。如果……”

太难了,我不懂她在说什么。

还是想想我知道的吧。

我叫天使,是条狗。我的工作就是保护艾黎叫我保护的人。我爱受我保护的人。想着想着,我的眼皮变得越来越重了。

“天使,”艾黎坐在椅子上,“起来,要开始工作了。”

我站起来。艾黎走过来,坐在我身旁。他的声音清晰地传进我的耳中,“这是卡洛琳。你的工作就是保护卡洛琳。除了卡洛琳的朋友之外,不能让任何人接近她。天使——保护卡洛琳。”

我闻了闻卡洛琳。我很快乐,我要保护卡洛琳。

“我的天!”卡洛琳说完就走开了。

我爱卡洛琳。

我们上车,开了很久很久。一路上有很多人,很多不同的气味。约翰开车。他是卡洛琳的朋友,所以约翰可以接近卡洛琳。约翰把车停下。我们下车。这里有很多高高的大厦,还有很多很多的车。

“你确定不会有事?”约翰说。

“你不是刚刚才签约来保护你的投资吗?”卡洛琳愤怒地大叫。

约翰开车走了。

一个男人站在门旁。他说:“欧森小姐,晚上好。”

“山姆,晚上好。这是我的保镖。公司一定要给安排我一个,自从……那种事发生后,他们说保险公司吓坏了。”

“是德国猎犬,对吗?它看起来乖乖的。嗨,伙计,叫什么?”

“天使。”我说。

男人跳起来,大叫。卡洛琳笑了。

“生物改造过的。蕾蕾,山姆是朋友。听见了吗?山姆是朋友。”

我说:“我的名字是天使。”

卡洛琳说:“山姆,别怕。真的。它不会随便咬人的,除非我命令它,或是我大声尖叫,或是它不认识的人突然接近我。”

“知道了。小姐。”山姆怕怕地说。他看了我很久。我对着他又叫又摇尾巴,想告诉他我没有恶意。

卡洛琳说:“我们走,菲菲。你的间谍生涯就要开始了。”

我说:“我的名字是天使。”

“是吗。”卡洛琳说。

我们走进大楼,进电梯。我说:“山姆有一只猫。我闻到了山姆的猫。”

“你他妈的闭嘴。”卡洛琳说。

我是狗。

我必须爱卡洛琳。

二

“苏珊，我知道你一直都是个公私分明的人。不过这次你一定要帮我。我也知道现在竞争有多厉害，上头已经说了如果下个月的销量再不上升的话我就只有下课了。”

“什么事？”其实我很清楚是什么事，麦克也知道我在明知故问，不过面子上谁都没有露出来。他是我的上司，我当然不能表现得比他聪明，对不对？

“就是这件事！”麦克递给我昨天的《纽约时报》，黑色的粗体铅印字立即映入我的眼帘：验尸结果证明岚·珍妮曾经做过生物改造。我扬扬眉毛，把报纸放在桌上。“安东·普里维特拉昨天不是已经开过新闻发布会了吗？”

“但你可以以一个家长的身份得到独家新闻。”麦克坐下，两腿放在桌上。他很清楚我并不想写这个报道，但他更清楚我的想法根本就无足轻重。

我的女儿黛博拉现就读于美国芭蕾舞学校。此校正是由纽约芭蕾舞团创办的。自建校以来,它为世界培养了无数位优秀的舞蹈家。30年来,纽约芭蕾舞团的团长安东·普里维特拉像个霸道的君主统治着芭蕾舞世界。他的名字是如此地如雷贯耳,以至于有时候我相信他可以逃税或是拥有自己的军队。其助手约翰·科尔以精明的外交手腕为纽约芭蕾舞团拉到了不少的赞助。纽约芭蕾舞团不仅拥有世界上最优秀最出色的舞蹈家,也是世界上所有芭蕾舞蹈家向往的圣殿。它对习舞之人而言就如麦加对伊斯兰教徒。不过,那是在生物改造出现之前。

现在,情况有所不同了。

安东·普里维特拉对媒体的态度素来是“顺我者昌,逆我者亡”。关于珍妮之死恰恰是他不愿深谈的问题。

一个月前,李珂,美国芭蕾舞剧院的首席演员,在中央公园被人勒死。三天前,纽约芭蕾舞团的岚·珍妮也在其小公寓中以同样的方法被杀害。警方判定两案的凶手应是同一人。李珂被生物改造过的事早就公之于众,但身为纽约芭蕾舞团第二主角的珍妮却一直被认为是靠自身的努力与天赋而得到现在的成就。所以当珍妮的验尸报告指出她也被生物改造过时,当然会引起不小的反应。而一直对生物改造持反对态度的安东·普里维特拉在新闻发布会上声称,三个星期前的生物检查表明没有任何团员接受过生物改造。

“不要把重点放在谋杀上。”麦克说，“从人性的角度去考虑，这事对其他团员的影响？是否影响她们的事业？安东·普里维特拉会一如既往地坚持舞团的原则还是会有所改变？他采取了哪些安全措施？学生家长是何想法？”

我说：“麦克，你是个冷血的人。”

他说：“苏珊，你的女儿已经17岁了。如果在这之前你无法说服她离开舞蹈，现在就更不可能了。你会去采访吗？”

“会去的。”

“很好。苏珊。”他看着地下，“不要太感情用事了。知道吗，你最大的缺点就是太感情用事了。”

九月的热气笼罩着整个林肯中心。广场的中心喷泉周围坐满了人。我讨厌林肯中心。在我的眼中它不过是个丑陋得毫无美感的建筑群。麦克却说我讨厌它是因为我讨厌纽约，如果林肯中心建在肯塔基的话，我就一定会喜欢的。

纽约剧院除了演出外还兼做练习场。一走进剧院，轻柔的音乐便飘进我的耳中，是《天鹅湖》。最近一段时间，黛博拉每日都会随着它练舞，连带着我也听得滚瓜烂熟了。

自1877年首演以来，这个舞剧即成为经典的芭蕾舞剧，在数百年后的今日其魔力仍然有增无减。纽约芭蕾舞团更是因为用全新的手法诠释了这个经典而闻名全球。自然地，这也是每年的表演节目之一。

随着动人的音乐,我的脚步渐渐放慢,脑中浮现出这个优美的爱情故事。

美丽的公主,因不愿嫁与邪恶的魔法师而被其变为天鹅,只有在夜晚才能恢复人形。某日夜里,已恢复人形的公主伤心地在湖畔徘徊时,巧遇邻国王子。王子即为公主绝世无双的容貌,高贵典雅的气质,以及眉眼间浓浓的哀愁所吸引。自此后,王子的心便不再属于自己了。同样地,公主对王子也一见钟情。

王子决意为公主解除魔咒,娶她为妻。

但在选妃的当日,魔法师带着化身为公主的黑天鹅而来。

她是魔法师的女儿所变,以冷艳、神秘的力量来魅惑王子。王子先为她酷似公主的外貌所惑,继而深深地沉迷在黑天鹅狂艳的激情中。于是,他在迷失中背叛了公主,背叛了承诺,背叛了爱情,选择黑天鹅当他的新娘。

但,真爱终究战胜了一切。曾短暂迷失的王子终于醒悟到黑天鹅不是公主,也无法代替公主在他心目中的位置。于是,王子不顾一切来到魔法师的宫殿,杀死魔法师,破除魔咒,使得有情人终成眷属。

安东·普里维特拉的办公室是一个由舞蹈演出表、戏服样本以及电脑组成的世界。他让我等了足足二十分钟。我趁此机会把所知道的关于生物改造的事想了一遍。

生物改造有好几种。每种方法都仍处在试验阶段。在美国,每一种都被视为非法。每当有新的方法出现在欧洲、南美或日本市场上时,总会引起世界性的轰动与争论。这是种崭新的科技,充满了矛盾与挑战。它的出现就像上个世纪的物理,或这个世纪初的癌症治疗法一样。没有一种生物改造是专为舞蹈家而设计的,她们毕竟是少而又少的一群人。先是欧洲的芭蕾舞女演员兴起了利用生物改造的热潮,随后大批的美国芭蕾舞女演员也专程去欧洲,享受这昂贵的特权,把一个没有经过证明的生物“机器”装进自己的身体。

有些机器可随环境改善身体状况。这样可以加速身体的复原,珍妮接受的正是这类的改造。这样可以相应地降低在练习或表演中受伤的概率。这种机器仍然处于实验阶段,没有人知道长期使用会有什么样的后遗症或副作用。

另一种更为昂贵也更为危险的改造是骨质重生。骨质重生可以改变一个人的骨骼的形状或密度。它可以依据个人的需求重新塑造其骨形。经过骨质重生后的女演员每一个人都能在技巧上做得完美无缺,不仅如此,还能大大地减少受伤的概率。

安东·普里维特拉像一阵风似的刮进办公室,打断了我的思绪。他对于自己的迟到丝毫没有表示歉意。“啊,你来了。我能为你做些什么吗?”

“我是为我女儿黛博拉·安德斯而来的。她是D班的学生。她就是——”

“是的,是的,是的。我知道她是谁。我认识所有的学生,包括那些最小的。不过你应该去问罗丝女士才对,她是学校的主管。”

“但决定权在你的手上。”我露出最诚挚的笑容。

安东坐在一把翼椅上。七十多岁的他身手像年轻人一样灵活:挺直的背,轻灵的动作。那对著名的蓝眼睛正狡黠地看着我。他的舞台生涯早已成为一个传奇。现在的他本身就是一个传奇。他对于纽约芭蕾舞团的一切决定都被奉为金科玉律。我不喜欢他,因为他浑身上下都散发着一种唯我独尊的霸气。他应该是个很强势的男人。对于这种男人我一向都抱着敬而远之的心态。我深深地吸了口气,用最最温柔的口气说:“普里维特拉先生,关于黛博拉我有三个问题想请教你。一、我知道你一定常常听到同样的问题,你能否告诉我,黛博拉是否有相当的潜力成为一个优秀的舞女?这个秋天她就必须开始申请大学,虽然她一心只想跳舞。可是如果不行的话,我们必须另外——”

“是的,我明白你的意思。安德斯太太——”

“苏珊。安德斯是我女儿的姓。”

“苏珊,舞蹈不应该是第二选择。如果黛博拉有足够的天赋,那么她一定会成为一个出色的舞蹈演员。如果没有,那么——”他耸耸肩。

“那正是我想知道的。她有吗?老师说她有很好的乐感,但……”

我心跳得如同要蹦出来似的,双手紧紧地握在一起。

“也许,也许。在适当的时候你必须让我来决定。”

“那正是我要说的。”我尽量控制着自己的情绪,“时间已经到了,大学——”

“艺术不是快餐,必须慢慢来,如果黛博拉注定会成为艺术家的话,那么她迟早会的。亲爱的,一切有我。”

“我的第二个问题是:身为家长,自从两名舞蹈演员遇害之后,我非常担心黛博拉的安全。学校在安全方面做了哪些工作呢?”

安东·普里维特拉眼光如箭一样地射过来,但马上又恢复成和蔼可亲的样子。“警察不认为学生会有危险。至于凶手,这个野兽,很显然他只对经过生物改造的职业舞蹈演员有兴趣。不管是在我的舞团还是学校,没有人是经过生物改造的。我们都相信只有经过自身的努力和天赋才能达到最高的艺术境界。需要用科技来跳舞的人根本就不配称为艺术家,再说,”他的脸上露出一个狡黠的表情,“学生也没有足够的经济能力负担昂贵的手术费。”

“很显然珍妮并不如你所讲的那样。”

“她和你的黛博拉无关。”安东站起来,蓝色的眼睛变得像冰一样冷,“请原谅我必须失陪了,还有很多事等着我去做。”

“但你还没告诉我你在安全方面采取了哪些措施。”我尽量扮演一个担心的家长的角色,“求你了,黛博拉……”

他叹了口气:“我们加强了保安措施。虽然不能告诉你细节。不过,请放心,你的女儿是绝对安全的。”

“是否有家长因这次事件而让孩子退学呢?”

安东·普里维特拉毫不在意地说:“如果真有其事的话,她根本就不配跳芭蕾。别忘了,这是纽约芭蕾舞团。”

他走了。音乐由敞开的门飘进来。

黛博拉现正在三号练习室。明知道她并不希望我去,我还是推开了三号练习室的门。

准备活动已经做完了。我在家长席的最后一排坐下来。老师是个从来不笑的中年法国妇人。“当你跳起来的时候,双手应该这样向上伸。这样,看清楚了吗?”

黛博拉做错了。“不,不对。”老师对她大叫,“是这样!”

黛博拉又做错了。她不好意思地笑了笑。我则觉得自己的胃在收缩。

黛博拉又试了一次,还是错了。老师示意她一个人单独练习一会儿。我不忍心再继续看下去,忙低下头。

我的思绪随着音乐飘到三年前。

三年前,十四岁的黛博拉独自一人从肯塔基跑到纽约与她父亲同住。理由很简单,她要成为一流的舞女,成为纽约芭蕾舞团的一员。不管我怎样地劝说她、求她、骂她,或是强硬地命令她,都无法改变她的心意。说实在的,我一直认为这不过是一个青春期少女的心血来潮。但不管黛博拉的心血来潮也好,还是她的一意孤行也好,既然我无法劝服她回到肯塔基,我就不能让她独自一人留在纽约。黛博拉的父亲根本不是个值得信赖的人，他在黛博拉三岁那年便离家出走，一去不回。于是，我辞掉了一生中最满意的工作，告别了所有亲朋好友，卖掉了我钟爱的房子，来到纽约。不管怎样，我都必须和黛博拉在一起。十四岁还不是能够照顾自己的年纪。于是，我在曼哈顿边缘租了一套小小的公寓，在纽约找了一份工资只有以前的一半的工作。我从来都没有放弃说服黛博拉放弃跳舞的想法。三年前如此，三年后也是如此。我很清楚黛博拉的天赋，她永远都不可能成为像卡洛琳·欧森那样的大明星。她永远不能达到自己的梦想。我是她的母亲。我很清楚舞蹈对黛博拉意味着什么，我不想看见她最后被失望与现实打得遍体鳞伤。

不管怎样，我都必须守护在黛博拉身边！

“哎哟！”是黛博拉的声音，我抬起头，看见黛博拉坐在地上，皱着眉，双手抱着右腿。我慌慌忙忙地向她跑去。

“妈，我没事。”黛博拉说。

“在医生来到之前千万别动。”

“我说过没事的。”

医生说是韧带受伤，必须在家休息一个星期。

那天晚上，我和黛博拉一起去看由卡洛琳·欧森主演的《天鹅湖》。卡洛琳轻盈得就像是个真的天鹅在台上翩翩起舞。

整个晚上，黛博拉苍白着脸，一言不发。看着这样的黛博拉，更加强了我说服她脱离舞蹈的决心。不管用什么方法都好，我绝不能让我最心爱的女儿受到伤害。

绝对不能!时间已经不多了,我一定要在这个秋天把她送进大学的校门。

三

卡洛琳跳起来。她一条腿向前伸一条腿向后伸。她又跑又跳。每当她跳起来时,德米就会接着她。

“不对,不对。”普里维特拉先生说,“不是那样。德米,你举起她时就像在举一袋米一样。应该是这样。”

普里维特拉先生举起卡洛琳。我的耳朵竖起来。普里维特拉先生是朋友。他可以接近卡洛琳。德米可以接近卡洛琳。约翰可以接近卡洛琳。

德米说:“是那条狗的原因,它让我神经紧张。我觉得它随时都会扑上来咬我。我根本无法集中精神。”

约翰坐在我旁边。他说:“德米,不用怕。天使不会咬你的。它很听话。它知道你可以接近卡洛琳。没事的。”

德米说:“如果我一不小心让她掉下来,那怎么办?”

卡洛琳坐下。她看看约翰,看看德米,没有看我。她笑了。

约翰说:"放心,不会的。除非卡洛琳叫起来。我们都知道她不会这样做。从来都没有。所以你非常安全。相信我。"

"我不信。"德米说。

每个人都静静地站着。

普里维特拉先生说:"卡洛琳,亲爱的,让我来示范一次。我会让你掉下来。"

卡洛琳不相信地笑了笑。她站起来。安东·普里维特拉先生举起卡洛琳。然后她重重地落下来。我的耳朵竖起来。卡洛琳没有叫。她没有受伤。普里维特拉先生是朋友。卡洛琳说过他是朋友。

"看见了吗?"普里维特拉先生说,"很安全。来,站好,开始。"

德米举起卡洛琳。音乐越来越响。约翰在我耳边说:"天使,卡洛琳昨天晚上出去过吗?"

"是的。"我说。

"去哪儿了?"

"左转四条街,右转一条街。卡洛琳给钱。"

"面包店。"约翰说,"还去了其他地方吗?是不是很晚回家?"

"没有。"

"昨天晚上有人来看卡洛琳吗?"

"没有。"

"谢谢你。"约翰说,他摸了摸我。我很快乐。

卡洛琳看着我们。一个女人在卡洛琳腰间系了一件长长的衣服,并递给她一根木棍。昨天我问过约翰那根木头是什么。约翰说那是扇子。音乐响起来,越来越快。卡洛琳拿着扇子跳起来。

“卡洛琳?”普里维特拉先生说,“亲爱的,从这儿开始。”卡洛琳跳起来。她看着约翰,约翰看着我。

卡洛琳从卧室走出来,穿着牛仔裤,头上戴着帽子,遮住了所有的毛。她走到门边,对我说:“别动,听见了吗? 别动!”

我走到门边。

“上帝。”卡洛琳把门打开一点点,走过去,关上门。我也跟在她身后走过去。

“我说过别动。”卡洛琳又把门打开。她推我。我不进去。卡洛琳走进去。我跟在身后。

卡洛琳开门,出去,又回来。她关门。她开门。她关门。她转身。她开门,出去。她太快了,剩下我独自在房间里。

我大叫,我试图用身体破门而出。一个男人抓住卡洛琳的手,对着一个盒子讲话。

“先生,目标已经决定返回自己的房间,现在我们正在她的家里。”

卡洛琳抓过盒子,“约翰,你怎么敢这样对我。你让那条狗生物改造过。这是违法的,知道吗? 我会告你,我会辞职,我会……”

“卡洛琳。”约翰的声音。我四周看了看,没有约翰的气味,约翰不在这儿,只有他的声音。“你没有法律根据。按照合同规定,这个人有权跟你去任何你想去的地方。亲爱的,合同是你亲自签的。至于停止为纽约芭蕾舞团工作,那是你的事。在你仍然为我们工作的时候,天使会一直跟着你。如果它太长时间没有看见你,它体内的生物器官就会发出信息。到底是什么地方你不想让天使跟去?”

“关你什么事!”卡洛琳大叫,“我敢打赌他身上还装有方向辨别器,是不是?”

她非常非常生气。她在和我生气。我趴在地上,把爪子放在头上。这里一点儿都不快乐。

男人说:“先生,我正在离开。”他走了,把小盒子也拿走了。

卡洛琳坐在地上,背靠着门。她看着我。我的爪子抱着头。卡洛琳很生气。

什么事都没发生。

过了一会儿,卡洛琳说:“我猜就只有你和我了。他们这样安排的。我们必须在一起。”

我仍然抱着头。卡洛琳仍然很生气。

“好吧,让我换一种交流方式。从你的内心深处赶走你的敌人。你一点儿都不明白我在说什么吗?天使,他们给了你什么?一个五岁小孩的智商吗?”

我看着卡洛琳。这是她第一次叫我的名字。

“告诉我山姆的猫。”

“什么?”

“山姆的猫。你跟我回来的第一天曾说过你闻到山姆的猫。记得吗? 可以告诉我山姆的猫是什么样子吗?”

我很困惑。卡洛琳在耐心地对我说话。她在生气。她的背挺得直直的。

“是母的还是公的?”

“是只母猫。”我说。我记得那种味道。

“你想逗它吗?”

“我永远都不会逗猫。我必须保护卡洛琳。”

卡洛琳的气味变了。她靠近我。

“但你想去逗它吗,天使? 你想像一条真正的狗一样吗?”

“我只想保护卡洛琳。”

“他们对你做了什么,对吧?”

我不懂。卡洛琳仍然有一点点生气。我不明白。

“不过和他们在南美和欧洲做的事比起来要好多了。”她说,身体一阵颤抖。

“你受伤了吗?”我说。

卡洛琳把手放在我背上。她的手很冷,什么都没说。

我很快乐。卡洛琳对我说了很多很多话。她告诉我跳舞的事。她是一个舞蹈演员。她可以跳起来,在空中转圈。她还可以用脚尖站起来。很多人都来看她跳舞,看她跳舞的人都很快乐。

我们在外面散步。我保护卡洛琳。我们去了很多地方。卡洛琳给我吃蛋糕和热狗。有很多不同的气味。我们会闻着气味往前走。我们看见很多狗和猫。有时候手拿盒子的男人也会跟我们在一起。约翰说那个男人是朋友。

"如果我告诉天使你会对我不利,你猜会怎么样?"卡洛琳对男人说。他和我们一起散步。"你不怕我叫它把你撕成一片一片的。"卡洛琳又在生气。

"欧森小姐,你没有修改它体内程序的权利。"

"是吗?"卡洛琳问,"有人问过天使它想这样生活吗?"

男人微笑。

我们每天都去林肯中心。卡洛琳在那儿跳舞。不论白天晚上她都在跳舞。很多人在晚上看她跳舞。

每天约翰都会问我和卡洛琳做了什么。我会把每件事都告诉他。

"我办不到。"卡洛琳对街上的一个男人说。他站得离卡洛琳很近。我轻轻地叫了一声。"天,别靠近我。斯坦,别接近我。狗会咬你。说不定现在还有人在监视我。"

"他们真的那么在乎吗?"

"比你想得还要在乎。安东·普里维特拉的理想终究只是理想。我们必须小心谨慎。”

“谢谢你的时间。”男人大声地说。他笑了笑，就走了。

后来约翰问我：“卡洛琳和谁说话？”

“一个男人。”我说，“他需要时间。”

后来卡洛琳说：“天使，今天晚上我们去看母亲。”

四

示威者把林肯中心的喷泉染红了。

他们在绕着喷泉一圈圈地走着,大声地喊着口号。我飞跑过去,想在警察把他们全部抓走之前,看清楚他们支持的是哪一方。尽管隔着很远的一段距离,我仍然可以肯定他们不是跳舞的,太胖了。警察已经开始把他们冲散。有人大叫起来:“给我们选择的权利!这是个自由的国度。”

看来是支持生物改造的人。

一位坐在轮椅上的老妇人正专注地看着眼前的一切。身后站着五个保镖。身穿浅蓝色香奈儿套装的她与安东·普里维特拉一样,浑身上下都散发着一种让人极不舒服的霸气。我定定地看着她,苍老的脸是如此熟悉,如果时光倒退四十年……我猛地意识到她就是卡洛琳·欧森的母亲。

她注意到我。不过脸色仍未改变，视我如透明人。我不愿放过这个采访的好机会，“欧森太太？”

她没有否认，“什么事？”

“我是《纽约进行时》的记者，现在正在写一篇关于纽约芭蕾舞团的文章。我可否问您几个关于您女儿卡洛琳的问题？”

“我从不接受采访。”

“我知道，几分钟就好。您一定为卡洛琳感到非常骄傲。现在的您是否担心她的安全呢？”

她笑着说：“一点儿也不。”

“为什么？”

她看了一眼仍在和警察争论不休的示威者，“知道在柏林他们是怎样进行生物改造的吗？”

“不知道，我——”

“那你根本就没有资格在这个问题上访问任何人。”最后一群示威者也被警察赶走了。“纽约芭蕾舞团已经完蛋了。艺术的未来是和生物改造分不开的。”

我想，在她的眼中我一定看起来像一条鱼，眼睛瞪得大大的。“但卡洛琳是个非常优秀的舞蹈家。她才二十六岁。”

“卡洛琳很幸运。她有个好的开始。”她打了个手势。其中的一个保镖马上把轮椅转了个圈，推着她离开。

我跟在后面，“欧森太太，你的意思是你的女儿以及所有纽约芭蕾舞团的团员都应该被生物改造过的舞蹈家所取代,因为后者能够在技术上有更完美的表演,是不是?”

“我从不接受采访。”她说。另外一个保镖把我挤开。

我注视着她和她的保镖渐渐远去的身影。真是令人费解的老太婆。为什么她谈起她女儿的口气就好像在说一辆过时的汽车一样。还有她说卡洛琳有个好的开始到底指的是什么呢?难道……

在图书馆待了一小时后,所找到的关于安娜·欧森的资料仍然少得可怜。诚然如她自己所说的那样,她从不接受采访,所有关于她的消息都是从第三者的口中得知。安娜·欧森是美国芭蕾舞剧院的主要赞助人之一。其夫早逝,给她留下了一栋位于纽约的公寓、三座赌场、一大堆价值不菲的股票。据传她和女儿卡洛琳的关系不是太好。至于卡洛琳,我所找到的资料全是关于她舞蹈上的评价,而对她的私生活一无所知。与她母亲一样,卡洛琳也从未接受任何采访。真不愧拥有相同的血缘。我决定找罗宾·汉帮忙,请他们调查安娜与卡洛琳母女的资料。

顾名思义,罗宾·汉是一个提供特别服务的组织。只要出得起钱,它可以为你提供你想得到的任何情报。其组织网络就像一张巨大的蜘蛛网遍布世界的各个角落。

三天后,我接到罗宾·汉发来的邮件。为了安全起见,这个组织的人从不露面,一切都在电脑上进行。

现年五十四岁的安娜自丈夫在十年前去世后即掌握其夫名下所有的财产,长袖善舞的她经过十年的投资,所有的财产早已不知翻了多少倍。无怪乎,近几年来,《金钱》杂志的世界巨富的排行榜上安娜·欧森这个名字总是名列前茅。虽然如此,安娜掌握着所有的财产,而卡洛琳的收入只是演出费而已。在过去的四年里,卡洛琳总共受伤两次,每次都不到一星期就痊愈了。对于一个专业的舞蹈演员来说这实在是太少太少了。我敢打赌卡洛琳一定经过生物改造。可是,是什么时候呢?过去的四年里,卡洛琳除了随团演出之外从来没有单独出境的记录。而且就算是在国外演出期间,她也没有离开团队单独行动过。不仅如此,卡洛琳似乎也没有旅游的爱好。从出生到现在,她从来没有单独离开过纽约。难道说纽约附近有一所非法的生物改造研究所?

真的有可能吗?

五

我和卡洛琳坐在出租车里。已经很晚了。我们穿过中央公园。下车后又走了很久,来到一扇铁门前。卡洛琳对着铁门说话。开门的是个男人,门里是一栋很大很大的房子。穿着睡衣的他看起来很惊讶。“卡洛琳小姐。”

“嗨,海叔。母亲在家吗?”

“已经睡了。如果是急事的话……”

“不是。我公寓的煤气坏了,今天晚上我会睡在这儿。这是我的狗,天使。天使,海叔是朋友。”

“是的,小姐。”一脸不高兴的海叔说道,“可是——”

“可是母亲命令你不准让我住在这。”

“不是,小姐。都可以住这儿,不过——”

“母亲一直都叫我回来住。现在我不是回来了吗?”

“是，小姐。”海叔仍然不高兴。这里没有狗。也没有猫，只有老鼠。鼠味很特别。

“我会睡在楼下的书房里。哦，对了，海叔，我的朋友等会儿会来。请把大门的电闸关掉。我会让他们从后门进来。不用麻烦你了。”

“一点都不麻烦——”

“我已经说过了我会去开门的。”

“是，小姐。”海叔非常非常的不高兴。

他走了。卡洛琳和我来到地下室。卡洛琳喝了点酒。她喂我喝水。我闻到碗柜里有老鼠，竖起耳朵。这里有很多有趣的事。

“天使，这就是我母亲的家。你还记得你的母亲吗？”

“不记得。”我不太明白她的意思。

“会有人来玩。都是跳舞的。葵思思也会来，还记得她吗？”

“记得。”葵思思和卡洛琳一起跳舞。

“天使，我们会聊关于跳舞的事。这里比我的公寓更适合聊天。记住，天使，我的母亲准许我用她的房子开派对。”

稍后卡洛琳开门。门外站着一群人。我们全都来到地下室。葵思思也在。她看上去很害怕，有几个男人陪着她。他们拿着一些纸，聊了很久。

“天使，吃块饼干。”一个男人对我说，“这是个派对。”

有些人随着收音机里的音乐跳舞。葵思思看上去又怕又困惑的样子。她的毛全都竖起来了。卡洛琳对她说话,听不懂她在说什么。我又吃了一块饼。没有人接近卡洛琳。

我们在那儿待了一晚上。葵思思哭了。

“她男朋友把她甩了。”卡洛琳说。

清晨,我们坐着出租车回家。昨天有人在出租车里病了,很难闻的味道。卡洛琳睡了。我也睡了。卡洛琳没有去上课。

下午我们去了林肯中心。葵思思也在,睡在大厅的一个沙发上。卡洛琳和德米跳舞。

约翰在我耳边轻轻说:“你和卡洛琳出去了整整一个晚上。”

“是的。”

“去哪儿?”

“我们去了卡洛琳母亲的房子,参加派对。卡洛琳的母亲准许卡洛琳用她的房子开派对。”

“都有谁?”

“跳舞的。葵思思也在。”

约翰看了一眼葵思思。她仍然在沙发上睡觉。

“还有谁?他们做了什么?”

“我们吃饼干。聊跳舞。有人随着收音机里的音乐跳舞。没有人接近卡洛琳。有音乐。”

约翰吐了口气。

“很好,”他说,“很好。”

“我喜欢吃饼干。”我说。但约翰并没有给我饼干。

卡洛琳和我在公园里散步。这里有很多很好闻的气味。卡洛琳坐在一棵树下。她头上的长毛都垂下来。她摸摸我的头,给我一块饼干。

“天使,对你来说很容易,是吗?”

“我听不懂。”

“你喜欢当狗吗?一只经过生物改造过的狗。”

“我不明白。”

“天使,你快乐吗?”

“我很快乐。我爱卡洛琳。”

她又摸摸我的头。暖暖的阳光,好闻的气味。我闭上眼。

“我爱跳舞。”卡洛琳说,“我为此而讨厌自己。”

我睁开眼。卡洛琳不开心。

“不管怎样,我都爱跳舞。真的。尽管我根本就没有选择的权利。你也没有,是不是?他们把你造成现在的你。你还是过得很快乐。”

我不懂她在说什么。我把鼻子放在她的大腿上。她紧紧地抱着我。

“这不公平。”卡洛琳轻声说。

虽然我不明白卡洛琳说的是什么,不过我却感到前所未有的快乐。

我爱卡洛琳!

六

黛博拉最终还是没有得到演出的机会。老师还告诉她最好是换一个地方舞团,这样也许更有希望。这对把舞蹈视为生命的黛博拉来说无疑意味着死亡。

两天后,她告诉我她已经从高中退学了。“我需要把所有的精力都放在舞蹈上。妈妈,你是不会明白的。”

“亲爱的,你可不可以先完成学业,然后再继续跳舞,好吗?”我尽量温柔地用商量的口吻说道。

“我不能再等三个月了。我必须抓紧每一分每一秒。我一定要在夏天的演出中得到表演的机会。”

“让我们从理性的角度去看这件事,如果你成功了,如果你顺利地加入舞团,那么二十年后呢?三十七岁的中年女人,没有高中文凭,你该以什么为生?难道你愿意自己的下半生在麦当劳度过吗?”

退休的舞蹈演员是没有福利可言的。很多名噪一时的舞蹈演员最后都落得晚景凄凉。

“我可以去当舞蹈老师什么的。我怎么知道?现在的我根本就没有时间和心情去想二十年后的事。”

“黛博拉,你才十七岁,没有我的签名你是无法退学的。我不会同意。”

“爸爸已经给我签了。”我一时无语,只能呆呆地看着她。在那一瞬间,我觉得黛博拉和我之间犹如横着英吉利海峡,怎么也跨不过去。

终于,还是她打破了沉默,“你不会明白的!你从来没有爱过任何东西超过你的生命。你从来没有过。你从来都不需要放弃一切去得到你想要的。”说完,她冲进自己的房间,砰的一声,把门关上。

从来没有爱任何东西超过你的生命!黛博拉的话一直在我脑中回响!从来没有吗?

天知道!

秋去冬来,转眼已是圣诞节前夕。

这段时间里,我一有空就把自己关在图书馆里,发狂似地阅读有关生物改造和卡洛琳·欧森的一切资料。对于没有任何生物背景的我要读懂这些专业性的报道实非易事,所以每天我都很晚很晚才回家。不过,黛博拉似乎比我更晚,我常常在等待她回家时就睡着了。我与她之间变得越发地生疏了。

最后报上关于卡洛琳·欧森的表演颇为不满。不止一家报纸指出她的舞技在明显地下滑,更有甚者说她如今的舞技连一个二流舞舞蹈演员都不如。这样的评论让我困惑极了,一向被视为天才的她舞技怎么可能会一落千丈呢?

于是,我做了一件我从来没做过的事:跟踪卡洛琳·欧森。

那是个细雪飘扬的夜晚。

卡洛琳带着一条黑色的巨型猎犬从林肯中心出来。她们走进附近的一家餐馆。我尾随其后,坐在她们右手边的桌上。

卡洛琳似乎并没有把心思放在吃上,三明治只吃了一小半便不吃了。卸妆后的她看起来更娇小瘦弱,楚楚可怜,与身旁的大狗形成鲜明对比。

"我们回家?"狗说。

我大吃一惊,三明治卡住喉咙,不禁咳嗽起来。卡洛琳看了我一眼,低下头,对狗说:"天使,再等会儿。"

十五分钟后,她们起身回家。我远远地跟在她们的身后,直到看见她们走进中央公园对面的一栋公寓为止。

七

下雪了。很冷。卡洛琳和我走到林肯中心。一个男人抢了卡洛琳的钱包就跑。卡洛琳说:“他妈的!”然后对我说:“天使,快拦住他!”她放开皮带。

我跑过去扑在男人的身上。他大叫。我没有咬他。卡洛琳只告诉我拦住他,她没有说攻击他,所以我只是站在男人的身上对他吼叫。他拿出一把匕首。我咬了他。匕首落地,他又大叫起来。警察来了。

“天。”卡洛琳说,“你真的做到了。”

“我保护卡洛琳。”我说。

卡洛琳对警察说话。卡洛琳对记者说话。我得到了一块牛排。我好开心。

雪没有了。积了很多很多天的雪全没了。我们又到卡洛琳的母亲家去了两次,参加派对。公园里越来越暖和了。水里又有鸭子了。花开了。卡洛琳叫我不要把花从土里刨出来。

我趴在后台看卡洛琳在台上跳舞。约翰和普里维特拉先生站在我身旁。

“她看上去很累。”约翰说,“安东,她已经尽了全力。”

普里维特拉先生什么都没说,只是静静地看卡洛琳跳舞。

“评论很不好。都说她跳得很僵硬,没有感情。”

“我会再和她谈谈。”普里维特拉先生说。

卡洛琳来到后台。她的脚受伤了。她用毛巾擦脸。我知道她在害怕。

“亲爱的,我有话对你说。”普里维特拉先生说。

我们来到卡洛琳的化妆间。卡洛琳坐下,身体在发抖。也许她病了。我叫了几声。卡洛琳把手放在我头上。

普里维特拉先生说:“亲爱的,首先我要告诉你一个好消息。警察已经抓到杀害珍妮和美国芭蕾舞剧院那个舞蹈演员的凶手了。”

卡洛琳挺直了身子。“是吗,怎么抓到的?”

“在广场旅馆,他试图闯进马蕊的房间。”

“马蕊——”“她没事。她不是一个人,她和情人在一起。警察没有公布细节。马蕊也是生物改造过的舞蹈演员。你看过她的表演吗?”

“看过。我觉得她跳得非常好。”

卡洛琳和普里维特拉先生看着对方。似乎会随时跳起来打架,但没有。我不明白,普里维特拉先生是朋友,他可以接近卡洛琳。

普里维特拉先生说:“我们都应该谢谢警察。亲爱的,我还有一件事要告诉你。”

卡洛琳抓住我的毛。她说:“什么事?”

“亲爱的,我想放你一个长假。你的舞技已经退步了。你说你没有吸毒也没有酗酒,我相信你。也许休息会使你恢复。表演的事等秋天再说。”

“你是说你要取消我夏天所有的演出。”

“是,亲爱的。”

卡洛琳只是坐在那儿。然后她说:“我只是有点儿累。没事的。”

“利用夏天好好休息一下。”

卡洛琳和普里维特拉先生看着对方。她仍然拉着我的毛。我觉得疼。

普里维特拉先生俯下身对卡洛琳说:“今天晚上你糟透了,你跳得就像一个从来没学过芭蕾的人。”

“我受伤了。这是常事。我已经算少的了。”

“你错过了练习、演出的时间。”普里维特拉先生站起身,“亲爱的,很抱歉。我别无选择。”

“夏天的最后两星期怎么样?”

“很抱歉,亲爱的。”

他走到门口,又停下,转身说:“至少你不用再担心那条狗了。既然凶手已经抓到,我会叫约翰通知保险公司来把它带走。”说完普里维特拉先生就走了。

卡洛琳抬起头,头上的毛全都竖起来。她非常非常生气。她很快跑出去。普里维特拉先生已经不见了。她跑到办公室,边敲门边叫:“约翰!约翰!你,混蛋!”

走廊很黑。门全都锁上了。约翰不在。

卡洛琳跑上楼。她摔倒了,躺在地上,抱住脚。

“天使,去,找个人来。”我来到休息室。一个女孩正在那儿跳舞。她说:“哦,对不起。我不认识任何人可以——天使?”

“卡洛琳受伤了。”我说,“快点来。”

她跟我来。卡洛琳说:“你是谁?哦,我记起来了,你是黛博拉,对吗?舞团的?”

“是,嗯,不。我的意思是我还没有加入舞团。我只是常常在这儿。我还是个学生。你受伤了吗?可以站起来吗?”

“可以扶我起来吗?”卡洛琳说,“天使,黛博拉是朋友。”

黛博拉试图扶起卡洛琳。卡洛琳呻吟了一声。她站不起来。黛博拉找来约翰。他抱起卡洛琳。

“我没事。”卡洛琳说,“不要去医院,也不要找医生。帮我叫辆出租车就行了。约翰,你想把天使从我身边带走?”

约翰惊讶地问:“谁说的?”

“还有谁。现在你决定,无论我私下做什么事都不重要了,是吗?”

“那是个误会。你当然可以继续拥有天使。安东不清楚状况。”约翰说。他在生气。

“为什么不选择一个好一点的方法告诉我解雇的事?”

“卡洛琳,你没有被解雇。”现在他越发地不高兴了。我闻到了危险的气息,就像抢卡洛琳钱包的那个人一样。“是吗?”卡洛琳说。坐进出租车。

黛博拉关上车门。她看起来很吃惊。

“我要天使。”卡洛琳说,“就这样决定了。天使,过来,我们回家。”

我们去上课。卡洛琳不能跳舞,她一个人坐在角落里。普里维待拉先生坐在另一个角落。卡洛琳看黛博拉跳舞。她们在空中飞舞,转圈。

老师举起手。音乐停了。“黛博拉,再示范一次。”其他学生走到一边。他们互相看看。脸上露出惊讶的神色。音乐又开始了。黛博拉随着音乐跳起来,转圈。

普里维特拉先生说:“跳一段《天鹅湖》怎么样?老师说你会其中一段。”

“是。”黛博拉说。她一个人跳起来。

其他人面面相觑。

每个人都开始跳起来。

卡洛琳目不转睛地看着黛博拉。

八

世界生物改造研究会将在四月的巴黎举行，为此我费了不少唇舌让麦克派我去看看。

临行前的那个晚上，黛博拉欣喜若狂冲地进我的房间，抓住我的手，说："他们邀请我加入舞团！"

她快乐地转了个圈，脸上一副幸福得冒泡的样子。因为消息来得太过突然，我一时不知说什么才好。

"我简直无法相信！我真的可以成为舞团的一员了！"

黛博拉激动得在房间里走来走去，完全没有注意到我的沉默。

"妈妈，难道你不想知道事情的经过吗？"

"当然想啦。"

"今天下午，普里维特拉先生来看我们上课。先是老师叫我独自做一遍今天的练习。然后普里维特拉先生就问我会不会跳《天鹅湖》。我说会。他就叫我独舞一段。那个时候我紧张得差点儿死去,我想我的心脏真的停止了跳动。刚开始,我脑里完全是一片空白。后来不知道是怎样记起来的。跳完后,普里维特拉先生说我大有进步,跳得很好。”

没来由地,我心里隐隐觉得有什么不对劲。女人的直觉告诉我黛博拉一定有什么事在瞒着我。

“你不是说过演出季结束前舞团不会增加新的团员吗?”

“一般来说,是的。不过卡洛琳·欧森已被解雇。她最近常常错过练习和排练的时间。而且她的演出也糟得要命。”

“我知道。”我读过每一篇关于卡洛琳的报道。

“她太骄傲了。”黛博拉满足地说,“平时总是一副高高在上的样子。我早就受不了她了。普里维特拉先生说会让我主演《天鹅湖》。”

“黛博拉,恭喜你!”我好不容易才挤出这句话。

“什么时候去巴黎?”

“明天一早。”

“你会在那儿待十天。”黛博拉羡慕万分地说,“你一定会玩得很开心,也许下次巡回演出的时候我也会随团去巴黎。”

四月的巴黎是阴冷的,绵绵不断的小雨给这座古城披上了一件灰色的大衣。

当天晚上我去巴黎剧院观看《睡美人》。这是麦克让我来此的条件之一,写一篇关于巴黎芭蕾舞团的评论。我曾经为纽约芭蕾舞团写过一篇评论文章,意外受到了好评。

中场休息时,我意外地在酒吧看见安娜·欧森和一个五岁的小女孩在一起。

“欧森太太。”我说。

她冷冷地看着我,很显然完全没有记起我是谁。

“我是苏珊。我们曾在安东·普里维特拉先生举办的私人宴会上见过。”我撒了一个小小的谎。

“是吗?”冰冷的目光中又多了一丝怀疑的神色。

“这一定是你的——”孙女,我心里暗说,不可能,卡洛琳向来以事业为重,从来没有为感情留下任何时间。

“我是玛格丽特。很高兴认识您,夫人。”她用标准的法语介绍自己。

“你在学习芭蕾舞吗?”

“那当然。”安娜比了个手势,她无所不在的保镖立刻把她和玛格丽特带走。

星期四晚上的学术发表会在下午就已经挤满了人。我手拿一杯鸡尾酒,漫无目的地在人群中转来转去。脑海中净是今早与黛博拉的通话影像。自来巴黎后,我便开始失眠。不知为何,就是睡不着。于是,打电话回家。显示屏上的黛博拉显得十分憔悴。

“出什么事了吗?”我关心地问。

“妈,没事。喜欢巴黎吗?”

“黛博拉,你有事瞒着我。”我不满,为什么她老是不对我说实话。

“真的没事,只是有点儿累而已。”

“是不是受伤了?”

“当然没有。我要挂了。有人等我。”不等我回答,她已匆匆关上显示器。

我看着表,凌晨一点。会是谁在等她?心中的不安在渐渐地扩大。

半小时后,我又打了一次电话。没有人接。

会议无故推迟了一小时。大厅里的嗡嗡声越来越响,很明显人群已感到烦躁不安。

又过了好一会儿,一位身着黑色套装的中年妇女走上主席台。

“晚上好,女士们先生们。我是卡塔·瓦格斯普斯。在会议开始之前,我宣布塔纳博士今晚无法出席。他……”没有说完她就冲下去了。

今晚的会议本是由生物界的两巨头塔纳博士和峨蓝博士主持。早有消息透露他们两位在近年的合作中,在生物改造方面取得了重大的成功。而今天晚上他们会宣布最新的研究成果。

人群更加不安,骚动声越来越大。一个男人又走上主席台。全场立刻安静下来,千百双眼睛齐齐地瞪向他。此情此景就如关掉电视的声音,只留其画面一样。

“我在此必须很遗憾地宣布,塔纳博士今晚无法出席此次会议。我们刚刚收到一个很不幸的消息。塔纳博士去世了。峨蓝博士稍后即会发布她与塔纳博士的研究成果。”

这个消息无疑是往油锅里加水,各种语言交汇在一块儿发出的声音几乎掀翻了大厅屋顶。

五分钟后,峨蓝博士走上主席台。六十多岁的她看起来比实际年龄年轻许多。她的脸色异常的苍白,拿着发言稿的手有轻微的抖动。

首先她开始介绍生物改造的历史以及最初的用途。随后,她话锋一转,说到多年来科学家一直都试图在志愿者的身上证明可以从母体进行生物改造。志愿者这三个字她一连说了三次。这种试验在三十年前就开始了。一直以来效果都很好,没有发现任何后遗症。也就是说在母体内就经过了生物改造的婴儿成长得很好,也确实在特定的方面发挥出了他们的天赋。不过,在她和塔纳博士近几年的研究调查中显示,那些成年后的孩子,在二十五岁至三十岁之间,会患上一种人类从来未见过的癌症。

一时之间全场哗然。

安娜·欧森的话又在我的耳边响起:“卡洛琳有个好的开始。”一切都显而易见了，卡洛琳在母体内就接受过生物改造。所以，在四年之内只受过两次伤，所以年已二十六岁的她最近的表演均不尽如人意，而已经为芭蕾疯狂的安娜又造出一个小卡洛琳——五岁的玛格丽特。

我推开人群，快步走出混乱不堪的大厅，我必须快点儿回去。我必须阻止黛博拉。耳边隐隐约约听见有人说塔纳博士是自杀的。

马不停蹄地回到纽约已是午夜十二点。回家后，电子留言板上有一个陌生的电话，旁边还加有“紧急”二字。心跳猛地加快，黛博拉出事了，是医院的电话？

不是医院的电话，而是律师办公室。“苏珊·马斯太太？请稍候。”显示屏上出现一张陌生男人的脸。“马斯太太，我是杰姆·比彻，皮·安德斯先生的律师。他现在正在监狱里。他留下一个口信给你。非常重要。”

“为什么？”

“因为毒品走私。他的口信是‘不要看月亮上的山洞’。”

黛博拉很小很小的时候，当我和皮仍然在一起的时候，她最爱玩的游戏就是寻宝记。黛博拉会事先把东西藏在房间的某个角落，然后对我们说“不要看……”，她说的地方必定就是答案。我从来没想过皮仍然记得这件事。

我走进黛博拉的房间，开始细细地搜索每一样东西。最后我在一个皱巴巴的牛皮纸袋里找到了一大袋白粉。我冲进洗手间,把白粉倒进马桶,冲走。我庆幸提早一天回来,如果晚一天的话,说不定警察已经……后果会是不堪设想。

很显然,黛博拉也知道自己在做什么。这一切无非是为了一个钱字。但黛博拉要那么多钱是为什么呢?普里维特拉先生说我跳得很好,大有进步。黛博拉的话在我耳边响起。难道说……

我看看表,凌晨一点,黛博拉还没有回家。林肯中心已经关闭,黛博拉会在哪儿?我找到黛博拉的通讯录,打遍了上面所有的电话,每个人都告诉我不知道黛博拉在什么地方。

一个小时过去了。我决定不再等下去。我带上用来自卫的手枪,来到卡洛琳·欧森的公寓。卡洛琳·欧森一定知道自己是经过生物改造的。我曾见过她以前的表演,完美得叫人难以置信。一直把舞蹈当生命的卡洛琳一定很愿意介绍其他人接受生物改造。一定是这样的。我必须阻止她。

公寓里没有人。我想了想,决定去安娜·欧森的房子看看。地址是罗宾·汉给我的。我不能让黛博拉用自己的生命去跳舞。

九

卡洛琳和我坐在出租车里。我喜欢出租车。我把头伸出窗外。我们在黛博拉的公寓下面停下。卡洛琳和我去见黛博拉。

“我改变主意了。”黛博拉说。门开了一点点,她站在门后。“我不想去了。”

“不,你必须去。”卡洛琳说。

“你不是我母亲。”

卡洛琳温柔地说:“对,我不是你的母亲。我也不会强迫你。相信我,黛博拉,我知道被强迫的滋味是怎样的。身为你事业上的前辈,我求求你去好吗?这真的很重要,不仅是对你,对我也是一样。”

黛博拉看着地下。

“不用害羞,不管怎样我都希望你能去一下。”

黛博拉抬起头,愤怒地质问:“你为什么在乎?这是我的生活。”

“对。是你的,也是普里维特拉的。”卡洛琳闭上眼,“你欠他的。不要想那么多,跟我走。”

黛博拉仍然在生气。不过她还是来了。我们一起坐出租车去卡洛琳母亲的房子。我说:“今晚有派对吗?”

黛博拉笑了。卡洛琳说:“是的,天使。跟以前一样。你会有饼干吃的。”

“我喜欢吃饼干。”我说,“黛博拉喜欢吃饼干吗?”

“不。”黛博拉说。她看起来很害怕。

我们走后门。卡洛琳有钥匙。地下室有很多人,有人放起音乐。“小声点。”有人叫道。

“没关系。”卡洛琳说,“母亲还在欧洲。仆人全都放假了。这里只有我们。”

一个女人给我一块饼干。他们在聊天。卡洛琳和黛博拉还有两个男人在一个角落聊天。我听不见他们在说什么。我听不懂任何人说的话。我一边吃饼干,一边注意卡洛琳,一边看两个人跳舞。

“上帝。”跳舞的男人说,“这个假扮的竞争真的有必要吗?”

“有。”跳舞的女人说,“卡洛琳说有。”

角落的两个男人给黛博拉看了一些纸。卡洛琳坐在一旁。黛博拉哭了。

我看着卡洛琳。黛博拉可以接近卡洛琳。那两个男人也可以接近卡洛琳。卡洛琳说派对是让人开心的。但我觉得这儿没一个人开心。我不明白。

门铃响了。

没人动。全都面面相觑。卡洛琳说:“铁门开着的吗?我去看看。也许只是小孩在恶作剧。除了我们之外没人在家。”

门铃响了又响。

站在卡洛琳身旁的男人从口袋里掏出一个瓶子。他把纸放在桌上,然后把瓶里的水倒在纸上。纸消失了。“好了,你们听着,这是个派对。”

有人下楼来。一个声音说:“年轻人,你不能下去!”愤怒的声音,是卡洛琳的母亲。

我走到卡洛琳身旁。她很惊讶。

下来的是个女人。她手里拿着枪。我竖起耳朵。

“谁都别动。”女人说。黛博拉说:“妈妈!”

卡洛琳看看女人,又看看黛博拉,又看看女人。她朝女人走去。

“别过来。”女人说。她看起来又怕又气。我跟着卡洛琳。

“天,你是黛博拉的母亲?你想怎么样?”

卡洛琳的母亲在楼梯上叫道:“卡洛琳,这是怎么回事?”

女人的话说得又快又急:“黛博拉你知不知道你现在所做的事很危险生物改造虽然可以使你成为一流的舞蹈演员但也可以要你的命巴黎的会议上已经正式宣布生物改造有可能导致某种不可解

的疾病黛博拉我明白你一直都怪我不支持你但我真的是为你好……”

“等一等。”卡洛琳叫道,“你认为我把黛博拉带到这儿是想劝她接受生物改造?”

“难道不是吗?不要不承认,你会为芭蕾做任何事。”

“我要打电话叫警察。”卡洛琳的母亲在楼上说。

卡洛琳对身后的男人说:“请把我母亲抬下来。”两个男人立即跑上楼。

黛博拉说:“妈妈,你误会了。不是像你想的那样。其实跟我在一起的两个人是医生,他们正在劝我不要接受手术。妈妈,一直以来你只想把我变成你所希望的那样,但是你从来没有从我的角度去考虑,你从来都不在乎我的想法。”

男人把卡洛琳的母亲抬下来。

卡洛琳说:“亲爱的母亲,这话听起来很耳熟吧?十年前的我何尝不是对你说过相同的话呢?但你一心一意只想要一个跳舞的机器,就算要用我的命去换也在所不惜。”

卡洛琳的母亲说:“你和我一样热爱芭蕾。你曾是最优秀的。”

“但我没有选择。你从来都没有给过我选择的权利。早在我出生前,你就为我设定下该走的路,你考虑过我的感受吗?你从来都没问过我什么样的生活才是我想要的。”

黛博拉的母亲慢慢放下手中的枪,她的眼睛瞪得大大的。卡洛琳的母亲说:“你之所以成为第一流的舞蹈演员全是拜我所赐。如果没有我,你会像多数人一样一事无成。”

一个男人轻声说:“我的上帝。”

卡洛琳的身体抖得很厉害。她说:“你真是个冷酷无情的人。”

一个小女孩跑下来,嘴里说着我听不懂的话。卡洛琳看看小女孩。“你真是个冷酷无情的人。”顿了顿,又问,“她多大?五岁?六岁?旧的不去,新的不来。”

卡洛琳的母亲说:“你是个傻瓜。”

卡洛琳说:“天使,咬她。”

我扑上去咬卡洛琳的母亲。有人大叫:“卡洛琳!住手,卡洛琳!”我咬住卡洛琳母亲的脑袋。我必须保护卡洛琳,我必须保护卡洛琳不受到任何伤害。

一声枪响,我觉得好痛好痛。

我爱卡洛琳。

十

几年后。

柴可夫斯基的音乐在天地间回荡。台上，黛博拉正优美地飘然起舞，身轻如燕。

她表演的正是《天鹅湖》的第二幕，初化为人形的公主向王子求救，希望他能助自己脱离魔法师的魔掌。

黛博拉的脚尖在舞台上轻盈灵巧地行走，优美而高贵。随而腾空一跃，就像真正的天鹅一样楚楚动人。接着，她在空中完成高难度的大回旋，随后像一片羽毛一样轻飘飘地落下。

台下，观众看得如痴如狂，深深地沉醉在美妙的音乐与完美的表演中。

这是黛博拉经过了一年半的生物改造后的成果。看着完全沉醉在表演中的她，我除了感到欣慰之外，也为她感到骄傲。

几年的时间足以改变很多事。美国芭蕾剧院已取代了昔日纽约芭蕾舞团的地位。就连一年一度的欧洲巡回演出的重任也落在美国芭蕾剧院的身上。对于经过生物改造的舞蹈演员也逐步在国内获得认可。虽然,生物改造的副作用仍然没有解决的办法,但仍有许多为了艺术而不顾一切的年轻人义无反顾地接受手术。

终于,我不得不承认自己的失败。我败在黛博拉对艺术的执着,败在一个母亲对女儿的误解。卡洛琳与天使也在这儿。卡洛琳已在半年前无罪释放,其理由是精神衰弱。黛博拉说得对,卡洛琳一直反对生物改造,曾暗中劝说不少团员放弃生物改造的想法,为此,曾受到约翰的监视。忠实的天使自卡洛琳出狱后便一直伴随其左右,看来他们是谁也离不开谁了。

假以时日,相信生物改造会成为我们生活中的一部分。

(林　夕　译)

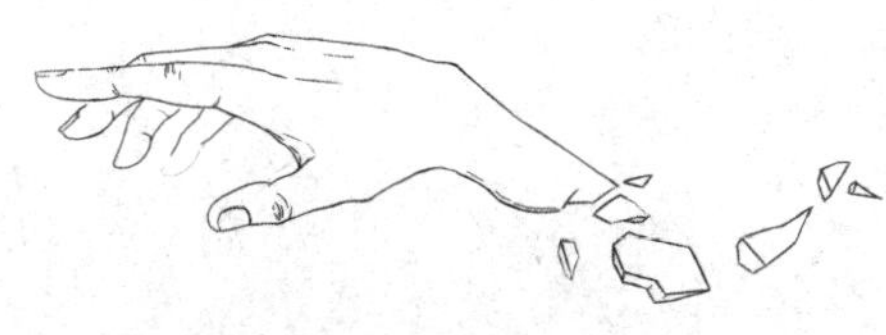

艾德曼连接

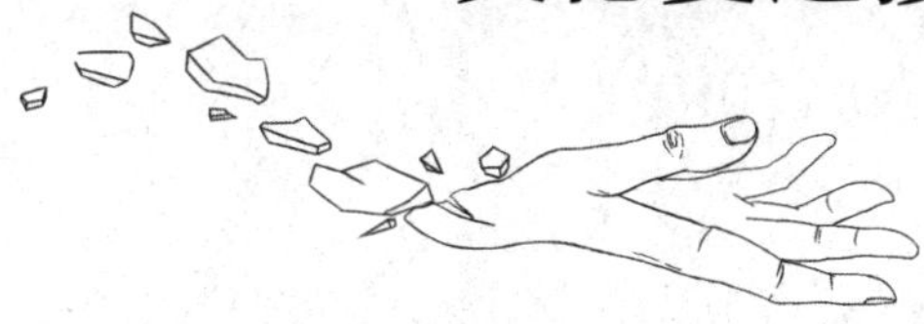

错误就像稻草，漂浮在水面上。

要想获得珍珠，需潜入稻草下。

——约翰·德莱顿

如果按照亨利·艾德曼的观念，这艘飞船实在算不上什么飞船。但它仍然安稳地在真空中飞行，穿梭于群星之间。在数光年宽广的宇宙里，以纳秒为单位，亚原子微粒诞生、存在，又一闪即逝。宇宙空间被飞船的跃迁撕裂，又随着飞船飞行而重组起来。当然，如果靠近宇宙深处的寒冷地带，等不到欣赏那微微发亮的美景，亨利就会被复杂频繁的强脉冲辐射致死。

突然，飞船加速了。

辐射脉冲增强，变得愈加复杂。飞船突然改道，不断加速，时间和空间也随之改变，又在飞船的尾迹中复原。紧急的事情发生了。

在遥远的地方，有什么东西正挣扎着诞生。

一

亨利·艾德曼站在他狭小卧室的镜子前,试图用一只手系领带,另一只手抓住拐杖。这可是个棘手的活儿,最后领带系得歪歪扭扭的。他一把扯下领带,从头系起。凯莉就快到了。

每次去大学,他都会打领带。就让那些大学生——甚至还有研究生——穿着满是口子的牛仔裤、脏兮兮的T恤,顶着一头老鼠窝般的乱发来上课吧。连女孩也是这样。不过呢,学生终归是学生,亨利并不计较他们的马虎,不把这些看成是对自己的不敬。事实上,圣塞巴斯蒂安养老院的其他人也不注意外貌,有时他甚至会觉得他们的样子很有趣。学校里那些才华洋溢的未来的物理学家难道不知道,他们的青春年华有多么短暂?为什么非要挖空心思让自己看上去如此不堪?时间一到,就是想变漂亮也不可能了。

他终于成功地把领带打上了结,虽然算不上完美——单手操作很困难——但已经过得去了。他嘴角浮现出笑容。他和同事们在政府工作时,无论什么都必须做到完美才行。原子弹就是这样造出来的嘛。

一记敲门声之后,凯莉年轻富有活力的嗓音传了进来:“艾德曼博士,您准备好了吗?”

她总是带着头衔称呼他,对他满怀敬意,不像那些护士和助手。“今天过得怎么样,汉克?”昨天,一个胖嘟嘟的金发女人这么问他。他生硬地回答:“我不认识你,女士,不过我过得不错,谢谢关心。”她只能笑笑。老人总是这么一板一眼——可爱死了!亨利能想象她对同僚这么说。啊,这一辈子,他可从没用过“汉克”这个名字。

“进来吧,凯莉。”他双手撑着拐杖,慢慢向前挪——哐啷,哐啷,哐啷——即使在铺着地毯的地板上,拐杖仍然吵得很。他批改好的学生作业堆放在大门旁的桌子上。这周他布置了一些颇有难度的题目给学生们,只有哈尔登一个人全部答了出来。哈尔登可谓前途无量,他的思维极具创造力又不失严谨,他的水平甚至足以加入1952年的常春藤行动,参与泰勒-乌拉姆多级聚变氢弹[①]的开发研制。

亨利在生活护理中心的狭窄套房里挪动。刚走过半间起居室,他的大脑突然生出一种异样的感觉。他吃惊地停了下来。那种感

① 美国历史上的第一次氢弹试验。

觉就像是一次试探性的接触,仿佛大脑中有一根幽灵手指捣了一下。惊讶很快被恐惧所取代。中风了吗?在九十岁高龄,什么事都可能发生。但他自觉一切正常,甚至比数天前感觉更好。既然不是中风,那会是——

“艾德曼博士?”

“我在这儿。”他“哐啷哐啷”地走到门前,打开了门。凯莉穿着件樱桃红的毛衣,帽子上挂着一片橙色的落叶,她还戴着太阳镜。多漂亮的女孩啊,金色的秀发,雪白的肌肤,光彩照人。外面下着毛毛雨,亨利伸出手,温柔地摘下她的太阳镜,发现凯莉的左眼有一大块瘀青,肿起的眼睑把虹膜和瞳孔都遮住了。

“那个混蛋。”亨利说。

那两个从走廊走向电梯的人准是亨利和凯莉,伊芙琳·克伦齐诺特心想。她的房门和往常一样大开着,她坐在扶椅上招了招手,但那两人只顾着交谈,丝毫没有注意她。她努力想听清楚谈话的内容,但正巧一架起飞的飞机掠过上空,那些可恶的航线离圣塞巴斯蒂安养老院太近了!不过,要不是这个原因,伊芙琳也住不起这里。凡事总有好的一面啊!

这是星期二下午,凯莉和亨利无疑是去学校。亨利一直很忙,这是十分明智的生活方式——你永远别想猜到他的真实年龄,绝对的。他满头头发都还在呢!不过相对于九月的天气,那身夹克有些单薄了，又不防水，他可能会感冒。她得和凯莉说说这事，为什么下雨天她还戴着副太阳镜呢？

但伊芙琳再不打电话就晚了！很多人依靠着她呢！于是她键入一个号码，楼下一层响起铃声。“鲍勃？我是伊芙琳。亲爱的，告诉我，你今天的血压如何？”

“很好。”鲍勃·多诺万说。

“你确定？你听起来有些暴躁，亲爱的。”

“我很好，伊芙琳，只是正忙。”

“噢！那敢情好！忙什么呢？”

“在忙就是了！”

“忙着总是好事！你今晚会来时事报告会吗？”

“不知道。”

“你应该来，真的该来。智力激发对我们这年纪的人很重要！”

“我挂了。”鲍勃嘟哝着。

“好的，不过首先，问候你的孙女——”

他挂断了，真是个坏脾气的家伙。也许他正饱受情绪不稳之苦，伊芙琳会推荐他做个灌肠检查。

下一个电话的回应积极得多。吉娜·玛蒂内利总是恨不得让伊芙琳注意她。她巨细无遗地汇报关节炎、痛风、糖尿病和她儿子的体重问题，她还讲述了她另一个儿媳的继女的流产事件。她回答了伊芙琳所有的问题，记录下所有的建议，除此之外——

“伊芙琳?”吉娜问,“你还在听吗?”

“是的,我——”伊芙琳陷入了沉默。这个突发状况吓得吉娜倒抽一口凉气,“快按紧急按钮!”

“没,我没事……我只是想起了一些事情。”

“想起了事情?是什么呢?”

伊芙琳并不知道。实际上,这不是一段记忆,而是……什么呢?一种感觉,一种模糊但强烈的……感觉。

“伊芙琳?”

“我在听!”

“只有主才能决定何时唤我们回家,我想你的时刻还没有来。听说安娜·切诺夫的事了吗?四楼那个著名芭蕾舞演员?她昨晚摔倒了,折了腿,他们不得不把她送进治疗室。”

“不会吧?”

“是真的,真可怜。他们说这是临时措施,只为了让她的情况稳定下来,但你知道那意味着什么。”

她知道,他们都知道。首先进七楼治疗室——在那里,你连一个小小的空间都没有——接着会被送到八楼和九楼的护理间。还不如来个干脆痛快,就像上个月杰德·福勒那样。但伊芙琳不会让自己去想这些,保持积极的心态非常重要!

吉娜说:“我听说安娜的情况还不错。主是不会给人超过承受限度的负担的。”

伊芙琳对此并不太确定,但没必要和吉娜这个坚信自己能和上帝对话的人争辩。于是伊芙琳说:"我会在针织聊天会开始之前去看她,相信她需要有人陪伴。可怜的姑娘——你知道,跳舞的人,总是长年累月地透支健康,这能有什么好结果呢?"

"是啊!"吉娜道,"她们为美付出了可怕的代价。老实说,有点不值。"

"你听说过她放在圣塞巴斯蒂安养老院保险箱里的那串项链吗?"

"没听说!什么项链?"

"一串华美的项链!桃乐丝·崔瓦尔斯基告诉我的,那是某位俄罗斯著名舞蹈家送给安娜的礼物,那人又是从沙皇那里得到这串项链的!"

"沙皇?"

"那个沙皇!俄国沙皇!桃乐丝说它价值不菲,所以才被锁在保险箱里。安娜从没戴过它。"

"真虚荣。"吉娜说,"她大概不喜欢把它戴在布满皱纹的脖子上。"

"桃乐丝说安娜一直情绪低落。"

"是,那是虚荣心作祟。'主啊,洞悉一切——'"

"我会建议她使用针灸疗法。"伊芙琳打断对方,"针灸疗法对治疗情绪低落很管用。"不过她接下来做的头一件事是给艾琳打电话,告诉她这个传闻。

艾琳·巴斯任凭电话自顾自地响着,大概又是烦人的伊芙琳·克伦齐诺特打来的,急切地想询问别人的血压、胆固醇或者胰岛素。噢,接就接吧,那女人没有恶意,我应该宽容些。但这又是为什么?只是因为上了年纪,就应该宽容些?

她让电话响着,继续看书,格雷厄姆·格林写的《问题的核心》。格林厌世、绝望又矫情,但也算个了不起的作家,只是被严重低估了。

航班周六晚上来:从卧室的窗口,可以看见它那长长的灰色轮廓,隆隆声中,在遥远的——

发生了什么事。

——隆隆声中,在遥远的——

艾琳所在的不再是圣塞巴斯蒂安养老院,她不在任何地方,她抛离了一切,在遥远的——

然后一切结束了,她又坐回自己狭小的房间里,书无声无息地滑下膝盖。

安娜·切诺夫正翩翩起舞。她和保罗,还有另外两对人站在舞台上,站在聚光灯下。巴兰钦在第二排,尽管安娜知道他等的是苏珊娜的独舞,但他的出现还是让她精神百倍。音乐响起。旋转,鹤立,迎风展翅,被保罗举起。她被高举过头,飞翔在舞台上,飞翔在芭蕾舞团之上,飞翔在苏珊娜·法雷尔头上,飞越纽约州剧院,飞向夜空。她张开双臂,展开双手,就着闪耀的夜色,跨越苍穹,完成了宇宙中最完美的跳跃,直到……

“她笑了。”鲍勃·多诺万说漏了嘴。他低头看着熟睡中的安娜。她是如此美丽,美得不真实,只是一条腿嵌在又大又丑的模子里。他一只手拿着三朵黄玫瑰。该死的,他真是个十足的傻瓜。

“止痛片有时候会起到这种效果。”治疗室的护士说,“很抱歉,你不能留在这里,多诺万先生。”

鲍勃对她皱了皱眉,但并无恶意。这个护士为人不算差,不像其他人,也许是因为她自己也已经青春不再。再过几年,小妹妹,你就将成为我们的一员了。

“把这个给她,行吗?”他把玫瑰塞到护士手里。

“好,我会的。”她回答。于是他走出充斥着药水味的治疗室——他讨厌那种味道——回到电梯里。天啊,他真是个可悲的糟老头儿。那个八卦的老太婆伊芙琳·克伦齐诺特曾跟他提到,安娜·切诺夫以前在纽约的一些著名剧院跳过舞,是在林肯中心还是别的哪里。据说安娜曾经声名显赫,虽然伊芙琳也可能搞错,但这些都不重要了。自打鲍勃·多诺万第一次把目光投在安娜·切诺夫身上,他便恨不得为她倾尽所有。鲜花,珠宝,给她想要的一切,他的所有。真是疯狂又愚蠢的念头。都到了这把年纪,歇歇吧!

他乘电梯到了一楼,横冲直撞地穿过大厅,从侧门来到“祭奠花园”——这是个蠢名字,蠢到家了。他恨不得踢点什么东西来解气,想朝什么东西大吼——

一股能量穿透了他,从脊椎末端直达脑部,不算猛烈但很真实,仿佛是一个爆炸的面包机或是其他类似的东西发出的冲击波。接着,这种感觉消失了。

这该死的感觉究竟是什么?他没事吧?如果他也摔倒了,就像安娜——

他安然无恙。不管那东西是什么,它现在消失了,来无影去无踪。

在圣塞巴斯蒂安养老院的护理间,一个只剩几天可活的女人在梦与现实边缘久久徘徊,时不时喃喃自语几句。她的手臂上插着静脉输液管,没有人听到她的低语。很多年前,这些念叨就不再有什么意义了。突然,她停了下来,那张曾经可爱、如今已饱经沧桑的面孔上,眼睛睁了开来,熠熠生辉。但这只持续了一瞬间。很快她又合上了眼睛,继续那不经思考的喃喃自语。

在蒂华纳[1],一个坐在儿子货摊后的精壮老人——他在这里把便宜的毛毯卖给那些旅行者——突然将脸扬向太阳,仍有一口闪亮

① 墨西哥城市。

白牙的他把嘴巴张成了大大的“O”形。

在孟买，一个身着素衣的寡妇正从窗子里看着熙熙攘攘的大街，她的脸色突然变得与身上的衣服一样，一片苍白。

在成都，文殊院冥想室中，一位僧人坐在蒲团上，突然发出一阵大笑，打破了静谧。

二

凯莉·维希坐在艾德曼博士的教室后面，考虑着谋杀。

当然，她永远不会做那样的事，谋杀是不对的。但——

碾成粉的蓖麻籽是致死毒药。

——每一天，她眼睁睁看着老人们饱受病痛折磨，过着艰难的、苟延残喘的生活。她知道——

她的异母兄弟教过她，怎么才能让汽车的刹车失灵。

——她不是那种能勇敢解决问题的人。此外，她的——

受虐待的女人常常能从陪审团那里获得无罪判决。

——律师说禁令和医疗报告是目前让吉姆锒铛入狱最好的合法手段——

一个男人喝得醉醺醺时，不会感觉到他的佩枪里射出的子弹。

——律师说："这可以解决问题。"眼睛瘀青，手臂骨折，长期虐待给她留下的心理创伤,连吉姆不在同一座城市时也感到恐惧——好像这些统统不过是一个理论“问题”,如同艾德曼博士对他那些物理系学生说的话一般。

他坐在教室前面的书桌上,说着某种叫作“玻色-爱因斯坦凝聚”的东西。凯莉压根儿不知道这是什么玩意儿。无所谓,她只是喜欢待在这里,悄悄地坐在教室后面。没人留意她。那些物理系学生,九个男生,两个女生,没有一个人注意到她瘀青的眼睛或美丽的容貌。只要艾德曼博士在,他要求他们把所有该死的注意力全集中在他身上,这给她带来了无可言喻的平静。凯莉尝试过隐藏自己的美丽,但并不成功。她的容貌只会给她带来麻烦:盖瑞、艾瑞克、吉姆……因此现在她穿着大大的毛衣,不化妆,把那头纯金秀发一股脑儿塞到那顶不成样的帽子里。如果她和这些学生一样聪明,或许就会懂得如何挑选男人了吧。但她不是那样的人,也没有作出正确的选择。艾德曼博士的教室让她感到安全,甚至比圣塞巴斯蒂安养老院更安心——正是在养老院里,吉姆把她揍成了黑眼圈。

她猜他一定是从码头溜进来的。他把她堵在储藏室,猛揍一拳后逃之夭夭。当她叫来了大为光火的律师时,却发现自己没有任何目击证人,况且圣塞巴斯蒂安养老院有“保卫措施”。律师说这只会导致她和吉姆各执一词的局面,除非她能证明吉姆确实违反了禁令,否则他无能为力。

艾德曼博士正好在说“证明”,数学上的证明。凯莉读高中的时候,数学学得很不错,但艾德曼博士有一次曾说,她在高中学的不是"数学",而是"算术"。"你为什么不去上大学呢,凯莉?"他问过。

"没钱。"她回答的语气是在声明,"别问了。"她不想提起自己嗜酒如命的父亲,父亲欠的一屁股债,还有那施虐成性的异母兄弟。艾德曼博士没有继续追问,在这方面他一向很敏感。

看着他在讲台上高大、佝偻的身影,还有放在他手边的拐杖,凯莉有时会幻想艾德曼博士——亨利——再年轻个五十岁,就是四十岁和二十八岁之间的感觉。那样就好了。她在网上搜过他那时的照片,当时他在一个叫劳伦斯辐射实验室的地方工作。他相貌英俊,有着深色头发,在妻子艾达身边朝镜头微笑。她没有凯莉那么漂亮,但是读过大学,所以就算凯莉早生几十年,也没有机会和他在一起。这就是凯莉的人生。

"——有什么问题吗?"艾德曼博士用这句话作为结语。

每次都这样:学生们开始讨论,却不举手,只是互相打断对方的话。而当艾德曼博士一开口,他们又都同时闭上了嘴。有人站起来,把方程式写在白板上。艾德曼博士慢慢转过虚弱的身体,看着那些方程式。接下来的讨论进行了很久,几乎和授课时间一样长,凯莉忍不住睡着了。

醒来的时候,她发现艾德曼博士站在眼前,倚着拐杖,轻轻地摇着她的肩膀。"凯莉?"

"啊,真抱歉!"

“不用道歉,我们害得你无聊死了,可怜的孩子。”

“不！我爱死它了!”

他扬起眉毛,她脸红了。他知道她出于礼貌说了个谎,他本来很难容忍说谎。但说真的,她喜欢待在这里。

外面的天色已经全黑。秋雨停了,晦暗的地面散发出神秘而浓郁的湿叶香味。凯莉把艾德曼博士扶进她那辆破旧的丰田车里,开车驶回圣塞巴斯蒂安养老院。她看得出博士已经精疲力竭。那些学生从他身上汲取的太多了！他一周教一个高级班,不仅教授他们物理知识,还要——

“艾德曼博士?”

在一段长得让人窒息的时间里,她以为他死了。他的头靠着座位,但不是睡着了,而是眼睛圆睁,眼珠向后翻。凯莉急忙右打方向盘,把丰田车靠到路边的紧急停车带。他还有呼吸。

“艾德曼博士？亨利?”

没有回应。凯莉扑向她的坤包,在里面翻找手机。她突然想起按紧急按钮应该会更快,于是扯开他夹克的扣子,却发现他没带紧急按钮。她再次慌乱地翻包,不停地抽泣。

“凯莉?”

他用手撑着坐了起来。她打开顶灯,他苍白、满是皱纹的脸上一片茫然,瞳孔放得很大。

“怎么了？告诉我。”她努力让声音显得平稳,并仔细观察状况。之后向贾米森医生完整汇报是很重要的,越详细越好。

但她的手紧紧揪着他的袖子。

他也伸手握住她的手,声音仍然有些恍惚:"我……不知道。我在……什么地方?"

"是中风吗?"那是大家最担心的。中风虽不会致死,但会丧失生活能力,变成残疾。而艾德曼博士,他那卓越的头脑……

"不,"他肯定地说,"是别的。我不知道是什么。你拨911了吗?"

手机正摊在她手中。"没,还没有。没来得及——"

"那就别打了。带我回去吧。"

"好吧,不过一到养老院你就要去看医生。"她语气坚定,心里一块石头落了地。

"都七点半了,他们该回家了吧。"

他们没有。凯莉和艾德曼博士走进大厅,看见一个身着白大褂的人站在电梯前。"等等!"她叫道,声音大得让好几个人回了头,都是晚上来的访客和能够走动的住户,还有一位凯莉不认识的护士。那个穿白大褂的医生她也不认识,但还是冲了过去,把靠在拐杖上的艾德曼博士一个人留在了大门口。

"你是医生吗? 我是凯莉·维希,我带艾德曼博士回家时——他是病人,叫亨利·艾德曼,不是医生[1]——他有什么病发作了。虽

① 英文中"博士"和"医生"是同一个词:Dr.。

然现在看上去安然无恙,但得有人给他做检查,据他说——"

"我不是医学博士,"那人说,"我只是个神经学研究员。"凯莉的目光变得沮丧起来。

她不依不饶,"既然你是我们现在能找到的最合适的人选,就请看看他的情况吧!"连她自己都觉得自己脸皮有些厚了。

"好吧。"他跟着她来到艾德曼博士面前,后者一脸怒容。凯莉知道,艾德曼博士最讨厌病急乱投医。但这位非医学博士看上去打算接手,他友好地说:"艾德曼博士?我是詹克·迪拜勒。请到这边来好吗?"没等回答,他便自顾自转身走向边廊去了。凯莉和艾德曼博士跟在后面,周围的人和平时一样走动着,但同时也盯着他们。走开,没什么好看的……他们到底在看什么?为什么就喜欢看人笑话?

他们当然不是在看笑话。她只是太紧张了。

到了二楼的一个小房间,迪拜勒医生重重地坐到三把金属折叠椅中的一把上。屋子里除了椅子,还放着一个灰色的档案橱、一张丑陋的金属书桌,此外别无他物。情绪外露的凯莉抿起嘴唇,被迪拜勒医生看在眼里。

"我刚到这里没几天,"他抱歉地说,"还没有时间整理。艾德曼博士,你能告诉我发生了什么事吗?"

"没什么。"病人一脸高傲,"我只是小睡了一会儿,凯莉紧张过度了。没必要小题大做,真的。"

“你睡着了?”

“没错。”

“好的。这样的事以前发生过吗?”

艾德曼博士是不是犹豫了一下,虽然转瞬即逝?“是的,偶尔。我毕竟九十岁了,医生。”

迪拜勒点点头,看起来很满意,然后他扭头问凯莉:“你呢,你身上又发生了什么事?是在艾德曼博士睡着时发生的吗?”

啊,她的眼睛!难怪人们在大厅里盯着她看。她一心扑在艾德曼博士身上,忘记了自己瘀青的眼睛——它突然又开始隐隐作痛。凯莉感到自己的脸涨得通红。

艾德曼博士答道:“不,不是同时。也没有发生车祸,如果你是在暗示这个的话。凯莉的眼睛与此无关。”

“我摔的。”凯莉道,尽管她知道没人会相信这种说法。

“好吧。”迪拜勒和蔼地说,“既然你已经来了,艾德曼博士,我想请求你,还有圣塞巴斯蒂安养老院里尽可能多的志愿者,能够协助我的工作。我受盖茨基金会的资助,和约翰·霍普金斯大学合作,到这里是为了全面了解大脑的电化学转换。我需要志愿者腾出几个小时,观看不同的照片和影片,同时进行完全无痛的脑部扫描。你的合作将有助于科学研究。”

凯莉看到艾德曼博士拒绝的话已经到了嘴边,但那个魔法般的字眼“科学”让他犹豫了。“哪种大脑扫描?”

“阿舍尔-佩顿[1]和功能性MRI[2]。”

“好吧,我参加。”

凯莉眨眨眼,这可不像艾德曼博士会说的话。他只承认物理学和天文学是“真正”的科学,其他学科只算得上是它们的继子。但这个迪拜勒是不会让他的研究对象溜走的,他很快便说:“太好了!明天上午11点,在医院的6B实验室。维希女士,你能带他过去吗?你们俩是亲戚吗?”

“不,我只是这里的助理。叫我凯莉好了,我会带他过去的。”通常星期三并不是她照顾艾德曼博士的日子,但她会和玛丽换班的。

“太好了。请叫我詹克吧。”他朝她微笑,凯莉胸口一阵悸动。这不仅是因为他很英俊——乌黑的头发,灰色的眼睛,宽大的肩膀——还因为他富有男子气概,为人随和,而且左手没戴戒指……傻瓜。他的笑容里并没有不同寻常的温暖,只是职业性的微笑。她非要评估每个碰上的男人,看看对方有没有可能成为自己的男朋友吗?她真的这么饥渴吗?

也许是吧。不过这个人对她毫无兴趣。他是个受过高等教育的科学家,而她从事的只是底层工作。她真傻。

她把艾德曼博士送回楼上的公寓,道了晚安。他的态度很冷淡,看上去心事重重。走回电梯时,她感到一阵悲凉。她多么想留下来,留在亨利·艾德曼房间里看电视,睡在他的沙发上,醒来后给

---

① 推测为作者原创的大脑扫描技术。

② 核磁共振成像。

他煮好咖啡,有时候还能聊聊天。她不想回自己那个简陋的家,紧紧关上房门以防备吉姆。怎么防范都不为过,她总是没法安心。她宁愿留在这里,留在一个年事已高的老人家里。

从学校回家的路上,艾德曼博士到底发生了什么事?

三

已经出现两次了。亨利辗转反侧，无法入睡，他想着自己的大脑到底出了什么鬼毛病。他太依赖这个器官了。一直以来，他的膝盖饱受关节炎折磨，助听器不时需要调整，前列腺里还有一个缓慢生长着的恶性肿瘤——医生说它不会要了他的命，而是会一直长到其他什么东西让他送命的那一天。从医学上说，这算是大好消息了。好歹他的大脑仍然非常清醒，运转正常，这给他带来了无上的快乐。和这份快乐相比，性爱、美食，甚至思念艾达都黯然失色。他就像当初爱艾达那样爱着自己的大脑。

上帝啊，真是岁月催人老，不得不服气。

什么时候是最好的年华呢？毫无疑问是在洛斯阿拉莫斯，在常春藤行动中与乌拉姆、泰勒[1]、卡尔森·马克[2]以及其他科学家一起工

① 即斯塔尼斯拉夫·乌拉姆和爱德华·泰勒，两人共同发明设计了制造氢弹用的泰勒-乌拉姆构型。

② 加拿大裔美国数学家，参与过美国原子弹与氢弹的研发。

作的日子。开发“香肠”与第一次进行多级试验时的激动、失望与敬畏。在埃尼威托克岛引爆炸弹那天,亨利是开发组的基层人员,当然没资格去岛上的现场,但他翘首以盼等待着伯根发来的报告,连大气都不敢出。当泰勒发现加利福尼亚的地震仪捕捉到了冲击波时,他给洛斯阿拉莫斯发来了一封只有四个字的电报:“是个男孩。”那一刻,他欢呼雀跃。哈利·杜鲁门总统对这枚炸弹只提出了一个要求——“让我们国家仅凭它就能抵御一切可能的侵略”。亨利对于自己的工作非常骄傲[①]。

冲击波。是的,今天这两件事正像是对大脑的冲击波。在他住所里发生的那次较小,在凯莉车里的那次更大。但它们来自哪里呢?可能是神经系统出了什么问题,这是他最害怕的,比害怕死亡更甚。他承认,给研究生上物理课和在洛斯阿拉莫斯或利弗莫尔的日子不能比,大部分学生还是些不学无术的家伙——当然,哈尔登除外——但亨利仍旧乐在其中。教学、阅读学报、追踪电子邮件群组是他和物理学联系的纽带。如果有什么神经系统方面的“冲击波”扰乱了他的大脑……

他久久难以入睡。

“噢,我的天,你眼睛怎么了?”

伊芙琳·克伦齐诺特和她的好友吉娜坐在奥肯医生办公室外的

① 这是指美国1952年引爆氢弹。

小候诊室里。亨利不悦地瞪了她一眼。伊芙琳装作不经意间脱口而出的话,让可怜的凯莉有些难堪。这个姓克伦齐诺特的女人是亨利见过的最不得体、最好管闲事的人。他认识很多物理学家,他们大多不擅交际,更不乱嚼舌根。

“我没事。”凯莉勉强挤出一抹微笑,“只是撞到了门。”

“哦,亲爱的,怎么会这样呢?你应该把情况告诉医生,相信他会腾出几分钟来看你的。我今天没约他,但昨天发生了一些奇怪的事,所以想向他咨询一下。他答应挤出时间给我,但现在离约定时间已经过了五分钟,所以你的事只好往后推了。他给吉娜看过病了,不过——”

亨利坐了下来,不再听她唠叨。不管怎样,伊芙琳还在继续,那恼人的喋喋不休听起来就像牙医的钻头。他想象着她在埃尼威托克岛上乘着蘑菇云升上天空,就算在那种时候还是同样絮絮叨叨。医生的门终于打开了,里面走出一个拿着书的女人,亨利感到如释重负。

虽然不知道名字,但亨利之前见过她。和圣塞巴斯蒂安养老院里其他那些讨厌的老家伙不同,她相貌相当出众。当然不是像凯莉那样光彩夺目的年轻之美——她至少有七十岁了——但这个女人的腰仍挺得笔直,举止优雅,白色卷发披在肩上,面颊骨和蓝色的眼眸看起来都很精神。尽管如此,亨利并不喜欢她着装的风格,这让他想起了五六十年代在洛斯阿拉莫斯实验室外那些愚蠢而幼稚的抗议者。她穿着白T恤,长款棉布裙,戴着贝壳与珠子串起的项链,手上还有几枚做工考究的戒指。

“艾琳!”伊芙琳叫道,“你的会面怎么样?一切还好吗?”

“很好,只是例行检查。”她含含糊糊地笑了笑。

“你没有预约的啊,我预约在先。到底发生了什么——”艾琳脸上的笑容变得僵硬,快步走开。伊芙琳义愤填膺地诉说着:“好啊,这真是明明白白的冒犯!你看见了吗,吉娜?他们真是——”

“克伦齐诺特夫人?”护士从办公室里探出头来,“医生要见你。”

伊芙琳慢慢起身,走进门里,嘴里还在絮絮叨叨。在接下来一段神赐的静寂中,亨利对凯莉说:“克伦齐诺特先生该如何忍受这一切啊?”

凯莉咯咯笑着,朝克伦齐诺特的朋友吉娜挥挥手,但对方已在椅子上睡着了——正好说明她是如何忍受这一切的。

凯莉道:“很高兴你今天预约了,艾德曼博士。你会告诉他昨天车里发生的事,对吧?”

“对。”

“你保证?”

“保证。”为什么所有女人,包括温柔的小凯莉,在要求他定期看医生这件事上都这么咄咄逼人呢?没错,医生在开药维持身体机能运转方面的确作用不小,但亨利认为,只有觉得什么地方不对的时候才需要看医生。事实上,他已经忘记有例行检查这档子事了,直到凯莉打电话时说起今天和迪拜勒医生的约定，他才想起来。

关于车里的事，亨利想先问问贾米森医生。

除此之外，也许那个蠢材伊芙琳·克伦齐诺特有一点没说错。“凯莉，你应该跟医生说说眼睛的事。”

“不，我没事。”

“吉姆有没有再打你的电话？或者——”

“没有。”

很明显，她不想继续这个话题，也许是怕尴尬吧。亨利尊重她的缄默。他一声不响，组织着要问贾米森的话。

但在亨利走进办公室，留下凯莉之后，在他忍受了护士测量血压，向杯子里撒尿，再穿上一件怪诞的纸外套的冗长过程之后，来关照他的并不是贾米森，而是一位年轻到让人难以置信，做事又鲁莽草率的毛头小子。此人穿着白大褂，说话拿腔拿调。

“我是菲尔顿医生，今天要做什么？”他在研究亨利的表格，没有看病人一眼。

亨利咬咬牙，“我想，你应该比我更清楚。”

“感觉有点不对劲？你的肠道功能还正常吗？”

“我的肠道很好。它们很感谢你的关心。”

菲尔顿抬起头，冷冷地看着他，“我要听诊一下你的肺部活动，请根据我的提示咳嗽。”

亨利没法说出口。如果这孩子责备他——“我不认为现在是说讽刺话的时候”——至少还算是个回应。但现在这种显而易见的敷衍,这种把亨利当成孩子或蠢材的做法……他不能和这个不顾他人感受的毛头小子说车里的事,讲述他对大脑的忧虑。和菲尔顿医生合作会降低他的层次,也许迪拜勒更合适,即使他并不是位医学博士。

一个医生的事情办完了,还有一个医生要见。

迪拜勒更优秀,但他不是一个能把事情安排得井井有条的人。

在雷德本纪念医院,他说:“啊,艾德曼博士,凯莉,欢迎欢迎。很抱歉诊断影像仪出了点问题。我本来预定了功能性MRI,但看来出了些差错。我们先做阿舍尔-佩顿扫描吧。真抱歉,我——”他无奈地耸耸肩,挠挠头。

凯莉抿紧嘴唇:“艾德曼博士是专程赶来让你做MRI的,迪拜勒医生。”

“请叫我詹克。这些我都清楚,我们回圣塞巴斯蒂安养老院去做阿舍尔-佩顿扫描吧,实在非常抱歉。”

凯莉的表情没有放松。亨利常为她维护“住院委托人”的那份执着感到惊讶。平时温柔的凯莉为什么对这个年轻人这么苛刻呢?

“我们圣塞巴斯蒂安养老院见。”迪拜勒谦恭地说。

在那里,他给亨利的头颅和脖子上贴上电极,再戴上头盔,然后自己坐到一台屏幕背对亨利的计算机前。房间灯光变暗以后,白色的墙壁上投影出一套图片:巧克力蛋糕、扫帚、椅子、车子、书桌、杯子等,共有五六十张图。亨利看着这些图,不由得觉得无聊,最后图片才变得有趣了一些,出现了火灾、战争场面、父亲和孩子的拥抱,还有丽塔·海华斯[①]。亨利笑了几声:"没想到你们这代人还知道丽塔·海华斯。"

"艾德曼博士,请不要说话。"

整个过程大概持续了二十分钟。结束之后,迪拜勒拿走头盔,说道:"非常感谢,真的很感谢你的合作。"他从亨利头上取下电极。凯莉站在那里,直直地看着亨利。

如果他现在不问,就永远不会问了。

"迪拜勒医生,"亨利说,"我有些事想请教你。实际上我要告诉你,昨天发生了一起事件,而且同一事件重复发生了两次。"亨利喜欢"事件"这个词,听起来很中性,就像警察的报告。

"没问题,说吧。"

"第一次我站在我的公寓套间里,第二次我是和凯莉在车里。第一次感觉很轻微,第二次则明显得多。两次事件发生时,我都觉得有什么穿透了我的大脑,像是某种冲击波,而之后除了略感疲劳,并未留下后遗症。目前看来对身体机能也没有造成什么损伤。我希望你能告诉我到底发生了什么。"

迪拜勒停下了动作,一个电极从他手里垂下来,晃来荡去。亨

---

① 好莱坞女影星,主要活跃于20世纪30至60年代。

利能闻见上面的味道。“我昨天已经告诉你了,我不是医学博士。听起来这事你应该和你在圣塞巴斯蒂安养老院的医生讨论。”

凯莉说:“在车里他似乎失去了意识。”

亨利说:“今天上午我的医生没空,而你有时间。直接点,你能告诉我这是不是中风?”

“请再详细地说一次。”

亨利照办了,迪拜勒道:“如果是短时性脑缺血——一种轻度中风——你不会有这么强烈的反应。若是更严重的中风,无论是缺血性的还是出血性的,你至少会有暂时性的机能损伤。也许是心脏病发作之类的情况,艾德曼博士,我建议你马上做一次心电图。”

心脏,不是大脑,那就好多了。尽管如此,冰冷的恐惧感仍然顺着亨利的脊椎滑了下来,他意识到自己是多么渴望继续目前的生活,虽然生活总有尽头。他微笑着回答:“好的。”

至少在二十五年前,他就知道懦弱的人才害怕变老。

凯莉取消了和另一个住院委托人的安排,在移动电话里和其他人做了交接,然后带着亨利走那些没完没了的医院固定程序:挂号,就诊,以及无可避免的等待。这一天结束时,亨利知道自己的心脏正常,脑部也没有积血或出血。他不应该晕厥,找不到任何理由。他们现在这么称呼它:晕厥,可能是由低血糖引起的。他安排好,下周将进行葡萄糖测试。

一群笨蛋。这不是晕厥。发生在他身上的是另一种东西,自成一类。

之后，那种事又发生了，和之前完全相同，又完全不同。

接近午夜时，亨利躺在床上，精疲力竭。他本以为入睡会很容易，结果正好相反。那一刹那，他仿佛被人从疲惫的思维中抽离出来，没有剧烈疼痛，也没有翻白眼，他只是突然不再置身于那间黑暗的卧室里了，既不在自己的身体里，也不在大脑里。

他在舞蹈，踮起脚尖在闪亮的舞台上跳跃，背部和大腿的肌肉紧绷；从工厂流水线上下来的滚珠轴承，在垫子上刺绣，流水线对面，几个士兵向他开枪，他倒地躲了过去——

消失了。

亨利猛地坐起，在黑暗中惊出一身冷汗。他摸索着床头灯，却把灯从床头柜上碰落到地上。他从未在舞台上跳过舞，从未绣过垫子，从未在工厂里上班，从未上过战场。他清醒过来，那些是记忆，而不是梦——不，也不是记忆。比起记忆，它们太鲜活了。它们是体验，如此鲜活，如此真实，仿佛现在正在发生，同时发生。这是体验。但不是他的。

台灯还亮着，他艰难地俯身到床边，把它从地板上提了起来。把灯放回床头柜上时，它灭了。然而，台灯在掉下去的时候，插头已经从墙上的插座里带了出来，他看见了，弯腰捡起它之前就看见了。

船身的抖动更加剧烈，随着对时空的撕扯不断增大，翻转转换愈加明显。飞船被扯向前方,在每次爆发形成的真空带中跳跃,一会儿出现在这个星系,一会儿又在另一个星系现身,一会儿身处无重力的冰冷黑暗中。飞船已经达到极速,要飞得再快些,它将摧毁周遭的星系,或是让自己粉身碎骨。它用所能达到的极限速度飞行,甚至比量子纠缠态信息的触须更快,更快,更快……

极速,但是还不够。

四

星期四上午，亨利的大脑似乎和平时一样思维清晰。早早用完早餐后，他坐在小餐桌边批改物理论文。圣塞巴斯蒂安养老院里的每个公寓套房都有一间小厨房，厨房旁边是稍大一些的起居室，以及一间卧室和浴室。这里的扶手、防滑地板、有些过于明快的色彩，还有喇叭，都在不断提醒住客他们是老人——好像他们会忘记这点似的。亨利很不屑。但不管怎么说，亨利不是很在意公寓的大小或设施，毕竟他之前生活的洛斯阿拉莫斯是他曾住过的最拥挤、最破烂不堪、居民最偏执的地方。他生命中的大部分时间都用在了思考上。

提出问题，但无法作答——几乎每篇论文都有这个毛病，除了哈尔登的文章。朱莉娅·埃尔南德斯相当于写出了一篇小说，好在还提出了一种有趣的数学算法。亨利试图顺着学生们的思路去想，看看问题到底出在哪里。一小时内,他读完了两篇论文。一架飞机从机场起飞,自头顶呼啸而过。亨利放弃了,他无法集中精力。

昨天在圣塞巴斯蒂安养老院的治疗室外,讨人厌的伊芙琳·克伦齐诺特说她并没有预约要做例行检查,但医生还是“挤了点时间给她”,因为“昨天发生了些奇怪的事”。她也提到那个上了年纪的嬉皮士美人,叫艾琳什么的,也没有预约。

曾有一次,在某次硬性规定要求可行动住客参加的聚会上,亨利看见伊芙琳在绣花。

安娜·切诺夫,圣塞巴斯蒂安养老院里最名声显赫的住客,以前是个芭蕾舞表演家,众人皆知。

他突然觉得沿着这些线索进行构想实在是愚蠢之至。他在瞎猜什么呢?某种心灵感应?没有任何可靠的科学研究可以证明这种假设。而且,他住在圣塞巴斯蒂安养老院的这三年间——期间伊芙琳和切诺夫女士也生活在这里——他未曾感觉到与她们有丝毫联系,也未对她们产生过任何兴趣。

于是他继续批改堆积成山的论文。

他有两个疑点,他自己的“事件”和未预约的寻医高峰,两者无从联系起来,但也无法相互排除。至少,如果他能弄明白伊芙琳和艾琳去拜访医生与偶发精神病症无关,整个事情就会变得清晰多了。

这天不是凯莉照顾亨利的日子,于是他把自己弄到拐杖上,挪到书桌旁,找到住客名录。伊芙琳并未把移动电话或电子邮箱列在上面,真是大大出乎他的意料。这么一个聒噪的长舌妇应该会抓住一切机会骚扰别人才是。看来,圣塞巴斯蒂安养老院的许多居民仍然对那些不是伴随着他们一起成长的新科技怀有敌意。真是傻瓜,亨利想。他曾驱车六百公里,只为了买一套最早推出的、完全靠自己动手组装的个人电脑。他记下了伊芙琳的房间号码,蹒跚地走向电梯。

“亨利·艾德曼!什么风把你吹来了!快进来!快进来!”伊芙琳嚷嚷着,看上去非常惊讶。她应该惊讶。啊——我的老天爷——她身后坐着一群妇人,她们的凳子像压迫实验下的分子一样挤在一起,她们正就着鲜艳的布料绣着什么。

“我不是想打扰你们的——”

“噢,我们只是在绣些圣诞节精灵!”伊芙琳叫道,“提早动手制作挂在大厅的节日墙帷。旧的那幅实在太破了。”

亨利不记得大厅里挂着节日墙帷,直到她提起那是张花哨、凹凸不平的毯子,上面画着圣诞老人将孩子交付给守护天使的图案,天使的头发是缠作一团的毛线,看上去颇像棉签……他悻悻地说:“无所谓,这并不重要。”

“哦!快进来!我们正好说起——也许这件事你还会有什么消息呢!——保险箱里安娜·切诺夫光彩照人的项链,沙皇给她的那条——”

“不,不,我什么也不知道,我是要——”

“如果你——”

亨利绝望地说:“我晚点再打电话给你!”

看到他的窘相,伊芙琳垂下眼帘,端庄地说:“好的,亨利。”她身后的女人窃笑起来,他回头向大厅走去。

就在他考虑怎么打听艾琳姓什么的时候,她正好走出电梯。“打扰一下!”他从走廊那头喊道,“能和你说点事吗?”

她朝他走来,手里拿着一本书,表情好奇又克制,“什么事?”

“我叫亨利·艾德曼。我有些问题想问你,你听了或许会觉得古怪。请原谅我的鲁莽,相信我,我有充分的理由。你昨天和菲尔顿医生有一次非预约会面?”

她眼中什么东西一闪而过。“是的。”

“你要见他的原因是否和某种……精神体验有关?某种短暂抽搐,或是短时间的记忆偏差?”

艾琳戴戒指的左手握紧了书。他注意到了。今天发生的事就和小说一样。她说:“我们聊聊吧。”

“我不相信这些。”他说,“很抱歉,巴斯女士,这些在我听来是一派胡言。”

她耸耸肩,瘦削的肩膀在长连衣裙下微微一动。她穿着黑底缀黄花的布裙,长长的裙摆拖在地上。她的房间看起来就像她本人:

墙上挂着一些衣服，一块珠帘充当了卧室门，房里有印度雕像、水晶金字塔，还有纳瓦霍毯[1]。亨利不喜欢这种凌乱，这种孩子气的布置。尽管他对艾琳·巴斯充满感激，她让他轻松了不少，可她关于“事件”的观点是如此愚蠢，他可以轻易排除掉。

“整个宇宙贯穿着一种能量。”她说，“只要你停止反抗生命之流、放弃追逐欲念，这种能量就会在你体内觉醒。用流行的话说，你会有‘出窍体验’——激活在之前生命中积攒的业报，将其熔解，以换得片刻的超凡视野。”

亨利没体验过什么超凡视野，他知道宇宙中的能量——电磁辐射、重力、强核力和弱核力——不会带来业报。他不相信轮回转世，也没从身体里出窍过。这三次“事件”中，他都感觉自己的身体被牢牢禁锢住了。不是他离开，更像是有其他想法闯了进来。

他撑着拐杖站起身，“不管怎么说，谢谢你，巴斯女士。再见。”

“叫我艾琳吧。你真的不想喝点绿茶再走吗？”

“真的不用，多保重。”

他走到门口时，她说了几句听似相当随意的话：“对了，亨利，周二晚上出窍时，我感到还有别人和我一起……你有没有——我知道这听起来很奇怪——看到一道比很多太阳加起来还耀眼的光芒？”

他转过头盯着她。

---

① 纳瓦霍人是现居北美西部的一支印第安人，这里指的是他们生产的一种手工艺毯子。

“大概要花二十分钟。”迪拜勒将亨利送进MRI机时说。他之前做过这个检查,十分讨厌这种被关在一个不比棺材大的管子里的感觉。他知道,有些人完全无法忍受这样的体验,但要是被一台机器击败,亨利的感觉会更糟。不管怎样,管子并没把他完全包起来,它的底部是打开的。他抿着嘴唇,闭上眼睛,让机器吞下他被束着的身体。

“感觉还行吧,艾德曼博士?”

“我很好。”

“太好了。放松就行了。”

连他自己都很惊讶,他居然真的做到了。在管子里,所有东西看起来都那么遥远。他还打了会儿盹儿。二十分钟后,当管子把他送出来时,他才醒过来。

“一切都正常吗?”他屏住呼吸,询问迪拜勒。

“完全正常。”迪拜勒说,“谢谢你。对我的研究而言,这是很好的基础。下一次测试会让你看十分钟录像,预定在一周后的今天。”

“好的。”正常。这么说他的大脑没问题。奇怪的感觉消失了,这份解脱让他心情愉悦。“我很高兴能协助你的项目,医生。能再解释一次项目的目的吗?”

“我研究老年人的脑激活模式。你没意识到吗?艾德曼博士,全世界六十五岁以上的人口增长速度最快。全球已经有一亿四千万人超过八十岁。”

亨利并未意识到,他也不在乎这些。养老院的助手上前帮亨利站起来,那是个沉默寡言的年轻人,亨利连他的名字都没记住。迪拜勒问:“今天凯莉去哪里了?”

“今天她不和我一起。”

“噢。”迪拜勒已经开始为下一名志愿者做准备了,MRI的日程排得很紧。他之前就和亨利解释过,研究只能安排在医院使用的空隙。

那个沉默的年轻人——达里尔?达林?达斯丁?——开车将亨利带回圣塞巴斯蒂安养老院,然后丢下他,让他自己上楼。在公寓房间里,亨利费力地倒到沙发上。他需要小睡几分钟,现在,即使是一次短途旅行也会令他疲惫不已。如果凯莉陪着他,那该多好。她总是把他照顾得无微不至,多么善良可爱的女孩子啊。如果他和艾达有孩子,他希望他们像凯莉一样。如果那混蛋吉姆·帕蒂尔敢再——

那东西像闪电一样击穿了他。

亨利大叫起来。这一次的感觉是疼,从头颅、脊髓直到尾骨,内里炙热难耐。不是舞蹈,也不是刺绣,没有冥想——但还是有什么东西。它像是一种聚集起来的感觉,共同的痛苦,结合在一起,让痛苦更为剧烈。他无法承受,他要死了,这就是他的终点——

疼痛消失了。消失得和来时一样迅速,却在他体内留下累累伤痕,好像整个大脑刚做了一次手术。他的喉咙动了动,他将疼痛的身体转向沙发另一侧,呕吐在地毯上。

他的手指在裤子口袋里摸索,寻找圣塞巴斯蒂安养老院的紧急按钮,凯莉一直坚持让他带在身上的那个东西。他找到后,按下中间的按钮,随即就失去了意识。

五

凯莉很早就回了家。星期四下午她被指派给洛佩斯夫人，没想到洛佩斯夫人的孙女也露了面。凯莉怀疑维奇·洛佩斯又是来要钱的，只有这种时候她才会光临圣塞巴斯蒂安养老院。不过这不关她的事。洛佩斯夫人开心地说，维奇很乐意代替凯莉带她去购物。维奇附和着，一脸贪婪相，所以凯莉就回家了。

如果她有那么幸运，拥有一位祖母——拥有除了在加利福尼亚的那个坏继兄以外的任何亲戚——她一定会好好对待这位祖母，比维奇，那个穿名牌牛仔裤、背着一屁股信用卡债的女人对她祖母更好。不过，凯莉并不希望自己有个像洛佩斯夫人那样的祖母，她把凯莉当成一个出身低贱的临时工。

没错，她是被雇来帮忙的。在她最终离开吉姆的那一天，圣塞巴斯蒂安养老院招聘助手的启事是她在分类广告栏里看到的第一份工作。她不假思索地接受了这份工作,就好像掉下悬崖的人看见摇摇欲坠的岩石上长着一根脆弱的树枝。奇怪的是,来到这里的第一天,她就知道自己会留下。她喜欢(大部分)老人,他们(大部分)都很有趣,令人愉快——而且安全。圣塞巴斯蒂安养老院是唯一一个让她觉得安全的地方。

但随后吉姆改变了一切。他找到了她的工作地点和住所。毕竟作为警察,他什么都找得到。

当确定昏暗的走廊里空无一人后,她打开房间门,溜了进去,再飞快地插上门闩,打开了灯。唯一的窗户对着通风口,即使在最阳光明媚的日子,屋子里仍然昏暗无光。凯莉买了颜色最鲜艳的窗帘,还买了一盏救世军台灯,尽了最大努力来改善环境,但黑暗就是黑暗。

“哈罗,凯莉。”吉姆说。

她猛地转过身,努力憋住尖叫。但最让她恶心的是其他反应:对擅闯住所者的愤怒和憎恨——天啊,真是恨之入骨!——还有激动。一闪而过的兴奋像触电一样穿透了她的全身。“这并不罕见。”受虐妇女帮助中心的顾问曾说,“通常施虐和受虐双方都会全身心投入到针对支配权的较量中。在反反复复的较量中,当他臣服于你的脚下道歉时,你是不是得意又满足?不然你为什么直到现在才离开他呢?”

凯莉花了很长时间才接受这种观点。如今昨日重现,吉姆又在这里了。

“你怎么进来的?”

“这重要吗?”

“你让凯尔西放你进来的,是不是?”只需一瓶苏格兰威士忌,那个大楼管理员就会大开绿灯。也许吉姆根本不需要贿赂,他有警徽,就连她对他的控诉也不会影响他的工作。外界不知道,警察家庭里的家庭暴力是多么普遍。

吉姆并未身着警服,他穿着牛仔裤、皮靴、运动外套,这是她最喜欢的打扮。他还拿着一束花,不是超市里买的康乃馨,而是闪闪发光的金色包装纸束好的红玫瑰。“凯莉,很抱歉吓着了你,但我太想和你谈谈了。拜托,给我十分钟就行。对于三年的婚姻而言,十分钟并不算多。”

“我们不再是夫妻,我们已经合法分居了。”

“我知道,我知道。你离开我是我罪有应得,现在我知道了。只要十分钟,求求你了。”

“你根本不该出现在这里!你是被下了禁令的——亏你还是个警察!”

“我知道。我冒着失去工作的危险,只为了和你谈十分钟。这还不能说明我的诚意吗?来,这是给你的。”

他目光中带着恳求,谦恭地把玫瑰递了过来。凯莉并没有伸手去接。

“我们上一次‘谈话’,你给了我眼睛一拳,禽兽!”

“我……如果你知道我有多后悔……如果你知道,有多少个晚上我因为憎恶自己而夜不能寐……我当时昏了头,凯莉,真的。这给我上了一课。我已经改过了。现在我去瘾君子互诫协会,我有自己的担保人。我在努力按规矩行事。”

“这些我之前就听过了!”

“我知道。我知道你听过了,但这次不一样。”他垂下目光,凯莉把手背在身后。她想起自己以前也说过这些话。当时她也在斥责,他也很谦恭。这就是顾问所说的臣服和道歉,是他们永不落幕的剧本中的又一章。她差点就要像以前没发生过这事一样接受他了,虽然憋着一肚子气,但因为他的卑躬屈膝而心满意足。就像顾问说过的那样。

她为自己差点低头而感到恶心。

“出去,吉姆。”

“我会的,我会的。告诉我,我们还有机会,即使我不应该再获得这个机会。哦,凯莉——”

“出去!”她想把愤怒发泄在自己身上。

“如果你——”

“滚!现在就滚!”

他的表情变了,惊愕取代了恭谦——他们之间的剧情不应该是这样发展的——最后出现的是暴怒。他把花丢向她,“你都不肯听我说？我来这里他妈的跟你道歉,你连听都不听？你凭什么不可一世,你这一无是处的婊子——”

凯莉转身想打开门,但他的动作更快。这也是昨日重现了,她怎么可能忘记这些呢,哪怕是半秒钟——

他把她推到门上。他带着枪吗？他——她瞥了一眼他的脸,那因为愤怒而扭曲的脸。她被推倒时举手抱头,他朝她肚子猛踹了一脚。一股锥心刺骨的疼痛立刻传遍了全身,气都喘不过来,她快死了……他又抬起脚准备再踹一下。凯莉想发出尖叫,但气提不上来,一切都完了,不、不、不——

吉姆瘫倒在地。

从手臂的缝隙中,她看见了他倒下时的表情。由于惊恐,他张大了嘴,眼睛圆瞪。这幅画面深深烙印在她脑海中。他重重地压在她身上,一动不动。

她刚恢复呼吸,就从他身下爬了出来,喉咙里呜咽着:咳,咳,咳。她查看他的脉搏,把手指伸到他口中去试探呼吸,再将耳朵贴到他胸前。他死了。

她跌跌撞撞地走向电话,拨了911。

警察来了。凯莉不认识他们,这里不是吉姆的辖区。先来的是巡警,然后是刑警,接着是救护车和法医小组。他们拍照,取指纹,得到她的允许后对整个房间进行了搜查。“你有权保持沉默。”但她并没有保持沉默,也不需要律师,当吉姆的尸体被粉笔线取代、邻居们聚集到大厅里时,她把知道的一切都说了出来。最后,当调查终于结束,她得知在验尸之前她的房间已成了犯罪现场。他们问她打算去哪里,她说:“圣塞巴斯蒂安养老院,我在那里工作。”

“也许你应该请个病假,换掉今天的夜班,女士,这——”

“我要去圣塞巴斯蒂安养老院!”

她去了。握着方向盘时,她的手还在发抖。凯莉径直走到艾德曼博士的门前,用力敲门,听见他的拐杖慢慢挪过里面的地板。

那里面,是安全的。

“凯莉!发生——”

“我能进来吗?拜托了!警察——”

“警察?”他语调升高了,“什么警察?”他警惕地看着她的四周,以为能看见大厅里站满了穿蓝色制服的人。“你的大衣呢?外面可只有十摄氏度!”

她忘记了外套,没人提起它。打个包,他们只说了这句话,但没人提起外套。艾德曼教授总是对温度和气压读数了如指掌,他一直密切关注着这些信息。第一次,她哭了出来。

他把她拉进来,让她坐在沙发上。凯莉大脑中仍保持冷静的那部分告诉她,地毯上有一块潮湿的痕迹,房间里有一股浓重的气味,就像有人曾经用消毒水擦过一样。“我……我能不能喝点酒?”她不知该说什么,直到这几个字眼自己冒了出来。她很少喝酒,吉姆则喝得太多。

吉姆……

雪利酒递到她手里。雪利酒给人很有文化的感觉,他盛酒用的小杯子也是。她等呼吸平稳下来,告诉了他事情的经过。在听的过程中,他一个字也没说。

“我想我是个嫌疑犯,”凯莉说,“他在我们争执时猝死……但我没动他一根汗毛,我当时正拼命保护自己的头……艾德曼先生,怎么了?你脸色白得和雪一样!我不应该来的,我很抱歉,我——”

“你当然该来!”他打断了她,吓了她一跳。他努力挤出一丝微笑,“你当然该来,不然朋友是做什么用的?”

朋友。但她还有别的朋友,更年轻的朋友。乔安妮,康妮,珍妮弗,虽然最近三个月,她没与她们中的任何一人接触过。她第一个想到的是艾德曼博士,可他现在看起来是如此……

“你情况不好,”她说,“怎么了?”

“没什么。我中午在餐厅吃了点不好的东西。楼里半数人都在用餐后几个小时内呕吐了,包括伊芙琳·克伦齐诺特、吉娜·玛蒂内利、艾琳·巴斯、鲍勃·多诺万、阿尔·卡斯玛诺、安娜·切诺夫等等。”

背诵名字的时候,他仔细地观察她,看她会有什么反应。凯莉认识其中一些人,但更多的只是打过招呼。只有卡斯玛诺先生在她的住院委托人名单上。艾德曼博士看起来比她之前见过的任何时候都更奇怪。

他问:“凯莉,吉姆猝死……是什么时候的事?你记得准确时间吗?”

“我想想……我两点离开这里,去了银行、加油站和便利店,也许是三点或三点半吧。为什么问这个?”

艾德曼博士没有回答。他沉默了很久,凯莉开始感到不安。她不该来的,这太不合适了,可能有规定禁止助理留在住户的房间里——

“我去拿毯子和枕头过来,”艾德曼博士最后说,语调还是很奇怪,“在沙发上睡会儿吧。这算得上是个舒服的沙发了。”

六

不可能,这是最荒谬的巧合。完全而且仅仅是——巧合。同时发生并不代表有什么因果关系。即使最差劲的物理本科生也知道这一点。

脑海中,亨利听见理查德·费曼[①]如此评价弦论[②]:“我不喜欢(弦论),它既不进行计算,也不能自我批判,我不喜欢未经实验的东西,仅凭臆想进行解释……”亨利不喜欢费曼,他在加州理工大学的会议上见过此人。他觉得费曼是个小丑,说着蹩脚的笑话,卖弄小把戏,难登大雅之堂。但这个小丑没有说错,因为亨利也不喜欢弦论,不喜欢那未经计算、检验和实验证明的说法。此外,这个亨利靠意念以某种手段杀死吉姆·帕蒂尔的想法实在是……无稽之谈。

---

① 美国著名物理学家,1965年诺贝尔物理学奖得主。

② 即弦理论(String theory),是发展中的理论物理学的一支,结合量子力学和广义相对论为万有理论。

光靠意念无法发出一道能量,穿过远处某人的身体。问题是,这道能量本身并不是一个“臆想”。它的确发生了,亨利感觉到了。

迪拜勒说,亨利的MRI完全正常。

星期四晚上,亨利几乎彻夜未眠,已经连续两个晚上这样了。而年轻的凯莉明显睡得很香。清晨,在她醒来之前,他蹑手蹑脚地穿好衣服,撑着拐杖离开了房间,去圣塞巴斯蒂安养老院的治疗室。他以为治疗室里仍旧挤满了昨天下午呕吐的人,但他想错了。

“需要帮忙吗?”一个胖墩墩的中年护士端着早餐盘问,“你生病了吗?”

“不,不。”他忙说,“我是来找人的。找伊芙琳·克伦齐诺特。她昨天来了这儿。”

“哦,伊芙琳回去了,他们都回去了。食物中毒并不严重。我们现在仅有的病人就是比尔·泰瑞和安娜·切诺夫。”提起后面那个名字时,她的语调和其他工作人员如出一辙。这通常会激怒亨利——芭蕾舞怎么能和物理相提并论?——但这次,他忍住了。

“我可以探望切诺夫女士吗?她醒了吗?”

“这就是她的早餐盘,跟我来吧。”

护士引他来到了短短走廊的尽头。这个房间有黄色的窗帘、床头柜、显示屏和输液架,跟医院里的其他病房别无二致,除了那些花。这里有很多很多的鲜花、花束、盆栽,还有一个铜制落地罐,里面像是栽着一棵小树。一个几乎淹没在花丛中的男人,坐在房间中的一张凳子上。

“这是您的早餐，切诺夫女士。”护士恭敬地说。她把盘子放到桌子上，摆到床中间，然后拿走了盖子。

“谢谢。”安娜·切诺夫投给她一个亲切的公式化微笑，好奇地看着亨利。亨利进来时没有站起来的那个人此刻也盯着他。

这一对真怪。她是一位看上去比实际年龄年轻的舞蹈家，比亨利听说的更漂亮：完美的脸颊，大大的绿眼眸。她身上没有管子接着墙上的机器，但左脚打着石膏，从黄色的被套下拱起来。那男人的发型像把铲子，发色灰白，还生了一对疑神疑鬼的小眼睛。他在红色T恤外面套着不合身的运动外衣，穿着牛仔裤。这个人很壮实，要不是他太老，亨利会以为他是一个维修人员。亨利希望他赶快滚蛋，即便没这个观众，事情也够棘手的了。

“切诺夫女士，很抱歉这么早打扰你，我有点重要的事情要问你。我叫亨利·艾德曼，是三楼的住客。”

“早上好。”她还是带着疏离的公式化笑容，就像对待护士一样。“这位是鲍勃·多诺万。”

“你好。”多诺万脸上没有笑容。

“你是媒体的人吗？艾德曼先生。我不接受采访。”

“不，我不是，我这就说明来意。昨天我感到一阵恶心，就像您一样，还有您，多诺万先生。这是伊芙琳·克伦齐诺特告诉我的。”

多诺万的眼珠滴溜溜乱转。如果不是那么紧张,亨利估计会笑出声来。

他继续道:"我不确定呕吐是不是由食物中毒引起的。对我来说,它发生在……一阵不同寻常的感觉之后。我只能形容为一道能量击穿了我的神经,带来了剧烈的疼痛。我想问问您有没有类似的感觉。"

多诺万问:"你是医生吗?"

"不是,我是个物理学家。"

多诺万突然沉下脸,仿佛物理是个冒犯人的词。安娜·切诺夫说道:"是的,我感觉到了,艾德曼博士。不过我不会用'疼痛'来描述它,它并不疼,但是'穿过神经的一道能量'——是的,我感觉的确很像——"她突然停下来。

"怎么了?"亨利问。他的心跳开始慢慢加速:有人也感觉到了那股能量。

但安娜不再说起那感觉,转而把头朝向另一侧,"鲍勃,你有没有类似的感觉?"

"有啊,那又怎样?"

"我不知道该怎么说。"亨利说。他突然靠在拐杖上,膝盖直打战。安娜一眼就注意到了,"鲍勃,请把椅子让给艾德曼博士坐坐。"

多诺万从椅子上站起来,轻松地把它拖给亨利,然后悻悻地站在一大束鲜黄的菊花、玫瑰和大丽菊旁。亨利整个人都陷到椅子里,视线正好和花上插的卡片平行,上面写着:ABT公司敬赠,祝早日康复!

安娜说:“我不知你来这里是想做什么,艾德曼博士。你是想说我们都得了同一种并非食物中毒导致的病?病征是在一股……能量流以后出现呕吐症状?”

“是,我猜是的。”他不能告诉她吉姆·帕蒂尔的事情。在这里,这个充满鲜花和消毒水的环境里,在多诺万可悲的嫉妒和安娜冷淡的礼节下,这个想法有如天方夜谭。亨利·艾德曼不喜欢疯狂的想法,他,说到底是个科学家。

正是这一身份让他刨根究底:“你之前有没有过类似的感觉,切诺夫女士?”

“安娜。”她脱口而出,“是的,我有过。事实上,之前有过三次,但感觉要轻微得多,而且没有呕吐症状。我以为只是打瞌睡引起的。这几天因为这条腿我只能卧床不起,实在很无聊,我整天都在睡。”

她话里没有一点自怨自怜,但亨利突然意识到,对于一个毕生都依靠身体而非思想来获得快乐、职业及自我的女人来说,“卧床不起”意味着什么。事实上,“年华老去”就是用在这样的女人身上的。亨利则幸运得多,他的大脑才是他的生活之源,而不是老化的身体。他的大脑仍然运转得很好。

真的很好吗?那为什么会得出这种不切实际的假说?费曼、泰勒、格尔曼[1]听到之后会说些什么呢？他进退维谷,努力站了起来。

“谢谢你,切诺夫女士,我不会再占用你的——”

“我也感觉到了。”多诺万突然说,“但只有两次,就像你说的,星期二和昨天下午。你有什么打算？博士。你是否认为发生了一些状况？危险吗？”

亨利抓着拐杖,扭头盯着他:“你也感觉到了？”

“我刚刚告诉过你了！现在该由你告诉我——这有没有传染性,是不是什么极度危险的新病？”

这个人害怕了,他用攻击性的话语来掩盖这种恐惧。他到底知不知道“物理学家”是什么？看来他把亨利当成某种专业医师了。

安娜给他俩下了逐客令,某种程度上也给了他答案:“不,鲍勃,这不是什么危险的疾病。艾德曼博士不是医学专家。现在,如果两位不介意的话,我很累了,还要吃早餐,不然护士会责备我的。你们最好先离开,也许在禁闭结束后,我会在楼里碰到你们的。”她虚弱地笑了笑。

亨利看到了多诺万脸上的表情,这种表情他在上课的大学生身上也见过:无助的相思病。在一张布满皱纹、皮肤松弛的脸上看到这样的表情,实在很不协调,但又无比真挚。这个可怜虫。

“再次谢谢你。”亨利用拐杖所能达到的最快速度离开了房间。她怎能像公主打发仆人一样对待他呢？然而……他毕竟侵入了她

① 这几位均为著名物理学家。

的世界:鲜花、芭蕾、礼节,那是女人的领域。一个他陌生甚至厌恶的世界,和物理界充满严谨的男人味的讨论截然不同。

他现在知道,她也感觉到了那股“能量”,多诺万亦然,而且和亨利同一时间。现在又有了几条线索……

在慢慢走向电梯的途中,他停下脚步,闭上了眼睛。

亨利回房时,凯莉已醒了。她和两个陌生人坐在亨利和艾达一起吃了五十年饭的桌子旁,那两个人在亨利进门时一起站了起来。空气中弥漫着咖啡的味道。

“我煮了咖啡。”凯莉说,“希望您不会介意……这是杰拉奇刑警和华盛顿刑警,这是艾德曼博士,这里是他的房间……”她声音渐渐低下去,显得楚楚可怜。她的头发打着结纠缠在一起,眼睛下像染了黑色的化妆品,可能是太疲惫了。

“你好,艾德曼博士。”男刑警说。他块头很大,肌肉结实,脸上满是胡茬——一副土匪长相,正是亨利最看不惯的。那个黑人女刑警年轻得多,小个子,身材匀称,面无表情。“关于昨晚的事,我们有些问题要询问维希女士。”

亨利说:“她需要律师吗?”

“那要看您孙女的意思。”

凯莉同时说:“我告诉他们我不需要律师。”

亨利补充说:“我来付钱。”在这段混乱的对话里,没人去更正

“孙女”的错误。

杰拉奇问:“昨天晚上维希女士到这里时,您在吗?”

“我在。”亨利说。

“您能和我们说说您昨天下午在哪儿吗,先生?”

这人是个傻瓜吗?“当然可以。不过你是在怀疑我,先生。怀疑我杀了帕蒂尔警官?”

“我们现在没有怀疑任何人,只是例行提问,艾德曼博士。”

“我昨天中午到下午都在雷德本纪念医院,然后凯莉就来了。我曾去急诊室里检查心脏情况。”他看着凯莉,急忙补充道,“我并没有心脏病,那只是消化不良,由圣塞巴斯蒂安养老院昨天下午发生的食物中毒引起的。”

啊哈!接招吧!你这个土匪刑警!

“谢谢。”杰拉奇说,“您是医生吗,艾德曼博士?”

“不,物理博士。”

他估计杰拉奇和鲍勃·多诺万一样愚蠢无知,但杰拉奇接下来的话实在是大大出乎他的意料。“实验物理还是理论物理?”

“理论物理。不管怎么说,那都是很久以前的事了。我现在在教书。”

“很适合您。”杰拉奇站了起来,华盛顿刑警紧随其后。那女人没吐哪怕一个字。“谢谢你们二位。得到尸检结果以后我们再联系。”

电梯里,塔拉·华盛顿说:“这个养老院让我起了一身鸡皮疙瘩。”

“有一天你——”

“省省吧,文斯。我知道我有一天会变老,但我不需要对这点儿满怀喜悦。”

“你还有时间。”他的心思并没放在长篇大论上,“艾德曼知道点什么。”

“是吗?”她饶有兴趣地看着他。文斯·杰拉奇在部门里素以“嗅觉灵敏”著称。对于古怪的事情,他的判断出奇的准确。事实上,她有点儿敬畏他。她上个月才成为刑警,又走了运,成了杰拉奇的搭档。不过,与生俱来的怀疑精神仍然驱使她追问:“那个老头儿?他不可能下手。他连一只蟑螂都杀不了。你是说他买凶?”

“不知道。”杰拉奇思考着,“不对,是别的,更玄妙的东西。”

塔拉不知道“玄妙”是什么意思,只好住口。杰拉奇很聪明,有些警察说他有点聪明过头,私心太重,但这种说法只是出于嫉妒,或是出自那些破不了案、只会撞门的警察之口。塔拉·华盛顿知道自己也不是那种靠蛮力的人,她想从文斯·杰拉奇身上学到所有可以学到的东西,成为和他一样出色的警察。

杰拉奇说:“我们和工作人员聊聊这次大规模的食物中毒吧。”

但食物中毒已经调查过,上午尸检报告也出来了。杰拉奇挂掉电话后说:“帕蒂尔死于‘心血管问题’,大面积瞬时心力衰竭。”

“年轻的警察帕蒂尔会出这种事?就这么定论了?”

“法医是这么说的。”

“不是谋杀,调查结束了。”某种程度上,她有些失望。警察被受虐的妻子谋杀可是关注率很高的案件,这就是为什么案子会指派给杰拉奇。

“调查结束了。”杰拉奇说,“不过结论没变:艾德曼知道点内情,只是我们永远也找不出到底是什么。”

七

星期五中午，伊芙琳那臃肿的身体平躺在一块板子上，她即将进入外形怪异的医疗管道里。她穿上了用来出席重要场合的华美服装，一身有蓝色蕾丝边的蓝色涤纶套装，身上厚厚的脂肪像充了气一样涨起来。迪拜勒医生——真是个英俊的年轻人，可惜她没法年轻五十岁，哈哈——说："您感觉舒服吗？克伦齐诺特夫人。"

"叫我伊芙琳就好。嗯，我感觉不错。我还没做过这种检查呢，你们管它叫什么？"

"功能性MRI。我要给您系上安全带，因为在整个过程中，您需要完全静止地睡在那里，这点非常重要。"

"哦，对，我知道了，你不希望我的大脑在这里面滚来滚去，你还要给那什么拍照——吉娜，你还在吗？我看不见——"

"我在。"吉娜说，"别害怕，伊芙琳。"

“我没害怕!”真是,吉娜有时候太过分了。但MRI管道的确让人有些不安。“你只用告诉我什么时候会把我送进那东西里去就行了,医生,我会稳住自己的。这儿挤得像口棺材,对吧?我会在地底待上很长一段时间,但没打算现在开始,啊哈哈哈!不过,如果我进去以后能继续和你聊天——”

“当然,继续说好了。”一副逆来顺受的样子,可怜的人。这也不奇怪,他日复一日做着这种事,一定厌倦了。她寻找着能让他振作一点的话题。

“你之前没在这里,所以对圣塞巴斯蒂安养老院没什么了解,是吧?你听说过安娜·切诺夫的项链吗?”

“不知道,是怎么回事?好了,让头保持这个姿势。”

“真是绝顶美丽!”伊芙琳的语气中透着一丝绝望。他用一些钳子夹在她头上,让她动弹不得,心跳加速。“钻石、红宝石,还有那些我叫不出名字的宝石。俄国沙皇将它赐予某个著名的芭蕾舞蹈家——”

“是吗?什么沙皇?”

“沙皇!俄国的!”真是,现在的年轻人都在学校里学些什么啊?“他将项链赐予一个著名的芭蕾舞蹈家,那人是安娜·切诺夫的老师,她又将项链送给了安娜。她通常把项链保存在圣塞巴斯蒂安养老院的保险箱里。不管怎么说,那条项链是无价之宝,所以——噢!”

“您会被平平稳稳地送到里面,伊芙琳。不会有问题的。觉得闭上眼睛比较舒服的话,就闭上吧。那么,您见过那条项链吗?”

“哦!没有!”伊芙琳喘着气说。她感觉身下的床滑动起来,心脏狂跳不止。“我是很想看啦,但安娜并不是个很友好的人,她总是那么自命不凡,我想因为她是个名人吧,但还是——医生!”

“你想出来了吗?”他说,她能听出语气中带的失望,她对这点一向很敏感。虽然她确实迫不及待想要出去,但也不想让他失望。那么……“不!我很好!我真的很想看看那条项链,那些钻石、红宝石,也许还有蓝宝石,闪耀着蓝色光芒的石头是我的最爱。真恨不得看一眼啊——”

她在胡言乱语,不过突然之间,她仿佛可以在脑海中看见那条项链,跟她描绘出来的一模一样:一串耀眼的巨大钻石,下面挂着红宝石和蓝宝石垂饰,闪亮动人,就像……她也不知道像什么,总之比她见过的任何东西都漂亮。哦,她恨不得碰碰它,哪怕就一次!如果安娜·切诺夫不是那么不可一世、那么自私,也许她会把项链从保险箱里拿出来给伊芙琳看看,让她摸摸。把项链从保险箱里拿出来。这绝对是伊芙琳幻想过的最棒的东西,把项链从保险箱里拿出来——

伊芙琳尖叫起来。疼痛泼溅在她身上,好像滚油泼出了炉子,灼烧着她的神经,将她的思维化为一片红色云雾……太疼了!她要死了,就要死了,她还没买好自己的墓地呢。老天爷,这疼痛——

然后,疼痛消失了,她呻吟着躺在床上,被送出了管道。迪拜勒医生说着什么,但他的声音听起来却非常遥远,而且不断飘向远方……远方……远方……

消失了。

亨利一个人坐在餐桌旁吃金枪鱼三明治。凯莉去大楼里什么地方工作了。有她在这里就好了,虽然她——

能量充溢着他,好像保险丝里的电压突然增加了。他所有的神经都开始发热,只有这个词能形容这种感觉。这一次没有疼痛,但脑海中出现了什么耀眼的东西:白色,红色,蓝色,当然不是国旗,和石头一样坚硬……是的,石头……宝石……

幻觉消失了。一阵强烈的疲惫感袭向亨利。他几乎无法支撑起头或是睁开眼睛。他耗尽所有的力气才离开桌子,蹒跚地走进卧室,倒在床上。他脑子里像外太空一样,一片空白。

凯莉被拉进餐厅里一场三缺一的"饭前牌局",其他玩家是艾德·罗斯伍德、拉尔夫·加雷塔和阿尔·卡斯玛诺。卡斯玛诺先生是她星期五的住院委托人,她曾载他去给住在加利福尼亚的女儿买生日礼物,把礼物带到邮局打好包裹寄出去,再带他去做理疗。卡斯玛诺先生总是不停地抱怨:圣塞巴斯蒂安养老院实在太冷,医生们无知,他们不让你抽烟,饮食实在差劲。他怀念那些老邻居,他女儿坚持在加州安家，这年头的孩子……凯莉一直把微笑挂在脸上。就算陪卡斯玛诺先生聊天也比待在吉姆死去的小房间里好。等租期到了，她打算换个地方住。现在她在养老院尽量多加班，只要不回家就行。

“凯莉，出红心。”艾德·罗斯伍德说。他是凯莉的对家，一个不错的人，喜欢看“国会时段”节目。“国会时段”的内容他都爱看，连众院拨款委员会开会他也能听上几个小时。罗斯伍德先生从不需要助理，这对圣塞巴斯蒂安养老院是件好事。但就连他也会每周离开电视一次来玩牌。麦克·奥凯恩是第四人，他今天不太舒服，这就是为什么当厨师们在隔壁叮当作响准备饭菜时凯莉得拿着五张牌坐在这里。一架飞机从屋顶飞过，嗡嗡声逐渐远去。

“哦，好，”凯莉回答，“红心。”谢天谢地，她已经记不得主牌是哪个花色了，幸好手上有张红心。她不是很会打牌。

“这是K。”

“对我来说是垃圾牌。”

“该你了，艾德。”

“梅花A。”

“走梅花了……凯莉？”

“噢，好，我……”谁出牌了？梅花是桌上仅有的东西。她没有梅花，所以扔了张黑桃。加雷塔大笑。

阿尔·卡斯玛诺满意地说：“凯莉，你真不应该用主牌吃了你对家的A。”

“我这么出了?噢,真是抱歉,罗斯伍德先生,我——”

艾德·罗斯伍德突然瘫倒在椅子里,闭上了眼睛。阿尔·卡斯玛诺也同样如此。拉尔夫·加雷塔茫然地看着凯莉,然后小心地将头放在桌面上,眼睛发直。

“卡斯玛诺先生!快来人啊,救命啊!”

厨房里的员工跑过来,不过现在三个人都已经重新张开了眼睛,看上去困惑不解而且昏昏欲睡。

“发生什么事了?”一个厨师发问。

“我不清楚,”凯莉说,“他们突然之间都……很疲劳。”

厨师盯着凯莉,好像她疯了一样。“‘很疲劳’?”

“是的……疲劳,”艾德·罗斯伍德说,“我只是……回头见,伙计们。我要去休息一下,就不吃午餐了。”他站起身,摇摇晃晃,但还是凭借自己的力量向餐厅外走去。其他两人也紧随而去。

“‘疲劳’。”那个厨师恼火地看着凯莉。

“不约而同!非常、非常疲劳,就好像是某种咒语!”

“一个同时出现的‘咒语’!”那个厨师说,“对了,你是新来的吗?嗯,老人总会感到疲劳。”厨师走开了。

凯莉不是新来的。那三个人也不是单纯地感到疲劳。但她没办法把事实告诉这个狗娘养的女人,甚至没办法用任何术语跟她自己解释。什么都不对劲。

凯莉没有胃口吃午饭，她逃进了洗手间，那里至少能让她一个人待着。

文斯·杰拉奇的手机响起时，他正和塔拉·华盛顿从东榆树街的便利店走出来。他们和商店老板聊了聊，那人可能和一起保险诈骗案有干系。文斯大部分时间让塔拉提问。当他说出“干得好，新人”时，塔拉高兴得像个膨胀的节日气球。

“我是杰拉奇。”他边走边听电话。正好走到车前时，他说：“好。”然后挂断电话。

“我们有什么活儿干？”塔拉问。

“碰上了个巧合。”

“巧合？”

“没错。”文斯前额上挤出了一道奇怪的褶皱，“又是圣塞巴斯蒂安养老院。有人撬开了办公室里的保险箱。”

“丢了什么吗？”

“我们去看看吧。”

艾琳·巴斯在她的瑜伽垫上醒了过来，电视屏幕一片蓝色，角落的画中画里播着第三频道。她坐起来，虽然有点头昏，但思维依然清晰。

发生了什么事。

她用戴着戒指的手撑着身体,慢慢从垫子上坐起来。她非常小心。骨头没断,全身也没有疼痛的地方。显然,她在瑜伽垫上突然休克,而瑜伽的录音带已经自顾自播完了。她在做鱼式,所以磁带上应该还剩二十分钟左右。已经过去多久了?墙上的挂钟指向一点二十,大概有一小时了。

没有疼痛感。艾琳做了次深呼吸,扭了扭头,站起来。还是不疼。事情发生时并没有疼痛感,但还是发生了些什么……并非瑜伽或冥想有时候领她进入的宁静领域。那里是淡蓝色的,就像清晨站在幽静的高山上眺望宁静的峡谷。世界色彩鲜明,奔涌而来,犹如河流……河的颜色:蓝色、红色和白色。

她走进公寓的小厨房,黑色连体紧身衣下的身段相当苗条。她错过了午餐时间,但也不觉得饿。她从抽屉里挑出甘菊茶,热了热纯净水,开始泡茶。

这次的能量湍流和之前的感觉很像。亨利·艾德曼问过她相关的事,也许这一次他也能感觉到。看起来亨利没有接受她关于欲念的解释,那是与醒悟相对的一面。他是个典型的科学家,相信科学是唯一出路,无法测量、实验或重现的东西都不是真实的,哪怕他亲身体验过也罢。艾琳很清楚,世界上有很多亨利这样的人,他们拒绝"信仰",却没发现自己信仰着科学。

艾琳抿着茶,思考之后要做的事。她并不害怕刚才发生的事。艾琳·巴斯很少感到恐惧。这点让一些人吃惊,让另一些人困惑。

说到底，有什么好害怕的呢？不幸只是命运之轮转动的一圈，疾病则是另一圈，死亡不过是一种形态到另一种形态的过渡。该来的总会来，万事万物背后，宇宙能量汇聚成的洪流永不止息，制造出幻象，让人以为这就是世界。她明白圣塞巴斯蒂安养老院的其他住客都觉得她是疯婆子、可怜虫，甚或因为与世隔绝而变成了两者的结合。这都无所谓。她过着自己的生活，依靠书籍和冥想，还在护理楼当志愿者。她从不回忆往事。

然而，确实应该考虑一下如何应付最近的情况。这不仅仅影响了她，还影响了亨利·艾德曼。更让人惊讶的是，伊芙琳·克伦齐诺特也在其中。仔细考虑过之后，她不那么吃惊了。每个人都有自己的业报，即使伊芙琳也有。艾琳并不了解伊芙琳聒噪烦人的外表下掩藏着什么。通往山顶的路有很多条。所以艾琳应该同伊芙琳和亨利谈谈。也许还有其他人，也许她应该——

门铃响起来。艾琳把茶放到桌上，在连体服外套了一条裙子，走向门口。亨利·艾德曼站在那里，靠在他的拐杖上，脸孔就像一张严肃的面具，压抑着内里的情感。“巴斯女士，有些事我要和你谈谈，我能进去吗？”

艾琳突然有种奇怪的感觉，不像瑜伽垫上传来的能量，也不是冥想中的淡蓝色静谧，而是别的什么。她之前也遇到过这种情况，因此她知道有什么不同寻常的事情即将发生。那些事，并不神秘，也不深邃。也许它们产生的原因并不比读取受潜意识支配的肢体语言更复杂,但通常它们预示着有什么翻天覆地的改变。

“当然,艾德曼博士,请进。”

她把门打开了些,站到旁边,给他的拐杖留出空间,但他一动不动。是精疲力竭了吗?她听说他已经九十高龄,比艾琳足足年长十岁。而她一生坚持瑜伽锻炼,讲究养生,因此体型十分完美。她从不抽烟、喝酒、暴饮暴食,就算偶尔放纵也只是一时兴起,不会持续很久。

“你需要帮忙吗?我能——”

“不,不。”他似乎回过神来,向前移动了几步,走到她桌子前,然后回头看了一眼,让他的紧张更加明显,“一个半小时前,有小偷闯入了圣塞巴斯蒂安养老院。他们打开了办公室里的保险箱,装着安娜·切诺夫项链的那个。”

艾琳从未听说过安娜·切诺夫的项链,但那耀眼的色彩却如湍流一样势不可当地浮现在她的脑海。她知道自己想得没错:发生了什么事,一切都回不去了。

八

大概是第十次了，詹克·迪拜勒拿起功能性MRI扫描图，再次进行研究，然后又放回去。他用指关节使劲揉了揉眼睛。把手挪开时，他那个圣塞巴斯蒂安养老院空荡荡的小房间变得模糊起来，但功能性MRI扫描图还是老样子。你的大脑正在自杀，他想。啊，可这不是他的大脑。这是伊芙琳·克伦齐诺特的大脑。恢复意识之后，那位喋喋不休的烦人女士的大脑运转得十分正常。

但扫描结果绝不平常。伊芙琳躺在那个磁成像管里，某一刻之后，一切全都变了。第一张图片是血流和供氧的正常图像，但下一张——

“你好吗？”

詹克被吓了一跳，图纸落了一地。他没有听见开门声，也没听见有人敲门，他完全没注意到，“进来吧，凯莉。真抱歉，我没有……

你不必这么做的。”

她弯腰捡起报告。当凯莉抬起身来,他看到她凌乱的金发下是一张微微泛红的面孔,看起来就像一尊雕饰过度的维多利亚时期的雕像。她带着个纸盒子,盒子里装着一株植物、一个相框,还有一些别的东西。

啊哦。詹克以前也遇到过这种事。

她说:“我给你的办公室买了点东西。它看起来,嗯,空荡荡的,有点冷清。”

“谢谢,其实我挺喜欢这样子的。”他有点夸张地忙着整理图表,虽然听起来有些绝情,但还是先让她死了心吧,省得以后给自己找不自在。当她把盒子放在一张折叠椅上时,他依然无视她,希望她自行离开。

事与愿违。她说:“那些MRI扫描是艾德曼博士的吗?那些图说明什么?”

詹克抬起头,发现她看着那些图表,而不是他,她的语气听起来也很普通,可能带着点对艾德曼博士的关心。他想起她和亨利·艾德曼的关系。哦,詹克是不是自作多情?以为每个女人都会被他吸引。这应该让他有些自知之明了。

他不再理会自己造成的可笑尴尬,回答的语气就像和同事说话:“不,这是伊芙琳·克伦齐诺特的图像。艾德曼博士的很普通,这些却截然相反。”

“它们很特别吗？怎么说？”

突然间，他发现自己很想说出来，或许能为自己的困惑找到答案。他绕过书桌，让她拿着扫描图，“看见脑部这些黄色区域了吗？那些是BOLD信号，血氧水平依赖对比。这说明拍摄MRI图像时，被摄者大脑的这些部分非常活跃——可以说是极度活跃。它们不该如此！”

“为什么不？”

现在凯莉完全成了摆设，一个用来引出解释的借口。“因为完全不该如此。伊芙琳当时平躺着没动，在MRI管里和我说话。她的眼睛张开，对身体被固定住有些紧张。扫描图理应显示大脑的光学传入区域的活动，表示对身体边缘部分的感知提高。现在却恰恰相反，那些大脑叶的血压全都大幅降低，用来将视觉、听觉与触觉这些外部信息传递到大脑的丘脑几乎完全停止了工作，但在丘脑下部、扁桃体与颞叶有剧烈——可以说是非常剧烈的活动。”

“这些活动增强说明了什么呢？”

“有很多可能性。这些部分关系着情感和幻想的呈现，这样剧烈的活动是某种精神癫痫发作的表现。另一种可能性是，这是僧侣在深度冥想时的典型状态，但只有长期冥想的人才能达到这种程度。而且疼痛的这部分——话说回来，伊芙琳·克伦齐诺特这个人究竟怎样？”

凯莉笑了：“和僧侣沾不到一点边。艾德曼博士有没有类似的情况?”

“没有,在伊芙琳发作之前和之后都没有。要我说,这应该是颞叶癫痫,要不是——”

“癫痫?”她的语调升高了,“那种‘抽搐’是癫痫的症状吗?”

詹克看着她,仔仔细细地看着她,他看出了她的担忧。于是他尽可能和蔼地说:“亨利·艾德曼之前也有过类似的体验,是吧?”

他们彼此都直盯着对方。没等她开口,他就知道她接下来要说的是谎话。她就像一头金色的母狮子,企图保护自己的孩子。只是这一头母狮子很年轻,而她的孩子是个干瘪的老人,也是詹克·迪拜勒见过的最聪明的人。

“不。”她说,“艾德曼博士从未和我提起过抽搐这回事。”

“凯莉——”

“你也说他的MRI看上去完全正常。”

“的确如此。”败给她了。

“我该走了。我只是拿点摆设过来,让你的办公室看上去更有生气。”

凯莉走了。那个盒子里装着一只风景画框(一座布满鲜花的小屋,还有一只独角兽)——他永远也不会挂在墙上;一只咖啡杯(爪哇岛喜悦的清晨)——他永远不会去用;一个拼缝的垫子,一枝粉红的非洲堇,还有一只贴着黄色雏菊图案的笔筒。詹克不由得微笑起来。她给的这些不合时宜的礼物倒挺有趣的。

只可惜在伊芙琳·克伦齐诺特那匪夷所思的MRI结果面前，什么东西都黯然失色。他需要从她那里得到更多的信息，需要再进行一次MRI，最好能把她扣在医院病房里，看看他能不能对颞叶癫痫下确切诊断。但他给伊芙琳打电话时，她却拒绝了所有进一步的“医疗程序”——即使他费尽唇舌地劝了十分钟，也没能说动她。

他只得到一组怪异的实验数据，对接下来要做什么毫无头绪。

“我们接下来做什么？”雷德尼·考德维尔问，他是圣塞巴斯蒂安养老院的总负责人。塔拉·华盛顿看着杰拉奇，后者则看着地板。

地板上铺陈着很多资料，还放着清一色的白盒子，上面工整地印着名字：M.麦迪生、H.格哈特、C.加西亚。其中一只盒子打开来，盖子端正地放在旁边，有一层薄薄的纸被揭开了，纸上放着一串项链，这是个镶嵌着一小粒钻石的黄金埃及十字架，串在细细的金链上。盖子上写着：A.切诺夫。

“我什么都没碰。”考德维尔的话语中带着些得意。他年过五十，身材高大，长着一张长脸，肤色很深，活灵活现一个胡萝卜。“电视剧里都是这么说的，对吧？什么都别碰。但真奇怪，这小偷费尽心机要‘席卷保险箱’——”他对这个词也很得意。“——却啥也不带走？”

“的确诡异。”杰拉奇说。最后他终于把目光从地板上抬了起来。保险箱并没有被“席卷”，上面的锁完好无损。塔拉对杰拉奇接下来的打算颇有兴趣,但她失望了。

“我们再把事情复述一遍。”他轻松地说,“你离开了自己的办公室……”

“是的,我11点30分去了护理间。贝丝·玛隆当值。通往保管室的唯一一扇门就在前台后面,贝丝说她没有离开岗位。她是很可靠的,在这儿干了有十八年了。”

玛隆夫人因此成了头号嫌疑犯,她也明白——她可不傻——所以正在另一间屋里抹眼泪呢。但塔拉知道,杰拉奇只看一眼就把玛隆从嫌疑犯名单里剔除出去了。一位勤勤恳恳、热心助人的中年妇女,对于抢劫的兴趣不会比对炼金术的更高。有可能是当小偷潜入前台后面那个没有窗户的房间时,她离开岗位去做杂事了,现在羞于承认。塔拉自娱自乐地想象着玛隆夫人在衣柜里和情人幽会的场景,忍俊不禁。

“想到什么了吗,华盛顿刑警?”杰拉奇问。

可恶,什么也逃不过他的眼睛。现在她得说点什么了,一时间能想到的最好点子就是提问。“这一小串项链属于那个芭蕾舞演员安娜·切诺夫所有吗?”

“是的。”考德维尔说,“它真漂亮,对吧?”

对于塔拉来说,这项链没什么特别的。但杰拉奇抬起头看着她。她意识到这人对一位世界知名舞蹈家退休后住在圣塞巴斯蒂安养老院一事毫不知情。他不喜欢看芭蕾舞,在塔拉的印象里,有什么事情她知道而杰拉奇不知道，这可是破天荒。还好，她每年都被她那古怪的外婆拽去林肯中心好几次。塔拉继续道："有没有住客对安娜·切诺夫怀有特殊的兴趣？比如芭蕾舞迷——"她希望自己没把这个词念错，因为只在节目单上看到过这个词[①]，"——或者是什么特别的朋友？"

但考德维尔压根儿没听"住客"以后的内容，他硬邦邦地说："我们任何一位住客都不会做这种事，警官。圣塞巴斯蒂安养老院是一个私人社区，我们严密监控着任何——"

"我现在可以和切诺夫女士聊聊吗？"杰拉奇问。

考德维尔看上去被问得措手不及，"和安娜？但是贝丝·玛隆在等着……哦，好吧，如果这是程序要求的话。安娜·切诺夫现在在治疗室，她的腿断了。我会带你们去的。"

塔拉暗暗祈祷，希望杰拉奇别派她去找玛隆夫人，问些没用的问题。他没有这么做。在治疗室门前，他说："塔拉，你来和她聊。"要不是塔拉以前见过杰拉奇这么干，真会以为这是对她所拥有的丰富的芭蕾知识的嘉奖。事实是，他更喜欢观察，充当一个沉默的倾听者，一个被问者眼中的未知数。

考德维尔忙着说明情况时，塔拉努力不去盯着安娜·切诺夫看。她真漂亮。年长，是的，大概有七十岁了吧，但塔拉从未见过哪

---

① "芭蕾舞迷"的原文是"balletomane"，是个生僻词。

个老人像她这样。高高的颧骨,大大的绿眼睛,白发随意地绾在头顶,发丝一缕缕垂下来,覆盖着她苍白的皮肤,皮肤看起来并没有随着时间的流逝而松弛(虽然的确有皱纹)。她的手指修长,手腕纤细,静静地放在床单上。她的肩挺着,裹在白色寝衣里,只有一条腿上臃肿的石膏模子破坏了这种精美的感觉。但这里有种塔拉所见过的最深沉的悲伤——那是对一切事物的悲伤,塔拉困惑地想。

"请坐吧。"安娜说。

"谢谢。根据考德维尔先生的说法,楼下有人破门而入,打开了办公室里的保险箱。唯一一个被开启的盒子上写着您的名字,里面装着一条黄金和钻石做的项链。那是您的吧?"

"是的。"

"那是塔玛拉·卡莎维娜[①]给您的吗?是尼古拉二世[②]给她的?"

"是的。"安娜看塔拉的眼神稍微亲切了些,但并没有减轻两人的疏离感。

"切诺夫女士,您能想到什么人可能会对您的项链有如此强烈的兴趣吗?有没有什么新闻界的人一而再再而三问起它?或是谁给您写过电子邮件?住客呢?"

"我不用电子邮件的,华盛顿小姐。"

应该是"华盛顿警官",但塔拉没在意。"那——有什么人吗?"

"没有。"

---

① 俄罗斯著名芭蕾舞表演家,曾为俄罗斯皇家芭蕾舞团首席艺术家。

② 俄罗斯帝国沙皇,在位时间为1894年至1917年。

这位舞蹈家是否略有踌躇？塔拉不敢肯定。她继续提问，但也知道自己不会有什么进展了。安娜·切诺夫开始礼貌地表现出不耐烦。为什么杰拉奇不让塔拉停下来呢？在他这么做之前，她得继续下去——“软化他们”。毫无目的地问询还在继续。最后，直到塔拉实在没问题可问了，杰拉奇才若无其事地说：“您认识艾德曼博士吗？那个物理学家。”

“我们见过一面。”安娜说。

“您是否觉得他有些喜欢您？”

头一次，安娜看上去有些笑意，“我想艾德曼博士唯一喜欢的是物理。”

“我明白了，谢谢您，切诺夫女士。”

在大厅里，杰拉奇对塔拉说：“芭蕾。警察工作里可不常碰上这个。你干得不错，华盛顿。”

“谢谢。接下来你有什么打算？”

“现在我们要找出哪个住客对安娜·切诺夫有好感。不是艾德曼，另有其人。”

这么说，当塔拉问到住客中是否有人对她有特别的兴趣时，安娜的确犹豫了一下！她跟着杰拉奇走出大厅时，心潮澎湃。杰拉奇看也没看她，便说：“不要太陶醉了。”

飞船逐渐不安定起来，穿过行星间多少立方光年，时空扭曲得十分危险。新生命的力量在增加——却在那么遥远的地方!

本不应该是这样的。

如果飞船能早点发现这个新生命,就能让它以符合进化规律的正确方式发展下去了。星球、宇宙、意识,一切都会进化。如果飞船早点发现在银河这个偏僻角落的某处有产生新生命的温床,它就会及时进行指导与塑造,让转变放缓。但是它对此一无所知,通常会有的迹象也一个都没出现。

无论如何,它们正在进化。模糊的图像单向传输到飞船上。更严重的是,诞生中的生命不知道如何引导力量。更快,飞船必须更快……

但它做不到,那样做必然会摧毁时空,而且这种摧毁不可逆转。时空只能在这种频率、这种强度内重塑,与此同时……

远方那半成形的东西颤抖着,挣扎着,发出恐惧的哀号。

九

亨利·艾德曼害怕了。

他几乎不想承认这一点,更别提把它暴露在这群星期六一早挤到他小房间里来的人面前。他们严肃地坐成一圈,占据了他的沙发、扶椅和餐椅,还从别的房间拖来了凳子。伊芙琳·克伦齐诺特挤在他右手边,这让他很不自在。她的香水甜腻得有点恶心,她还把头发卷成一条条细细的灰色腊肠。斯坦·查奇思和艾琳·巴斯坐在地板上,他们对这种坐法没意见。在这些苍白面孔中,艾琳黄色的褶皱印花裙是唯一的色彩。这里有二十个病人,也许楼里还有更多人发病。反正亨利叫来了所有他认识的人,他们又叫来了他们认识的人。唯一缺席的是安娜·切诺夫,她还在治疗室,另外阿尔·卡斯马诺拒绝参加。

这些人都望着他,等待他说开场白。

“我想大家都知道为什么来这里。”亨利道。突然间,一种不真实的感觉扼住了他,他连自己为什么会在这里都不晓得。迈克尔·法拉第镌刻在加利福尼亚大学洛杉矶分校物理楼上的名言跃入他的脑海:“过于美好的东西都不真实。”这话真讽刺。发生在亨利和其他人身上的事,虽不美好,却是“真实”的,只不过超出了他的理解范围。虽然他尽最大努力把这件事与物理联系起来,花费大量时间深入思考,也想不出任何办法。

他说:“我们都遇到了一些特殊情况,首先应该确认每个人的体验是否一致。”收集数据。“我先来。共有五次,我感到同一种力量攫取了我的大脑和身体,仿佛一股能量穿过我,类似神经性休克。其中一次伴随有疼痛感,另外几次则没有,但都让我浑身乏力。有人有这种感觉吗?”

屋里马上喧哗起来,亨利举手示意大家安静。“我们不妨自愿发言吧?有人有过这种体验吗?谁都可以。好了,我们一个个来,轮流自我介绍,从我左边开始。请尽可能说详细一些,但只叙述就可以了,无须进行诠释。”

“当老师的就是麻烦。”有人小声抱怨,但亨利没看见说话的人,也不在乎。他的心跳得很快,感到自己的听觉变得更灵敏了,没漏过哪怕一个音节。但他故意隐去了“抽搐”的时间和同时发生的事件,以免透露过多信息。

“我是约翰·克鲁格,住在4J。”这是个分量不轻的圆脸男人,秃顶，语调友好和蔼。大概他是高中教师吧，亨利猜，教历史或数学，或许还兼任体育教练。“事情和亨利说得差不多，不过我只感觉到四次‘能量’。第一次是星期二晚上，大约七点半。第二次让我从梦中醒来，是周三晚上十一点四十二分，我记下了床头钟的时间。第三次的时间没记住，那是周四，我正因为食物中毒——我们中招了的那次——而呕吐，大概是中午吧。那一次能量始于心脏附近，我还以为自己心脏病发作了。最后一次是昨天中午十一点四十五，除了能量，我还……怎么说……”他看起来不太情愿。

“请说出来，这很重要。”亨利说，他几乎要停止呼吸了。

“我不想说那是幻觉，但我看见各种色彩在脑海中旋转，红色、蓝色，还有白色，好像是什么坚硬的东西。”

“安娜·切诺夫的项链！”伊芙琳尖叫起来，会议彻底完了。

亨利没法制止他们紧张地窃窃私语。他想站起来，但拐杖在厨房里，拥挤的起居室没地方放。当鲍勃·多诺万把两根手指放到口里，吹出口哨时——那声音甚至能镇住军犬——他颇为感激。“喂！闭上你们的嘴！不然谁也听不到谁！”

人们静了下来，愤恨地盯着这个穿着宽松裤子和廉价毛衣的矮胖男人。多诺万阴着脸退了回去。亨利打破宁静：

“多诺万先生说得对，刚才那样我们没法得到什么有用的信息。让我们继续轮流说，请别再打断了。接下来，巴斯女士？”

艾琳·巴斯说的基本上和约翰·克鲁格一样，除了星期三晚上的那次。但她补充了周二上课前,亨利让凯莉进门时感受到的轻微刺激。她形容那是“我脑海中的低语”。接下来十六个人都说星期四和星期五有相同的体验,但有些人在星期二并未感觉到“能量”,有些人则是星期二或星期三没有感觉到。亨利是唯一一个感觉到所有五次异常的人。在叙述过程中,伊芙琳·克伦齐诺特几次想从椅子上站起,像个随时可能爆发的间歇喷泉。亨利不想让她打断别人,只好用手抓着她的胳膊阻止她。但他马上就发现这是个错误的举动,伊芙琳立刻把手覆在他的手上,热情地紧握不放。

最后轮到伊芙琳发言时,她说:“你们之中没有人像亨利一样,在周四的那次感觉到疼痛——除了我!我当时正在医院做MRI,我待在机器里,那种痛苦真是太可怕了!太可怕了!然后——”她戏剧性地顿了一下,“——我看见了安娜·切诺夫的项链,就在它被偷的同一时刻!而且和你们一样——那‘坚硬的颜色’,就像约翰说的!蓝宝石、红宝石,还有钻石!”

人们又沸腾起来。亨利顾不上他那逐渐增加的恐惧,暗暗抱怨。为什么是伊芙琳·克伦齐诺特呢?一个最不可靠的证人……

“我看到它了!我看到它了!”伊芙琳尖叫着。吉娜·玛蒂内利开始大声祈祷。人们要么乱哄哄地交流,要么默默地坐着,脸色惨白。一个亨利不认识的女人哆哆嗦嗦地从口袋里掏出一只药瓶。鲍勃·多诺万又将手伸向唇边。

在多诺万吹响口哨、震破大家的鼓膜之前,艾琳·巴斯优雅地站起身,拍着手,用惊人的音量叫道:“停下来!这样我们什么也干不了!现在是伊芙琳发言!”

喧闹渐渐平息。

说了刚才那番话后,伊芙琳与其说是害怕,不如说更兴奋了。她开始语无伦次而冗长地描述她的“MRI”,直到亨利用他能想出的唯一一种方法让她停下来——握住她的手。她又紧紧握住它,红着脸说:“好的,亲爱的。”

亨利抽出手。“好了各位,一定有什么能解释这一切。”但没等他开始,艾琳·巴斯摇身一变,从帮手变成了破坏分子:

“我想我们应该按照刚才的顺序再轮一次,各人做些解释。但要尽量说得简短,以免大家感到疲惫。约翰?”

克鲁格说:“可能是某种会感染大脑的病毒,传染病。或许大楼被什么污染了。”

什么病能让每个人都出现相同的幻觉,打开上锁的保险箱?亨利不屑地想。那份鄙视让他冷静了下来。他需要冷静。屋里的每个人都提到周四中午时,那股“能量”始于他们的心脏,但除了亨利,没人知道当时吉姆·帕蒂尔正在殴打凯莉,同时还出现了无法解释的心脏病发作。

艾琳说:“我们所看到的这个世界不过是上天的赐予,永恒的幻觉。实际上,现实总是处于持续的流动与变换中。这里所发生的事超出了这个世界的知识范畴。我们不经意间见证了几次本真的变化,那是通常只会随涅槃而来的'真如[1]'。这几次目睹都一闪而过,并非完美,因为某些原因,我们汇集的业报使它们呈现在我们眼前。"

在她后面发言的鲍勃·多诺万没好气地说:"一派胡言。就像克鲁格说的,我们都患上了某种脑部疾病,然后某个瘾君子撬开了保险箱。警察正在调查。我们都应该去看医生,虽然他们从来治不好人。那些感觉到疼痛的人,亨利和伊芙琳,只是病情更重一些而已。"

大部分人都赞同脑部疾病的说法,少部分人则抱着毫无助益的怀疑论观点,还有几个人则因为找到了解释而如释重负。一个女人轻声说:"可能是老年痴呆症的前兆。"一个男人耸耸肩:"听天由命吧。"另一个人摇摇头,转开了视线。

吉娜·玛蒂内利说:"这是上帝的旨意!现在是大限之日,只要我们去听,就会收到信号!'你们要受十日苦难。如你对死亡忠心不二,我会赐给你生命的华冠。'[2]此外——"

"这也许是上帝的旨意,吉娜。"伊芙琳打断了她,再也无法压抑自己的情绪,"但这实在太奇怪了!为什么我能在脑海中清晰地看到项链?而同一时刻,它就从保险箱里被盗走了!在我看来,这不是上帝,也不是恶魔,否则这次抢劫应该得手了。你明白我的意思吗?恶魔知道自己在做什么。不,这是一条信息,没错,但它是来

① 佛教术语,意思是世界真实的本质。

② 引自《圣经·启示录2:10》。

自那些先于我们而去的人。我的叔叔奈德可以看见鬼魂。我记得有一次,我们一起吃早餐,所有的杯子都上下颠倒了过来,当时屋子里没有任何人。奈德叔叔,他说——"

亨利听不下去了。鬼魂说、上帝说、东方玄学、病毒说、老年痴呆症说——没有一个符合事实,甚至没有一个哪怕稍微遵从一点宇宙定律的。这些人的推理能力和白蚁无异。

伊芙琳又一个人说了一会儿,最后连她自己也发现了,听众们看上去心不在焉、无精打采,或是干脆睡着了。艾伦·布罗姆利在亨利的皮椅上轻轻打起了鼾,艾琳·巴斯问:"亨利?"

他无望地看着他们。他本来想说说光子的双缝实验:一旦你用探测器探测质子束的路径,即使你在粒子放出后打开探测仪,路径也是不变的。意识是宇宙的重要组成部分,而在他看来,意识是将这些迥然不同的人和发生在他们身上的不可思议的事件联系在一起的唯一可能。

就算对他而言,这个"解释"也是漏洞颇多。泰勒和费曼会嗤之以鼻!此外,虽然这种说法比今天早上他听到的所有说法都要好,他也不乐意将其告诉这些毫无理性的人。半数人懵懂无知,另一半人则是疯子。他们会毫不迟疑地否定它。

是他提出要开会的,他却什么也说不出。

他结结巴巴地解释,想把物理学尽可能说得清晰明了,但大部分人仍然一头雾水。他说"我不觉得有什么东西通过集体意识在影响现实”,但他之前不也一直这么说吗?“我从不相信什么心灵遥控或者类似的鬼话。事实上,我不知道发生了什么事。但的确有什么事情在发生。”

他感觉自己是个彻头彻尾的笨蛋。

鲍勃·多诺万厉声喝道:“你们什么都不知道!我听你们说了半天,没人说得对事实。我见过安娜·切诺夫的项链。昨天警察询问时,拿来给我看了。上面并没有什么蓝宝石或红宝石,只有一颗小小的钻石。你这搬弄是非的女人,伊芙琳,以为自己的发作和什么有关——我们怎么知道你感觉到疼痛时,‘正好是’保险箱被撬开的时间呢?这是你的一面之词。”

“你说我是个骗子?”伊芙琳大喊,“亨利,告诉他!”

告诉他什么?亨利惊愕地望着她。约翰·克鲁格冷冷地说:“我不认为亨利·艾德曼会对他的疼痛说谎。”伊芙琳的目光从多诺万转向了克鲁格。

“你是说我说了谎?你他妈以为自己是谁?”

克鲁格开始告诉他自己是什么人,特别提到自己曾担任过公证人。其他人又开始争吵。伊芙琳哭泣起来,吉娜·玛蒂内利大声祷告。艾琳·巴斯站起来,从前门走了出去,一些人跟着她走了。留下的人继续激烈争吵。他们无法说服邻居们,争论愈演愈烈。凯莉·维希从这愤怒和相互鄙视的人群中挤出来,走到了亨利身边。她漂亮的脸庞愁眉不展,充满了困惑和担忧。

“亨利,这里究竟发生了什么？我从大厅里就能听见这里的声音……到底是怎么回事？”

“没什么。”他说。这大概是最愚蠢的答案吧。年轻人一般都把老家伙们视为异类,对他们的关切不会多于对三叶虫的关心。但凯莉不一样,她总把亨利当成同一个世界的人来看待:有激情,有怪癖,有目标,也有沮丧。这是他第一次见到凯莉用看待异形或怪胎的眼神看待他,这给这次劫难般的会议画上了句号。

“但是,亨利——”

“我说什么事都没发生!”他朝她大叫,“什么都没有！现在让我一个人待着吧！该死的!”

十

凯莉站在休息室对面的洗手间里,努力让自己平静下来。她不会哭,尽管艾德曼博士从没这么对她咆哮过,尽管吉姆的死让她震撼不已,尽管……发生了这么多事,她还是不会哭。太荒唐了。她很专业——至少是个专业护理——而亨利·艾德曼只是个老人。老人有时会发脾气,这没什么要紧的。

但她清楚,事情没有那么简单。她在艾德曼博士的门外站了很长时间,里面的人鱼贯而出,向她投以似有似无的微笑,伊芙琳·克伦齐诺特则继续在里面说蠢话。这场前所未见的会议头一次激起了她的好奇心——亨利·艾德曼在星期六早上十点主持聚会?而伊芙琳所指的……伊芙琳所想的……甚至连艾德曼博士也相信在伊芙琳做MRI检查的时刻发生了“一些事情”,一些奇怪的无法解释的超自然现象……亨利!

但是,詹克·迪拜勒确实被伊芙琳的扫描图弄得焦头烂额。

女洗手间的门开了,星期六的第一批客人走了进来,是一位中年妇女与一位脸色阴沉的少女。“实话说,汉娜,”中年妇女道,“这只会占用你宝贵周末的一个小时。坐在奶奶身边,关心亲人,又不会要你的命。如果你只是——”

凯莉走向迪拜勒的办公室。他正在书桌前工作。房间里看不到她送的画、垫子与咖啡杯。她无法抑制心中的难过。真蠢啊,他压根儿不需要它们,也不需要她。又做了件失败的事。

“迪拜勒医生——”

“叫我‘詹克’,记得吗?”他接着问,“凯莉,什么事?”

“我刚从艾德曼博士的房间过来。他们在开会,大概有二十个人参加了会议,每个人都发生过了‘抽搐’什么的,而且在同一时刻。就像您给伊芙琳做MRI扫描时一样。”

他盯着她,“什么叫‘在同一时刻’?”

“就是我刚才说的,”她惊叹于自己的语调——竟没有一丝颤抖,“正好在伊芙琳身处MRI里面、呈现出奇特脑活动的同一时刻,他们都产生了类似的感觉,只是没那么强烈。安娜·切诺夫的项链也是在那个时刻被偷的,而且他们都在脑海里看到了那条项链。”只是——多诺万先生说项链与伊芙琳看到的不一样?凯莉陷入了困惑。

詹克低头看了看正在写的东西,又看看凯莉,再低头看向自己的笔记。他绕过桌子，关上办公室的门。随后他温柔地牵起凯莉的手臂，将她领到访客座椅上。椅子上没有她送的垫子。当他的手碰触到她的手时，她的心一阵刺痛。

“艾德曼博士参与这件事了？再跟我说一遍。慢慢说，凯莉。不要漏掉任何细节。”

伊芙琳·克伦齐诺特辛苦地跑到吉娜·玛蒂内利位于五楼的房间。真是的，亨利对那个女孩、对参加会议的所有人都太粗鲁了，令人无法忍受。特别是对她伊芙琳。在多诺万先生指责她是骗子的时候，他并没有出言安慰，也没有再把手放在她的手上，只是不停地大吼大叫——要知道，他们之前的发展多顺利啊！

伊芙琳得和吉娜好好聊一聊——不是因为吉娜在会议上帮过忙，那些祈祷一点用都没有——吉娜比外表看上去更聪明。很少有人知道，她曾是一名兼职报税员，因为吉娜除了祈祷之外从不多说话。伊芙琳也相信上帝，但如果你打心眼里想得到某些东西的话，你就得做点什么，别指望上帝会为你解决一切问题。

伊芙琳甚至为亨利烫了发呢！

“吉娜？甜心？我能进来吗？”

“你不是已经进来了吗？”吉娜回答。她不得不大喊着回答，因为正放着弗兰克·辛纳屈[①]的磁带。吉娜对弗兰克·辛纳屈很着迷，

① 美国著名男歌手、演员。

这一次她听歌时甚至没念《圣经》，伊芙琳觉得是个好迹象。她将自己肥胖的身体安置在吉娜的沙发上。

“你觉得会开得怎么样?”伊芙琳问。她期待着一场两三个小时的回顾、谈论与八卦。这会让她好过得多，不再惊恐，不再害怕。

但吉娜说:“我回来时答录机上有一条留言，下周雷要来了。”

哦，天哪，吉娜的儿子，那个眼中只有老妈财产的儿子。雷已有一年多没来拜访，吉娜告诉过他，会把所有东西留给女儿……那是一笔可观的财产，吉娜的前夫在建筑业上赚了很多钱。

“哦，亲爱的。”伊芙琳有些敷衍地应了一句。通常她非常喜欢疏导吉娜的苦闷，原因只有一点，这能使伊芙琳庆幸自己没有孩子。但现在发生了这么多其他的事:亨利、偷窃未遂、伊芙琳的抽搐、会议上奇怪的说法——

弗兰克·辛纳屈在唱着《蚂蚁与橡胶树》，吉娜流下泪来。

“哦，亲爱的。”伊芙琳又重复了一句，站起来用双手抱住吉娜，打消了最初的念头，开始倾听吉娜控诉雷·玛蒂内利的自私。

治疗室里，鲍勃·多诺万坐在安娜·切诺夫床边。这个人真迟钝。她真想彻底地冷落他，或是坦白地告诉他不要再来看她。光是看到他矮小的身躯和那张青蛙脸就让她恶心。上帝真不公平，但现实就是如此。

她曾经与那么多美男子共舞。

谁是最棒的？弗雷德里克,在《圆舞曲》里与她合作——她从来没有被如此轻巧地举起过。《苏格兰交响曲》的表演也同样令人窒息。但她最后选择的依然是贝内特。在她离开纽约市芭蕾舞团、加入美国芭蕾剧院之后,她的职业生涯真正开始腾飞。他们一直是搭档。贝内特,他在《吉赛尔》里出演阿尔布莱希特真是光芒万丈……在巴黎歌剧院的晚会上,作为表演嘉宾,他们谢了十七次幕,还——

她的注意力被鲍勃·多诺万说的什么话带了回来。

“请你重复一遍,好吗,鲍勃?”

“什么？老亨利异想天开的理论？顶着科学之名的一派胡言!”

“话虽如此,还是请你重复一遍好吗?”她挤出一点微笑。

他以可悲的热心回应微笑。“好吧,如果你想知道。艾德曼说,我想想……”他努力回忆着,合不拢的嘴巴咧得更开了。哎,他或许长得差,但她又好得了多少？这些天来,她都不敢照镜子,腿上丑陋的模具让她绝望。

“艾德曼说物理学中有一些实验,两个轨道什么的,人们的良心或许能改变一些小……粒子……的轨迹,只要想着它们就行,或者可能是看着它们。这就是在同一时刻把每个人联系起来的所谓‘能量’。集体良心。一个新玩意儿。”

意识[①]。安娜心想。集体意识。啊,这很奇怪吗？她在舞台上

---

① 英文中“良心”与“意识”读音相近。

不止一次地感觉到，一群舞蹈演员是在传递着她们的意识，随着音乐节奏翩翩起舞，整齐划一，创造着美。对她而言，这种时刻比信仰更加重要。

鲍勃继续说着其他人在会议上的发言，用杂乱无章的叙述费力地讨她欢心。她再也不想听下去了。她转而想着贝内特，与他在舞台上下美妙的化学反应。贝内特在第二幕的华丽双人舞中将她举起，后台的松香流出来，环绕在她身边，幻化出一片天使般的云彩。她仿佛越升越高，几乎飞了起来……

“再说一遍。”詹克说。

“再？”这是第三遍了！凯莉并不介意多说几遍，自从吉姆死后，再也没有人像他这样，把注意力完全集中在她身上。当然，她并不希望吉姆回来……即使只是想想，她仍然禁不住地颤抖。“为什么？你相信这些关于集体意识的说法？”

“不，当然不。在没有证据之前……但艾德曼是一位科学家。他还有其他没告诉你的数据吗？”

“我不知道你指什么。”她的确不知道，这番交谈已经超出了她的预料。光子探测器，双缝实验，可观测的先定论……她的记忆力不错，但她知道自己缺乏理解这些名词的背景知识。她为自己的无知而懊恼。

“你说过，亨利和你在一起的时候感受到两次‘能量’。他离开你之后有没有感受到更多次呢?”

“我怎么会知道?你不如自己问他!”

“我会的。我会去问他们所有人。”

“这很愚蠢。”她被自己的语气吓了一跳,但詹克只是若有所思地看着她。

“嗯,我也觉得很愚蠢。但是亨利有一点说得没错——有些怪事正在发生。伊芙琳MRI的表现是确凿无疑的事实;保险箱的锁没有被撬,也没有按正确密码旋转就被打开了,这也是事实——”

“它真是这样打开的?”

“是那个警察昨天问话时告诉我的。我还让内科医生查看了周四下午获准进入治疗室的每一个人的实验室记录,根本没有食物中毒这回事。”

“没有食物中毒?”突然之间,凯莉害怕起来。

“没有。”迪拜勒静静地坐着思索。很长一段时间她大气都不敢出。最后他慢慢说道——就好像这么做背离了他的本意,或是会影响他下判断似的——“凯莉,你听说过‘突现复杂性’原则吗?”

“我在他身上倾注了所有心血。”吉娜哭道,“所有心血!”

“嗯,的确。”伊芙琳说。在她看来,吉娜为雷付出的实在太多了:总是在他失业之后借给他钱,总是允许他回家糟蹋房子。

“安吉拉就没有变成这样!”

“她很好。”没错,吉娜的女儿是个真正的小甜心。

“现在我下定决心,让他滚出我的生活,我很坚决。他说他正飞到这里来看‘他的老妈’,还说他爱我!他会把一切又搅得天翻地覆,就像他退伍回来那次一样,就像他和茱蒂离婚那次那样,就像我不得不为他在纽约找律师时那样……伊芙琳,没有人,没有人能像自己的孩子这样让人撕心裂肺。”

“我知道。”伊芙琳说。谁说不是呢?吉娜抽泣时,发出些轻微的干咳声。一架飞机从头顶轰鸣而过,弗兰克·辛纳屈正在歌唱他美好的二十一岁。

鲍勃·多诺万执起安娜的手,她缓缓推开。她不想要那一幕。他的触碰令她反感。但是,啊,贝内特的触碰……或是弗雷德里克的……她仍然怀念舞蹈生涯,却再也无法翩翩起舞了。医生说她甚至可能没法正常走路。

再也没有舞蹈,再也不会感到双腿弯曲接着一个上抛舞步或是随着跳跃升向天空,弯背成弓,抛手向后,犹如一支在狂喜中飞行的羽箭。

“凯莉,你听说过‘突现复杂性’原则吗?”

“没有。”詹克·迪拜勒又让她自惭形秽了。但他不是有意的,只要他能让她像这样坐在他的办公室里,她就会听下去。也许他需要谁来倾听,也许他需要她,也许他能提供一些东西,帮助艾德曼博士,让他恢复正常。

詹克舔了舔嘴唇,脸色仍和纸一样惨白,“生命体会在进化中变得更复杂,并发展出一些在简单形态下所没有的特征,这就是‘突现复杂性’。换言之,就是总体大于各部分的总和。在进化的某个阶段,我们的祖先发展出了自我意识——这就是在进化中诞生的新东西。”

凯莉想起了一些事情,“我是在天主教家庭里长大的,某个教皇,大概是约翰·保罗某一世说过,动物生生不息的过程中,上帝在某个时刻给它们注入了灵魂,所以进化论并不是完全反天主教的。”

詹克的视线似乎穿过了她的身体,盯着某些只有他能看见的东西。“的确,不管是由于上帝还是由于进化——这事确实发生了,意识发生‘突现’。如果复杂性的下一阶段正在……如果……”

凯莉突然生起气来,不知是因为他的思维方式,还是因为被他无视,她不确定。她尖利地问:“但为什么是现在?为什么在这里?”

她的问题把他的视线重新带回她身上。他花了很长时间来回答。恰在此时,一架飞机离开机场,沿着航线从头顶轰鸣而过。凯莉屏住了呼吸。

但他只说了一句:“我不知道。”

吉娜聊得如此兴奋,甚至忘记了做祷告。雷、雷、雷——这不是伊芙琳想和她聊的东西,但她从没见过吉娜这样子。吉娜突然大哭起来,甚至压过了辛纳屈唱的《带我去月球》。"我真不想他来!希望他的飞机飞到其他城市或什么地方,只是别降落在这里!不想在这里看到他!"

再也不能跳舞。唯一能给她爱的只有鲍勃·多诺万这种人……不,不,安娜宁肯去死。

"嗯,我不相信!"凯莉说,"突现复杂性——我就是无法相信在圣塞巴斯蒂安养老院发生了这样的事。"

"我也不。"詹克说。自她进到办公室来之后,他第一次对她露出了笑容。

大楼外传来巨大的爆炸声。

凯莉和詹克不约而同地看向门口。凯莉最初想到的是恐怖袭击、汽车炸弹或是类似的东西,因为这些日子每个人的第一反应都是恐怖事件。可是,在一所养老院里搞恐怖袭击无疑是荒唐的行为。肯定是输气管爆裂,公车相撞,或是……

亨利·艾德曼出现在通向办公室的走廊。他没带着拐杖,人倒在门框旁,深陷的眼睛瞪得很圆,大张着嘴巴。在凯莉跳起来扶住他之前,就在他瘫倒在地板上之前几秒钟,他用嘶哑的声音说:“通知警察,我们刚刚打下一架飞机。”

极端的痛苦撕裂了整艘飞船。不是它自身的痛苦,而是其他人的。没有指引,没有领导,它发狂了,横冲直撞。如果这样下去,它或许会大大地削弱飞船的力量,飞船将无法抑制住它。

如果任其发展下去,它可能会损害时空自身。

飞船不能眼睁睁看着这样的事情发生。

十一

亨利·艾德曼博士倒下时，迪拜勒冲了过去。凯莉整个人僵住了——傻瓜！傻瓜！“快去叫医生！”詹克大喊，又接着说，“去，凯莉，他还活着。”

她跑出詹克的办公室，差点被亨利落在走廊里的拐杖绊翻。他准是想来拜访詹克，偏巧在这时出事了——到底发生了什么事？她狂奔到大厅，接通电话，头脑一片混乱，推开双层门之后才意识到最有效率的方式显然是按下亨利身上的紧急按钮。但亨利很少带上自己的紧急按钮，他——

她直直地站住，面对着眼前的景象发呆。

大厅里挤满了哀号的人们，大多是探视者。老人们要么倒在地上，要么瘫倒在轮椅中。星期六与星期日早上，亲人们会来看望他们的母亲、祖父或曾祖母，一起吃顿早午餐，再带他们开车兜风或回家看看……穿着套衫、夹克及披肩的老人家像丢在洗衣房里的洗衣袋一样七零八落地倒在地上。圣塞巴斯蒂安养老院的护士、助手,甚至服务台的志愿者们,全都束手无策地围在受害者身边。

恐惧在凯莉的肚子里翻腾,这也让她变得异常敏锐。

阿伯斯泰因先生虽然只有六十七岁,但也是圣塞巴斯蒂安养老院的住客。他站在电梯旁,看上去没有被波及。七十一岁的凯丽女士紧张地坐在她的轮椅上,她的嘴张成了一个粉红而扁圆的"O"形。舒……

"护士!请这边来,艾德曼博士需要帮助!"凯莉看到一名穿紫色外套的护士经过,急忙抓住对方的领口,但护士并没有停下,而是挣脱开来径直冲向一名倒在地上的老妇人。这里的每个人都忙得无暇顾及凯莉。她回头向詹克的办公室跑去。

亨利静静地躺在地板上。詹克把他翻了过来,脸向上,盖上一张垫子——她送来的垫子。凯莉呆住了,她带给詹克的那张手工垫子就盖在亨利的脚上。亨利没有带他的紧急按钮。她气喘吁吁地说:"没人能来,所有人都变成这样——"

"所有?"詹克尖锐地问。

她不假思索地回答:"所有超过八十岁的。亨利是不是——"

"他呼吸正常,气色还好。我觉得他没有休克。他只是……暂时出窍了。你说所有超过八十岁的人?"

"是的。不是。我不知道,我是说,我不知道具体年龄界线,只是大厅里所有看上去比较老的人都刚刚倒下，而较年轻的住客似乎没事……詹克，到底怎么了？”

“我不知道。凯莉，听着，你按我的吩咐去做，到公共休息室打开电视，收看本地新闻频道，看看是不是……有飞机失事——”

他停了下来，两人都听见了救护车的警笛声。

亨利没有醒。雷德本纪念医院所有的救护车都去了飞机失事现场。圣塞巴斯蒂安养老院的工作人员把患病住客转移到了餐厅，这里看起来就像一所战地医院。没有住客醒过来、发出呻吟，或是需要紧急治疗，除了一个摔倒时跌坏了臀部的女子。医护楼层的医疗监视器根本就不够用，因为几乎所有人都昏倒在地，不过有些空闲的监视器从治疗室取了下来。受害者的心率与血压并没有显示出异常。

亲戚们有的在联系家庭医生，有的坐在检查设备旁，有的冲着圣塞巴斯蒂安养老院的工作人员大喊大叫，而对方只是不断重复：“雷德本纪念医院了解这里的情况，会尽快将圣塞巴斯蒂安养老院的住户转移过去。请谅解，先生，您只需——”

只需耐心，只需相信我们正在尽最大努力，只需看看您母亲安详的表情，只需知道我们了解的情况不比您多，只需让我安静一下！

凯莉依次检查自己的住院委托人。他们都受到了波及，大多晕倒在房间里，现在已经都被转移。他们的年龄都在八十岁以上。

她从阿尔·卡斯玛诺的房间里匆忙跑出来——房间是空的，事情发生时他在其他什么地方——回到治疗室。有人突然抓住了她的胳膊,“嘿!维希小姐!”

是调查吉姆死因的警察之一。凯莉感觉胃部一阵抽搐。“什么事?”

“请问院长在哪里?那个考德维尔。”

“他不在这里。周末他都不在镇上,已经有人去找他了。你有什么事吗?”

“我得见他。现在谁负责?这里到底发生什么了?”

谢天谢地不是关于吉姆死掉的事情。不过他到底是——一名警察,吉姆也曾是个警察。但她控制住了自己。毕竟,对方是官方权威,是某个负责调查并找出真相的人。安全感,是她当初嫁给吉姆的原因之一。

她尽可能冷静地说:“我们这儿发生了一起……一起‘眩晕瘟疫’,在年岁很高的老人之中同时发作,大概半小时前吧。”

“是病吗?”

“不。”她听得出自己的口吻是多么确定,好吧,她是很确定,“在飞机坠毁的时候。”

不出所料,他看上去有些困惑。她说:“我会带你去贾米森医生那里。他是圣塞巴斯蒂安养老院的内科医生。”

贾米森不在餐厅。凯莉带杰拉奇警官在厨房找到了医生,医生正在和詹克·迪拜勒打一场高分贝的口水仗。“不,妈的!你不能用些不成熟的愚蠢理论给那些亲属火上浇油了——不!”贾米森大步走了出来。

凯莉说:“贾米森医生,这位是——”医生推开她走了过去,径直走向他的病人。她本期望警察会跟过去,但杰拉奇反而对詹克开了口:“你是谁?”

“你又是谁?”

她从来没见过詹克如此粗鲁。但现在他既生气又沮丧,还吓得不轻——他们都吓得不轻。

“杰拉奇警官,警察局的。你在这儿工作?”

凯莉在两人一触即发之际赶紧插话:“这位是迪拜勒医生。他正在圣塞巴斯蒂安养老院做关于……关于脑电波的医学研究。”

杰拉奇说:“我收到一个匿名电话。我本人收到的,从圣塞巴斯蒂安养老院的前台打到我的手机上。打电话的人声称这里有关于飞机坠毁原因的情报。你知道这些事吗,医生?”

凯莉看得出来,文斯·杰拉奇相信詹克确实掌握着情报。他是怎么知道的?但他身体的每个部分都印证着一点:他知道詹克了解些什么。

詹克没有回答,只死死盯着杰拉奇。最后杰拉奇终于开口:“飞机在离这里半英里的地方坠毁了。一架美航短程客机,机上载着四十九名乘客,包括三十一名艾斯高级市民俱乐部的成员。他们打算去大西洋城的赌场度假三天。无人生还。”

詹克说:“我现在没时间和你谈这些。我得去给失去意识的那些人做脑部扫描。等那个蠢材贾米森发现我做的事,并把我踢出来之后,我们可以谈谈。凯莉,我需要你的帮助。请到我办公室,把角落里所有的仪器放到推车里,盖上一块布,然后送到厨房来。要快!”

她点点头,赶紧冲了出去,直到她到达詹克的办公室,才发现杰拉奇紧跟在后。

“让我来吧,这玩意儿很重。”他说。

“不,我能行。”她把仪器拖上推车,“你不是有问题要问吗?”

“我是在问。迪拜勒是不是总像这样使唤你?”

他有吗?她没注意过。“不。”她把盖子和装配件的盒子搁在仪器上面,然后四处寻找能盖的布。一块都没有。

“你是为迪拜勒工作还是为圣塞巴斯蒂安养老院?”

“为圣塞巴斯蒂安养老院。我得去找找……”

当她拿着块布回来的时候,杰拉奇正在读詹克桌上的文件。那不是违法的吗?凯莉把布披在仪器上,杰拉奇抢在她之前抓住了推车扶手。

“你需要我。”他说,“如果有人阻拦你,我会亮徽章。”

“好吧。”她并不领情。她觉得自己独立完成也没问题,为了詹克。

他们推着仪器到了厨房。詹克在台子上把它们组装起来,完全不顾一旁的厨师绝望地哀叫:“是不是没人来吃午饭啦?”她扯下围裙,狠狠砸在地上,走了出去。

詹克对凯莉说:“把住门。”他溜进餐厅,不消片刻推进来一张轮床,一位老妇人安详地躺在上面。“她是谁,凯莉?”

“艾兰·帕敏特。”她过了会儿又加上一句,“八十三岁。”詹克嘟哝了声,接着开始把电极粘在帕敏特女士失去意识的头部。

杰拉奇说:“跟我来,凯莉。”

“不。”她哪儿来的胆量?不管怎么说,他把她体内的勇气激发了出来。

他只笑笑,“从现在开始,进入警方的正式调查。”

她跟着他回到詹克的办公室。凯莉有些发抖,但并不想让他看出来。可他似乎能看透一切。“坐。”他客气地说,“坐那边,那张桌子后面。刚才你不是不喜欢我看迪拜勒的资料吗?如果它们放在触手可及的地方,那么阅读也是合法的。你是一名优秀的观察者,凯莉。现在,请把这里发生的事情原原本本地告诉我。从最初开始,巨细无遗。从你为什么要告诉迪拜勒那个女人的年龄开始。她的年龄与这件事是不是有什么关系?”

有关系吗?她不知道。这怎么可能……老化的速度因人而异,年龄数字几乎没有意义,除了——

“凯莉?”

他是个套取情报的高手,这点她很清楚;她也没有因为他那突如其来的彬彬有礼而完全信任他,这不过是职业伎俩。但如果她把所有事情都说出来,或许也能整理一下自己混乱的思路,或许还能在更重要的事情上起点作用。飞机上那些人都死了——

她慢慢说道:“你不会相信的。”

“说来听听。”

“我自己都不相信。”

这次他只是等待。于是她从亨利回家途中的“抽搐”开始说起,知无不言。七八名病人的呕吐病情,那并不是圣塞巴斯蒂安养老院对外公布的食物中毒;伊芙琳·克伦齐诺特的功能性MRI;安娜·切诺夫的项链,伊芙琳想象出的外形与鲍勃·多诺万说的真实形状;今早在亨利房间的秘密会议,凯莉无意中听见亨利关于光子以及人类观察如何影响基础粒子轨迹的言语;詹克关于“突现复杂性”的解说;亨利出现在詹克的办公室,在倒下之前说的“通知警察,我们刚刚打下一架飞机”;所有超过八十岁的老人集体昏倒,较年轻的没受影响。詹克现在所做的脑部扫描,毫无疑问是要检查他们是否正常,或是与伊芙琳类似……凯莉说得越多,这一切就显得越荒谬。

当她说完时,杰拉奇的表情看起来不可捉摸。

“就这么多。”她痛苦地说,“我必须回去看看亨利的情况了。”

“谢谢你,凯莉。”他的语气也不可捉摸,“我现在去找贾米森医生。”

他离开了,但她没走。突然间一举一动都变得如此费力,凯莉抱着头。当她抬起头后,视线停在了詹克的办公桌上。

在她撞进来、告诉詹克关于亨利房间里那次会议的新闻时,他正埋头写着什么。他没用电脑,而是写在纸上,带有淡淡水印的草绿色纸张,蓝黑色笔迹:“我最爱的詹姆斯,你不知道我对昨晚在电话里跟你说的那些话有多后悔。但是,亲爱的,请记住——”

凯莉爆发出一阵短促又绝望的笑声。我最爱的詹姆斯……詹克居然是这样的人,同性恋……天啊,她真是个大笨蛋!

她像狗儿清理湿漉漉的身体般甩了甩脑袋,离开办公室去找亨利。

新生命现在相当安静,现在是尝试接触它的好机会。通过它们的文化进行接触总是第一选择。但飞船几乎没时间准备……接触的准备应该循序渐进,花上很长一段时间,在新生命被指引、定型、就绪的这期间,一步步交流。可是飞船还离它这么远……

但飞船还是进行了尝试,尽可能地扩展自己,带着恐惧,搜寻能够放缓转变过程的焦点。

十二

伊芙琳·克伦齐诺特躺在紧挨餐厅窗户的床铺上。她正在梦中神游,对玻璃窗外流进来的冰冷空气或是飘落到对面小庭院里的树叶毫无知觉。梦里,她在一条明亮的道路上行走着,脚步悄无声息。她向亮处走去,光芒之中出现了一个人影。她看不见,也听不到,但她知道他在那里,也知道那是谁。

那是一个从心底里愿意倾听她的人。

阿尔·卡斯玛诺在沉睡中扭动着。"他醒了。"一名护士说。

"不,他没有。"贾米森医生再次从横七竖八的大小床铺和轮床中挤过来,脸上写满疲惫,"他们中的一些人已经像这样好几个小时了。救护车一回来就马上把这一排送去医院。"

"是,医生。"

阿尔听见了他们说话,但是没听明白。他又是一个孩子了,从黄昏的街道上跑回家，母亲在那里等着，在家里……

舞台上亮堂堂的！管理员一定把灯光都打开了——整个舞台都是光。安娜·切诺夫什么都看不见，也找不到同伴。她必须停下，不能再跳了。

必须停下，不能再跳了。

她站在舞台上，迷失在灯光中。观众们就在光亮中的某个地方，她看不到他们，就像她看不到贝内特或是芭蕾舞团一样。但她能感觉到观众的存在。他们在那里，与舞台一样明亮。他们都上了年纪，非常老，像她一样，只是不会跳舞。

她双手掩面，开始啜泣。

艾琳·巴斯看见了道路，通向她所知的地方。佛祖曾存在于此，以后也会一直存在。这条光明的路曲折蜿蜒通向她自身的深处，万物的深处。她身边是欢乐的人们，他们就是她，她就是他们——

一阵颠簸之后，她在救护车里醒来，手脚与胸口都被绑住了，一个年轻人凑到她身边说："夫人？"那条路消失了，他们都消失了，上天赐予的沉重世界重新包围了她，她感到干燥的口中泛起一股陈腐的味道。

灯光，隧道——他究竟在什么鬼地方？一座原子试验的掩体，只是没有哪个掩体会如此明亮，而且泰勒、马克和欧皮[①]都在哪儿？不，欧皮没有参与这项工程，亨利糊涂了，就是这么回事，他只是糊

① 即罗伯特·奥本海默，美国物理学家，"原子弹之父"。

涂了——

但他并不糊涂。

他猛然醒过来,从“似睡非睡”中挣扎着过渡到完全清醒的状态。实际上,他的感官异乎寻常的敏锐。他能感觉到身下的床铺、嘴角边流涎的痕迹以及餐厅里荧光灯的柔和光线。他听见轮床的橡胶轮在短绒地毯上滚动,还有厨房里餐具碰撞的声音。他闻出了凯莉的气味,羊毛与香草的味道,还有那年轻的肌肤。他还可以细细描述,在圣塞巴斯蒂安养老院的餐厅里,坐在他床位边上的她,身体上每个部分的模样。杰拉奇警官在她身边。

“亨利?”凯莉轻声说。

他说:“它来了,就快到了。”

飞船中断了所有联系。它以前从来没有遇到过类似情形。未成形不能进行融合。

那些部件并不统一,而是分散在不规则与多变的物质粒子中,相当杂乱,不像其他经由飞船探测、引导和结合的未完成形部件。其他未完成的飞船都以一种形式存在于物质位面,它们在各个方面都毫无二致。这些部件也由同样的物理粒子构成,按照同样的物理进程演化。但这一次,在某个时候,什么东西出了大错。尽管物质相同,它们却没有进化出相同的意识。没能和谐共处,却在相互施暴。

收纳它们,对飞船来说可能过于危险。

然而飞船不能丢下它们,独自离开。它们已经可以改变附近的时空。等融合更进一步,新生命可能变得极其危险又充满力量。天知道它会做出什么事。

飞船踌躇着,犹疑着。破坏本是它的一部分,它却在这个必要环节上退缩了。

十三

詹克·迪拜勒紧紧捏住打印图，连卡板纸也被掐出道道皱痕。亨利·艾德曼躺在沙发上，紧锁眉头看着詹克的破坏行为。凯莉把椅子拉到可以握住亨利手的位置，而警察杰拉奇站在床脚边。他在这里做什么？迪拜勒不清楚，但他已经愤怒到没法再多等一秒钟了。

凯莉对亨利说："我还是认为你应该去医院！"

"我不会去的，别说这个了。"老人挣扎着站起来。她本想阻止他，但杰拉奇将一只手放在她肩上，礼貌地阻止了她。真是滥用职权，迪拜勒想。

亨利问："事情为什么会发生在圣塞巴斯蒂安养老院？"

和凯莉之前问的一模一样。迪拜勒说："我有个想法。"他的声调仍然有些奇怪，"据凯莉观察，没有八十岁以下的人……受到影响。如果这是某种超意识……正在接近地球……”他没法说下去，实在太荒谬了。

也太真实了。

亨利·艾德曼显然并不担心什么荒谬或是真实——尽管两者现在看起来是一回事。亨利说:“你是指它会发生在这里是因为‘超意识’只发生在老年人身上,而如今老年人的数量比以往都要多。”

“历史上第一次,八十岁以上的人在人口总数里占据了超过1%的比例,全世界共有一亿四千万。”

“但还是不能解释为什么发生在这里,或为什么发生在我们之中。”

“老天爷,亨利,总得从什么地方开头吧!”

让迪拜勒吃了一惊的是,杰拉奇插话道:“所有事情都有源头。一条肺鱼开始吸入更多空气而不是水,一个山洞野人制造出一把斧头。凡事总有一个连接点。也许那个点就是您,艾德曼博士。”

凯莉扭头仔细打量杰拉奇。

亨利沉重地说:“或许吧,但我不是唯一的。我不是那股让飞机掉下来的能量的主要开关。我只是被串联起的众多电池之一。”

科学让艾德曼得到安慰,迪拜勒想。他希望有什么方法也可以这么安慰自己。

凯莉说:“我想伊芙琳是打开保管安娜·切诺夫项链那个保险箱的开关。”杰拉奇拉长了脸,“这实在说不通。我没法做这种假设。”

亨利深陷的眼睛突然放出犀利的光芒。“你能理解到现在的程度已经很不错了,年轻人。你要相信我,我体验过那种……意识。虽然听起来荒唐,但的确是真实的。迪拜勒的那些脑部扫描更不是什么流言,它们是实实在在的证据。”

千真万确。在那个愤怒的蠢货贾米森发现他做的事情并把他赶出去之前,迪拜勒从失去意识的老人们那里得到的脑部扫描图是伊芙琳·克伦齐诺特在MRI里的更为原始的版本。一个几乎完全关闭的丘脑——感官信息流向脑部的地方。控制身体的后顶叶也是如此。后脑部分活动剧烈,特别是颞顶区、杏仁体和海马体。脑部扫描揭示出一种正在加速的神秘癫痫状态,这与普通昏迷状态下的扫描图大大不同,如果打比方的话,这就像是一只乌龟乘上火箭飞向群星。

迪拜勒用手覆住脸庞,缓缓按摩皮肤,好像这样能够理清思路一般。他放下手,慢慢说道:“单单一个神经元没什么奇怪的,它的所作所为就是把一种电化学信号转换成另一种。但大脑里成千上万相联系的神经元可以达到惊人的复杂状态,只需要足够的数量,就有可能呈现出意识。”

“或是足够的老人来形成‘群体意识’?”凯莉问,“但为什么是老人?”

“见鬼,我怎么知道?”迪拜勒说,“或许大脑需要存储足够多的经验,足够多的绝对时间。”

杰拉奇问:“你读过陀思妥耶夫斯基的书吗?”

“没。”迪拜勒说。他不喜欢杰拉奇,“你呢?”

“我读过。他说人在某些时候会感到‘骇人的’清晰与狂喜,他说他会用整个生命来换取五秒钟这样的时间,而且觉得十分值得。陀思妥耶夫斯基是个癫痫患者。”

“我知道他是个癫痫患者!”迪拜勒打断他。

凯莉说:“亨利,你现在能察觉到吗?那东西正在接近吗?”

“不,完全没有。显然它并不是普通意义上的量子纠缠态。”

“那它或许已经离开了。”

亨利勉强回给她一个微笑,“我觉得没有。我想它正朝我们这儿来。”

“你是什么意思,‘朝我们这儿来’?”杰拉奇怀疑地说,“它可不是什么杀手。”

“我也不知道自己指的是什么,”亨利气恼地说,“但它正在接近,速度很快。它等不起很长时间。看看我们做的那些事……那飞机……”

凯莉握紧了亨利的手指,“它来这里打算做什么?”

“我不知道。我怎么会知道?”

“亨利——”詹克开口。

“我更担心在它来之前我们会做些什么。”

杰拉奇说:“打开CNN。”

迪拜勒若有所思地说:“你难道没有自己的活儿要干吗,警察先生?”

“没有。”

迪拜勒不说话了。

晚上九点四十三分,三百公里外一座城市的电网瘫痪了。“没有明确原因,”CNN播音员说,“天气很好,也没有任何迹象——”

“亨利?”凯莉说。

“我……我很好。但是我感觉到它了。”

詹克说:“它现在在很遥远的地方。就是说,如果那是……如果那是……”

“就是那个。”亨利直截了当地说。他笔直地躺在沙发上,合上了眼睛。杰拉奇盯着电视。他们中没人想要吃点什么。

九点五十一分,亨利的身体突然猛烈抽搐,他大叫起来。凯莉不禁低声啜泣,但亨利马上说:“我……还有意识。”没有人对他的用词发表什么意见。七分钟之后,CNN主持人播报了重大新闻:哈德逊河上的大桥坍塌了,美国铁路公司的一辆火车坠入了黑暗的河流中。

接下来的几分钟里,亨利脸上掠过异常多变的表情:恐惧、狂喜、暴怒、惊讶。那些表情是那么鲜明,那么扭曲,有几次甚至让人觉得亨利·艾德曼变成了另一个人。詹克的内心激烈斗争,他考虑自己是否该用手机拍下这一幕,但他没有这么做。凯莉跪在沙发边,双手抱住老人,仿佛在努力将他留在自己身边。

“我们……无法阻止它,”亨利开口说,“如果一个人的想法足够强烈,对——啊,上帝!”

灯光与电视熄灭了。警报响起,随之而来的是警笛声,接着一束细微的光线照在亨利脸上,杰拉奇掏出了小手电。亨利的整个身体都在抽搐,但眼睛依然有神。迪拜勒听见了他细弱的声音:

“这是一种选择。”

选择是唯一的出路。飞船无法理解这点……个体怎么会拒绝融入整体呢?从来没发生过这样的事。新生的家伙们总是满心欢喜地加入,朝着更复杂的方向进化。但是对于一个本不应出现,而且无序的生命来说,选择是它能做的唯一一件事。如果它选择不进行融合,它——

将会毁灭。为了保持意识的本质,也就是一切的本质。

十四

伊芙琳害怕去医院。在那个下午的眩晕咒语之后，她就拒绝去雷德本纪念医院进行“复诊”。仅仅是眩晕，如此而已，仅仅是——

她在微波炉与厨房餐桌中间停了下来，手中的砂锅掉在地板上，碎了一地。

灯黑了，就像她眩晕时在梦里见到的一样。不过那时不是灯，而这时不是梦。它在她的脑海里，它就是她的思想，她就是它……从未改变。为什么会这样？但她体内充满了存在感，伊芙琳毫不怀疑，如果她加入它，她就再也不会孤单了。不需要语言，什么都不需要，她要做的就是选择去她属于的地方。

谁知道呢？

曾经的伊芙琳·克伦齐诺特高兴地成了等待她的那些东西的一部分，即便她的身体像意大利扁面一样瘫在地上。

在卡拉奇[1]旧街区的破烂小屋内，一个人躺在一叠干净的帆布上。他没牙的嘴一张一合，但是没发出任何声音。每晚，他都在孤独地等待死亡，但现在看来，他所等待的其实是别的东西，比死亡更庞大、更古老的东西。

岁月。它正在寻找岁月，只有老人、没牙的人才知道原因。只有老人才能获知这个，为其付出真正的、唯一的硬币：累积的悲伤。

他如释重负地滑离了痛苦不堪的身躯，滑进了远古的巨大意识。

不，他不去。鲍勃想。脑海里浮现出的东西令他感到恐惧，而这种恐惧令他发狂。他们——随便什么人——尽管使出卑鄙伎俩好了。他们和工会交涉人一样丑陋，作出承诺却从不兑现。他哪里也不会去，也不会变成什么，直到他完全了解这份契约的内容，以及那些混蛋想要什么。

他们抓不到他。

但接下来，他感觉到另外一些事情发生了。他知道那是什么。坐在雷德本纪念医院里，鲍勃·多诺万大喊："不！安娜——你不能！"此刻之前，他的思想一直顽强抵抗，直到那种存在突然撤退，只留下他一人。

在圣何塞一栋豪华别墅里，一个人猛然从床上坐起来。很长一段时间里，他完全坐在黑暗中，甚至没有察觉到闹钟与数字电缆盒

① 巴基斯坦第一大城市。

上的灯都不亮了。他的脑海里充斥着太多幻觉。

当然——之前他为什么没看出来?当他们还在用电子管的年代,他享受解决电脑问题的愉快而漫长的夜晚——他怎么可能错过这个?他不是整套程序,只是一行代码!只有将所有代码放一起,程序才能确实运行起来。他只是一个碎片,现在整体都在这里……

他加入了。

艾琳·巴斯悟了。

她热泪盈眶。这是在她成年后一直期望的、渴望的,每天几小时的冥想,都不曾令她达到现在这种神秘的陶醉感。她本来不知道,本来没有想到这一切会如此真实。她之前的努力是错误的。她从没有被创造出来;她就是创造本身,和宇宙。她的存在不是自己。当那最后一抹幻觉消失的时候,她化为了一切。

吉娜·玛蒂内利感觉到了,它是上帝的荣耀。只是……只是耶稣在哪儿,救世主在哪儿?她感觉不到祂,在这份统一中找不到祂的存在……

如果耶稣不在这里,那这里就不是天堂。这是骗子的小把戏,精通乔装术的撒旦,把恶魔送到她身边,试图将信者导入歧途。她不会被这种诡计骗到的!

她将双手抱在胸前,开始大声祈祷。吉娜·玛蒂内利是位虔诚的基督徒。她不会去任何地方,她会一直留在这里,等待主的召唤。

上海,一位瘦小的老妪坐在窗边,看着她的曾孙在院子里玩要。他们的行动是那么敏捷！唉，她曾经也敏捷过。

她感到它一下涌入自己的身躯，神灵们进入了她的思想。她的时间到了！她感到自己再次焕发了青春，身体里充满了力量……太棒了。神灵们召唤你的时候，你就得走。

她最后看了孩子们一眼，随神灵们而去。

在圣塞巴斯蒂安养老院如监狱般的治疗室里，安娜·切诺夫头脑清醒，微微喘了口气。她感觉到能量在身体里穿行，正是这种力量促使她在上辈子跳了一生的舞。

有什么在她身体之外，分离出来……但它不该如此。她要让自己包含着它，成为它，甚至让它成为她。但她抑制住了。

那里能跳舞吗？

没有。没有如她知道的那种舞蹈，没有瑰丽的肌肉伸展，没有快速划臂和拱背动作。没有通过躯体创造的优美。没有。没有舞蹈。

但那里有力量，她可以用那股力量进行另一种逃脱，从她无用的身体与这所治疗房以及不能再舞蹈的生命中逃脱。她听见遥远的地方传来声音："安娜——你不能！"她能。安娜抓住了那股力量，既不抗拒，也不放任自流，而是将其围绕在身上。她再也没有呼吸，她去了。

亨利的整个身体战栗了。它就在这里。它就是他。

也可能不是。"这是一种选择。"他默默地自言自语。

一方面,所有的一切。所有的意识都是时空结构的重要组成部分,就像惠勒[①]和其他人在差不多一百年前偶然发现的那样。意识处在量子等级,在概率波等级,与宇宙共生。

另一方面,亨利·马丁·艾德曼这样的个体,如果他与超意识融合,他就不再是以自己的方式存在下去,他独立的思想也会荡然无存。而思想对亨利来说是至高无上的东西。

他浮在那里,几纳秒、几年、几千万年。时间呈现出一种不同的特征。一半在这里,一半不在。亨利清楚这种力量,知道它是什么,以及人类是什么。他看到了结局,有了答案。

"不。"他说。

接着他躺回沙发上,凯莉的胳臂环抱着他,两人的轮廓发出黯淡的黄光。他将再次走到生命尽头,重归寂寞。

充分融合。危险期已过。生命诞生,新飞船也诞生了。

足够了。

---

① 即约翰·阿奇博尔德·惠勒,美国物理学家,"黑洞"一词的提出者。

十五

确认所有死者的身份需要花费数月时间，还要用上几年来修复全球各地被破坏的基础设施：桥梁、建筑、信息系统等等。迪拜勒知道，他有几十年时间来弄清楚到底发生了什么事。现在各种学说已经众说纷纭。大规模EMP①、太阳辐射、太阳系外辐射、星系外辐射、外星攻击、全球恐怖主义、善恶决战、地壳板块运动、转基因病毒。这些愚蠢的想法全都经不起推敲，不过并不能阻止很多人相信这些。剩下的寥寥无几的老人几乎没说什么，即使说了，也几乎没人相信。

詹克自己也不怎么相信。

他完全没碰伊芙琳·克伦齐诺特与其他三人的脑部扫描图，已经没有这么做的价值了。不管怎么说，他们都已过世。“过世的只是

① 电磁脉冲。

他们的身体。”凯莉总要加上一句。她对亨利·艾德曼告诉她的所有事都笃信不疑。

迪拜勒相信亨利的想法吗?今天他是相信的,但明天就不一定了,到后天他可能又相信了。没有证据。这不是科学。这是……其他什么东西。

他参加了母亲六十五岁的生日宴会。这是由他姐姐组织的,在繁华街区的高档酒店舞厅里举办的奢华热闹的聚会。寿星本人笑得合不拢嘴,把所有从芝加哥飞来的亲戚都吻个遍,然后打开礼物。当她在舞池里搂着萨姆叔叔旋转时,迪拜勒猜想她能否活到八十岁。

他猜想世上有多少人能活到八十岁。

“因为有足够多的他们选择离去,所以,剩下的我们失去了‘突现’的能力。”亨利说过,而迪拜勒注意到他用“他们”代替了“我们”。“如果你只剩下极少量的铀原子,就不可能达到临界质量。”

迪拜勒会换一种说法:如果你只有少量神经元,就不会有产生意识的大脑。两种表述殊途同归。

“如果不是有那么多突现,那就……”亨利没说完这句话,以后也不会补充了,但迪拜勒可以猜出他要说些什么。

“嗨,小伙子。”萨姆叔叔叫道,“你也找个伴来跳啊!”

迪拜勒摇摇头,笑了笑。他现在没有舞伴,也不打算跳舞。反正都一样,老萨姆说得对。跳舞的保质期是有限的。人类的很多活动都已经印上了保质期。有一天,他的母亲这一辈,历史上最庞大的年龄层,将会来到八十岁,然后会再次面临亨利的选择。

下一次会如何呢?

(吴梦之　译)